雨果小说全集

悲惨世界

III

【法】维克多·雨果 著

郑克鲁 译

第十章
一八三二年六月五日

一、问题的表面

暴动由什么组成？什么也没有，又由一切组成。

逐渐放电，突然喷发出火焰，徘徊的一种力量，掠过的一阵风，由这些组成。这阵风遇到思索的头颅，梦想的脑袋，受苦的心灵，燃烧的激情，呼号的困苦，并把它们席卷而去。

卷到哪里？

随意漫卷。越过国家，越过法律，越过他人的成功和蛮横。

激怒的信念，气恼的热情，激起的愤怒，压抑的战斗本能，狂热的青春勇气，豪爽的盲目，好奇，对变化的爱好，对意外的渴望，爱看新戏海报、爱听戏剧布景工的哨子声的情趣；朦胧的仇恨，怨恨，沮丧，认为命运使自己破产的虚荣；苦恼，空幻的梦想，险象环生的野心；希图在崩溃中获得出路；最后，在最底层，泥炭这种能燃烧的泥土，这就是暴动的因素。

最伟大和最微小的东西；在一切之外徘徊，等待机会的人，放浪不羁的人，流浪汉，街头游荡者，晚上睡在人家稀少的地方、幕天席地的人，每天四处乞讨面包而不是寻求工作的人，贫穷和一无所有的默默无闻者，赤臂赤足者，他们都属于暴动。

在心中暗暗反对国家、生活或命运降临的某件事，这个人接近暴动，暴动一出现，他就开始颤抖，感到被风暴卷起来。

暴动是社会大气的一种龙卷风，在某种温度条件下突然形成，在旋转中上升、奔腾、震响、卷起、削平、摧毁、拆除、拔起一起带走大大小小的自然物体，强壮的人和体弱的人，树干和草茎。

它卷走的人，它碰到的人，统统倒霉！它让两者相撞而粉碎。

它把异乎寻常的威力传给它抓住的人。它让随便什么人充满造时势的力量；它把一切变成抛射物，将一块碎石变成一颗炮弹，将脚夫变成将军。

如果相信阴谋政治的某些权威断言，从政权角度看，倒希望发生一点暴动。理论是：暴动推翻不了政府，就能巩固它。它考验军队，凝聚资产阶级，拉动警察的肌肉，检查社会构架的力量。这是一种体操，几乎是一种保健。在暴动之后，政权就像人经过按摩一样，更加健康。

三十年前，暴动还从另一个角度得到考虑。

每件事都有一种自诩"通情达理"的理论；菲兰特反对阿尔赛斯特[1]；在真假之间做出调解；解释、训诫、有点高傲的缓和，因为

---

[1] 莫里哀的喜剧《恨世者》的人物。

将谴责与原谅混和在一起，自以为聪明，往往只是学究气。所谓中庸之道的一切政治派别，就从这里产生。在冷水和热水之间，是温水的党派。这个派别貌似精深，实则肤浅，解剖后果没有上溯至根源，站在半科学的高度，斥责公共广场上的骚动。

据这种派别宣称："使一八三〇年事件复杂化的暴动，部分去掉了这场伟大事件的纯粹性。七月革命是民众刮起的一阵好风，接着突然出现蓝天。暴动又使天空阴云密布，这场大家一致拥护的革命本来十分出色，结果蜕变成争吵。在七月革命中，就像在一切间歇发展的进步中，有着多处暗伤；暴动使这些暗伤明显暴露出来。人们可以说：啊！这里断裂了。七月革命后，人们只感到解脱了；暴动之后，人们感到的是灾难。

"凡是暴动，店铺关门，资金疲软，交易所受震动，商业活动中断，买卖受到阻碍，破产加剧；现金短缺；私人财产拥有者惴惴不安，国家信贷动摇，工业生产受到破坏，资本收缩，工资降低，到处人心惶惶；各个城市产生反响。由此出现深渊。有人估计，暴动第一天，法国要付出两千万，第二天要付出四千万，第三天要付出六千万。三天暴动要付出一亿二千万，就是说，仅从财政后果来看，等于一场灾难，沉船，或者吃败仗，被歼灭一支六十艘战舰的舰队。

"无疑，从历史上说，暴动也有美；街垒战像丛林战一样宏伟和悲壮；这一种有森林的灵魂，另一种有城市的灵魂；一种有让·舒昂，另一种有贞德。暴动将巴黎性格最鲜明的特点：豪迈、忠诚、动荡的快乐，照得通红，场面壮观。大学生表明勇敢属于智慧的一部分，国民自卫军表明不可动摇，店铺成了营盘，流浪儿筑成堡垒，行人藐视死亡。学校和宪兵团相冲突。说到底，战斗者之间，只有年龄差别；这是同一种族，同样坚忍不拔的人，二十岁上为思想的实现而牺牲，四十岁上则为家庭而牺牲。军队在内战中总是沉郁的，以谨慎反对大胆。暴动在显示人民的无畏的同时，也训练了中产阶级的勇气。

"这是很好的。但这一切值得流血吗？流血之后，前途黯淡了，进步受到损害，最优秀的人忐忑不安，正直的自由派感到失望，外国专制主义看到革命自我伤害感到幸灾乐祸，一八三〇年的战败者得意洋洋，说道：'我们说得对！'再说，巴黎也许扩大了，但法国肯定缩小了。还有，必须说得透彻，自由变得疯狂，维护秩序的力量则变得凶残，屠杀往往使胜利减色。总之，暴动令人沮丧。"

那些近乎明智的人士这样讲，其中有资产阶级，这些近乎民众的人很容易满足。

至于我们，我们摈弃"暴动"这一过于宽泛，因此过于随便的词。我们区分不同的民众运动。我们不问一场暴动的代价是否等于一场战役。首先，为什么要打仗？这里，就出现了战争问题。战争这种灾难，就比暴动这种灾害程度低些吗？再说，凡是暴动都是灾害吗？七月十四日代价是一亿二千万吗？菲利普五世[1]在西班牙登基，使法国付出二十亿。即使代价一样，我们也宁愿要七月十四日。况且，我们不接受这些数字，数字似乎有理，其实只是空话。暴动过后，我们要进行审察。上述这套空论式的异议，只涉及结果，我

---

[1] 菲利普五世（1683～1746），西班牙国王（1700～1746），他是路易十四的孙子，由路易十四扶上西班牙王位，引起同英、奥、荷的战争。

们要寻找原因。

我们说得明确些。

二、问题的实质

有暴动，也有起义；这是两种愤怒；一种不对，另一种有权利。唯一建立在公正基础上的民主政体，有时也会出现一部分人篡权的局面；于是全体起而攻之，要求讨回权利，直至发展到拿起武器。在所有牵涉到集体主权的问题中，全体反对部分人的战争是起义，部分对全体的进攻是暴动；要看杜依勒里宫内是国王还是国民公会，才能确定对它的攻击是正义的还是非正义的。同一门瞄准人群的大炮，在八月十日是错的，而在葡月十四日[1]是对的。表面相同，实质不同；瑞士雇佣军保卫虚假的东西，波拿巴保卫真实的东西。普选在自由和主权的条件下所做的事，不能由街头行动来破坏。纯属文明的事也是这样；群众的本能，昨天是清醒的，明天却可能变得混乱。同样的愤慨，对泰雷是合理的，而对杜尔果[2]是荒唐的。破坏机器，抢劫仓库，拆毁铁路，毁坏船坞，聚众闹事，不公正对待要求进步的人民，学生杀害拉缪[3]，卢梭被人用石块赶出瑞士[4]，这是暴动。以色列反对摩西，雅典反对福西昂[5]，这是暴动；巴黎反对巴士底狱，

1　1792年8月10日，人民进攻杜依勒里宫，遭到瑞士雇佣军枪击；葡月14日即1795年10月5日，保王党人进攻杜依勒里宫，被拿破仑粉碎之。
2　泰雷是路易十六的财政总监，后由杜尔果接任，后者力求改革。
3　拉缪（1515～1572），人文主义者，在圣巴托罗缪之夜被害。
4　1765年，卢梭遭到石块袭击，不是把他赶出瑞士，而是赶出斜谷。
5　福西昂（约公元前402～前318），雅典将军、政治家，因主张和平被处决。

这是起义。士兵反对亚历山大，水手反对克利斯朵夫·哥伦布，是同样的反抗；大逆不道的反抗；为什么？因为亚历山大为了亚洲用剑所做的事，正如哥伦布为了美洲用罗盘所做的事；亚历山大像哥伦布一样，找到了一个世界。将一个世界赠送给文明，是大大增加了光明，因此一切抵抗是有罪的。有时，人民曲解了对自我的忠诚。人群背叛人民。例如，私盐贩子不惜流血长期抗争，这是长期的合理的反抗，但在决定性的时刻，到了争取得救的日子，在人民取得胜利的时刻，却投靠王权，转为舒昂党，从反抗王权的起义转为拥护王权的暴动，岂非咄咄怪事！这是愚昧的可悲杰作！私盐贩子逃脱了王权的绞刑架，有一截绳子挂在脖子上，却炫耀白徽章。"打倒盐税局"却产生了"国王万岁"。圣巴托罗缪之夜的屠杀者，九月惨案的凶手，阿维庸惨案的刽子手，科利尼[1]的暗杀者，德·朗巴尔夫人的暗杀者，布吕纳的暗杀者，米克莱匪帮，绿徽章，辫子兵，热余帮，袖章骑士，[2]这是暴动。旺岱事件是天主教的一次大暴动。

争取权利的运动喧声历历可闻，并不总是来自骚乱群众的呼喊；有疯狂的愤怒，有破钟的响声；并非所有的警钟都发出铜钟的声音。狂热和无知的动乱，不是进步的震荡。起来，是的，但这是为了壮大。请给我指出您要到哪里去。只有前进才算起义。其他起来都是不好的。凡是激烈往后退的都是暴动；后退是反对人类的暴行。起

---

[1] 科利尼（1519～1572），法国海军司令，在圣巴托罗缪之夜被害。
[2] 米克莱是西班牙匪帮，1808年由拿破仑改编成法军，对付西班牙游击队；绿徽章是保王党集团，热月政变和复辟王朝初期，在南方肆虐；辫子兵是留发的榴弹兵和轻骑兵，热月政变后发辫成为年轻保王党人的时髦；热余帮是热月政变后在南方活动的反动团体；袖章骑士指1814年随昂古莱姆公爵进入波尔多城的扈从贵族，他们左臂戴绿袖章。

义是真理的震怒；起义撬起的石块，闪射出权利的光辉。这些石块只给暴动留下烂泥。丹东反对路易十六，这是起义；埃贝尔反对丹东，这是暴动。

由此可见，正如拉法耶特所说的，在特定情况下，如果起义是最神圣的义务，暴动就是滔天大罪。

热量大小也有差异；起义往往是火山爆发，暴动通常是麦秸燃起的火。

上文说过，反抗有时出现在政权内部。波利涅克是暴乱者；卡米尔·德穆兰是治理者。

有时，起义是复活。

以普选解决一切问题，是绝对现代的方式，在此之前的一切历史，四千年来民权受到侵犯，人民生活在水深火热之中，每个历史时代都伴随可能提出的抗议。在恺撒之流的统治下，没有起义，但有尤维纳利斯[1]。

"facit indignatio"[2] 代替了格拉库斯兄弟[3]。

在恺撒之流的统治下，有押到西埃纳[4]的流放者；也有《编年史》作者[5]。

且不说帕特莫斯那个了不起的流放者[6]，他也以理想世界的名义，指责现实世界将幻觉变成异乎寻常的讽刺，将《启示录》闪闪的反

---

1 尤维纳利斯（约60～约120），拉丁语诗人，作品有《讽刺诗》，抨击罗马陋习。
2 拉丁文，引自尤维纳利斯的一句诗："缺少天赋，愤怒也能写诗。"
3 格拉库斯兄弟，公元前2世纪的罗马护民官，在暴动中死去。
4 据传尤维纳利斯放逐到西埃纳，位于阿斯旺一带。
5 即塔西陀（约55～约120），古罗马历史学家。
6 指圣约翰，他在希腊的帕特莫斯岛上撰写《启示录》。

光投在罗马-尼尼微、罗马-巴比伦、罗马-索多姆[1]上。

约翰站在岩石上,这是斯芬克司在基座上;人们可能不理解他;这是一个犹太人,讲的是希伯来文;但《编年史》的作者用的是拉丁语;说得确切些,这是个罗马人。

正像尼禄之流统治暴虐,他们也应该用同样的色调描写出来。单用雕刻刀会显得苍白无力;必须用凝练的讽刺散文倾注在刻槽中。

专制者给思想家带来思索。受束缚的语言具有威力。君主强迫人民沉默时,作家便两倍三倍地加强他的文笔。从这沉默中产生一种神秘的丰满的智力,渗透到思想中,凝结成青铜。历史上的高压政策,产生了历史家的简洁。这样著名的散文花岗岩般的坚实,正是暴君高压的结果。

暴政迫使作家缩小了直径,力量却增加了。西塞罗的和谐复合句,在维雷斯的案件上勉强够用,[2]在卡利古拉身上就会显得不够锋利。句子压缩,打击就更有力度。塔西陀思索有力。

一颗伟大心灵的正直,浓缩成正义和真理,具有雷霆万钧之力。

顺便说说,需要指出,塔西陀在历史上并没有与恺撒处于同一时期。给塔西陀保留的是提拜尔之流的皇帝。恺撒和塔西陀是相继出现的两个非凡的人,仿佛避免相遇,这是在岁月的舞台上,调节上下场的主宰者的神秘安排。恺撒是伟大的,塔西陀是伟大的;天

---

1 尼尼微,亚述古国首都,公元前661年被毁;巴比伦,西亚文明古国,始建于公元前24世纪,公元前323年以后衰落;索多姆,《圣经》上的罪恶之城,被上帝毁灭。

2 西塞罗(公元前106~43),古罗马政治家、演说家;他对总督维雷斯敲诈勒索的控告十分有力,使之受到惩罚。

主不让这两个伟人相互撞击。正义的审判官若是打击恺撒,就会打击过烈,显得不公正。天主不愿意这样做。非洲和西班牙的重大战争,奇里乞亚[1]被歼的海盗,传入高卢、布列塔尼和日耳曼的文明,所有这些光荣遮盖了鲁比科内河事件[2]。这里有一种上天正义的微妙,在游移不决是否让了不起的历史家去评说有名的篡权者,让塔西陀饶恕恺撒,向这位天才提供减轻罪行的情节。

当然,即使在天才的专制下,专制主义还是专制主义。在有名的暴君统治下,有腐败现象,但精神瘟疫在卑劣的暴君统治下更加丑恶。在这些朝代,耻辱毫不掩饰;塔西陀和尤维纳利斯这样的编纂典型事例的人,抨击这种无可辩驳的卑鄙无耻,对人类更有助益。

罗马在维特利乌斯时期比在苏拉时期,[3]情况更糟。在克劳狄和多米蒂阿努斯[4]时期,有一种变形的卑劣下流,同暴君的丑恶相对应。奴隶的卑污是暴君直接造成的;主子反映在这些腐烂的心灵中,从里面散发出瘴气;政权邪恶,心地狭小,意识平庸,心灵发臭;在卡拉卡拉时期是这样,在科莫德时期是这样,在海利奥加巴卢斯时期是这样,[5]而在恺撒时期,从罗马元老院只散发出鹰巢特有的臭气。

因此,表面上塔西陀和尤维纳利斯一类的人来迟了;揭示者要

---

1 奇里乞亚地区位于土耳其南部,濒临地中海。
2 鲁比科内河是意大利和高卢的界河。公元前49年1月11日至12日的夜里,恺撒未经元老院批准,率军过河入侵高卢。
3 维特利乌斯(15~69),古罗马皇帝,在位一年,即被民众杀死;苏拉(公元前138~前78),古罗马将军、政治家,任执政官九年,权力达到顶峰时突然退隐。
4 克劳狄(公元前10~54),古罗马皇帝;多米蒂阿努斯(51~69),古罗马皇帝。
5 卡拉卡拉(188~217),古罗马皇帝;科莫德(161~192),古罗马皇帝;海利奥加巴卢斯(204~222),古罗马皇帝。

到事实昭然若揭时才出现。

但是，尤维纳利斯和塔西陀，与《圣经》时代的以赛亚和中世纪的但丁一样，这是个人；暴动和起义，这是集体，时而错误，时而正确。

一般情况下，暴动出自物质原因，起义总是一个精神现象。暴动是马萨尼埃洛[1]，起义则是斯巴达克思。起义接近头脑，暴动接近胃。胃发火了；但胃并非总是错。在饥饿问题上，暴动，例如布藏赛[2]那次，出发点正确，令人同情，是正义的。然而它仍然是暴动。为什么？因为虽然它在内容上是对的，在形式上却错了。尽管有理，但凶残，尽管强大，但过激；它随意打击；它像盲目的大象乱踩一气；它在身后留下老人、妇女和孩子的尸体；它无缘无故让手无寸铁和无辜的人流血。为人民求温饱，目的很好，屠杀人民，方式恶劣。

但凡武装抗议，即使最合理的，即使是八月十日，七月十四日，都同样以骚乱开始。在正当权利显示出来之前，总有混乱，沉渣泛起。开始，起义是暴动，同河流本是急流一样。一般说来，它要流入大海：革命。但有时，起义来自俯瞰精神地平线、正义、智慧、理性、权利的高山之巅，由最纯洁的理想之雪构成，它的透明映出蓝天，长久地从岩层跌落下来，汇集百川，最终波澜壮阔，突然注入资产阶级的某个泥潭，如同莱茵河落入一个沼泽。

这一切已属过去，未来是另一个样子。普选的出色之处，就在

---

[1] 马萨尼埃洛，1647年那不勒斯起义的首领。
[2] 布藏赛，位于法国中部，1847年因粮食问题发生流血事件。

于原则上消除了暴动，在投票赞成起义时，解除了起义的武装。战争，包括街垒战和边境战争化为乌有，这是不可避免的进步。不管今日如何，明天是和平。

另外，起义和暴动有什么不同，地道的资产者不太知道内中的细微差别。对资产者来说，这都是叛乱，不折不扣的造反，看门狗对主人的反叛，企图咬人，必须锁上链条，关进狗窝，给以惩罚，让它汪汪乱叫好了；直到狗突然变大，昏暗中隐约变成了狮子头。

于是资产者叫道："人民万岁！"

做过了这个解释，那么，对历史来说，一八三二年六月的这场运动，究竟是暴动，还是起义？

这是一场起义。

这场可怕事件发生时，我们有可能说这是暴动，但这只不过在说明表面现象，而我们始终区分形式是暴动，起义是实质。

一八三二年的这场运动，爆发迅速，扑灭凄惨，巍然壮观，连认为只是一场暴动的人谈起时也不无敬意。对他们来说，这是一八三〇年革命的余波。他们说，激发起来的想象力，不会在一天之内平息下来。一场革命不能戛然而止。它在回复平静状态之前，总是必然有波动起伏，就像一座大山逐渐降低到平原上。没有汝拉山脉，就没有阿尔卑斯山，没有阿斯图里山，就没有比利牛斯山。

现代史这场激动人心的危机，巴黎人在记忆中称为"暴动时期"，肯定是本世纪风狂雨暴时代最有特点的时刻。

在进入叙述故事之前，最后再说几句。

下面要叙述的事，属于史家缺乏时间和空间，有时要忽略的富有戏剧性而且生动的现实。我们在这里强调的是，这正是生活、震动和人心的颤抖。上文说过，细节可以说是重大事件的枝叶，湮没在历史的往昔中。所谓"暴动"的时代，这类细节俯拾皆是。司法预审不同于历史，出于别的原因，没有全部披露，或许也没有查到底。有些特殊情况众所周知，已经公布了，因此，我们要揭示不为人知的事，有的被人遗忘了，有的被死人带走了。这些惊心动魄的场面的大部分演员消失了；从第二天起，他们讳莫如深；而我们叙述的，可以说，我们见到过。我们改掉几个名字，因为历史是叙述，而不在于揭露，但我们描绘的是真情实事。限于本书的条件，我们只显示一八三二年六月五日至六日的一个侧面，一个插曲，准定是不为人知的；我们要揭开黑沉沉的幕布，让读者看到这场惊天动地的社会动乱的真相。

三、葬礼：再生机会

一八三二年春天，尽管三个月以来霍乱使人心头冰凉，给躁动的情绪投下难以描述的死寂，巴黎早就孕育一场大动荡。上文说过，大城市就像一门炮；装上炮弹以后，只消一点火星落下，炮弹便发射出去。一八三二年六月，火星就是拉马克将军之死。

拉马克是一个德高望重、战功卓著的人物。他在帝国和王朝复辟时期，相继表现出这两个时代所需要的勇敢，即战场上的勇敢和讲坛上的勇敢。他口若悬河，又十分骁勇；人们感到他的话里有一把剑。他同前辈福阿[1]一样,先是高举指挥大旗,后又高举自由的大旗。他位于左派和极左派之间,受到人民的爱戴,因为他接受未来的机会,他受到群众的爱戴,因为他出色地为皇帝效过命。他同热拉尔和德鲁埃两位伯爵一起,是拿破仑"in petto"[2]的元帅。一八一五年协议像是对他个人的冒犯,气得他跳起来。他憎恨威灵顿,这种憎恨深得民心;十七年以来,他不大关心过渡性事件,庄严地保持对滑铁卢战役的悲哀。在弥留的最后一刻,他捏紧了胸前的一把剑,这是百日时期的军官赠给他的。拿破仑死时说出的话是"军队",拉马克说出的话是"祖国"。

他的逝世早已预料到,但是人民深感担忧,看作是一个损失,政府也深感担忧,生怕被人利用。他的逝世使人感到万分悲痛。如同一切悲哀,这次悲伤会转化为闹事。果然不出所料。

六月五日确定为拉马克的安葬日,这天的前夜和早上,送葬行列要到达的圣安东尼郊区呈现可怕的面貌。嘈杂交错的街道人声鼎沸。人们尽可能武装起来。有些细木匠拿来刨床的压脚,"用来砸门"。其中一个将鞋匠的铁钩砸掉,磨尖铁柄,做了一把匕首。另一个在"进攻"的狂热中,三天来都和衣睡觉。一个名叫龙比埃的木匠,遇到一个同行,同行问他:"你到哪儿去?""唉!我没有武器。""怎么办呢?""我到工地去取卡钳。""干吗呢?""我不知道,"龙比埃回答。一个名叫雅克林的送货员走近路过的工人:"你过来一

---

[1] 福阿(1775~1825),帝国将军,1819年成为自由派议员,他的葬礼成为人民反对查理十世的抗议示威。
[2] 意大利文:心目中。

下!"他付了十苏酒钱,又说:"你有工作吗?""没有。""你到蒙特雷伊城门和沙罗纳城门之间的菲斯皮埃尔那里,就会找到工作。"在菲斯皮埃尔家找到的是子弹和武器。有些知名的头儿"赶驿站",就是说跑到这家和那家,聚集人马。在王位城门附近的巴泰勒米酒店,在卡佩尔酒店,在小帽酒店,喝酒的人庄重地攀谈。只听到他们说:"你的手枪放在哪儿?""在罩衣下。你呢?""在衬衣下。"在横街的罗朗工场前面,在"焚烧屋"大院,在钳工贝尔尼埃的工场前面,聚三攒五的人群在窃窃私语。可以注意到一个叫马沃的最激烈,他在一个工场里从来干不到一星期,老板辞退他是"因为必须每天同他争吵"。马沃在梅尼尔蒙当街的街垒战发生后的第二天被人杀死。普勒托也在战斗中牺牲,他协助马沃;别人问他:"你的目的是什么?"回答是:"起义。"聚集在贝尔西街角上的工人等待一个名叫勒马兰的人,他是派到圣马尔索郊区的革命代表。口号几乎公开交换。

六月五日,这一天时而下雨,时而出太阳,拉马克将军的送葬行列动用了正规的军队仪仗队,以防不测,增加了一点人马,穿过巴黎。护送灵柩的有两营人,铜鼓蒙上黑纱,枪口朝下背着,一万名国民自卫军,腰佩军刀,还有国民自卫军的炮队。柩车由年轻人拉着。残废军人中的军官紧随在后,手持桂枝。后面是不计其数的、闹嚷嚷的、千奇百怪的人群,人民之友社成员,法学院和医学院的学生,各民族的避难者,西班牙、意大利、德国、波兰的国旗,横条三色旗,形形色色的旗帜,挥舞绿枝的孩子,这时也罢工的石匠和木匠,戴着纸帽、一看便知的印刷工人,他们三三两两,高声喊叫,几乎都挥舞着棍棒,有几个挥舞军刀,毫无秩序,但是万众一心，时而乱糟糟，时而排列成行。一群群人自行选出头头；一个明显插着一对手枪的人，仿佛在检阅其他人，人流都躲开他。在大街的侧道，在树丛中，在阳台上，在窗口，在屋顶，男人、女人、孩子的头攒动着；眼里充满忧虑不安。武装的人群走过，惊惶的人群在观望。

政府则密切观察。边观察边手中握剑。可以看到路易十五广场有四队骑兵，号手在前头，长短枪子弹上了膛，他们跨在马上，准备好前进；在拉丁区和植物园，保安警察从这条街到那条街排列成行；在酒市有一队龙骑兵，在格雷夫广场有十二轻骑兵的半个团，另一半在巴士底广场，第六龙骑兵团在塞莱斯丁，炮兵挤满卢浮宫大院。其余部队在军营里待命，还不算巴黎附近的各团。惴惴不安的政权在市区布置两万四千人，在郊区布置三万人，对准气势逼人的群众。

送葬行列中流传着各种消息。有人谈论正统派的阴谋；有人谈论德·雷施柴德公爵[1]，正当群众指望他重振帝国时，天主却定下了他的死期。一个不知名的人宣称，在预定时间，两个被争取过来的工头会给人民打开军工厂的大门。大半参与者光秃秃的头上，笼罩着热情与疲惫。处处还可以看到，万分激动而又庄重的人群中，确实有些歹徒的脸，他们口出秽言："去抢啊！"有时搅动沼泽的底部，就会在水中泛起一团团污泥。这种现象对"干练的"警察来说，毫

---

[1] 雷施柴德公爵（1811～1832），拿破仑之子，1815年拿破仑第二次退位时，他被议会宣布为拿破仑二世，1818年成为雷施柴德公爵。他患肺病，于1832年7月22日死去。

不陌生。

送葬行列从灵堂出发,激动地徐徐而行,经过一条条大街,到达巴士底广场。不时下起雨来;雨对人群丝毫不起作用。出了好几起意外事件,灵柩围着旺多姆圆柱转一周时,有人望见费茨-詹姆斯公爵[1]戴帽站在阳台上,便向他扔石头,高卢雄鸡[2]被人从群众的一面旗帜上扯下来,扔到烂泥里,一个警察在圣马丁门被剑戳伤,第十二轻骑兵团的一个军官大声说:"我是共和党人。"综合工艺学校的学生冲破禁令,突然来到,高呼:"综合工艺学院万岁!共和国万岁!"这些都是送葬途中发生的事。在巴士底广场,浩浩荡荡而可怕的看热闹的人,从圣安东尼郊区赶来,同送葬行列汇合,群情激昂,开始沸腾起来。

只听到一个人对另一个人说:"你看那个留红山羊胡的人,什么时候开枪,是由他下令的。"这个留红山羊胡的人,似乎后来在另一次暴动,即盖尼塞事件[3]中执行同样的任务。

柩车越过巴士底广场,沿着运河前进,穿过小桥,来到奥斯特利兹桥头的空地,便停了下来。这时,从空中鸟瞰,人群呈现彗星的形状,头部在空地,在布尔东沿河大街展开的尾巴,覆盖了巴士底广场,再由环城马路一直拖到圣马丁门。柩车围了一圈人。喧腾的人群沉寂下来。拉法耶特讲话,向拉马克诀别。这是动人而庄严的时刻,人人都脱了帽,每颗心都怦然跳动。突然,一个穿黑衣的

---

[1] 费茨-詹姆斯公爵,贵族院议员,极端保王党人。
[2] 高卢雄鸡是七月王朝的徽号。
[3] 盖尼塞是圣安东尼郊区大街的锯木板工人,1841年暗杀奥尔良公爵和欧马尔公爵,未遂。

人，骑着马，手擎一面红旗，出现在人群中，有人说是一根长矛挑着一顶红帽子。拉法耶特转过头来。埃克塞尔曼[1]离开了送葬行列。

这面红旗掀起一阵风暴，又消失了。从布尔东大街到奥斯特利兹桥，呼喊声像浪潮，掀动着人群。响起两下惊人的喊声："拉马克进先贤祠！拉法耶特进市政厅！"年轻人在人群的呼喊声中，拉起拉马克的柩车，越过奥斯特利兹桥，也拉起拉法耶特的马车，穿过莫尔朗沿河大街。

在围住拉法耶特、向他欢呼的人群中，有人发现一个德国人，指给别人看；他名叫路德维格·斯尼德尔，后来活了一百岁，参加过一七七六年战役，在华盛顿麾下效过力，在特伦顿打过仗，也在拉法耶特麾下效过力，在布兰迪万[2]打过仗。

但在左岸，保安警察的骑兵蠕动起来，堵住了桥，在右岸，龙骑兵从塞莱斯坦出动，沿着莫尔朗河滨大道展开。拖着拉法耶特那辆马车的人群，在滨河大道的拐角猛然看到龙骑兵。便喊起来："龙骑兵！龙骑兵！"龙骑兵默默地缓缓前行，手枪插在马鞍旁的皮袋里，军刀插在刀鞘里，马枪插在枪托中，一副阴沉的等待神情。

他们在离小桥两百步的地方站住了。拉法耶特乘坐的马车径直来到他们旁边，他们闪开，让他过去，随即又封上。这时，龙骑兵和人群遭遇了。妇女恐惧地逃走。

在这不幸的时刻，发生了什么事？谁也说不清楚。这是两块乌

---

1 埃克塞尔曼（1775～1852），法国元帅，帝国骑兵英雄，1832年是巴黎市议会议员。
2 特伦顿和布兰迪万都是美国地名，指这个德国人参加过独立战争。

云相交的黑暗时刻。有人说，军火库那边传来了冲锋号，还有人说，一个孩子给了一个龙骑兵一匕首。事实是，突然开了三枪，第一枪打死了骑兵队长肖莱，第二枪打死了一个耳聋的老太太，她正关上面对孔特尔卡普街那扇窗，第三枪打掉了一个军官的肩章；一个女人喊道："动手太早了！"突然，可以看到从对岸到莫尔朗河滨大道，一队本来待在军营的龙骑兵奔驰而来，军刀出鞘，越过巴松皮埃尔街和布尔东大街，漫卷一切。

至此，不必多说了，风暴席卷而来，石块如雨落下，枪声大作，许多人冲到河岸下面，渡过今日已填塞的一条小河浜；卢维埃岛的工地，这个现在的巨大堡垒，布满了战士；有人拔木桩，有人开手枪，筑起了一道街垒，后撤的年轻人，拖着枢车，跑步越过奥斯特利兹桥，向保安警察冲去，骑警赶来，龙骑兵挥舞军刀，人群向四面八方奔逃，巴黎的各个角落掠过战争的喧嚣，人们高呼："拿起武器！"奔跑、绊倒、逃遁、抵抗。愤怒把暴动卷走，如同风吹灭了火。

四、往昔的沸腾

没有什么比暴动开始的汇集更异乎寻常的了。一切同时在各处爆发。预见到了吗？是的。早有预谋吗？不是。从哪里冒出来的？从石子路冒出来的。从哪里落下来的？从天而降。这里，起义具有阴谋的性质；那里，又是自发的。随便一个人抓住一股人群，带到他要去的地方。在这充满惊恐的开端，混杂了一种莫名其妙的快乐。

先是沸反盈天，商店关门，摆摊的商贩消失不见；继而有几处开火；人们奔逃；枪托撞击大门；宅院里传出女仆的笑声和话语："要闹腾起来了！"

一刻钟不到，在巴黎的四面八方，下列景象几乎同时发生。

在布列塔尼同乡会圣十字街，二十来个青年，留胡子和长发，走进一个小咖啡馆，不久又出来了，拿着一面横条三色旗，旗上系黑纱，为首三人有武器，一个是把军刀，另一个是步枪，第三个是长矛。

在迪埃尔修女街，一个衣着笔挺的资产者，大腹便便，声音洪亮，秃顶，昂起头颅，留着黑胡子，硬髭须倔强地翘起，公开向行人散发子弹。

在圣彼得-蒙马特尔街，一些赤臂的人挥舞一面黑旗，上写几个白色的字："共和国，毋宁死"。在守斋者街、钟面街、蒙托格伊街、芒达街，出现一些人群，挥舞旗帜，上写金色的字，用数字标明分部。其中一面旗帜红蓝之间夹了一条分辨不清的白色。

人们抢劫圣马丁大街的一家武器工厂和三间武器商店，第一间在美堡街，第二间在米歇尔伯爵街，另一间在神庙街。几分钟之内，几千只手抓起和拿走两百三十支枪，差不多都是双响的，还有六十四把军刀，八十三支手枪。为了武装更多的人，一个拿了步枪，另一个就拿刺刀。

在格雷夫沿河大街对面，一些拿短枪的青年跑到妇女家中去开枪。其中一个有一支转轮短枪。他们拉门铃，进去装子弹。其中一名妇女叙述道："我不知道子弹是什么东西，是我的丈夫告诉我的。"

在圣母升天会老修女街，一伙人冲进一间古玩店，拿走了几把土耳其弯刀和一些土耳其武器。

一个被步枪打死的泥瓦匠尸体，躺在珍珠街上。

随后，在右岸和左岸，在河滨路和大街，在拉丁区和菜市区，气喘吁吁的人、工人、大学生、居民，念公告，高喊："拿起武器！"打碎街灯，给马车卸套，撬起路石，闯进住家大门，拔起树木，搜索地窖，将酒桶滚出来，垒起路石、碎石、家具、木板，筑起街垒。

强迫市民协助。闯进女人家里，要她们拿出出门的丈夫的刀枪，用白垩粉在门上写上："已交出武器。"有的人在刀枪的收据上签上"自己的名字"，说道："明天派人到市府领取。"街上单独值勤的岗哨，前往市府的国民自卫军，都被解除了武装。扯下军官的肩章。在圣尼古拉公墓街，一个国民自卫军的军官，受到一伙手拿棍子和花剑的人追赶，好不容易躲进一户人家，直到夜里才出来，而且是乔装打扮。

在圣雅克街区，大学生成群从公寓出来，拥进圣雅散特街的进步咖啡馆，或者下坡到马图林街七球咖啡馆。有些青年站在门口的墙基石上散发武器。抢劫了特朗斯诺南街的工地，构筑街垒。只有在圣阿沃伊街和直性子西蒙街的拐角，才遭到居民的抵抗，他们拆掉街垒。只有在一个地方，起义者屈服了；他们在神庙街向一连国民自卫军开火，然后放弃刚筑起的街垒，从制绳街逃走。连队在街垒捡到一面红旗，一盒步枪子弹和三百发手枪子弹。国民自卫军撕碎旗帜，插在他们的刺刀上。

我们在这里从容地一一叙述的事例，在这场大动乱中同时发生在城里的各个角落，仿佛一阵滚雷中的万道闪电。

不到一小时，仅在菜市场街区，就有二十七个街垒拔地而起。中心是有名的五十号楼房，这是雅纳和他的一百零六个伙伴的堡垒，它的侧面在圣梅丽修道院有一道街垒，另一侧在莫布埃街有一道街垒，指挥着三条街，即阿尔西斯街、圣马丁街和正对面的屠夫奥布里街。两道折尺形的街垒，一道从蒙托格伊街折向大丐帮街，另一道从若弗罗瓦-朗日万街折向圣阿沃伊街。还不算巴黎的其他街区，马雷区，圣热纳维埃弗山的无数街垒；梅尼尔蒙当街的街垒上，有一扇卸下来的大门；另一个街垒在市中心医院的小桥旁用卸了套、推翻了的苏格兰大车筑成，离警察总署仅三百步。

在乡村乐师街的街垒上，一个衣着笔挺的人给工人发钱。在格勒奈塔街的街垒上，出现一个骑马的人，交给像街垒的头头一卷东西，好似是一筒钱。他说："这是用来支付开销、酒钱什么的。"一个金发的年轻人，没戴领带，从一个街垒走到另一个街垒，带去口令。另一个人提着出鞘军刀，头戴蓝色的警察帽，在布置岗哨。在街垒内，小酒店和门房间改成了警卫室。另外，暴动按最高明的军事战术来行动。出色地选择了狭窄的、高低不平的、弯弯曲曲的、多角多拐的街道；特别是菜市场附近，街道网比森林还要错综复杂。据说人民之友社在圣阿沃伊街区领导起义。有个人在蓬索街被打死，从他身上搜出一张巴黎地图。

真正领导暴动的，是一种弥漫空中的从未有过的狂热。起义突然用一只手筑起街垒，用另一只手抓住几乎所有的驻军哨所。不到三小时，如同一条在燃烧的火药长蛇，起义者侵占了右岸的军火库、王宫广场的区政府、整个玛雷区、波潘库兵工厂、加利奥特厂、水堡、菜市场附近的所有街道；在左岸则侵占了老兵军营、圣佩拉吉、莫贝尔广场、双磨坊火药库、所有的城门。傍晚五点钟，他们控制了巴士底广场、内衣仓库、白色披风仓库；他们的尖兵来到胜利广场，威胁着银行、小神父军营、驿站饭店。巴黎的三分之一处在暴动之中。

每一个地方，战斗都大规模展开；缴械，搜查住宅，强行侵入武器商店，结果是，战斗以扔石块开始，以枪战延续下去。

将近傍晚六点钟，鲑鱼巷变成了战场。暴动者在一端，军队在相反一端。从一道铁栅门向另一道铁栅门射击。一个观察者，一个好幻想的人，即本书作者，就近看过火山，处在两边火力夹击之下的小巷里。他只有待在隔开店铺的半圆柱鼓起的地方躲避子弹；他在这种尴尬处境中，待了近半小时。

集合鼓敲响了，国民自卫军穿上衣服，匆匆武装起来，宪兵团从区政府出动，团队从军营出动。锚巷对面，一个鼓手挨了一刀。另一个在天鹅街遭到三十来个年轻人的袭击，他们戳破了他的鼓，夺走了他的军刀。另一个在圣拉撒路阁楼街被杀死。在米歇尔伯爵街，三个军官相继倒毙。好几个保安警察在伦巴第街受了伤，倒退回去了。

在巴塔夫大院前面，一连国民自卫军捡到一面红旗，上写："共和革命，第一二七号。"这确实是一场革命吗？

起义将巴黎的中心变成一种错综复杂、迂回曲折的巨大堡垒。

那里是中心，那里显然是问题所在。其余的一切只是小接触。

证明一切在那里决定的是，那里还没有发生战斗。

有几团士兵情绪不稳定，这就增加了这场危机吓人的晦暗不明。这些士兵记起一八三〇年七月第五十三步兵团保持中立，获得了民众的欢呼。两个久经沙场考验、英勇无畏的人，德·洛博元帅和布若将军，一正一副在指挥。由数营步兵组成的庞大的巡逻队，由几连国民自卫军殿后，一个挎绶带的警官作前导，到发生起义的街道去查看。起义者则在十字街头布置岗哨，大胆地把巡逻队派出街垒。双方在摸底。政府手里有军队，犹豫不决；黑夜即将来临，开始传来圣梅丽修道院的警钟声。当时的陆军大臣苏尔特元帅参加过奥斯特利兹战役，脸色阴沉地注视着事态。

那些老水兵习惯正规作战，他们的方法和向导是只以战术作为战斗的罗盘，面对所谓众怒这巨大的波涛，弄得晕头转向。革命的风向无法掌握。

郊区的国民自卫军匆匆赶来，乱成一团。第十二轻骑兵团的一个营从圣德尼小跑步赶来；第十四步兵团来自库布伏瓦；军校的炮兵在骑兵竞技场安置阵地；大炮从万森拖下来。

杜依勒里宫寂然无声。路易-菲利普十分平静。

五、巴黎的古怪之处

上文说过，两年以来，发生过不止一次起义。在一次暴动中，除了起义的街区，一般说来，没有什么比巴黎的面貌更加平静得出奇。巴黎很快就习惯一切，——不过是一次暴动——巴黎头绪繁多，不会为这点小事撂下手边的活儿。只有这些大城市才能提供这样的景象。只有巨大的城池才能同时容纳内战和说不清的古怪宁静。一般说来，起义开始时，听到鼓声、集合喇叭声和紧急集合鼓，店铺老板仅仅说一句：

"看来，圣马丁街又闹事了。"

或者说：

"是圣安东尼郊区。"

他往往无忧无虑地添上说：

"反正那一带吧。"

稍后，在分清密集的枪声发出令人胆寒的凄厉喧嚣后，店老板又说：

"事情严重了？嗨，事情严重了！"

过了一会儿，如果暴动逼近和发展，他就立即关上店铺，迅速穿上军服，就是说，保证货品安全，拿个人去冒险。

在十字街头，在小巷，在死胡同，进行枪战；夺取、失去、再夺回街垒；鲜血流淌，房屋的正面弹痕累累，在内室的人也有被流弹打死，尸体布满了马路。离开几条街，却听到咖啡馆里桌球的撞击声。

爱凑热闹的人在离战事正酣的街道不远的地方交谈和嬉笑；剧院开门，演出歌舞剧。出租马车照样行驶；行人到城里吃晚饭。有时甚至到战斗的街区去。一八三一年，为了让婚礼的队伍过去，枪击暂停。

一八三九年五月十二日起义时，在圣马丁街，一个有残疾的小老头推着一辆小车，车上装着盛满饮料的玻璃瓶，上面盖了一块三色破布，从街垒走到军队那里，又从军队走到街垒那里，不偏不倚地时而给政府军，时而给反政府的一方供应一杯杯甘草柠檬露。

再怪也没有了；这是巴黎暴动的特色，在其他首都根本找不到。这必须具备两个条件，即巴黎的伟大和乐观。必须是伏尔泰和拿破仑的城市。

但这一次，一八三二年六月五日，刚一拿起武器，这座大城市就感到有样东西也许比她强大。她害怕了。到处，在最远和最"漠不关心"的街区，大门、窗户和护窗板在大白天都关上了。勇敢的人拿起武器，胆小的人躲藏起来。无忧无虑和惊慌失措的行人消失了。许多街道像凌晨四点钟一样空空荡荡。大家传递令人不安的细节，大家散布不祥的消息。"他们控制了银行；""仅仅在圣梅丽修道院，他们就有六百人，在教堂里筑工事固守；""防线并不可靠；""阿尔芒·卡雷尔去见过克洛泽尔元帅，元帅说：'先要有一个团；'""拉法耶特生病了，但他对他们说：'我是属于你们的。哪里有地方放一张椅子，我就跟随你们到哪里；'""必须小心谨慎；夜里，在巴黎的偏僻角落，有人抢劫孤零零的房子（这里可以看出警察的想象力，这位安娜·拉德克利夫[1]介入政府的事）；""在屠夫奥布里街，设了一个炮台；""洛博和布若商量过，午夜，或者最迟拂晓，四路纵队同时向暴动的中心进发，第一纵队来自巴士底广场，第二纵队来自圣马丁门，第三纵队来自格雷夫广场，第四纵队来自

---

[1] 安娜·拉德克利夫（1764～1823），英国女小说家，哥特小说的代表之一，著有《尤道尔夫的秘密》。

菜市场；""或许也有部队撤出巴黎，退到练兵场；""不知道会发生什么情况，但肯定的是，这回严重了。""大家关注苏尔特元帅的迟疑不决。""干吗他不马上进攻呢？""可以肯定，他要深思熟虑。老狮子好像在黑暗中嗅到了陌生的怪物。"

黄昏来临，剧院没有开门；巡逻队怒气冲冲地巡查；盘问行人；逮捕可疑的人。九点钟，抓了八百多个人；警察总署人满为患，裁判所附属监狱人满为患，福斯监狱人满为患。特别在裁判所附属监狱，所谓巴黎街的长地道里，铺上了麦秸捆，躺着一堆堆囚犯，里昂人拉格朗日[1]无畏地向囚犯演讲。所有人一动弹，全部麦秸便发出骤雨的响声。别处的囚犯睡在露天的院子里，人叠人。处处惶恐不安，这种动荡在巴黎是少见的。

居民在家堵住门窗；妇女和母亲惴惴不安；只听到这喊声："天哪！他没有回家！"在远处难得传来马车的辚辚声。人们在门口倾听喧嚣声、喊叫声、嘈杂声、低沉而难以分辨的响声，听到有的声音他们会说："这是骑兵，"或者："这是弹药车在飞奔，"还有军号声、鼓声、枪声，尤其是圣梅丽修道院凄惨的警钟声。人们等待第一声炮响。武装的人出现在街角，呼喊着："快回家去！"然后消失了。居民匆匆闩上大门，问道："结局会怎样呢？"随着黑夜降临，巴黎好像被暴动令人生畏的火光越来越染得更凄惨了。

---

[1] 拉格朗日（1804～1857），在里昂领导进步社，参与组织 1834 年的里昂起义。

第十一章
原子同风暴亲如兄弟

一、关于加弗罗什的诗的来源的几点说明
一位学士院院士对此诗的影响

起义的起因是民众和军队在军火库前发生冲突；这时起义制约着人群从前面向后面倒退，这是可怕的退潮，因为紧随着柩车的人群，后面延续了好几条大街，可以说压在送葬行列的头上。杂沓的人群动摇了，队伍打乱了，所有人奔跑起来，走掉了，逃走了，有些人呼喊进攻，还有些人脸色惨白，夺路而逃。布满大街的洪流瞬间分流，向右向左满溢而出，分成急流，同时泻入二百条街道中，宛如闸门打开，汹涌而出。这时，有个衣衫破烂的孩子从梅尼尔蒙当街下来，手里拿着一根开满金雀花的树枝，是他从贝尔维尔的高地上刚采摘的，他在一间旧货店的橱窗前看到一把马队老式手枪。他将花枝扔在马路上，叫道：

"东西大妈，我借您的玩意儿用一下。"

他抓起手枪逃走了。

两分钟后,一群从阿姆洛街和巴斯街奔逃的、惊慌失措的市民,遇到了这个挥舞手枪、唱着歌的孩子:

> 黑夜啥也看不见,
> 白天一点不晃眼,
> 面对一张假文件,
> 老板吓得变了脸,
> 做事千万要行善,
> 短裙尖帽配备全!

这是小加弗罗什去参加战斗。

在林荫大道上,他发现手枪没有扳机。

给他用来为走路助兴的这节歌,以及他有机会就乐意唱的每首歌,是谁写的呢?我们不知道。谁知道呢?也许是他编的。加弗罗什熟悉流行的各种民间小调,他加上自己随意哼唱的东西。他是小精灵和调皮鬼,把大自然的声音和巴黎的声音来个大杂烩。他把鸟儿的节目和工场的节目合编起来。他认识几个画室的学徒,他们与他的阶层接近。他好像当过三个月的印刷厂学徒。一天,他给一位院士巴乌尔-洛尔米昂跑过腿。加弗罗什是个有文才的流浪儿。

加弗罗什没有想到,在那个天气恶劣的下雨的晚上,他让两个小鬼住到大象肚里,他是替天行道,为自己的亲弟弟做事。晚上救了弟弟,早上救了父亲;一夜就是这样度过的。天蒙蒙亮他离开芭蕾舞街，匆匆回到大象肚里，巧妙地把两个孩子弄出来，同他们分享他好歹搞到的早饭，然后他走了，把他们托付给这位好妈妈——大街，他差不多也是这样拉扯大的。离开他们时，他同他们约好晚上在同一个地方见面，对他们做了告别讲话："我折断一根手杖，换句话说，我颠儿了，或者像宫廷里说的，我走开了。孩子们，如果你们找不到爸爸妈妈，今晚就回到这里来。我会给你们饭吃，我会让你们睡觉。"两个孩子要么被警察收留，关进拘留所，要么被卖艺的拐走，要么干脆迷失在巴黎这个巨大的七巧板中了，没有回来。当今社会的底层遍布这种失踪的事例。加弗罗什没有再见到他们。从那天晚上起，有十至十二个星期过去了。他不止一次搔搔脑袋，说道："见鬼，我的两个孩子到哪里去了呢？"

他手里握着手枪，来到白菜桥街。他注意到，这条街上只有一间铺子开门，值得深思的是，这是一家糕点铺。真是天赐良机，在进入未知世界之前，还可以吃上一块苹果酱馅饼。加弗罗什停住脚步，摸摸身上，搜索背心小兜，翻开裤子口袋，什么也没有找到，一个苏也没有，他叫起来："救命啊！"

这块绝妙的糕点吃不上，实在气人。

加弗罗什继续往前走。

两分钟后，他来到圣路易街。他穿过御花园街时，感到需要弥补吃不到苹果酱馅饼的损失，他在大白天痛痛快快地撕了一通剧院海报。

再往前一点，他看到一群身体健硕、像是业主的人走过，便耸耸肩，随便向前吐了一口有哲理意义的苦水：

"这些吃年息的,真像肥猪!塞得饱饱的。顿顿吃好的,吃得晕头转向。问问他们,他们的钱怎么花的。他们说不上来。他们吃掉了,什么!肚子尽可能装走了。"

二、加弗罗什往前走

在大街上,手里挥舞一把没有扳机的手枪,作用很大,加弗罗什感到每走一步,劲头都在增加。他断断续续唱起《马赛曲》,高喊道:"一切都好。我的左手痛得厉害,我给痛风折腾够了,但我很高兴,公民们。资产者只得硬撑着,我要给他们打喷嚏,喷给他们几首颠覆性的歌。密探是什么?是狗。妈的!对狗不要失敬。而且我很想让我的手枪有只狗[1]。我从林荫大道过来,朋友们,烧热了,开锅了,用文火炖,该撇去沫了。男子汉,向前进!让污血灌满田垄!我要为祖国献出生命,我再也见不到我的姘头,纳-依-尼,完了,是的,尼尼!不过无所谓,快乐万岁!我们战斗吧,妈的!我受够了专制主义。"

这时,一名国民自卫军的枪骑兵经过,他的马摔倒了,加弗罗什把手枪放在马路上,扶起那个汉子,并扶他上马。然后,他捡起手枪,继续上路。

在托里尼街,一片安宁、寂静。玛雷区特有的麻木,与周围的喧嚣恰成对照。四个长舌妇在一家门口聊天。苏格兰有巫婆三重唱,

---

[1] 法语中狗和扳机是同一词。

而巴黎有长舌妇四重唱；在阿莫伊荒原上，有人对麦克白说："你将为王，"在博杜瓦耶十字路口，也有人对拿破仑说这句话，同样阴森可怕。这几乎是一样的乌鸦聒噪。

托里尼街的长舌妇只关心她们的事。其中三个是看门女人，一个是背篓子、拿钩子、拾破烂的。

她们四人仿佛站在暮年的四只角，即衰老、凋残、败落和凄凉。

拾破烂的女人低声下气。在这个狂风阵阵的世界上，拾破烂的女人肃立致意，看门女人保护他人。这是因为墙角油水的多寡，取决于看门女人倒垃圾时的兴致。扫帚下面也会有善心。

这个背篓子拾破烂的女人知道感恩图报，她对三个看门女人满脸堆笑！她们闲聊这类事：

"啊，您那只猫总是很凶吗？"

"我的天，猫嘛，您知道自然是狗的敌人。抱怨的倒是狗。"

"人也是这样。"

"不过，猫身上的跳蚤不跳到人身上。"

"狗不麻烦，但是危险。我记得有一年，狗太多了，不得不拿到报上讨论。那时节，杜伊勒里宫有大绵羊拉罗马王的小马车。您记得罗马王吗？"

"我呀，我更喜欢德·波尔多公爵。"

"我呢，我认识路易十七。我更喜欢路易十七。"

"肉真贵，帕塔贡大妈！"

"啊！别对我提起这个，肉店真可恶。该千刀万剐。只给你肉骨头。"

这时，拾破烂的女人插进来了：

"太太们，生意不景气。垃圾堆可怜巴巴的。什么东西也不扔，吃光了。"

"有比您更穷的，瓦古莱姆家的女人。"

"啊，不错，"拾破烂的女人恭敬地回答，"我呢，我还有个职业。"

停了半晌，拾破烂的女人顶不住爱炫耀这种属于人的本质的需要，又说：

"早上回家时，我整理篓子，挑三拣四（大概是说挑选一下）。房间里一堆堆东西。我把破布放进篮里，菜根什么的放进小桶里，衣物放进壁橱里，毛料放进我的五斗柜里，废纸放在窗脚下，能吃的好东西放进我的盆子里，碎玻璃放到壁炉里，破鞋放在门后，骨头放到床底下。"

加弗罗什站在背后倾听：

"老太婆，"他说，"你们谈国事干什么？"

四张嘴组成排炮，向他射击。

"又是一个无赖！"

"他残缺不全的手拿着什么？一把手枪！"

"要干什么，这个小叫花子！"

"他们不推翻政权，就不会安宁。"

加弗罗什不屑一顾，作为报复，只张开手，用拇指顶起鼻尖。

拾破烂的女人叫道：

"可恶的叫花子！"

刚才替帕塔贡大妈回答的女人，拍起巴掌，气愤地说：

"准保要闹事了。我家旁边那个留山羊胡子的捣蛋鬼,我看到他天天早上经过,胳臂挎着一个戴红帽子的姑娘,今天我看见他经过,胳臂挎着一支枪。巴舍大妈说,上星期,有过一次革命,在……在……在……什么地方?在蓬图瓦兹。还有,你们看到了,这个淘气包,拿着一把手枪!好像塞莱斯坦布满了大炮。仁慈的天主啊,当年我看到可怜的王后坐在囚车里过去,那时什么灾难没有啊!眼下刚过上点安生日子,这些无赖却穷折腾,闹得天翻地覆,你叫政府怎么办呢?这一来烟草又要涨价了。坏事干尽!坏蛋,我一定会看到你上断头台!"

"你在喘粗气,我的老妈妈,"加弗罗什说。"擤一下你的长鼻子吧。"

然后他扬长而去。

他走到帕维街时,又想起那个拾破烂的女人,来了一段独白:

"你侮辱革命者可是错了,墙脚大妈。这把手枪,是为了保护你的利益。这是让你的篓子里有更多好吃的东西。"

突然,他听到身后有响声,原来是看门女人帕塔贡在跟随他,对他挥舞拳头,一面喊道:

"你不过是个私生子!"

"这个,"加弗罗什说,"我才不在乎呢。"

过了一会儿,他经过拉莫瓦尼翁饭店。他发出这个号召:

"出发去战斗啊!"

他感到一阵忧伤。他以责备的神情瞧着手枪,仿佛想感化它似的。

"我出发了,"他对手枪说。"而你呢,你发不出去。"

一条狗可以转移他对另一条狗（扳机）的注意。一条瘦骨嶙峋的卷毛小狗碰巧经过。加弗罗什怜悯起来。

"我可怜的图图，"他对狗说，"你吞了一个酒桶，只见你全身是桶箍。"

然后，他朝圣热尔维-榆树走去。

三、一个理发师的正当愤怒

加弗罗什把两个小孩收留在大象慈父般的肚子里，而那个神气十足的理发师却把他们赶走；理发师此刻正在店里给一个帝国时期在外籍军团服役的老军人刮胡子。他们在交谈。理发师自然对老兵谈起暴动，然后是拉马克将军，再从拉马克谈到皇帝。理发师对军人的谈话，如果普吕多姆在场，会添枝加叶，题为：《剃刀和军刀的对话》。

"先生，"理发师说，"皇帝的骑术怎么样？"

"很差。他不会滚落下马。因此，他从来没有滚落下来过。"

"他有骏马吗？他大概有一些骏马吧？"

"他授给我十字勋章那天，我注意到他的坐骑。这是一匹跑得很快的母马，全身雪白。它的耳朵分得很开，腰身凹下去，清秀的脑袋有一颗黑斑，脖子很长，膝关节非常灵活，两肋突出，肩部倾斜，后半躯强壮。十五掌尺[1]高。"

---

[1] 意大利古长度单位，约合 0.25 米。

"骏马呀，"理发师说。

"这是皇帝的坐骑嘛。"

理发师感到，说完这句话以后，沉默一下才合适，他这样做了，然后又说：

"皇帝只受过一次伤，是吗，先生？"

老兵以过来人平静而恭敬的口吻回答：

"伤在脚跟，在雷根斯堡。我从未见过他像那天一样穿着笔挺。他像一枚铜钱那样干净。"

"您呢，老兵先生，您大概常常受伤吧？"

"我吗？"老兵说，"啊！不严重。我在马伦哥颈背挨了两刀，在奥斯特利兹右臂中了一颗子弹，在耶拿左臀中了另一颗子弹，在弗里斯兰挨了一刺刀——在这儿，在莫斯科这儿那儿挨了七八下枪刺，在卢塞恩让一块弹片炸掉一根手指……啊！还有在滑铁卢，大腿中了一枪火铳。就是这些。"

"捐躯沙场是多美啊！"理发师用夸张的口吻叫道，"我呀，说实话，与其躺在床上，一天天慢慢被病拖垮，吃药、贴膏药、打针、看医生，最后死掉，还不如在肚子上挨一炮弹呢！"

"您的胃口倒不小，"老兵说。

他刚说完，一阵可怕的爆炸声震撼了理发店。一块橱窗玻璃突然碎裂了。

理发师变得脸色苍白。

"天哪！"他叫道，"来了一颗！"

"什么？"

"一颗炮弹。"

"是这个,"老兵说。

他捡起在地上滚动的一样东西。这是块石头。

理发师跑到碎玻璃那里,看到加弗罗什撒腿逃向圣约翰市场。加弗罗什经过理发店,记起那两个孩子,抵挡不住向理发师问好的愿望,便向玻璃橱窗扔了一块石头。

"看哪!"理发师吼道,脸色由白转青,"平白无故干坏事。这个捣蛋鬼,谁招惹他啦?"

四、孩子遇见老人大吃一惊

圣约翰市场的岗亭也被缴械;一伙人在昂若拉、库费拉克、孔布费尔和弗伊的带领下来到,加弗罗什与他们汇合。他们差不多都有武器。巴奥雷尔和让·普鲁维尔找到他们,扩大了队伍。昂若拉有一支双响猎枪,孔布费尔有一支注明番号的国民自卫军的步枪,腰上别了两支手枪,解开的礼服把手枪露了出来,让·普鲁维尔有一支老式马枪,巴奥雷尔有一支短枪,库费拉克挥动一把出鞘的手杖剑。弗伊握着一把军刀,走在前面,高呼:"波兰万岁!"

他们来自莫尔朗沿河大街,不戴领带和帽子,气喘吁吁,被雨淋湿,眼里灼灼闪光。加弗罗什平静地走近他们。

"我们到哪里去?"

"来吧,"库费拉克对他说。

巴奥雷尔走在弗伊后面,或者不如说蹦蹦跳跳,如同暴动激流

中的一条鱼。他穿一件鲜红色背心,出言不逊,横扫一切。他的背心吓坏了一个行人,这个行人惊慌失措地叫道:

"红党来啦!"

"红色,红党!"巴奥雷尔反驳说。"资产者怕得出奇。至于我,我面对一枝丽春花一点不发抖,小红帽决不会引起我的恐惧。资产者,相信我吧,把恐红症留给有角动物吧。"

他看到墙角张贴着一张最平常不过的纸,巴黎大主教在封斋期间,允许他的"羔羊"吃鸡蛋。

巴奥雷尔叫道:

"羔羊,是蠢鹅的文雅说法。"

他从墙上撕下公告,令加弗罗什佩服不已。从这时起,加弗罗什开始研究巴奥雷尔。

"巴奥雷尔,"昂若拉指出,"你错了。你本该让这张公告贴在那里,我们要打交道的不是它,你白白浪费了气愤。留着你的储备吧。无论心灵和枪,都不要乱开火。"

"各人有各人的口味,昂若拉,"巴奥雷尔还击说。"这份主教公告冒犯我,我吃鸡蛋不要别人准许。你呢,你是冷热混合型的;我呢,我爱玩乐。再说,我并不消耗,我激发起热情;我撕掉这张公告,赫拉克勒斯!这是为了开胃口。"

"赫拉克勒斯"这个词给加弗罗什强烈印象。他寻找一切机会充实自己,这个撕张贴的人获得他的敬重。他问道:

"赫拉克勒斯是什么意思?"

巴奥雷尔回答:

"这是拉丁语,意思是说他妈的。"

这时,巴奥雷尔在一扇窗口认出一个黑胡子脸色苍白的年轻人,他望着他们经过,这也许是 ABC 之友社的一个成员。他朝这个人喊道:

"快点,准备子弹!'para bellum'[1]。"

"美男子!不错,"加弗罗什说,现在他懂拉丁文了。

一队吵吵闹闹的人簇拥着他们,有大学生、艺术家、埃克斯的库古尔德社的年轻成员、工人、港口工人,他们拿着棍棒和刺刀,有几个人像孔布费尔那样,裤子上别着手枪。有个显得十分苍老的老人,走在这伙人当中。他没有武器,虽然模样若有所思,但紧紧跟上,决不肯落伍。加弗罗什看到了他:

"凯克塞克萨?"他问库费拉克。

"这是个老人。"

这是马伯夫先生。

五、老 人

事情的经过是这样的:

正当龙骑兵冲击的时候,昂若拉和他的朋友们来到布尔东大街粮库附近。昂若拉、库费拉克和孔布费尔混在踏上巴松皮埃尔街那伙人之中,他们高喊:"到街垒去!"在莱迪吉埃尔街,他们遇到一

---

[1] 拉丁文:准备战争。与法语"美男子"谐音。

个行路的老人。

　　引起他们注意的是,这个老人走路弯弯曲曲,仿佛他喝醉了。况且,他手里拿着帽子,尽管整个早上下雨,而且这时雨还下得很大。库费拉克认出是马伯夫先生。他认得出是因为马伯夫先生多次陪伴马里于斯到他的门口。库费拉克知道,这个堂区财产管理委员是个喜欢藏书的老人,习惯清静,胆子很小,如今看到他在这闹嚷嚷的队伍中,荷枪实弹的马队近在咫尺,几乎就在枪林弹雨中,而且在雨中光着脑袋,便十分吃惊。这个二十五岁的暴动者和八旬老人进行了这样一场对话。

　　"马伯夫先生,回家去吧。"

　　"为什么?"

　　"要闹事了。"

　　"很好嘛。"

　　"刀光剑影,子弹乱飞哪,马伯夫先生。"

　　"很好嘛。"

　　"炮弹如雨哪。"

　　"很好嘛。你们到哪里去?"

　　"我们去把政府打倒在地。"

　　"很好嘛。"

　　他便跟着他们走。从这时起,他没有说过一句话。他的脚步突然变得坚定,工人们要搀他走,他摇头拒绝了。他几乎走在队伍的第一排,动作是在走路,面孔却像睡觉。

　　"这老头怒气冲冲!"大学生们低声议论。队伍里流传开来说,这是个以前的国民公会议员,当年投票赞成处死国王。

人群踏上玻璃厂街。小加弗罗什走在前面,放开喉咙唱歌,就像吹进军号。他唱道:

> 看那月亮升上天,
> 咱们啥时去林间?
> 沙洛在问沙洛特。
>
> 嘟嘟嘟
> 到沙图。
> 天主,国王,铜钱,靴,我都只一个。
>
> 两只麻雀天不亮,
> 寻找露水百里香,
> 痛痛快快喝个醉。
>
> 吱吱吱
> 到帕西。
> 天主,国王,铜钱,靴,我都只一个。
>
> 两只可怜的小狼,
> 醉得像斑鸫一样;
> 老虎冷笑在洞穴。

咚咚咚

到默东。

天主，国王，铜钱，靴，我都只一个。

你诅咒，我发誓言，
咱们啥时到林间？
沙洛在问沙洛特。

哔哔哔

到庞汀。

天主，国王，铜钱，靴，我都只一个。

他们朝圣梅丽修道院走去。

六、新战士

队伍时刻在壮大。快到劈柴街时，一个头发花白的大汉，加入他们的行列；库费拉克、昂若拉和孔布费尔注意到他粗犷、大胆的脸容，但他们都不认识他。加弗罗什只顾唱歌，吹口哨，哇哇乱叫，朝前走，用没有扳机的手枪托敲店铺的护窗板，没有注意这个人。

来到玻璃厂街，他们经过库费拉克的门口。

"正好，"库费拉克说，"我忘了带钱包，而且我丢了帽子。"

他离开人群,几级一跨地上楼。他拿了一顶旧帽和钱包。他还取出一只藏在脏衣服中的、像大手提箱的方箱子。他跑着下楼,女门房叫住他。

"德·库费拉克先生!"

"门房太太,您尊姓大名?"库费拉克反驳一句。

女门房呆住了。

"您很清楚,我是门房,我叫弗万大妈。"

"那么,如果您还叫我德·库费拉克先生,我就叫您德·弗万大妈。现在,说吧,有什么事?怎么啦?"

"有个人想同您谈谈。"

"谁呀?"

"我不认识。"

"在哪儿?"

"在我的门房里。"

"见鬼!"库费拉克说。

"他等您回来已经有一个多钟头!"女门房又说。

与此同时,从门房走出一个年轻工人模样的人,瘦削,苍白,小个,满脸雀斑,身穿一件随便找到的罩衫和一条旁边补过的灯芯绒裤子,更像一个女扮男装的姑娘而不是一个男人,但说话的声音根本不像一个女人。他对库费拉克说:

"请问,马里于斯先生在吗?"

"他不在。"

"今晚他回来吗?"

"我一无所知。"

库费拉克又补充一句:

"至于我,我不回来。"

年轻人盯住他,问道:

"为什么这样?"

"不为什么。"

"您到哪儿去?"

"这关你什么事?"

"要我给您拿箱子吗?"

"我到街垒去。"

"要我跟您一起去吗?"

"随你便!"库费拉克回答。"街上自由通行,马路属于大家。"

他脱身出来,跑去追赶朋友们。等追上了,便把箱子交给其中一个拿着。整整一刻钟后,他看到年轻人果然跟上来了。

一大群人要去的地方没有个准方向。我们解释过,风把他们带走了。他们越过圣梅丽修道院,不知怎么就到了圣德尼街。

第十二章
科林斯酒店

一、科林斯酒店创业史

巴黎人今日踏入菜市场一侧的朗布托街,会注意到右首面对蒙德图街,有一间篾匠铺,招牌是一只篮子,编成拿破仑大帝的模样,上面写上:

拿破仑全用柳条编成

巴黎人想不到,约三十年前,这里曾发生过悲惨的场面。

这里是当年的麻厂街,街名用古字写成,而且有一家著名的科林斯酒店。

读者记得,上文讲过,这里筑起的街垒被圣梅丽街垒淹没。麻厂街这个著名的街垒,如今湮没无闻;我们要稍微对它说明一下。

为了叙述得清楚些,让我们再采用叙述滑铁卢战役的简便方法。

当年，在菜市场东北角，靠近圣厄斯塔什教堂尖端，即如今朗布托街的入口，矗立着一片建筑群，想准确地设想原貌的人，不妨构思一个N形，上接圣德尼街，下接菜市场，垂直两竖是大丐帮街和麻厂街，斜线是小丐帮街。蒙德图老街曲里拐弯，切断这三条直线，以致这四条街迷宫似的纵横交错，在菜市场和圣德尼街之间，以及在天鹅街和布道师街之间一百平方图瓦兹的范围里，足以构成七个房屋小岛，形状古怪，大小不一，横向排列，就像工地上的大石头，随意乱放，只隔开狭窄的缝隙。

我们说狭窄的缝隙，因为没有更确切的意思来表达这些幽暗、狭窄、弯曲、两旁是九层破楼的小巷。这些破楼非常陈旧，以致在麻厂街和小丐帮街，房屋之间用梁木撑住。街道狭小，排水沟很宽，行人在始终湿漉漉的路面上行走，贴近像地窖的店铺、用铁箍箍住的大块墙脚石、一堆堆山积似的垃圾、装了年代久远的大铁栅的门道。朗布托街的这一切已全都拆除了。

蒙德图[1]这个名字，出色地描绘了这条路的迤逦蛇行。稍远一点，有一条"陀螺街"，通入蒙德图街，它表达得更确切。

从圣德尼街转入麻厂街的行人，逐渐看到前面的街道在缩小，仿佛进入了一只狭长的漏斗。这条街很短，尽头靠菜市场那边，有高高的一排楼房挡住了去路，行人会以为走进了死胡同，如果他没看到左右两边有两条黑黝黝的通道，可以从那里出去的话。这就是蒙德图街，一边通布道师街，另一边通天鹅街和小丐帮街。在这条

---

1 有"我绕弯"之意。

像死胡同的街道尽头右边侧道的拐角上,可以注意到一幢比其他楼房低一点的房子,在街上形成一个岬角似的。

正是在这幢只有三层的楼房里,开了一家已有三百年历史的著名小酒店,这间小酒店充满欢声笑语,老泰奥菲勒的这两句诗指的就是这个地方:

> 一个上吊的可怜情郎,
> 骇人的尸体轻轻摆荡。[1]

由于市口好,酒店老板便父子相传。

在马图兰·雷尼埃[2]的时代,这个小酒店叫做"玫瑰花盆",当时流行猜字谜,酒店的招牌是一根漆成玫瑰的柱子。在上一世纪,可敬的纳图瓦尔[3],今日受到死板画派蔑视的幻想大师之一,好几次醉倒在这间小酒店里,就在雷尼埃喝醉酒的那张桌子上。他为了表达感谢,在玫瑰柱子上画了一串科林斯的葡萄。酒店老板高兴万分,改变了招牌,在葡萄串下面写上这几个金色大字:"科林斯葡萄酒店"。从此取了科林斯这个名字。酒鬼喜欢省略是再自然不过的事。省略像句子的绕弯。科林斯逐渐把"玫瑰花盆"赶下宝座。最后这一代老板于什卢老爹,甚至不知道这个渊源,叫人把柱子漆成蓝色。

柜台设在楼下大厅,桌球放在二楼大厅,螺旋形的楼梯穿过天

---

1 泰奥菲勒·德·维奥(1590～1626),法国诗人,以《清晨》一诗闻名。这两句诗其实是圣阿芒(1594～1661)所写。

2 马图兰·雷尼埃(1573～1613),法国诗人,著有《讽刺诗》。

3 纳图瓦尔(1700～1777),法国画家,但画风严谨,并非幻想派大师。

花板，桌子上摆着葡萄酒，墙壁被烟熏黑，大白天点蜡烛，酒店的情况就是这样。楼下大厅翻板活门下那道楼梯通到地窖。于什卢一家住在三楼。由二楼大厅一扇暗门上去，爬的是梯子，而不是楼梯。屋顶下是两个阁楼，那是女仆的窝。厨房同柜台大厅一样在底楼。

于什卢老爹也许是天生的化学家，事实是，他是厨师；他的小酒店不仅管喝，还管吃。于什卢想出了一道独家风味菜，就是肉馅鲤鱼，他叫"肥肉鲤鱼"。吃这道菜时坐在钉上漆布代替桌布的餐桌上，点上羊脂蜡烛，或者路易十六时代的油灯。顾客从远处慕名而来。于什卢有一天认为有必要向行人推荐他的"风味菜"；他把画笔蘸上黑颜料，即兴在墙上写上引人注目的菜名，但他的拼写和他的烹饪一样别出心裁：

CARPES HOGRAS

一年冬天，骤雨和阵雨随心所欲，抹掉了第一个字末尾的 S 和第三个字开头的 G，变成了：

CARPE HO RAS

在时间和雨水的帮助下，一个普通菜谱变成了一个深刻的忠告[1]。

---

[1] 被雨水冲掉字母后，意思变成拉丁文的"抓住时光"。前一条菜谱的"HO"是别字，且应与"GRAS"分开。

这样，结果是，于什卢老爹变成不懂法文，却懂拉丁文，从烹调中得出哲理，他本来只想取消封斋，却与贺拉斯比肩了。令人惊讶的是，这句话也意味着：请进我的小酒店。

这一切今天都不存在了。蒙德图迷宫从一八四七年起，就被剖腹，动了大手术，现在也许没有了。麻厂街和科林斯酒店消失在朗布托街的石子路下。

上文说过，科林斯酒店如果不是库费拉克和他的朋友们联络的地点，也是聚会地点。是格朗泰尔发现了科林斯酒店。他是因"抓住时光"这句话进去的，却因"肥肉鲤鱼"再次光顾。大家在那里喝酒、吃饭、叫喊；花钱很少，有时少付，有时不付，但总受欢迎。于什卢老爹是一个和蔼的人。

于什卢确是个和蔼的人，这个酒店老板留颊髯；人很滑稽。他的脸总是恶狠狠的，好像要吓唬他的顾客，低声抱怨走进他店里的人，神态更像向他们寻衅，而不是招呼他们用餐。然而，我们坚持这句话，顾客总是受欢迎。这种古怪倒给他的铺子招徕了顾客，引来年轻人，他们互相说："你去看看于什卢老爹'做非法交易'吧。"他曾是剑术教师。他会突然哈哈大笑。大嗓门，老好人。一脸苦相，却性情滑稽；他巴不得让人害怕；差不多像手枪形状的鼻烟盒。发出巨响其实是打喷嚏。

他的妻子于什卢大妈，是个长胡子的女人，非常丑。

约莫在一八三〇年，于什卢老爹去世了。肥肉鲤鱼的奥秘随他一起消失。他的寡妻十分伤心，继续经营小酒店。但菜肴变味了，难以入口，酒本来就不好，现在变得更糟糕。库费拉克和他的朋友们却继续到科林斯去。"出于怜悯，"博须埃说。

寡妇于什卢老喘气，相貌难看，常常回忆乡下。她的发音改变了她叙述的平淡。她有一种叙述的特殊方式，给她青春期的乡下往事调味。她断言，从前她的乐趣是听"痴（知）更鸟在闪（山）楂林里唱歌"。

二楼的"餐厅"是个长方形大厅，摆满圆凳、方凳、椅子、长凳和桌子，还有一张瘸腿旧球台。从螺旋形楼梯上去，楼梯一直通到大厅角落一个像船舱口的方洞。

这个大厅只有一扇狭窄的窗和一盏终日点燃的油罐灯照明，十分简陋。所有四条腿的家具仿佛只有三条腿支撑。用石灰刷白的墙壁，只有一首献给于什卢大妈的四行诗做点缀：

　　十步外，貌惊人，两步内，吓坏人，
　　一只肉瘤大胆在鼻子里安身；
　　时刻担心她会把肉瘤擤给你，
　　总有一天鼻子要落入她嘴里。

这首诗是用木炭写在墙上的。

于什卢大妈活脱脱似这幅肖像，她从早到晚安然地在这首四行诗前面来来去去。两个女仆叫水手鱼和酒烩肉，别人不知道她们有其他名字，她们帮于什卢大妈把劣酒罐摆到桌上，往肚饿的人的陶钵里盛各种各样的羹。水手鱼肥胖，圆滚滚，褐发，爱喊叫，是过世的于什卢宠幸的妃子，其实很丑，赛过神话中的任何妖怪；不过，女仆按规矩总是站在主妇后面,她丑不过于什卢大妈。酒烩肉瘦长,娇弱,淋巴质的无血色,黑眼圈,眼皮耷拉下来,总是精疲力竭,十分虚弱,可以说患了一种慢性疲劳症;她头一个起床,最后一个睡觉,伺候所有人,甚至另一个女仆,默默无言,慢慢吞吞,挂着疲惫的笑容,就像睡眠中朦胧的微笑。

柜台上方有一面镜子。

走进二楼餐厅时,可以在门上看到库费拉克用粉笔写的这句诗:

要愿意就会钞,胆子大就吃饱。

二、事前的快乐

读者知道,莱格尔·德·莫宁可住在若利那里,而不是别的地方。他有一个住所,就像鸟儿有栖息的树枝。两个朋友一起生活,一起吃饭,一起睡觉。他们什么都公用,甚至有点不分彼此。他们像侍从修士所说的"bini"[1]。六月五日早上,他们一起到科林斯酒店吃早饭。若利患重伤风,鼻子不通气,莱格尔开始传染上了。莱格尔的外衣破旧,但若利衣着笔挺。

当他们推开科林斯酒店的店门时,大约九点钟。

他们登上二楼。

水手鱼和酒烩肉接待他们。

---

1 拉丁文:一对儿。

"牡蛎、奶酪和火腿,"莱格尔说。

他们入座。

小酒店空无一人;只有他们两个。

酒烩肉认出若利和莱格尔,放了一瓶葡萄酒在桌上。

正当他们吃头几只牡蛎时,一只脑袋出现在楼梯口,有个声音说:

"我经过这儿。我在街上闻到一股美味的布里奶酪味。我就进来了。"

这是格朗泰尔。

格朗泰尔拿了一张圆凳,过来坐下。

酒烩肉看到格朗泰尔,将两瓶酒放在桌上。

一共三瓶酒。

"你喝这两瓶酒吗?"莱格尔问格朗泰尔。

格朗泰尔回答:

"大家都很机灵,只有你天真。两瓶酒从来难不倒一条汉子。"

其他人先是吃东西。格朗泰尔先是喝酒。半瓶酒一下子喝掉了。

"你的胃有个洞吗?"莱格尔问。

"你的手肘处倒有一个洞,"格朗泰尔说。

他把杯子里的酒一饮而尽,又说:

"啊,诔词大师莱格尔,你的衣服很破旧。"

"我就希望这样,"莱格尔回答,"这样,衣服和我,我们便和睦相处。衣服养成了我所有的习惯,一点不妨碍我,按着我扭来扭去,对我所有的动作百依百顺;我感觉出来,是因为衣服让我暖和。旧衣服和老朋友是一样的。"

"不错，"若利大声说，加入到对话中来，"一件旧衣是一个老蹦（朋）友。"

"尤其是从一个鼻子不通的人嘴里说出来，"格朗泰尔说。

"格朗泰尔，"莱格尔问道，"你从林荫大道过来吗？"

"不是。"

"若利和我，我们刚看到送葬行列的前面队伍过去。"

"这是非常张（壮）观的场面，"若利说。

"这条街多么安静啊！"莱格尔叫道。"谁想到巴黎闹得天翻地覆呢？大家知道，这儿从前都是修道院！杜布勒尔和索瓦尔，还有勒伯夫神父，列过修道院的名单。周围全是修道院，修士像一群群蚂蚁，有的穿鞋，有的光脚，有的剃光头，有的留胡子，灰的，黑的，白的，方济各会修士，最小兄弟会修士，嘉布遣会修士，加尔默罗会修士，小奥古斯丁教派修士，大奥古斯丁教派修士，老奥古斯丁教派修士……比比皆是。"

"别谈修士了，"格朗泰尔打断说，"令人想抓痒。"

然后，他感叹说：

"呸！我刚吞下一只坏牡蛎。我的疑心病又犯了。牡蛎变质了，女仆是丑八怪。我憎恨人类。刚才我经过黎世留街，从公共大图书馆前面走过。所谓图书馆，就是一堆牡蛎壳，令我一想就恶心。用了多少纸！用了多少墨汁！乱涂一气！写出所有这些东西！哪个粗坯说过，人是没有羽毛的两足动物？再说，我遇到了一个我认识的漂亮姑娘，美得像春天，配得上叫花神，快活，爱冲动，幸福，像天使,却是个不幸的姑娘,因为昨天有个可怕的大麻脸银行家看上了她!唉!女人窥伺包税人,不亚于窥伺花花公子;雌猫捉老鼠,也捉鸟。这个轻佻的姑娘,不到两个月之前,还乖乖地待在阁楼里,将一个个小铜环缝在胸衣的扣眼上,你们怎么看这个?她做针线活,她有一张帆布床,她待在一盆花旁边,她是高高兴兴的。现在她成了银行家太太。昨夜发生了这个变化。今天早上我遇到了这个喜气洋洋的受害者。令人厌恶的是,这个姑娘就像昨天一样漂亮。她那个银行家反映不到她的脸上。玫瑰比女人多一点或少一点的地方,就在于毛毛虫在花瓣上留下了可见的痕迹。啊!世上没有什么道德,作为爱情象征的爱神木,作为战争象征的桂树,作为和平象征的橄榄树,这蠢货,果核险些噎死亚当的苹果树,还有裙钗的祖父无花果树,我都可以拿来作证。至于法律,你们想知道什么是法律吗?高卢人觊觎克吕兹,罗马则保护克吕兹,质问高卢人,克吕兹冒犯了他们什么。布雷努斯[1]回答:'就像阿尔布人那样冒犯了你们,像菲德纳那样冒犯了你们,像埃克人、沃尔斯克人和萨宾人那样冒犯了你们。他们是你们的邻居。克吕兹人是我们的邻居。我们对待邻邦的态度同你们一样。你们劫掠了阿尔布,我们夺取了克吕兹。'布雷努斯夺取了罗马。然后他喊道:'让战败者倒霉吧!'这就是法律。啊!在这个世界上,有多少猛禽啊!有多少老鹰啊!有多少老鹰啊!我都起鸡皮疙瘩了。"

他把酒杯伸给若利,若利斟满了,他一饮而尽,继续说话,几

---

[1] 布雷努斯,高卢人首领,公元前390年战胜罗马人,占领罗马,索要重金才肯撤退,他把自己的剑扔在天平上,增加赎金,并说:"让战败者倒霉吧!"

乎没让喝酒打断，这样做没有人发觉，连他自己也没有发觉：

"夺取罗马的布雷努斯是一头鹰；占有轻佻女工的银行家是头鹰。两件事一样没有廉耻。因此，什么也不要相信。只有一件事是实在的：喝酒。不管你们是什么见解，却要像于里一带的瘦公鸡一样，或者像格拉里斯一带的肥公鸡一样，没关系，喝吧。你们对我谈起林荫大道、送葬行列等等。啊，又要发生一次革命啦？天主办法这样贫乏，令我吃惊。事件的齿槽要随时重新上油。一旦卡住，就不运转了。快来一场革命吧。天主双手沾满这种油污，弄得黑乎乎的。换了我，我会更简单地处理，我用不着时刻上紧机械的发条，我会迅速地引导人类，我会一针一针地把事实纺织起来，不弄断线，我根本没有备用的东西，我没有特殊本领。你们所说的进步，靠两种动力运行，即人和事件。但可悲的是，例外不时是必要的。对事件和对人来说，常规部队是不够的；在人中间必须有天才，而在事件中间，必须有革命。重大变故是规律；事物的次序离不开这条规律；只要看看彗星出现，就会相信老天也需要演员出演。天主往往出乎人们的意料，在天穹上张贴流星。古怪的星星，拖着巨大的尾巴，倏然而至。这使恺撒死于非命。布鲁图斯给了他一刀，天主给他用彗星一扫。劈啪一声，一片北极光，这是一次革命，这是一个伟人；大写的九三年，红极一时的拿破仑，在海报的上端是一八一一年的彗星。啊！好看的蓝色海报，布满了意想不到的光芒！蓬！蓬！异乎寻常的景象。闲逛的人，抬起眼睛吧。星星和惨剧一样，全都十分古怪。仁慈的天主，这太过分，却又不够。这些从例外中汲取的手段，好像非常出色，其实十分贫乏。我的朋友们，上天这样做是权宜之计。一次革命，这证明什么？证明天主没辙了。他发动一次政变，因为在现在和未来之间有中断，又因为天主无法平衡两头。说实在的，这证明了我对耶和华财富状况的估计；只要看一看上界和下界有那么多苦恼，天上和人间有那么多斤斤计较、吝啬、小气、穷困，从鸟儿吃不到一粒粟米，到我没有十万年金收入，只要看一看人类命运大大衰退，甚至王族的命运套上了绞索，德·孔戴亲王被吊死就是明证，只要看一看冬天，寒风怒吼的天空撕开口子，只要看一看山冈上的紫红朝霞中有多少破衣烂衫，只要看一看露水这些假珍珠，只要看一看浓霜这种假宝石，只要看一看脱了线的人类和缝补过的事件，太阳有那么多黑点，月亮有那么多窟窿，只要看一看处处有那么多的穷困，我怀疑天主并不富有。表面光鲜，不错，但我感到他的窘迫。他发动一场革命，就像一个钱柜空了的商人举行一次舞会。不应从表面去判断神灵。在金光闪闪的天空中，我看到一个贫穷的世界。在创造中有破产。因此我是不满意的。啊，今天是六月五日，快天黑了；从早上起，我就等待白天来临。白天没有来，我敢打赌这一整天也不会来了。就像一个薪水很低的雇员那样不准时。是的，一切安排不得当，相互毫不搭配，这个古老的世界整个变形了，我站在反对的一边。一切都七歪八斜；宇宙爱捉弄人。就像孩子一样，想要的得不到，不想要的却拥有。总之，我感到烦躁。此外，莱格尔·德·莫这个秃头，看着也叫我难受。想到我同这个秃驴同龄，我就感到耻辱。另外，我批判，但我不侮辱人。宇宙本来就是这样。我在这里说话并无恶意，为了问心无愧。永恒之父，请接受我崇高的敬意。啊！我以奥林匹斯的所有神灵和天堂的所有天神发誓,我生来不适合当巴黎人,就是说,决不像羽毛球在两张拍子之间弹跳,从闲逛的人跳到吵闹的人当中!我生来是当土耳其人,整天观看东方的傻大姐跳美妙而淫荡的埃及舞,如同正人君子在做梦,或者生来做博斯的农民,身边围着贵妇的威尼斯贵族、德意志的小亲王,这小亲王将一半步兵提供给日耳曼联邦,闲暇时将袜子挂在篱笆上,也就是挂在边界上晾干!我生来要遇到什么样的命运啊!是的!我说当个土耳其人,我决不反悔。我不明白,大家通常从贬义来对待土耳其人;穆罕默德有好的方面;要尊重美女后宫和女奴乐园的创始人!不要侮辱伊斯兰教,这是唯一用鸡舍装饰的宗教!于是,我坚持喝酒。人间无聊透顶。看来,所有这些蠢货要打起来了,打得头破血流,互相残杀,而在盛夏的牧月,他们本来可以挽着一个女郎,到田野去呼吸割下的干草这巨大茶碗的清香!当真,人们干的蠢事太多了。刚才我在一个旧货商的店里看到一盏古老的破灯笼,令我产生思索:该是照亮人类的时候了。是的,我又变得忧郁!就像一只牡蛎或一场革命卡住喉咙的感觉!我又变得沮丧了。噢!可憎的旧世界!大家朝这方面使劲,互相免职,互相糟蹋,互相残杀,却习以为常!"

格朗泰尔高谈阔论之后,换来一阵咳嗽。

"提起革命,"若利说,"看来巴(马)里于斯肯定连(恋)爱了。"

"知道爱上谁吗?"莱格尔问。

"不次(知)道。"

"不知道?"

"不次（知）道，我对你说。"

"马里于斯谈恋爱！"格朗泰尔大声说。"我想象得出来。马里于斯是一片雾气，他大概找到了一股水汽。马里于斯属于诗人类型。所谓诗人，就是疯子。'Timbrœus Apollo.'[1] 马里于斯和他的玛丽，或者他的玛丽亚，或者他的玛丽艾特，或者他的玛丽蓉，会组成古怪的情侣。我意识到是怎么回事。心醉神迷到接吻也忘记了。在尘世是圣洁的，但在无限中交配。他们的灵魂才有感官。他们在星星里共眠。"

格朗泰尔开始喝他的第二瓶酒，也许开始第二次长篇讲话，这时又有一个人从楼梯的方洞口冒了出来。这是一个不到十岁的小男孩，衣衫褴褛，身材矮小，脸色黄蜡蜡，尖嘴猴腮，目光活跃，头发浓密，被雨淋湿，神态快活。

孩子尽管显然不认识这三个人，但毫不犹豫地做出选择，对莱格尔·德·莫讲话。

"您是博须埃先生吗？"他问。

"这是我的小名，"莱格尔回答。"你找我有什么事？"

"是这样的。在林荫大道上，有个金黄头发的大个对我说：'你认识于什卢大妈吗？'我说：'认得，麻厂街那个老头的寡妇。'他对我说：'你到那里去，找到博须埃先生，给我带个口信：A——B——C.'他是在同您开玩笑，不是吗？他给了我十苏。"

"若利，借给我十苏，"莱格尔说；他转向格朗泰尔："格朗泰

---

[1] 拉丁文：蒂姆布勒乌斯的阿波罗。

尔,借给我十苏。"

莱格尔给了孩子二十苏。

"谢谢,先生,"小男孩说。

"你叫什么名字?"莱格尔问。

"小萝卜,加弗罗什的朋友。"

"留下来跟我们在一起吧,"莱格尔说。

"同我们一起吃午饭吧,"格朗泰尔说。

孩子回答:

"不行,我是送葬行列的,由我喊打倒波利涅克。"

他把脚向后退一大步,表示最高的礼节,然后走了。

孩子走后,格朗泰尔开了口:

"这是纯粹的流浪儿。在流浪儿中有许多不同类型。公证人流浪儿叫送信的,厨师流浪儿叫小学徒,面包师流浪儿叫小伙计,仆从流浪儿叫小侍者,水手流浪儿叫见习水手,士兵流浪儿叫打鼓的,画家流浪儿叫艺徒,商人流浪儿叫跑外勤,大臣流浪儿叫小侍从,国王流浪儿叫太子,天神流浪儿叫小精灵。"

莱格尔在沉思,他小声说:

"A——B——C,就是说:拉马克的葬礼。"

"金黄头发的大个子,"格朗泰尔指出,"是昂若拉派人来通知你。"

"我们去吗?"博须埃问。

"天下雨,"若利说。"我发过誓接受战火洗礼,而不是水的洗礼。我普(不)想感木(冒)。"

"我留在这里,"格朗泰尔说。"我更喜欢吃饭,而不是柩车。"

"结论是:我们留下来,"莱格尔说。"那么,我们喝酒吧。再说,可以错过葬礼,并非错过暴动。"

"啊!包(暴)动,我参加,"若利叫道。

莱格尔搓着双手:

"是该修整一下一八三〇年革命了。说实话,这场革命叫人民局促不安。"

"你们的革命对我无所谓,"格朗泰尔说。"我不憎恨这个政府。布帽减弱了王冠。权杖的尖头成了雨伞。说实在的,今天我在想,这种天气,路易-菲利普的王权可以有两种用途,权杖的一端对付老百姓,打开雨伞的一端对付老天。"

大厅幽暗,大片乌云终于遮天蔽日。小酒店和街上没有人,大家都去"看大事件"了。

"现在是中午还是午夜?"博须埃叫道。"什么也看不见。酒烩肉,点蜡烛!"

格朗泰尔忧郁地喝着酒。

"昂若拉看不起我,"他喃喃地说。"昂若拉说过:若利病了。格朗泰尔醉了。他派小萝卜来找博须埃。如果他来找我,我会跟他走。昂若拉拉倒吧!我不去参加葬礼。"

做出这个决定以后,博须埃、若利和格朗泰尔便不再离开小酒店。将近下午两点钟,他们围坐的那张桌子摆满了空酒瓶。桌上点燃两支蜡烛,一支插在满是绿锈的铜烛台里,另一支插在一只破瓶的瓶口上。格朗泰尔拖上若利和博须埃一块喝酒;博须埃和若利把格朗泰尔拉回到快乐之中。

格朗泰尔从中午以来,就不止光喝葡萄酒,这是梦想的平庸源泉。对那些认真的酒鬼来说,酒只受到行家的赏识。酒醉中有妖术和神术两种;葡萄酒只是神术。格朗泰尔是个喜欢冒险进入梦幻的酒鬼。酩酊大醉的可怕妖术在他面前张开口,非但阻止不了他,反而吸引他。他把酒瓶丢在一边,拿起大啤酒杯,这是深渊。他手边没有鸦片和大麻,却想让脑子充满昏蒙蒙,便寻求这种烧酒、黑啤酒和苦艾酒的混合饮料,这种饮料能产生极其强烈的麻木状态。正是从啤酒、烧酒和苦艾酒这三种酒气氤氲中,灵魂产生铅样的沉重。这是三重黑暗,天上的蝴蝶淹没其中;在这隐约凝聚为蝙蝠膜翅的烟雾中,形成三个默默不语的疯魔,即梦魇、黑夜和死神,盘旋在沉睡的普叙刻[1]头上。

格朗泰尔还远没有醉到这阴沉沉的阶段;他惊人地快乐,博须埃和若利同他对饮。他们干杯。格朗泰尔的用词和想法都色调古怪,再加上手舞足蹈;他庄重地左拳顶在膝盖上,手臂弯成折尺状,领带解开,他骑在一张圆凳上,右手拿着斟满的酒杯,向肥胖的女佣水手鱼抛出这几句庄严的话:

"让人打开宫殿大门,让大家都属于法兰西学士院,有权拥抱于什卢太太!喝酒吧。"

他转向于什卢太太,加上说:

"一致公认的古典女人,走近些,让我欣赏你!"

---

[1] 普叙刻,希腊神话中的灵魂之神,形象是一只蝴蝶或长着蝴蝶翅膀的少女。

若利叫道：

"虽（水）手鱼和酒烩肉，不要才（再）给格朗泰尔斟酒了。他次（吃）下去多少钱啊！从常（上）午起，他大肆挥霍，吞掉了两法郎九十五生亭（丁）。"

格朗泰尔接着说：

"没有得到我的允许，是谁把星星摘下来，放在桌上当蜡烛？"

博须埃酒意酕醄，一直保持平静。

他坐在打开的窗子的窗沿上，让背部给雨水淋湿，他在欣赏他的两个朋友。

突然，他听到身后一阵嘈杂声，急促的脚步声，"拿起武器"的喊声。他回过身来，看到圣德尼街那边，麻厂街的尽头，昂若拉拿着一杆枪，加弗罗什拿着手枪，弗伊拿着刀，库费拉克拿着剑，让·普鲁维尔拿着短枪，孔布费尔拿着步枪，巴奥雷尔拿着马枪，还有情绪激昂的武装人群跟随在后。

麻厂街不长，只有马枪的射程。博须埃用双手做成话筒，放在嘴上，叫道：

"库费拉克！喂！库费拉克！"

库费拉克听到呼唤，看到了博须埃，朝麻厂街走了几步，喊了一声："干什么？"与另一个喊声相交错："你到哪儿去？"

"筑街垒，"库费拉克回答。

"那么，在这儿吧！位置好！在这儿筑街垒吧！"

"不错，老鹰，"库费拉克说。

库费拉克做了一个手势，人群冲向麻厂街。

三、黑夜开始笼罩格朗泰尔

位置确实选得很出色,喇叭口形状的街道入口,往里缩小,形成死胡同,科林斯酒店在那里收紧,蒙德图街左右两边很容易堵住,只能从圣德尼街进行攻击,就是说从正面进攻毫无隐蔽。喝醉的博须埃具有饥饿的汉尼拔的眼光。

人群一闯进来,整条街的居民都惶恐不安。行人无不躲避。一眨眼工夫,巷尾、左右两侧的商店、棚铺、过道栅门、窗户、百叶窗、阁楼、大大小小的护窗板,从底楼到屋顶统统关上。一个惊慌的老太婆用两根晾衣竿将一条褥子固定在窗前,防止流弹。只有小酒店开门;原因是人群拥进去了。"啊!我的天!啊!我的天!"于什卢大妈叹气说。

博须埃下楼去迎接库费拉克。

若利来到窗口,喊道:

"库费拉克,你本该带把雨伞。你会感木(冒)的。"

在几分钟内,小酒店装铁栅的橱窗被拔下二十根铁条,十图瓦兹的街道起出了铺路石;加弗罗什和巴奥雷尔挡住石灰商昂索的平板马车,翻了过来,车上装着满满三桶石灰,他们垫在石头堆下面;昂若拉打开地窖的翻板活门,于什卢大妈的所有空酒桶用来支援石灰桶;弗伊的手指习惯给精细的扇骨着色,现在摞起两大堆砾石,支撑石灰桶和平板马车。砾石和其他东西是临时凑起来的,不知从哪里弄来。有几根支柱从旁边一幢楼房的正面拆下来,横搁在酒桶上。当博须埃和库费拉克回来时,半条街已经被一人多高的壁垒塞住。什么也比不上民众的手,能用一切拆除的东西来建造。

水手鱼和酒烩肉加入到工人中。酒烩肉来来去去搬运瓦砾。她的疲惫有助于筑街垒。她传递石块,就像上酒一样,样子昏昏欲睡。

两匹白马拉着一辆公共马车,经过街口。

博须埃跨过石堆,跑过去拦住车夫,让乘客下车,搀扶"太太"下来,把车夫打发走,拉着缰绳,把车和马一起带回来。

"公共马车,"他说,"不从科林斯小酒店门前经过。'Non licet omnibu sadire Corinthum.'[1]"

过了一会儿,两匹马卸了套,随意从蒙德图街走掉了,公共马车侧倒地上,补全了路障。

于什卢大妈大惊失色,躲到二楼。

她目光模糊,视而不见,低声叫唤。她惶恐的叫声不敢吐出喉咙。

"世界末日到了,"她喃喃地说。

若利吻了一下于什卢大妈红红的、多皱纹的肥脖子,对格朗泰尔说:

"亲爱的,我原来始终认为女人的脖子是无比娇嫩的东西呢。"

但格朗泰尔达到酒神颂歌的最高范畴。水手鱼回到二楼,格朗泰尔拦腰把她抱住,在窗口大笑不止。

"水手鱼真丑!"他叫道,"水手鱼的丑相梦里才有!水手鱼是一

---

1 拉丁文:公众不准靠近科林斯。由希腊文转成拉丁文的一条谚语。在拉丁文中,公共马车也有公众之意。

个怪物。这就是她出生的秘密：一个哥特的皮格马利翁[1]给大教堂雕塑动物檐槽喷口，一天早上，他爱上其中一尊最丑怪的雕塑。他恳求爱神让雕塑活动起来，这就生出了水手鱼。看看她吧，公民们！她的头发像提香[2]的情妇一样，是铬酸盐的铅灰色，这是一个善良的姑娘。我向你们担保，她会战斗得很好。凡是善良的姑娘都包含一个英雄。至于于什卢大妈，这是一个勇敢的老太婆。看看她的胡子吧！她是从丈夫那里继承来的。一个女轻骑兵啊！她也会战斗。她们两个就会威震郊区。伙伴们，我们会推翻政府，就像十七烷酸和甲酸之间存在十五种间接的酸一样确实无疑。再说，我对这个完全无所谓。先生们，我的父亲总是厌恶我，因为我无法理解数学。我只明白爱情和自由。我是乖孩子格朗泰尔！我从来没有钱，没有养成有钱的习惯，因此从来不会缺钱；但是，如果我富有的话，就不会有穷人了！真会这样！噢！好心人钱包鼓鼓的就好了！一切就会好得多！我想象耶稣基督有罗思柴尔德的财富，他会做多少善事啊！水手鱼，拥抱我吧！您很淫荡，又很胆小！您的面颊盼望一个姐妹的吻，您的嘴唇盼望一个情人的吻！"

"住嘴，酒桶！"库费拉克说。

格朗泰尔回答：

"我是图鲁兹百花诗赛的主持人！"

昂若拉站在街垒的顶上，手持步枪，扬起庄重、俊美的脸。读

---

[1] 皮格马利翁，希腊传说中的塞浦路斯王，雕刻家，爱上了自己雕刻的象牙女郎，向爱神祈求能赐给他象牙女郎为妻，爱神满足了他的要求。
[2] 提香（1488～1576），意大利文艺复兴时期大画家。

者知道，昂若拉像斯巴达人和清教徒。他甘愿同莱奥尼达斯[1]战死在温泉关，也愿意同克伦威尔一起焚烧德罗赫达。[2]

"格朗泰尔！"他叫道，"到别的地方灌酒去。这是酣战的地方，不是酗酒的地方。不要糟蹋街垒！"

这句怒斥对格朗泰尔产生奇异的效果。仿佛他迎面被泼了一杯冷水。他看来突然清醒了。他坐下来，手肘支在窗口旁边的桌子上，以无法形容的温柔望着昂若拉，对他说：

"你知道我信任你。"

"走开。"

"让我睡在这里。"

"睡到别处去，"昂若拉叫道。

但格朗泰尔用温柔而惶乱的目光盯住他，回答：

"让我睡下吧——直到我死去。"

昂若拉以蔑视的目光注视他：

"格朗泰尔，你样样不行：信仰、思索、期望、生和死。"

格朗泰尔用严肃的声音反驳：

"走着瞧吧。"

他还咕哝了几句听不清的话，然后脑袋沉重地倒在桌子上，这是酒醉第二阶段相当常见的现象，昂若拉使劲猛推他进入这种状态；不久他就酣然入睡。

---

[1] 莱奥尼达斯，斯巴达国王，公元前480年，率领三百勇士，坚守温泉关，重创波斯军。
[2] 德罗赫达，爱尔兰港口，一度是保王党的抵抗中心，1649年，克伦威尔攻占此城，下令焚烧城市。

四、安慰于什卢寡妇的尝试

巴奥雷尔对街垒很着迷,喊道:
"街道袒胸露肩啦!真令人赏心悦目!"
库费拉克拆掉一点小酒店的东西,却力图安慰孀居的老板娘。
"于什卢大妈,那天您不是抱怨说,因为酒烩肉在窗口抖毯子,您就收到违法罚款单吗?"
"是的,我的好库费拉克先生。啊!我的天,您要把这张桌子也放到你们可怕的街垒中吗?毯子是这样,还有一盆花,从阁楼掉到街上,政府就要了我一百法郎罚款。真是可恶透顶!"
"那么,于什卢大妈,我们为您报仇。"
于什卢大妈似乎不大明白,人家给她这种补偿,她能得到什么利益。她得到的满足,就像那个阿拉伯女人,她挨了丈夫一记耳光,便去向父亲抱怨,嚷嚷要报仇,说道:"父亲,你对我丈夫应当以牙还牙。"她的父亲问道:"你哪边脸挨了耳光?""左脸。"父亲打了她的右脸,说道:"这下你该满意了。去告诉你的丈夫,他打了我女儿的耳光,而我打了他妻子的耳光。"

雨停了。新来了一些人。工人们用罩衫遮盖,带来了一桶火药,一篮瓶装的硫酸,两三支狂欢节的火把,一筐"主显节用剩的"纸灯笼。主显节在五月一日,刚刚度过。据说这些弹药来自圣安东尼郊区一个名叫佩潘的杂货店老板。有人打碎了麻厂街唯一的一盏路灯,还有圣德尼街相对应的那盏灯,蒙德图、天鹅、布道师、大小丐帮等邻近街道的所有路灯。

昂若拉、孔布费尔和库费拉克指挥一切。现在，两个街垒同时建造起来，都靠在科林斯小酒店的墙上，形成折尺形状；那个大的封住麻厂街，另一个封住靠天鹅街一侧的蒙德图街，后一个街垒非常狭窄，只用木桶和铺路石建成。那里大约有五十个工人；三十来个人有枪；因为在路上他们把一家武器店的枪一股脑儿借来了。

没有什么比这支队伍更古怪，更斑驳陆离了。有一个穿绿外衣，配备一把骑兵的军刀和两把手枪，另一个只穿衬衫，戴一顶圆帽，一个火药壶挂在身边，第三个穿了九层灰纸做的护胸，以马具匠的大铁锥当武器。有一个人喊道："让我们牺牲到最后一个，死在我们自己的刺刀下！"这个人却没有刺刀。另一个在礼服外面显示一副国民自卫军的宽皮带和子弹盒，盒盖上有红毛线绣的"治安"二字。许多步枪有宪兵团的编号，很少人戴帽子，都不打领带，许多人光臂膀，有几根长枪。此外，各种年龄，各种面孔，有脸色苍白的小青年和青铜脸色的码头工。大家都很匆忙，互相帮助，谈论可能遇到的机会，——凌晨三点钟左右会有援军，——准定有一团人，——巴黎会发生暴动。可怕的话题却夹杂了一种热烈、快活。仿佛是兄弟；却互相不知道名字。巨大的危险具有的美，在于照亮了互不相识的人的友爱。

厨房里早已生起一炉火，酒店里的罐子、匙子、叉子、锡器、银器，全都熔化了做子弹。大家边干边喝酒。酒瓶封皮、大粒霰弹和酒杯乱摊在桌上。在桌球厅，于什卢大妈、水手鱼和酒烩肉，吓得变了样，但个个不同，一个呆痴痴的，另一个气喘吁吁，还有一个变得活跃，她们撕旧布做绷带；有三个起义者协助她们，这三个小伙子留着长发和胡须,他们用洗衣女工的手指清理并抖开布条。

库费拉克、孔布费尔和昂若拉在劈柴街拐角,注意到那个加入人群的高个子,起劲地修筑小街垒,作用不小。加弗罗什参加修大街垒。至于在库费拉克家里等候,想见到马里于斯的那个年轻人,大约在掀翻公共马车时消失不见了。

加弗罗什飞来飞去似的,光彩奕奕,自告奋勇做鼓动工作。他来来去去,上上下下,哇里哇啦,闪射光芒。他在那里仿佛是为了给大家鼓气。人有蜜蜂的刺吗?当然有,就是他的贫困;他有翅膀吗?当然有,就是他的快乐。加弗罗什是一股旋风。大家不断看到他,始终听到他说话。他充满了空气,因为他无处不在。这是一种几乎激励人的无处不在;同他在一起不可能停顿。巨大的街垒感到他在自己的臀部。他妨碍闲逛的人,他激发怠惰的人,他刺激疲倦的人,他催促沉思的人,让一些人快乐,另一些人振奋,还有的人愤怒,让所有人行动起来,戳一下一个大学生,咬一下一个工人,停一停,站一站,又走起来,在喧闹和紧张工作之上飞翔,从这堆人跳到另一堆人那里,如同巨大的革命马车上的蝇子,嗡嗡营营,骚扰整部马车。

他的小手臂不停地运动,他的小胸膛不停地喧闹:

"加油呀!再来石块!再来木桶!再来东西!哪儿有?来一筐石灰渣,给我堵住这个洞。您的街垒太小。要往上垒。全放上去,全倒下去,全投下去。砸掉房子。一个街垒,就是吉布大妈的茶会。嗨,那儿有一扇玻璃门。"

干活的人都叫起来。

"一扇玻璃门！你要玻璃门干什么，小家伙？"

"你们这些大力士！"加弗罗什反驳说。"街垒中有扇玻璃门，妙极了。它不能阻止进攻，但妨碍占领。你们爬过有玻璃瓶碎片的墙头，去偷苹果吗？一扇玻璃门，国民自卫军想爬上街垒，就会割破脚上的老茧。当然！玻璃是会伤人的。啊，我的朋友们，你们不会放开想象！"

再说，他对自己的手枪没有扳机火得要命。他到处走，向人要求："一支步枪，我要一支步枪！干吗不给我一支步枪？"

"给你一支步枪！"孔布费尔说。

"嗨！"加弗罗什反驳说，"干吗不行？一八三〇年同查理十世闹起来的时候，我还有过枪呢！"

昂若拉耸耸肩。

"大人都有枪的时候，才发给孩子。"

加弗罗什傲然地回过身来，回答他：

"如果你比我先死，我就拿你的枪。"

"调皮鬼！"昂若拉说。

"毛头小伙子！"加弗罗什说。

一个迷了路的风雅绅士在街口转悠，分散了他们的注意力。

加弗罗什对这个人喊道：

"年轻人，跟我们待在一起吧！这个古老的祖国，不为它做点什么吗？"

风雅绅士逃之夭夭。

五、准备工作

当时的报纸报道,麻厂街的街垒,像他们所说的那样,这"几乎坚不可摧的建筑",达到两层楼高,其实报纸搞错了。事实是,街垒的平均高度不超过六七尺。它建成战斗者能随意消失在后面,或者凌驾于街垒之上,甚至在里面从石块垒成的阶梯爬到顶上。外面,街垒的第一线由一堆堆石块和木桶组成,并由梁木和木板连接起来,壅塞在昂索那辆大车和掀翻的公共马车的轮子之间,横七竖八,乱麻似的。一个豁口足以让一个人通过,设在楼群的墙壁和离小酒店较远那个街垒的尽头之间,这样出去方便。公共马车的辕木直竖起来,用绳子绑住,一面红旗固定在辕木上,在街垒上空飘扬。

蒙德图街的小街垒掩蔽在小酒店的后面,隐而不见。两个连成一片的街垒,组成一个真正的堡垒。昂若拉和库费拉克认为不必堵住蒙德图街另一头,那边在布道师街有一个通向菜市场的出口,他们无疑是想保持同外界的联络,并不担心在危险而难走的布道师小巷受到攻击。

这个保持畅通的出口,也许正是福拉尔[1]的战略中称为交通壕的设施。除了这个出口,又考虑到同麻厂街相连的豁口,街垒内部,虽然小酒店形成突角,但整体构成四面封闭的不规则四边形。大街垒和街道尽头那排高楼之间,有二十来步间距,可以说,街垒是靠在这些楼房上的,楼房全部住人,但从上到下门关户闭。

整个工程进展顺利,用了不到一小时,这些大胆果断的人没有

---

[1] 福拉尔(1669~1752),法国军官,参加过路易十四末期的战役,后为瑞典国王效劳,写过几部军事著作。

看到一顶皮帽和一把刺刀出现。几个市民此刻敢在圣德尼街露面，他们瞥一眼麻厂街，看到了街垒，便加快步子。

两个街垒建成后，举起了旗帜，有人从小酒店拖出一张桌子；库费拉克爬上桌子。昂若拉把方箱搬过来，库费拉克将箱子打开。这只箱子装满了子弹。看到子弹时，连最勇敢的人也不寒而栗，一时寂然无声。

库费拉克含笑分发子弹。

每人领到三十发子弹。许多人有火药，开始用铸好的弹壳造子弹。至于火药桶，放在门边的一张桌子上，作为备用。

部队的集合鼓声传遍了巴黎，响个不停，但最后成了单调的声音，没有人再去注意。这响声时而远去，时而靠近，调子凄厉。

大家一起给步枪和短枪上子弹，不慌不忙，肃穆庄严。昂若拉在街垒外面布置了三个岗哨，一个在麻厂街，第二个在布道师街，第三个在小丐帮街的拐角。

街垒筑好，岗位安排好，步枪子弹上好，岗哨布置好，在行人不再经过的可怕街道上只剩下他们，周围是无声的、死寂的楼房，毫无人活动的颤声，暮色开始降临，越来越浓重的黑暗笼罩着他们，在黑暗和寂静中，他们感到有种难以形容的悲惨、骇人的东西在迫近，他们是孤立的，但武装起来，坚定不移，泰然自若地等待着。

六、等　待

在等待期间，他们做什么？

我们必须叙述出来,因为这属于历史。

男人造子弹,女人准备绷带,一只大锅,盛满了造子弹壳的熔锡和熔铅,在炽热的炉子上冒烟,而岗哨挎着武器,守卫街垒,昂若拉不可能偷闲,监视着岗哨,孔布费尔、库费拉克、让·普鲁维尔、弗伊、博须埃、若利、巴奥雷尔和另外几个人,互相寻找,相聚在一起,就像平静日子里同学聊天那样,在改成掩蔽所的小酒店的一个角落里,离他们筑起的堡垒两步远,装好子弹的枪靠在椅背上,这些俊美的青年,在崇高的时刻贴得那样近,朗诵起情诗。

什么诗?请看:

可记得我们生活像蜜糖,
那时候我们都那么年轻,
我们心中没有别的愿望,
只盼衣衫漂亮,彼此倾心!

你的年龄加上我的年龄,
算起来我们俩不到四十,
在我们不起眼的小家庭,
即使冬天也像处在春季!

好时光!马努埃骄傲、明智,
帕里斯坐在圣餐宴席上,
富瓦情话绵绵,你的胸衣

有根别针一下把我刺伤。

大家赞赏你。接不到案子,
我带你到普拉多进晚餐,
你实在漂亮,就连玫瑰枝
也像回过头去不敢观看。

我听到大家说:她多漂亮!
芬芳扑鼻!浓发波浪起伏!
她在短斗篷下藏着翅膀;
迷人的胸罩隐约地露出。

我搂着你的柔臂逛大街。
行人看到一对幸福夫妻,
以为爱神受迷惑,让四月
情郎娶了五月标致妹子。

我们深居简出,心满意足,
吞吃爱情这美味的禁果;
一件事我的口还没说出,
你的心已经回答说不错。

索邦学院是谈情好去处,

我能日以继夜地崇拜你。
情思就是这样把拉丁区
变成实现爱情国[1]的宝地。

噢，莫贝广场！噢，王妃广场！
在春意盎然的凉快陋室，
你把长袜套在细嫩腿上，
我看到阁楼里星星升起。

我熟读柏拉图一无所获；
你给我一朵花我喜开怀，
你将无比善心展示给我，
胜过马勒布朗什、拉默奈。[2]

我全服从你，你也顺从我。
金色的阁楼！抱紧你！看你
清早穿睡衣来回地走过，
年轻的脸孔映在旧镜里！

有谁能够从记忆中抹去

---

[1] 17 世纪贵族仿照流行小说的描写建造的游乐园。
[2] 马勒布朗什（1638～1715），法国哲学家、神学家；拉默奈（1782～1854），法国作家、思想家，后期同教会决裂，1848 年在立宪议会成为人民代表。

这美好时光:由清晨、天穹、
丝带、鲜花、纱罗、织品构筑,
情话绵绵,用语与众不同!

我们的花园是盆郁金香;
你用一条衬裙挡住玻璃;
烟斗的土腥味满屋飘荡,
我把日本的茶碗递给你。

艰难困苦令我们笑哈哈!
你的手笼烧焦,围巾丢失!
莎士比亚的珍贵肖像画,
一天晚上我们卖掉充饥!

我是乞丐,而你乐善好施,
我偷吻你娇嫩滚圆的胳膊。
但丁的作品我们当桌子,
一百颗栗子吃得真快活。

在欢乐的破屋我第一回
在你火热的嘴唇上一吻,
你披头散发,红着脸走了,
我变得刷白,相信是有神!

请记住我们无穷的幸福,
还有全成了破布的头巾!
噢!叹息从忧伤的心发出,
飞往那深邃的满天繁星!

此时此地,回忆青春时代的往事,几颗星星开始在天空闪烁,空荡荡的街道死寂一般,正在酝酿的严酷事件迫在眉睫,这些都给黄昏中小声念出的情诗以动人魅力,上文说过,吟诗的让·普鲁维尔是一个温柔的诗人。

在小街垒点燃了一盏彩色折纸灯笼,在大街垒,点燃了一支蜡做的火把,就像封斋前星期二,满载戴面具的人,在开往库蒂尔的马车前面高举的火把。读者知道,这些火把是从圣安东尼郊区弄来的。

火把插在三面垒起石块以避风的框架里,并让光线全集中在旗帜上。街道和街垒沉浸在黑暗中,只能看见红旗,由一盏放在暗处的巨灯照得雪亮。

这光芒给旗帜的鲜红色加上难以形容的可怕红色。

七、在劈柴街加入队伍的汉子

夜幕完全降临,没有发生什么事。只听到模糊的喧闹声,不时有枪声,但稀稀落落,十分遥远。这种间歇拖长了,表明政府在争取时间，集中兵力。这五十个人在等待六万人到来。

昂若拉同意志坚强的人一样，临危不惧，只是感到焦急。他去找加弗罗什，小家伙在楼下大厅借着两支蜡烛朦胧的亮光制造子弹；由于火药撒在桌子上，出于小心，蜡烛放在柜台上。这两支蜡烛光照不到外面。起义者还得小心从事，楼上绝不点灯。

此刻加弗罗什另有所思，并非关心他的子弹。

在劈柴街加入队伍的那个汉子刚走进楼下大厅，坐在光线最暗的桌子旁。他弄到一支大型步枪，夹在两腿之间。加弗罗什至今让上百种"好玩的"事分了神，甚至没有看到这个人。

当他进来时，加弗罗什下意识地注视着他，欣赏他的步枪，随后，当这个人坐下，流浪儿突然站起来。凡是一直注意这个汉子的人，都会看到他特别专注地观察街垒和起义者的一切情况；但他一进入大厅，就凝神静思起来，仿佛不再看周围发生的事了。流浪儿走近这个沉思的人，踮起脚尖围着他转圈，好似走近一个人，担心惊醒他。同时，他天真的同时又放肆又严肃、又轻率又深沉、又快活又伤心的脸上，像老人的脸掠过各种表情："啊，怎么！""不可能！""我看错啦！""我在做梦！""难道是他？""不，不是！""是的！"等等。加弗罗什摇来摆去，在兜里攥紧两只拳头，像只鸟扭动脖子，下嘴唇用劲一撇，表露出他的全部精明。他异常惊愕，游移不定，难以置信，又确信无疑，眼花缭乱。他像阉奴总管在奴隶市场一群胖姑娘中发现一个维纳斯时的神态，像一个爱好者在一堆赝品中认出一幅拉斐尔的画时的神情。他身上的一切都开动起来，包括嗅东西的本能和策划的智力。显然，加弗罗什碰到一件大事。

昂若拉走近他时,他正处在全神贯注的状态中。

"你个子小,"昂若拉说,"别人看不到你。走出街垒,沿着楼房溜过去,到各条街转一转,然后回来告诉我情况。"

加弗罗什挺起身子。

"个儿小还有用场!真令人高兴!我去。这段时间,您相信小孩,请您提防大人……"加弗罗什抬起头来,压低声音,指着劈柴街加入队伍那个汉子,又说:

"您看到这个大个子吗?"

"怎么?"

"这是个密探。"

"你拿得稳?"

"不到半个月以前,我在王家桥挑檐上呼吸新鲜空气,被他揪住耳朵提起来。"

昂若拉迅即离开流浪儿,对一个酒码头工人耳语了几句。那个工人走出大厅,几乎随即带着三个工人回来。这四个宽肩的搬运夫,走到劈柴街加入队伍那个汉子手肘所支撑的桌子后面,悄无声息,不引起他的注意。他们显然准备好向他扑去。

于是,昂若拉走近汉子,问道:

"您是什么人?"

听到这个突然的问题,汉子吓了一跳。他的目光一直看到昂若拉朴实的眸子里,仿佛抓住了那里的念头。他露出微笑,那笑容极为傲慢,极为有力,极为坚决,他高傲而沉着地回答:

"我看出苗头了……不错!"

"您是密探吗?"

"我是警探。"

"您叫什么名字?"

"沙威。"

昂若拉向那四个人递了个眼色。没等沙威回过身来,一眨眼间,他被揪住了衣领,按倒在地,捆绑起来,搜了一遍身。

在他身上搜出一张粘在两块玻璃之间的小圆卡片,一面印有法兰西国徽和铭文:"监视和警惕",另一面注明:沙威,警探,五十二岁;还有当时的警察总监吉斯先生的签字。

另外还搜出他的怀表和钱包,里面有几枚金币。钱包和怀表给他留下。放在兜底的那块怀表后面,摸到和搜出一个信封,昂若拉从中抽出一张纸,打开一看,读到警察总监亲笔写的几行字:

"一俟完成政治任务,警探沙威应特别查明,塞纳河右岸耶拿桥畔是否有歹徒闹事。"

搜查完毕,又把沙威提起来,双臂反绑在大厅中间的柱子上,从前酒店的字号就得名于这根有名的柱子。

加弗罗什目睹全部场面,默默地点头赞同,他走近沙威说:

"老鼠逮住了猫。"

这一切做得这样迅速,结束之后,酒店周围的人才发觉。沙威没有叫喊一声。看到沙威绑在柱子上,库费拉克、博须埃、若利、孔布费尔和分散在两个街垒的人都跑来了。

沙威靠在柱子上,被绳子捆个结实,动弹不得,他像从不说谎的人那样无畏和泰然自若,昂起头来。

"这是一个密探,"昂若拉说。

他转向沙威:

"这个街垒在攻占之前两分钟,您要被枪决。"

沙威用极其威严的声调回答:

"为什么不马上执行呢?"

"我们要节省弹药。"

"那么一刀结果算了。"

"密探,"英俊的昂若拉说,"我们是审判官,不是杀人犯。"

然后他把加弗罗什叫来。

"你呀!快去办你的事!按我的吩咐去做。"

"我这就去,"加弗罗什大声说。

正当离开时,他站住了:

"对了,您把他的枪给我吧!"他又加上一句:"我把乐师留给你们,但是我要单簧管。"

流浪儿敬了个军礼,高高兴兴地越过大街垒的豁口。

八、关于可能冒名顶替的勒卡布克的几个问号

如果我们在即将描绘的起义中,遗漏了一个充满史诗般的野蛮和恐惧的事件,那是紧接着加弗罗什走后发生的,那么这幅悲壮的画卷就不是完整的,读者便看不到社会阵痛和革命分娩中,痉挛和努力相混杂的伟大时刻准确而真实的突出画面。

众所周知,人群聚集如同滚雪球一样,喧闹的人越聚越多。这

些人互相不问来自哪里。在昂若拉、孔布费尔和库费拉克沿途吸收的行人中,有一个人身穿肩头磨破的搬运工装,脸容像一个野蛮的醉汉,指手画脚,口出秽言。这个人名叫,或者绰号叫勒卡布克,说是认识他的人,其实完全不认识他,他酩酊大醉,或者佯装这样,他和几个人把一张桌子搬出酒店,围桌而坐。这个勒卡布克一面向同他比酒量的人劝酒,一面以思索的神态注视街垒尽头那幢大房子,这座六层楼房俯瞰整条街,面对圣德尼街。突然,他叫道:

"伙伴们,你们知道吗?应该从这幢楼里向外射击。我们在那里守住窗口,有人在街上能前进一步,那才活见鬼呢!"

"是的,但房子关上了门,"一个喝酒的人说。

"敲门嘛!"

"不会开门的。"

"那就把门砸开!"

勒卡布克向那扇门跑去,门锤非常大。他敲起门来。门没有打开。他敲了第二下。没有人回答。敲了第三下。同样沉寂无声。

"里面有人吗?"勒卡布克大声叫道。

一点动静也没有。

于是他抓起一杆枪,用枪托敲门。这是一扇旧通道门,拱形、低矮、狭窄、结实,全由橡木做成,里面包了一层铁皮,还用铁条加固,是一道真正的城堡暗门。枪托敲得房子都震动了,但动摇不了这道门。

然而,可能住在里面的人感动了,因为终于看到点亮了灯,四楼有一扇方形小天窗打开了,窗口出现一支蜡烛,还有一个花白头发的老人惊讶和恐惧的头,他就是看门人。

敲门的人停了下来。

"先生们,"看门人问,"你们想干什么?"

"开门!"勒卡布克说。

"先生们,不能开。"

"无论如何把门打开!"

"不能开,先生们!"

勒卡布克举起枪,瞄准看门人;可是,由于他在楼下,天又很黑,看门人一点也看不到他。

"开还是不开,你肯开门吗?"

"不能开,先生们!"

"你说不能开?"

"我说不能开,我的好……"

看门人话没有讲完。枪响了;子弹从他的下颚进去,穿过颈静脉,再从颈背穿出来。老人倒了下来,连气也没有出一声。蜡烛掉下来,熄灭了,只见窗沿上搁着一只一动不动的头,一缕白烟升向屋顶。

"哎唷!"勒卡布克说,让枪托掉在地上。

他刚说出这个字,就感到一只手像鹰爪那样重重地落在他的肩上,他听到一个声音对他说:

"跪下。"

凶手回过身来,看到昂若拉苍白、冷冰冰的脸出现在面前。昂若拉手里拿着一支手枪。

听到枪响，他跑了过来。

他用左手抓住勒卡布克的衣领、罩衫、衬衣和背带。

"跪下，"他再说一遍。

这个二十岁的瘦弱青年以威严的动作，像折芦苇一样，把矮壮结实的脚夫压下去，让他跪在泥地里。勒卡布克想抵抗，但他似乎被一只超人的手抓住了。

昂若拉脸色苍白，衣领敞开，头发凌乱，一张女性的面孔，此刻有一种难以言表的古代忒弥斯[1]的模样。他的鼻孔鼓胀，低垂的眼睛给他希腊式的无情侧面以一种愤怒和圣洁的表情，从古代社会的角度看，这种表情适合正义。

街垒上的人都跑来了，大家隔开一段距离围成一圈，面对即将看到的事，感到说不出一句话来。

勒卡布克屈服了，不再挣扎，浑身颤抖。昂若拉松开他，掏出怀表。

"定一下神吧，"他说。"祈祷或者静思。你有一分钟。"

"饶命啊！"凶手喃喃地说；然后他垂下头来，咒骂了几句，但听不清楚。

昂若拉目光不离开表；他等一分钟过去，然后把表放回背心兜里。做完后，他揪住勒卡布克的头发，勒卡布克跪着蜷缩成一团，哀号着，昂若拉把手枪顶在他的耳朵上。这些勇敢的人平静地投入到这场最惨烈的冒险里，这时却有许多人别转头去。

---

[1] 忒弥斯，宙斯之妻，司法律和秩序的女神，也是预言女神。

只听到枪响,凶手额角朝前,倒在地上,昂若拉挺起胸来,自信而严峻的目光扫视四周。

然后他用脚推了推尸体,说道:

"扔到外面去。"

坏蛋咽气时还做了机械的最后挣扎,动了几下;有三个人把他的尸体抬了起来,越过小街垒,扔到蒙德图小巷。

昂若拉一动不动地沉思默想。说不清的庄严的黑暗,慢慢地在他可怕的静默上面扩展开来。突然,他提高声音。大家寂静无声。

"公民们,"昂若拉说,"这个家伙所做的事是令人厌恶的,而我所做的事是可怕的。他杀了人,因此我杀了他。我不得不这样做,因为起义应该有纪律。在这里无故杀人,比在其他地方罪恶更大;我们受到革命的监督,我们是共和国的教士,我们是要为责任做出牺牲,不应让人有机可乘,污蔑我们的战斗。因此我判决和处死了这个人。至于我,迫不得已这样做,却又深恶痛绝,我同样审判了自己,你们待会儿会看到我怎样定自己的罪。"

听到这番话的人不寒而栗。

"我们和你共命运,"孔布费尔叫道。

"好的,"昂若拉又说。"再说几句。处决这个人,我是服从需要;但是需要是旧世界的一个魔鬼;需要名叫命运。然而,进步的法则是魔鬼在天使面前消失,命运在博爱面前烟消云散。现在不是说出爱这个字的好时机。没关系,我还是说出来了,我赞美它。爱,你是未来。死亡,我利用你,但我憎恨你。公民们,未来将没有黑暗,没有雷霆,没有凶残的愚昧,也没有血腥的报复。由于再没有撒旦，也再没有大天使米歇尔。未来不会有杀人，大地将阳光普照，人类信奉博爱。公民们，一切充满和睦、和谐、智慧、欢乐和生命的一天将会到来，这一天将会到来。正是为了它的到来，我们才前仆后继。"

昂若拉住了声。他处女般的嘴唇闭上了；他站在他刚才溅血杀人的地方，好半晌纹丝不动。他呆定的目光使周围的人低声议论起来。

让·普鲁维尔和孔布费尔默默地握紧了手，彼此在街垒的一角紧靠着，赞赏中带着一点同情，注视这个严肃的年轻人，这个行刑者兼教士，像水晶一样闪光，又像岩石一样坚定。

我们要马上说，后来，在事件过后，当尸体搬到陈尸所，经过搜查，发现勒卡布克身上有警察证。本书作者一八四八年掌握一份呈给一八三二年警察厅长的专门报告。

还要补充说明，要是相信可能很有根据的警方的奇特惯例，勒卡布克就是克拉克苏。事实是，勒卡布克死后，也就不提克拉克苏了。克拉克苏没留下任何踪迹；他似乎化为乌有了。他的身世一团漆黑；他的结局隐没在黑暗中。

当库费拉克在街垒中，又看到早上在他的住地求见马里于斯的那个小青年时，所有的起义者目睹这件惨案如此迅速审理，如此迅速了结，还处在激动之中。

这个小伙子看来很大胆，无忧无虑，夜里来同起义者汇合。

第十三章
马里于斯走进黑暗

一、从普吕梅街到圣德尼街区

在暮色中呼唤马里于斯到麻厂街的街垒去的声音,在他听来像是命运召唤。他想一死了之,机会来了;他叩坟墓之门,黑暗中有只手向他递过来钥匙。这样在黑暗中面对绝望的大门洞开,十分诱惑人。马里于斯掰开多少次让他通过的铁栅,走出花园,说道:"去吧!"

他痛苦到发狂,脑子里再也没有确定和牢固的想法,两个月来在青春与爱情的迷醉中度过,今后无法接受其他命运,绝望中产生的种种妄念把他压倒,他只有一个心愿:快快了结此生。

他疾步快走。恰巧他有武器,身上揣着沙威的两把手枪。

他刚才似乎瞥见的年轻人,消失在街道中。

马里于斯走出普吕梅街,经过林荫大道,穿过残老军人院大广场和大桥、香榭丽舍、路易十五广场,来到里沃利街。那里的商店都开门，拱廊下点燃煤气灯，妇女在铺子里买东西，人们在莱特咖啡店里吃冰淇淋，在英国点心店吃小糕点。只有几辆邮车从亲王饭店和莫里斯饭店出发，奔驰而去。

马里于斯从德洛姆小巷拐进圣奥诺雷街。那里的铺子门关户闭，老板们在虚掩的门前聊天，行人穿梭往来，路灯大放光明，从二楼起，所有的窗户像平时一样亮晃晃的。在王宫广场有骑警。

马里于斯沿着圣奥诺雷街走去。随着离开王宫广场，亮灯的窗户也就减少；铺子全都关闭，没有人在门口聊天，街道黑黝黝的，同时人群却越来越多，因为现在行人一群群。人群中看不到有人说话，但发出低而深沉的嗡嗡声。

接近枯树喷水池有"聚集的人群"，这些人一动不动，脸色阴沉，在来来去去的行人中显得像流水中的石头。

在普鲁维尔街的入口，人群不再前进。一大片岿然不动，密密匝匝，坚不可摧，严严实实，几乎密不透风，这些麇集的人在低声交谈。几乎没有人穿黑衣服、戴圆礼帽。都是穿工作服、罩衫、戴鸭舌帽、蓬头垢面的人。人群在夜雾中隐约起伏不定。话语声像颤动发出的喑哑声响。尽管没有人往前走，但传来在烂泥中踩踏的声音。越过这密集的人群，在卢尔街、普鲁维尔街、圣奥诺雷街的延伸地段，没有一扇窗有蜡烛光闪烁。只有越来越少的零星灯笼拐进这些街道中。这个时代的灯笼就像一颗大红星挂在绳子上，在路上的投影具有大蜘蛛的形状。这些街道并非空寂无人。可以看到一束束架在一起的步枪，晃动的刺刀和扎营的部队。好奇的人都不敢越过这个界限。交通到此为止。行人止步，军队开始驻守。

马里于斯已经万念俱灰。有人召唤他，他必须往前走。他设法穿过人群，又穿过扎营的部队，躲过巡逻队，避开岗哨。他绕了一个圈，来到贝蒂齐街，朝菜市场走去。在布多奈街的拐角，灯笼也没有了。

他穿过人堆后，又穿过部队的边界；他来到令人恐怖的地方。没有一个行人，没有一个士兵，没有一盏灯光；不见人影。寂寥、静谧、黑暗；莫可名状的冷清令人胆寒。走进街道，等于走进地窖。

他继续往前走。

他走了几步。有个人跑着掠过他身边。是个男人？是个女人？有好几个人？他说不出来。一闪而过，不见踪影。

他绕来绕去，来到一条小巷，他认为是陶器街；快到小巷中间，他遇到一个障碍。他伸出手去。这是一辆掀翻的大车；他的脚感到有水坑、泥坑、散乱的一堆堆石块。这里有一个初具雏形的街垒，后来被放弃了。他爬过石块堆，来到障碍的另一边。他贴近墙基石走，沿着楼房的墙壁前进。刚越过街垒，他似乎看到前面有样白东西。他走过去，这东西显出了形状。这是两匹白马。早上博须埃从公共马车卸了套的两匹马，整个白天在街道上四处随意游荡，最后在这里停下，很有耐心，牲口不理解人的行动，正如人不理解上天的行动。

马里于斯把两匹马抛在身后。他来到一条街，他觉得是社会契约街，这时，一发枪子从他身边嗖哨掠过，不知来自何方，在黑暗中乱飞，子弹穿透他头顶上方理发店的刮胡子铜盆。一八四六年，在社会契约街靠菜市场排柱的角上，还可以看到这只洞穿的铜盆。

这一枪说明还有人。此后，他再也遇不到什么。

这条路线就像往下走的踏级，黑黝黝的。

马里于斯仍然往前走。

二、巴黎鸟瞰图

这时，如果有人长了蝙蝠或者猫头鹰的翅膀，在巴黎上空飞翔，就会看到一幅阴森森的景象。

菜市场这整个老街区，就像城中城一样，圣德尼街和圣马丁街从它当中穿越而过，里面千百条小巷纵横交错，起义者把它变成堡垒和阵地，它像巴黎中心挖出的一个大黑洞。目光在这里落入一个深渊。由于路灯打碎了，窗户也关闭了，一切光线、一切生命、一切声响、一切活动到此终止。暴动者看不见的警卫到处在监视，维持秩序，也就是维持黑夜。把一小部分人淹没在广大的黑暗中，利用黑暗包含的可能性，增加每个斗士的战斗力，这是起义所必需的战术。白日已尽，凡是点燃蜡烛的窗户都挨了一枪。灯光熄灭了。有时，居民饮弹而毙。因此，没有一点动静。家家户户唯有恐惧、哀痛、惊慌；街上有一种神圣的恐怖气氛。甚至看不到一排排窗户和楼房，犬牙交错的烟囱和屋顶，照在泥泞、潮湿路面上的微弱反光。俯视这憧憧黑影的目光，也许星星点点地看到一些模糊的亮光，突现一些断断续续的古怪线条，奇特建筑的侧影，像在废墟中来回晃动的磷光似的东西；街垒就在那里。其余地方是一片黑暗的湖，雾蒙蒙的，停滞不动，死气沉沉，圣雅克塔、圣梅丽教堂和另外两三座大建筑一动不动、阴惨惨的黑影耸立其上，人把这些建筑变成巨人，黑夜则把它们变成幽灵。

在这空荡荡的、令人不安的迷宫四周，在巴黎的交通还没有停息、寥若晨星的几盏街灯还在闪烁的街区，空中的观察者会分辨出军刀和刺刀的寒光，大炮低沉的轰鸣，时刻在增加的营队的蠕动；巨大的皮带在暴动周围慢慢收紧和封闭起来。

受到包围的街区成了可怕的地窖；那里的一切在沉睡，或者静止不动，就像刚才看到的那样，可以行走的每条街道，只呈现出漆黑一团。

这吓人的黑暗，充满了陷阱，充满了闻所未闻的、可怕的冲突，令人吓得不敢进去，不敢住在里面，进去的人面对等待着他们的人瑟瑟发抖，等待的人面对就要进去的人也不寒而栗。看不见的斗士埋伏在每一个街角；浓重的黑暗中隐藏着置人于死地的圈套。已成定局。今后，除了步枪发出的火光，没有其他亮光可期待了，除了死神倏地出现，不会有其他遭遇了。死在哪里？怎么死？什么时候死？一无所知，但这是确定无疑的，不可避免的。在这个人们进行较量的地方，政府和起义、国民自卫军和人民团体、资产阶级和暴动者，摸索着接近。无论对哪一方，同样都有必要。战死或战胜，此后只有一种结局。局势剑拔弩张，黑暗无以复加，连最胆小的人也感到下定了决心，最大胆的人则感到恐惧。

此外，双方一样的愤怒，一样的激烈，一样的决心坚定。对这一方来说，前进是死亡，但没有人想到后退；对另一些人来说，停留是死亡，但没有人想到逃跑。

毫无疑问的是，明天一切都要结束，总有一方胜利，起义要么是革命，要么是鲁莽的行动。政府和各个派别都明白这一点；最微不足道的平民感到这一点。在这行将决定一切的街区，由此产生一种忧虑的想法，渗透到穿不透的黑暗中；在行将爆发灾难的寂静周围，于是产生加倍的不安。只听到一种响声，像断气前令人心碎的喘气声，像诅咒一样气势汹汹，这就是圣梅丽的警钟声。什么也不如这发狂的、绝望的、在黑暗中哀号的钟声更令人胆寒。

常有这样的事，大自然仿佛与人要做的事协同一致。什么也扰乱不了整体的不祥和谐。繁星消失了；黑压压的愁云布满天际。在这些死寂的街道上空，是一片漆黑的天穹，仿佛一块巨大的尸布盖在这巨大的坟墓上。

正当一场还只限于政治的战斗，在这经历过多少次革命事件的地方酝酿的时候，正当青年人、神秘社团、学校以各种主张的名义，中产阶级以利益的名义，互相靠近，发生冲突、搏斗和厮杀的时候，正当每个人都在催促和呼吁危机决定性的最后时刻到来的时候，在这决定命运的街区之外和远处，在隐没于幸福、豪华的巴黎的辉煌之下的贫穷老巴黎，在深不可测的洞穴底部，传来人民低沉、凄厉的咆哮声。

这可怕而神圣的声音，由下等人的吼声和天主的话语声组成，使软弱的人恐惧，使聪明人获得警示，既像狮吼一样来自下方，又像雷鸣一样来自上空。

三、边　缘

马里于斯来到菜市场。

那里比邻近街道更加寂静、幽暗、没有动静。仿佛坟墓的冷清宁静从地下冒了出来，散布到天空下面。

但在黑黝黝的背景上，有一片红光映衬出挡住圣厄斯塔什教堂那边麻厂街楼房高耸的屋顶。这是在科林斯街垒燃烧的火把发出的反光。马里于斯朝这片红光走去。红光把他引导到甜菜市场，他看到布道师街黑暗的入口。他走了进去。起义者在另一端警戒的岗哨没有看到他。他感到自己要寻找的地方近在咫尺，便踮起脚尖走路。他这样来到蒙德图小巷较短那一段的拐角，读者记得，这里是昂若拉保留的与外界的唯一通道。在左侧最后一幢楼房，他探出头去，向那一小段蒙德图小巷张望。

他隐没在楼房投下的一大片黑暗中，越过一点小巷和麻厂街黑魆魆的拐角，他看到马路上有些亮光，还看到酒店一角，后面，在一道奇形怪状的墙壁中有一盏灯笼在闪烁，有些人蹲坐着，枪放在膝上。这一切离他十图瓦兹远。这是街垒的内部。

小巷右侧的楼房挡住了酒店的其余部分、大街垒和旗帜。

马里于斯只消往前走一步。

于是不幸的年轻人坐在一块墙基石上，交抱手臂，想起他的父亲。

他回忆起这个英勇的蓬梅西上校，上校是一个十分勇猛的战士，在共和国时期守卫了法兰西边境，在皇帝时期打到亚洲边缘，到过热那亚、亚历山大、米兰、都灵、马德里、维也纳、德累斯顿、柏林、莫斯科，在欧洲所有打过胜仗的战场上，洒下了同马里于斯血管里流动的同样鲜血，东征西战，未老先衰，一头白发，腰扎皮带，肩章的穗子垂在胸前，火药熏黑了帽徽，头盔将额角压出皱纹，在木棚、军营、帐篷、野战医院中度过，二十年后从鏖战中回来时脸上疤痕累累，却带着微笑，朴实，平静，令人赞叹，像孩子般纯洁，为法国赴汤蹈火，却不损害它分毫。

他寻思，他献身的日子也来到了，他献身时刻的钟声终于敲响了，他跟在父亲后面，也要表现勇敢、无畏、大胆，冒着枪林弹雨，挺起胸膛，迎接刺刀，抛洒热血，迎战敌人，藐视死亡，轮到他去打仗，来到战场上，他要去的战场是街道，他要打的这场仗是内战！

他看到内战像在他面前张开的深渊，他就要落入这深渊中。

于是他不寒而栗。

他想起父亲那把剑，外祖父竟然卖给了旧货商，令他痛惜不已。他思忖，这把英勇、圣洁的剑从他手中失去，愤怒地跑到黑暗中，如果它这样逃走，它是聪明的，预见到未来；它预感到暴动，这是水沟战、街垒战，从地窖通风口向外射击，从背后袭击或被袭击；它从马伦哥和弗里斯兰回来，不愿到麻厂街，它和父亲协同作战以后，不愿同儿子协同作战！他想，如果这把剑还在，在他父亲临终的床前接过来，他敢于拿起它，来到十字街头参加法国人之间的这场夜战，那么它一定会灼痛他的手，像天使的剑，在他面前光焰四射！他想，它不在，它消失了，倒是幸事，这样很好，这是正确的，外祖父是他父亲的光荣的真正卫护者，上校的剑送去拍卖，卖给旧货商，扔到废铁堆里，也要强过今日让祖国的躯体流血。

于是，他凄苦地哭了起来。

这是可怕的。但怎么办呢？活着没有柯赛特，他办不到。既然她走了，他必须死去。他不是发誓要死吗？她走时知道这一点：就是说，她乐意马里于斯死去。再说，很清楚，她不再爱他了，因为她不辞而别，没留下一句话，没留下一封信，而她知道他的地址！何必活着呢？现在为什么活着呢？再说，什么！来到这里，反而退却了！接近了危险，却逃走了！到街垒一看，却回避了！回避时还瑟瑟发抖地说："说实话，我这样做已经够了，我看到了，这已足够，这是内战，我走吧！"抛弃等待着他的朋友们！他们也许需要他！他们人数不多，却对抗一支军队！同时错失一切，错失爱情、友谊和诺言！给自己的胆怯以爱国主义的借口！这样做是不行的，如果他父亲的幽灵在这黑暗中，看到他后退，会用剑身抽打他的腰，向他喊道："向前进，胆小鬼！"

千头万绪困扰着他，他耷拉着头。

突然他抬起头来。他脑子里刚进行了一种出色的矫正。接近坟墓的人，思想会有一种膨胀；临近死亡的人，会看得真切。也许他感到即将投身的行动产生的幻觉，看来不是可悲的，而是壮丽的。由于内心说不清的活动，街垒战在他思想的注视下，突然改变了。沉思凝想中杂乱无章的问号，又蜂拥而至，但不再扰乱他。他并没有置之不理。

唔，他的父亲为什么会愤怒呢？难道有时起义不会上升到尽责的崇高地步吗？蓬梅西上校的儿子参加眼前这场战斗，辱没了什么呢？这不再是蒙米莱，也不是尚波贝；[1] 这是另一种战斗。牵涉到的不再是神圣的领土，而是神圣的思想。祖国在抱怨，不错；但人类在欢呼。况且，祖国真的在抱怨吗？法兰西在流血，而自由在微笑；面对自由的微笑，法兰西忘却了自己的创伤。还有，从更高的角度去观察，怎样评价内战呢？

内战？这是怎么回事？难道有外战吗？一切人与人的战争难道不是兄弟阋墙的战争吗？战争只能以目的来命名。没有外战，也没有内战；只有非正义战争和正义战争。只要人类没有进入大同世界，战争就可能是必要的，至少抓紧时机的未来反对拖延滞后的往昔那种战争是必要的。何必要谴责这种战争呢？唯有用来扼杀权利、进步、理性、文明、真理的时候，战争才变得可耻，剑才变成匕首。这时，不论内战还是外战，都是非正义的，可称之为罪行。在正义这神圣尺度之外，一种战争形式凭什么鄙视另一种形式呢？华盛顿的剑凭什么否定卡米尔·德穆兰的长矛呢？莱奥尼达斯[2] 抵御外族，蒂莫莱昂[3] 反对暴君，哪一个更伟大？一个是保卫者，另一个是解放者。不顾目的如何，就谴责在城市内拿起武器吗？那么，布鲁图斯、马塞尔[4]、阿尔诺·德·布兰肯海姆、科利尼都称之为歹徒吗？灌木林交战呢？巷战呢？为什么不行？这是安比奥里克斯[5]、阿尔特维尔

---

1 蒙米莱和尚波贝，法国北部地名，1814 年 2 月，拿破仑在此打败普鲁士人。
2 莱奥尼达斯，公元前 5 世纪斯巴达国王，保卫温泉关的英雄。
3 蒂莫莱昂（约公元前 410～约前 337），希腊政治家，同意处决他的兄弟——暴君，后长期隐居，曾战胜迦太基，取得西西里岛。
4 马塞尔（约 1315～1358），法国政治家，三级会议中资产阶级的领袖之一。
5 安比奥里克斯，高卢人首领。

德[1]、马尼克斯[2]、佩拉吉亚[3]所进行的战争。但安比奥里克斯反抗罗马，阿尔特维尔德反抗法国，马尼克斯反抗西班牙，佩拉吉亚反抗摩尔人；他们都反抗外族。那么，君主制是外族；压迫是外族；神权是外族。专制主义侵犯精神疆域，就像入侵是侵犯地理疆域。驱逐暴君或驱逐英国人，这两种情况都是收复领土。到了一定时候，光抗议就不够了；提出哲学以后，需要行动；武力完成思想的筹划；《被缚的普罗米修斯》开场，阿里斯托吉通[4]收场；《百科全书》启迪人的心灵，八月十日激励人的心灵。在埃斯库罗斯之后，是施拉苏布洛斯[5]；在狄德罗之后，是丹东。民众有接受主子的倾向。人多要形成麻木不仁。一群人凑在一起，容易趋向于服从。必须激发他们，推动他们，用解放的利益去鞭策他们，用真理刺痛他们的眼睛，抓起一把把光向他们掷过去。必须以他们自身的得救去轰击他们；这种闪光把他们唤醒。因此，警钟和战争是必要的。必须让伟大的斗士奋起，以大胆启迪各民族，震撼被神权、武功、武力、狂热、不负责任的权力和绝对君权笼罩在黑暗中的可悲人民；芸芸众生痴呆地凝望壮丽暮色中黑夜狰狞的凯旋。打倒暴君！怎么？你在说什么？你把路易-菲利普称作暴君吗？不，他超不过路易十六。他们两人都属于史书上一般所谓的好国王；但原则不能分割，真理的逻辑

---

[1] 阿尔特维尔德（约1290～1345），佛兰德尔政治家，反对与法国联盟。
[2] 马尼克斯（1538～1598），佛兰德尔政治家，受加尔文影响，曾在安特卫普抗击西班牙人。
[3] 佩拉吉亚，8世纪初阿斯图里亚人国王，战胜了阿拉伯人。
[4] 阿里斯托吉通，雅典人，与人刺杀暴君希帕尔克，公元前514年受酷刑而死。
[5] 施拉苏布洛斯，雅典将军、政治家，公元前五世纪末推翻三十人寡头政府，在雅典建立民主政体。

是直线的，真理的本质是缺乏讨好；因此不做让步；一切对人的践踏都应制止；在路易十六身上有神权，在路易-菲利普身上有"波旁血统"；他们两人在一定程度上代表取消权利，为了清除无所不包的僭越，必须与他们战斗；必须如此，因为法国总是先行者。一旦君主在法国垮台，各处君主都要垮台。总之，重建社会真理，将宝座还给自由，将人民还给人民，将主权还给人，将紫红冠冕重新戴在法国的头上，充分恢复理性和公正，让每个人回复自我，消灭一切对抗的根苗，除去王权给普天下的广大和睦设置的障碍，使人类掌握权利，还有什么更正义的事业呢？因此，还有什么更伟大的战争呢？这类战争建成和平。偏见、特权、迷信、谎言、敲诈、流弊、暴力、不公、黑暗的巨大堡垒，连同仇恨之塔，还矗立在世界上。必须摧毁这堡垒。必须让这庞然大物崩坍。在奥斯特利兹获胜，这是伟大的；夺取巴士底狱，这是无法比拟的。

谁都有这种切身体验，即使处于最酷烈的绝境，灵魂也具有近乎冷静地思索的奇特能力，这正是它无处不在的复杂统一体的奇迹所在，往往会这样：悲痛欲绝，处在凄切自语的极度沮丧中，还能议论和探讨。思绪纷乱仍有逻辑，推理的线索在思想的狂风暴雨中飘荡而不断裂。马里于斯的思想状态正是如此。

他一面这样思索，心头压抑，决心已定，但有点犹豫，总之，面对自己即将要做的事，不免发抖。他的目光在街垒内部扫视。起义者在那里小声交谈，并不激动，可以感到近乎平静的气氛，这标志着等待的最后阶段。在他们上方，马里于斯看到四层楼的一扇天窗口上，有一个观看的人或目击者，神态似乎专注得出奇。这是勒卡布克打死的看门人。借着藏在石块中的火把亮光，从下面能隐约看到这颗脑袋。在暗淡的、摇曳的火光中，没有什么比这苍白的、不动的、惊讶的、像好奇地俯向街道的脸，比这凌乱的头发，比这睁大的呆定的眼睛，比这张开的嘴更为奇特的了。仿佛这死者在注视即将赴死的人。从脑袋淌下来的一长条鲜血，散成暗红的线，从天窗流到二楼才止住。

第十四章
绝望的壮举

一、旗帜——第一幕

什么事都还没有发生。圣梅丽修道院的钟敲响了十点,昂若拉和孔布费尔手里拿着短枪,坐在大街垒的豁口旁。他们互相不说话;他们在倾听,竭力抓住最轻、最远的行进脚步声。

突然,在这阴惨惨的寂静中,一个嘹亮、年轻、快活、好像来自圣德尼街的声音升起,按古老的民间曲调《月光下》,清晰地唱起这首诗,结尾的叫声像鸡啼:

> 我的鼻子流眼泪。
> 我的朋友是布若,
> 你的警察借一借,
> 我有话对他们说。
> 身穿蓝色军大衣,

母鸡不把军帽脱，
郊区就是目的地！
放开喉咙叫喔喔！

他们俩互相握了握手。

"是加弗罗什，"昂若拉说。

"他在给我们报信，"孔布费尔说。

一阵急促的奔跑扰乱了空荡荡的街道，只见一个比小丑还灵活的人，翻越公共马车，加弗罗什气喘吁吁地跳进街垒，说道：

"我的枪！他们来了。"

寒颤像电流，传遍了整个街垒，只听到手寻找枪的动作声。

"你想要我的短枪吗？"昂若拉问流浪儿。

"我要那杆大枪，"加弗罗什回答。

他抓住沙威的枪。

两个岗哨撤回来了，几乎与加弗罗什同时回到街垒。这是街道尽头和小丐帮街的两个岗哨。布道师小巷的岗哨留在原地，这表明桥和菜市场那边没有动静。从投射到旗帜上的反光中，麻厂街隐约可见几块铺路石，好像给起义者呈现出一道黑洞洞的大门廊，半掩在烟雾中。

人人回到自己的战斗岗位上。

四十三个起义者，其中有昂若拉、孔布费尔、库费拉克、博须埃、若利、巴奥雷尔和加弗罗什，半跪在街垒中，脑袋与障碍的顶部一般高，步枪和短枪的枪口搁在石块上，就像搁在堡垒的枪眼上，专心致志，一声不响，准备开火。由弗伊指挥的六个人，安置在科林斯酒店上面两层楼的窗口旁，举枪瞄准。

过了一会儿，一阵有节奏的、沉重的、人数众多的脚步声从圣勒方向清晰地传来。声音先是微弱，继而明朗了，接着沉重而响亮，慢慢接近，毫不停顿和中断，沉稳而可怕地持续不断。只听到这种声音。就像骑士塑像默默地前进的响声，这石像的脚步声却有难以形容的巨大和杂沓声响，令人感到既是一群人，又是一个幽灵。人们以为听到了可怕的军团塑像在前进。这脚步声接近了；进一步接近了。终于停止。似乎从街道的尽头传来许多人的呼吸声。可是什么也看不到，只能在尽头，在这浓重的黑暗中，分清无数金属线，细如针尖，几乎看不出来，有如刚闭上眼皮入睡，在梦的初雾中瞥见的难以描绘的荧光网那样闪动。这是刺刀和枪口，被火把在远处的反光朦胧地照亮了。

又停歇了一会儿，仿佛双方都在等待。突然，黑暗中响起一个声音，由于看不到人，就更显阴森森，仿佛这是黑暗本身在说话，声音喊道："口令？"

与此同时，传来枪支的碰撞声。

昂若拉用高傲的颤声回答：

"法国革命。"

"开火！"那个声音说。

一道闪光染红了街道所有的楼房正面，仿佛一座炉子的炉门打开了，又突然关上。

一阵可怕的爆炸声落在街垒上。红旗倒下了。射击非常猛烈和密集，把旗杆打断；就是说公共马车的辕木尖端打断了。子弹在房屋的挑檐上削过去，蹦进街垒，打伤了好几个人。

第一阵射击令人胆寒。攻击来势汹汹，能使最大胆的人也三思而行。显然，至少接触的是一整团人。

"伙伴们，"库费拉克喊道，"不要浪费弹药。等他们冲进街道才还击。"

"首先，"昂若拉说，"把旗帜扶起来！"

他捡起正好掉在他脚下的红旗。

外面传来上弹药的声音；军队在上子弹。

昂若拉又说：

"这儿谁有胆量？谁把旗帜重新插在街垒上？"

没有人回答。街垒无疑是重新瞄准的目标，这时候爬上去，干脆是送死。最勇敢的人也要犹豫去献身。连昂若拉也颤抖了一下。

他再说一遍：

"没人自告奋勇？"

二、旗帜——第二幕

起义者来到科林斯酒店，开始建造街垒以来，没有人注意马伯夫老爹。但马伯夫先生没有离开队伍。他走进酒店底楼，坐在柜台后面。可以说，他自我消失在那里。他好像不再观看，不再思索。库费拉克和其他人有两三次走到他面前，警告他这里危险，催促他离开，他不像在听他们说话。别人不对他说话时，他的嘴巴翕动着，仿佛在回答某个人的话，一旦别人对他说话，他的嘴唇反倒不动了，他的眼睛失神了。街垒受到攻击之前几小时，他便保持一种姿态，不再改变，双拳撑在膝盖上，好似望着悬崖。什么也不能让他摆脱这种姿态；他的所思所想似乎不在街垒中。当人人回到战斗岗位上的时候，他还留在楼下大厅，还有沙威，绑在那里的柱子上，一个起义者手握一把出鞘的军刀，监视着他。街垒受到攻击时，枪声响起，马伯夫的身体受到震动，好像惊醒过来，他霍地站起身，穿过大厅，正当昂若拉重复他的呼吁"没人自告奋勇？"这时，只看到老人出现在酒店门口。

他的出现在起义者中引起震动。有人叫道："他投票赞成处死国王！他是国民公会成员！他是人民代表！"

他可能没有听到。

他笔直走向昂若拉，起义者带着莫大的敬畏在他面前闪开，他从吃惊得后退的昂若拉手里夺过旗帜，这时，没有人敢阻止他和帮助他，这个八旬老人颤动着头，步伐坚定，开始慢慢地爬上街垒的石块阶梯。这情景十分悲壮和崇高，他周围的人喊道："脱帽致敬！"他每登上一级，都显得非常惨烈；他的白发、他清癯的脸，他饱满、多皱的秃顶，他深陷的眼睛，他吃惊地张开的嘴，他举起红旗的衰老手臂，从黑暗中显现出来，在火把的红光中变得越来越高大；人们似乎看到九三年的幽灵从地底冒了出来，手里擎着恐怖时代的旗帜。

当他来到最后一级的石阶顶端时，当这颤动和可怕的幽灵面对一千二百支看不见的枪，站在这乱石堆上，迎着死神挺立，仿佛比死神更强大时，整个处在黑暗的街垒出现一个不可思议的巨大形象。

四周寂静无声,唯有出现奇迹的地方才会这样。

老人在寂静中挥舞旗帜,喊道:

"革命万岁!共和国万岁!博爱!平等!宁死不屈!"

从街垒传来低微而急促的细语声,如同想赶快做完祈祷的教士的喃喃声。或许这是一个警官在街道另一头下令。

随后,刚才喊叫口令的那个清脆的声音又响起来:

"退回去!"

马伯夫先生脸色苍白,倔强,眸子闪射出不顾一切的悲壮火焰,将旗帜高举过头,重复说:

"共和国万岁!"

"开火!"那个声音说。

第二次射击如同扫射,落在街垒上。

老人跪倒在地,又挺起身来,旗帜却滑落下来,他像一块木板,直挺挺仰翻在街上,双臂交抱。

他身下流出几条血水。他衰老的头苍白、悲哀,仿佛凝望天空。

起义者激动万分,不能自制,一时忘却了自卫,惊恐中怀着崇敬,向尸体走近。

"这些弑君的人多么了不起啊!"昂若拉说。

库费拉克俯在昂若拉的耳畔说:

"这话只说给你听,我不想减低大家的热情。他不是弑君者。我认识他。他叫马伯夫老爹。我不知道他今天怎么回事。不过这是一个正直的老傻瓜。瞧瞧他的脑袋吧。"

"老傻瓜的脑袋,布鲁图斯的心灵,"昂若拉回答。

然后他提高声音：

"公民们！这是老年人给年轻人做出的榜样。我们犹豫时，他走上前来！我们退后时，他往前进！因年老而颤抖的人，就是这样教育因恐惧而颤抖的人！这个老人面对祖国是令人敬畏的。他长寿而死得悲壮！现在我们把遗体掩蔽好，我们每个人都要保卫这个死去的老人，就像保卫自己活着的父亲那样，他出现在我们中间，使街垒坚不可摧！"

这番话引起一阵沉闷而有力的赞同声。

昂若拉弯下身来，扶起老人的头，义愤填膺，吻了他的额角，然后分开他的双臂，小心而温柔地摆弄这个死人，仿佛担心弄痛了他，终于脱下他的衣服，给大家展示血淋淋的窟窿，说道：

"现在，这就是我们的旗帜。"

三、加弗罗什还不如接受昂若拉的短枪

有人用于什卢寡妇的黑色长披巾盖上马伯夫老爹。六个人用枪搭成一副担架，将尸体放上去，脱掉帽子，缓慢而庄严地把尸体抬到楼下大厅的大桌子上。

这些人全神贯注做着这件庄严而神圣的事，把他们的危险处境置诸脑后。

尸体经过始终冷漠的沙威身边时，昂若拉对密探说：

"等一下跟你算账！"

这时，小加弗罗什独自一个，没有离开他的岗位，留下观察，

他似乎看到有人蹑手蹑脚地接近街垒。他突然叫道：

"你们小心！"

库费拉克、昂若拉、让·普鲁维尔、孔布费尔、若利、巴奥雷尔、博须埃，所有人乱哄哄地从酒店里跑出来。几乎来不及了。只见街垒上方起伏的刺刀密集的闪光。高大的保安警察冲了进来，有人跨过公共马车，有人越过豁口，向流浪儿逼过去，孩子在后退，但并没有逃跑。

形势危急。当河水涨到堤岸边，开始从堤岸渗进来时，这是洪水泛滥最初的可怕时刻。再过一刻，街垒就要被占领。

巴奥雷尔迎向第一个冲进来的保安警察，当面一枪打死了他；第二个保安警察一刺刀刺死了巴奥雷尔。另一个保安警察已将库费拉克打倒在地，库费拉克喊道："快来救我！"最高大的一个保安警察，巨人的块头，挺着刺刀向加弗罗什逼去。流浪儿的小手握着沙威那杆大枪，坚决地瞄准了彪形大汉，打了一枪。可是没有打响。沙威没有装子弹。保安警察哈哈大笑，朝孩子举起刺刀。

刺刀还没有触到加弗罗什，士兵手中的枪掉了下来，一颗子弹打中保安警察的脑门，他朝后倒在地上。第二颗子弹当胸打中那个袭击库费拉克的警察，把他击倒在马路上。

是马里于斯刚刚冲进街垒。

四、火药桶

马里于斯一直隐藏在蒙德图街的拐角，目睹了战斗的第一阶段，他游移不决，瑟瑟发抖。但他无法长久抵挡可以称之为深渊召唤的极度神秘的昏眩。面对迫在眉睫的危险，面对马伯夫先生的死这不祥的谜，面对巴奥雷尔的倒毙和库费拉克的叫喊："快来救我！"面对这个受威胁的孩子和他需要援助和报仇的朋友们，一切犹像烟消云散了，他冲进了混战中，手里握着两把手枪。第一下他救了加弗罗什，第二下救了库费拉克。

听到枪响和受到还击的警察的喊声，进攻一方爬上了街垒，在顶部如今可以看到他们露出大半个身子，一群群保安警察、正规军、郊区的国民自卫军，手里端着枪。他们已经覆盖了三分之二以上的街垒，但是没有跳进里面，仿佛他们在衡量，担心有陷阱。他们望着黑黝黝的街垒，好像在观望一个狮穴。火把的光只照亮刺刀、羽翎帽、不安而愤怒的上半边脸。

马里于斯没有武器了，他丢掉了两支空枪，但他看到楼下大厅门边的火药桶。

他正半转过身，朝这边看去，一个士兵在瞄准他。正当士兵对准马里于斯时，一只手放在枪口上，把枪堵住了。冲过去的人，是个穿灯芯绒裤的年轻工人。枪打响了，穿透了他的手，也许还打中身体，因为工人倒下了，但子弹没打中马里于斯。这一切发生在缭绕的烟雾中，看不清楚。马里于斯走进楼下大厅，看不真切。但他隐约看到枪管对准自己，这只手堵住枪口，也听到枪响。不过，在这种时候，眼前的东西在晃动，飞速而过，人停不下来，朦胧地感到被推向更黑暗的地方，一切如在云里雾里。

起义者受到袭击，但并不恐慌，已聚集起来。昂若拉叫道："等一等!不要乱开枪!"在最初的混战中,他们确实会打伤自己人。大部分人上到二楼窗口和阁楼,居高临下面对进攻者。最坚定的人同昂若拉、库费拉克、让·普鲁维尔和孔布费尔一起,傲然地靠在巷底的楼房上,暴露无遗,面对街垒顶上一排排士兵和警察。

这一切进行得从容不迫,具有混战之前奇特而咄咄逼人的沉着。双方互相逼近瞄准,距离那么近,都可以互相说话。一触即发,一个高领大肩章的军官举起剑说:

"放下武器!"

"开火!"昂若拉说。

两边同时开枪,一切消失在硝烟中。

刺鼻的令人窒息的硝烟缭绕不散,传出垂死者和伤员微弱和低沉的呻吟。

等硝烟散去时,双方的身影显示出来,站在同样的地方,默默地上子弹。

突然,一个雷鸣般的声音叫道:

"快滚,否则我要炸掉街垒!"

人人转向声音发出的地方。

马里于斯已进入楼下大厅,抱起了火药桶,他利用硝烟和充满街垒的迷雾,沿着街垒溜到插火把的石头垒起的笼子里。他拔出火把,将火药桶放在一堆石头上,用力一压,火药桶的桶底立刻轻而易举地洞穿,马里于斯这样做只消一弯腰再抬起身,现在所有人,包括国民自卫军、保安警察、军官、士兵,在街垒的另一端挤做一团,吃惊地凝望他站在石块上,手里拿着火把,高傲的脸因不怕死

的决心而熠熠闪光,他将火把凑近那可怕的一堆东西上,人们看出是碎裂的火药桶。他发出这令人心惊胆战的喊声:

"滚开,否则我要炸掉街垒!"

马里于斯继八句老人之后,傲立在街垒上,这是老一代革命者出现之后,年轻一代革命者的形象。

"炸掉街垒!"一个中士说,"你也同归于尽!"

马里于斯回答:

"我也同归于尽!"

他把火把凑近火药桶。

但街垒已经没有人了。进攻者丢下死伤的人,争先恐后,乱七八糟地拥向街道尽头,重新消失在黑暗中。他们仓皇逃命。

街垒解围了。

五、让·普鲁维尔的绝命诗

大家围住马里于斯。库费拉克扑到他的脖子上。

"你来了!"

"太好了!"孔布费尔说。

"你来得正是时候!"博须埃说。

"没有你,我就死定了!"库费拉克也说。

"没有您,我就给抓住了!"加弗罗什加上一句。

马里于斯问道:

"头儿在哪里?"

"头儿是你，"昂若拉说。

整个白天，马里于斯脑子里像有一炉火，如今掀起了一阵旋风。他身上的这阵旋风好像刮到体外，把他卷走。他觉得自己与生活已有无边的距离。两个月欢乐和相爱的灿烂日子，突然间通到这骇人的悬崖上，他失去了柯赛特，来到这个街垒，马伯夫先生为共和国而牺牲，他成了起义者的首领，这一切他觉得像一场噩梦。他的脑子不得不做出努力，要确认他周围的一切是真实的。马里于斯还缺少阅历，不了解为什么不可能发生的事会近在眼前，预料不到的事往往本应预料到。他参与自己的戏，就像观看一出看不懂的戏一样。

他的脑子处于一团迷雾中，他没有认出沙威，沙威绑在柱子上，在街垒受到攻击时，头一动也不动，带着殉难者的隐忍和法官的庄严注视周围起义者的活动。马里于斯甚至没有看他一眼。

袭击者没有采取行动，只听到他们在街道尽头走动和搜索，但他们不贸然行动，要么他们等待命令，要么在重新扑向这个难以攻克的堡垒之前，等待援兵。起义者布置了岗哨，有几个人是医科大学生，他们开始包扎伤员。

起义者把酒店的桌子都扔在外面，除了两张桌子留作放绷带和子弹，以及停放马伯夫老爹尸体的那张桌子；扔出去的桌子用来加固街垒，而于什卢寡妇和女仆的床垫搬到楼下大厅代替桌子。伤员躺在垫子上面。至于那三个住在科林斯酒店的可怜女人，见不到影儿了。最后在地窖找到她们。

一件令人揪心的事，使街垒解围的高兴气氛蒙上了阴影。

集合点名时，有一个起义者不在。是谁呢？最亲近、最骁勇的人之一，让·普鲁维尔。在伤员中寻找，但他不在。在死人中寻找，他也不在。显然他被抓走了。

孔布费尔对昂若拉说：

"他们抓走了我们的朋友，而我们抓获他们的密探。你坚持处死这个密探吗？"

"是的，"昂若拉回答，"但更看重让·普鲁维尔的生命。"

这个场面发生在楼下大厅绑住沙威那根柱子旁边。

"那么，"孔布费尔又说，"我把手帕系在手杖上去同他们谈判，提出以他们的人交换我们的人。"

"你听，"昂若拉按住孔布费尔的手臂说。

街道尽头传来意味深长的武器撞击声。

只听到一个男子的声音高喊：

"法兰西万岁！未来万岁！"

大家听出是普鲁维尔的声音。

一道火光掠过，发出一声枪响。

寂静重新降临。

"他们杀死了他，"孔布费尔喊道。

昂若拉看着沙威，对他说：

"你的朋友们刚刚枪杀了你。"

六、生也苦来死也苦

这类战争有个特点，就是几乎总是从正面进攻街垒，一般说来，进攻者避免迂回战术,要么他们害怕埋伏,要么他们担心陷入弯弯曲曲的街道。起义者的全部注意力于是放到大街垒一边,这边显然时刻受到威胁,也必然是再次争夺的焦点。马里于斯却想到小街垒,来到那里。小街垒空荡荡的,只有在石堆中颤动的彩灯守卫着。而且蒙德图小巷、小丐帮街和天鹅街的交叉口也死寂一般。

正当马里于斯察看完,要返身回去时,他听到黑暗中有人轻轻地叫他的名字:

"马里于斯先生!"

他不寒而栗,因为他听出这是两小时前越过普吕梅街的铁栅门叫唤他的声音。

只不过如今这个声音好像奄奄一息。

他环顾四周,看不到人。

马里于斯以为搞错了,是由于他的精神产生幻觉,加之于他周围激烈冲突的不同寻常的现实。他跨了一步,要走出街垒所处的偏僻凹角。

"马里于斯先生!"那声音又叫了一次。

这回,他不再怀疑了,他听得很清楚;他四处张望,什么也看不到。

"在您的脚边,"那声音说。

他弯下身来,在黑暗中看到一团东西朝他爬过来。它匍匐在街道上,正是它在对他说话。

彩灯能让人分清一件罩衣、一条撕破的粗灯芯绒长裤、光脚和像血泊似的东西。马里于斯瞥见一颗苍白的头抬起来对他说:

"您不认识我了吗?"

"不认识。"

"爱波尼娜。"

马里于斯赶快弯下腰。确实是那个不幸的孩子。她穿着男人的衣服。

"您怎么在这里?您在干什么?"

"我要死了,"她对他说。

有些话和意外事件,能唤醒心灵受压抑的人。马里于斯仿佛惊醒过来,叫道:

"您受伤了!等一等,我把您抱到大厅里。会给您包扎好。伤得重吗?该怎样做才不会弄痛您?您哪里痛?救人哪!我的天!您到这里来干什么?"

他想把手臂伸到她身下,把她扶起来。

在扶她的时候,他触到了她的手。

她发出微弱的叫声。

"我弄痛您了吗?"马里于斯问。

"有点儿。"

"可是我只碰到您的手。"

她把手举到马里于斯的眼前,马里于斯看到手中有个黑窟窿。

"您的手怎么啦?"他问。

"手打穿了。"

"打穿了!"

"是的。"

"被什么打穿的?"

"被子弹打穿的。"

"怎么回事?"

"您看见一支枪瞄准了您吗?"

"看见了,还看见一只手堵住了枪口。"

"这是我的手。"

马里于斯颤抖一下。

"真是疯了!可怜的孩子!还好,如果仅仅如此,倒没有什么。让我抱您到床上。会给您包扎,一只手打穿不会死的。"

她喃喃地说:

"子弹打穿了手,又从背部穿出去。用不着让我离开这里。我来告诉您怎样包扎我,好过一个外科医生。请坐在我旁边这块石头上。"

他服从了;她把头搁在马里于斯的膝盖上,不看着他,说道:

"噢!真好!真舒服!就这样我不痛了。"

她沉默了一会儿,然后费力地转过脸,望着马里于斯。

"您知道吗,马里于斯先生?您进入那个花园,让我感到有点不舒服,这很愚蠢,因为是我给您指点那幢房子的,总之,我应该告诉您,像您这样一位年轻人……"

她打住了,脑子里无疑还有悲哀的过渡话语,但都略过去了,她带着凄惨的微笑又说:

"您觉得我长得丑,是吗?"

她继续说:

"您看,您完了!现在,谁也出不了街垒。是我把您引到这里来的,咦!您要死了。我指望这样。当我看到有人瞄准您,我就把手按在枪口上。真逗!这是因为我想死在您前面。我挨到子弹以后,爬到这里,没有人看到我,把我抬走。我等待着您,我想:'他难道不会来吗?'噢,您要知道,我咬罩衣,我疼死了!现在我好受了。您记得那天我到您房间里,照了您的镜子,还有那天我在林荫大道上遇见您,旁边还有女工?当时鸟儿唱得多欢!没有多久。您给了我五法郎,我对您说:'我不要您的钱。'您至少捡回您的钱币吧?您并不富。我没有想到告诉您捡起来。那天太阳多好,不感到冷。您记得吗,马里于斯先生?噢!我多么幸福!大家都要死了。"

她看来失去理智,心情沉重而悲哀。她撕破的罩衣露出赤裸的胸部。她说话时把洞穿的手按在胸口,那里有另一个窟窿,不时涌出血来,就像木塞拔掉,酒喷出来一样。

马里于斯怀着深切的同情,注视这个不幸的姑娘。

"噢!"她突然又说,"又来了。我憋死了!"

她抓起罩衣咬住,她的腿在路面上变僵直了。

这时,小加弗罗什像小公鸡的嗓音在街垒响起来。这孩子爬上桌子装子弹,快活地唱起当时流行的歌曲:

一见拉法耶特,

军警喊声不绝:

快逃命!快逃命!快逃命!

爱波尼娜抬起身来倾听，然后喃喃地说："是他。"

她转向马里于斯：

"我的弟弟在那里。不要让他看到我。他会责备我的。"

"您的弟弟？"马里于斯问道，他又想起父亲嘱咐他要报答泰纳迪埃一家，心如刀绞，"谁是您的弟弟？"

"那个小家伙。"

"唱歌的孩子吗？"

"是的。"

马里于斯动了一下身子。

"噢！您别走！"她说，"我拖不长的！"

她几乎坐了起来，但她的声音非常低，因打嗝而中断。喘气不时打断她说话。她尽可能将自己的脸挨近马里于斯的脸，她以古怪的表情加上说：

"听着，我不想同您开玩笑。我兜里有一封给您的信。这是昨天的事。人家告诉我投到邮局里。我留了下来。我不想您收到信。但是，待会儿咱们相会的时候，您也许会埋怨我。人死了还会见面，不是吗？拿走您的信吧。"

她用洞穿的手痉挛地抓住马里于斯的手，但她似乎不再感到疼痛。她把马里于斯的手塞到她的罩衣的兜里。马里于斯果然感到有一张纸。

"拿走吧，"她说。

马里于斯拿了信。

她满意和赞同地点点头。

"现在该谢我了,答应我……"

她住了口。

"答应什么?"马里于斯问。

"答应我!"

"我答应您。"

"答应我,等我死了,在我额头上给我一吻。——我会感到的。"

她让头重新垂落在马里于斯的膝盖上,她的眼皮合上了。他相信这可怜的灵魂离去了。爱波尼娜纹丝不动;正当马里于斯以为她永远睡着时,突然,她慢慢睁开眼睛,眼里显出死亡的幽深。对他说话的声调柔和得好像来自另一世界:

"再说,咦,马里于斯先生,我相信我有点爱上了您。"

她还想微笑,却咽了气。

七、计算距离的能手加弗罗什

马里于斯信守诺言。他在淌着一滴冷汗的苍白额角上吻了一下。这不是对柯赛特不忠实;这是对一个不幸的灵魂温柔的怀念的诀别。

他拿起爱波尼娜交给他的信时,禁不住颤栗。他马上感到出事了。他急不可耐地想看信。人心生来如此,不幸的孩子刚刚合上了眼,马里于斯就想到拆信。他把她轻轻放在地上,然后走了。有种东西告诉他,不能在这具尸体面前看这封信。

他走近楼下大厅的一支蜡烛。这封小小的信以女人的精细折叠和封好。地址是女人的笔迹,写道:

"玻璃厂街16号,库费拉克先生转马里于斯·蓬梅西先生收。"他拆开信,念道:

"亲爱的,唉!我的父亲要我们马上动身。今晚我们要住在武人街7号。一个星期后,我们将在伦敦。——柯赛特。六月四日。"

他们的爱情如此纯真,马里于斯连柯赛特的笔迹都不认识。

事情经过,三言两语就能说清楚。爱波尼娜一手炮制。经过六月三日的晚上,她有双重的想法,既挫败她的父亲和那些匪徒抢劫普吕梅街那幢别墅的计划,又拆散马里于斯和柯赛特。她同一个怪小伙子换掉破衣,他感到爱波尼娜女扮男装,自己男扮女装很好玩。正是她在练兵场对让·瓦尔让提出意味深长的警告:"快搬家。"让·瓦尔让果然回家后对柯赛特说:"我们今晚动身,同图散住到武人街去。下星期我们就到伦敦。"柯赛特被这意外打击吓呆了,给马里于斯匆匆写了两行字,可是,怎么投信呢?她不能独自出门,而图散对这样一件差使会感到吃惊,一定会把信交给割风先生看。在焦虑不安中,柯赛特透过铁栅门看到男装的爱波尼娜不断在花园周围徘徊。柯赛特把"这个年轻工人"叫过来,给了他五法郎和信,对他说:"马上将这封信按地址送去。"爱波尼娜把信塞进兜里。第二天,六月五日,她来到库费拉克的住处,要见马里于斯,不是将信交给他,而是"去瞧一下",这种行为,凡是嫉妒的情人都会了解。她在那里等待马里于斯,至少等待库费拉克,——始终是想瞧一下。库费拉克对她说:我们要到街垒去,这时,一个想法掠过她的脑际。反正是死,怎么死都一样,同时把马里于斯也推进去。她跟在库费拉克后面,了解到建造街垒的地方,既然马里于斯没有收到任何信息，她又把信截留下来，她确信他会在夜幕降临时到每晚的约会地点去，便来到普吕梅街，在那里等待马里于斯，以他的朋友们的名义，向他发出召唤，心想这个召唤定会把他引导到街垒。她指望马里于斯找不到柯赛特时产生的绝望；她没有搞错。她自己则回到麻厂街。读者已看到她的所作所为。她带着嫉妒的心即使惨死也高兴的心理，想拖上意中人同归于尽而死去，寻思：谁也得不到他！

马里于斯吻遍柯赛特的信。她一直爱他！一时之间，他想，自己用不着去死。继而他又想：她走了。她的父亲把她带到英国去，我的外祖父又拒绝我结婚。命运并没有什么改变。像马里于斯这种爱幻想的人，一消沉就会走极端，做出绝望的决定。活得太累，无法忍受，还不如一死了之。

这时，他想自己还有两个责任要履行：将自己的死告知柯赛特，给她寄去诀别信，还有，从迫在眉睫的这场灾难中救出可怜的孩子，那是爱波尼娜的弟弟，泰纳迪埃的儿子。

他身上有一个活页夹，里面有笔记本，当初他写下许多对柯赛特的爱慕之情。他撕下一页纸，用铅笔写下这几行字：

"我们结婚不可能了。我请求过外祖父，他拒绝了；我没有财产，你也没有财产。我跑到你家，找不到你，你知道我对你许下的诺言，我信守这诺言。我要死去。我爱你。你看到这封信时，我的灵魂将在你的身边，向你微笑。"

他没有封信的东西，只把信一折为四，写上这个地址：

"武人街7号，割风先生转柯赛特·割风小姐收。"

折好信后,他沉思了一会儿,又拿出活页夹,打开来,仍用铅笔在第一页上写上这几行字:

"我叫马里于斯·蓬梅西。把我的尸体送到玛雷区骷髅地修女街6号,我的外祖父吉尔诺曼先生家里。"

他把活页夹放回衣兜里,然后喊叫加弗罗什。流浪儿听到马里于斯的喊声跑来了,一副快乐和忠诚的脸色。

"你肯为我做点事吗?"

"做什么事都行,"加弗罗什说。"他妈的!没有您,说实话,我就完蛋了。"

"你看到这封信吗?"

"是的。"

"拿好了。马上离开街垒(加弗罗什不安起来,开始挠耳朵),明天早上你把信按地址交给武人街7号,割风先生家的柯赛特小姐。"

勇敢的孩子回答:

"行啊,可是,这段时间里,街垒让人攻占,我却不在场。"

"看来,街垒要在天亮时才会受到攻击,明天中午以前不会被攻占。"

进攻者给街垒的暂歇确实在延长。这类间歇在夜战中屡见不鲜,紧接而来的总是加倍猛烈的攻击。

"那么,"加弗罗什说,"明天早上我把信送去,行吗?"

"可能太晚了。街垒那时会受到攻击,每条街道都有人把守,你出不去。马上去吧。"

加弗罗什找不到话反驳,但还站在那里,游移不定,愁眉苦脸地抓耳挠腮。突然,他以鸟儿的飞快动作,一把夺过信来。

"好吧,"他说。

他从蒙德图小巷跑走了。

加弗罗什有了个主意,这才下了决心,但他没有说出来,生怕马里于斯反对。

这个主意是:

"眼下刚刚半夜,武人街不远,我马上把信送去,能及时回来。"

第十五章
武人街

一、吸墨纸，泄密纸

较之心灵的骚动，一个城市的动乱算得了什么呢？人心比民心更为深邃。让·瓦尔让此刻正忍受着可怕的心潮起伏。他身上所有的深渊又张开了口。他也像巴黎一样，面临晦暝莫测而又了不起的革命，禁不住颤抖。几小时就足够了。他的命运和良心骤然间阴影重重。就他而言，如同就巴黎而言，可以说：面对着两种原则。白天使和黑天使在深渊的桥上展开肉搏战。两者之中谁把另一个推下去呢？谁得胜呢？

六月五日这一天前夕，让·瓦尔让在柯赛特和图散的陪同下，住到武人街。一件意想不到的事等待着他。

柯赛特不是没有试图反抗，就离开了普吕梅街。自从他们一起生活，这是头一回柯赛特的意愿和让·瓦尔让的意愿泾渭分明，即使不是相冲突，至少也是截然相反。一方有异议，另一方不可改变。

这个突然的建议:"快搬家。"由一个陌生人掷向让·瓦尔让,使他惊慌不安,以致他变得固执己见。他以为有人发现了他的踪迹,在追捕他。柯赛特不得不让步。

他们俩来到武人街,不开口说一句话,各人想自己的心事;让·瓦尔让这样惴惴不安,竟然没有看到柯赛特的忧愁,柯赛特这样忧愁,居然没有看到让·瓦尔让的忐忑不安。

让·瓦尔让带走图散,以前他离开,从来没有这样做过。他隐约看到也许不会再回到普吕梅街,他既不能丢下图散,也不能向她说出自己的秘密。再说,他感到她忠实可靠。仆人出卖主人,都从好奇开始。然而,图散仿佛命定是让·瓦尔让的女仆,并不好奇。她说话口吃,又讲的是巴纳维尔的农妇方言:"我是一样的一样的;我事情我做;总之不是我的事。"(我就是这样;我做我的事;其余的不关我的事。)

离开普吕梅街几乎是逃跑,让·瓦尔让只带走柯赛特称之为"不可分离的"小手提箱。装得满满的箱子需要搬运工,而搬运工是目击者。叫来一辆马车,开到巴比伦街门口,从那里走掉。

图散好不容易得到准许,带走一点衣物和几件梳妆用品。柯赛特只带走她的文具盒和吸墨纸。

让·瓦尔让为了消失得无声无息和避人耳目,特意安排天黑时才离开普吕梅街那幢楼,柯赛特就有时间给马里于斯写信。天黑透了他们才到达武人街。

大家静悄悄地睡下。

武人街的住宅位于后院,在三楼上,有两间卧室,一间餐厅,一间与餐厅相连的厨房,还有阁楼,里面有一张帆布床,归图散使用。餐厅也是过厅,将两间卧室隔开。这套住房生活必需品一应俱全。

人几乎总是动辄易惊,又容易安下心来;人性就是如此。让·瓦尔让一到武人街,他的焦虑不安便减轻了,而且逐渐消失。有的地方起镇定作用,可以说不知不觉地对精神起影响。街道幽暗,居民安静,让·瓦尔让在老巴黎的这条小巷,感到说不出的感染上的宁静;这条小巷非常狭窄,一块厚木板横放在两根柱子上,挡住车辆通行,在闹市中寂然无声,大白天像黄昏般昏暗,两侧百年高楼似老人一般默默无言,可以说处在其中不会激动。这条街上,充满遗忘肃杀之气。让·瓦尔让却呼吸畅快。谁有办法在这里找到他?

他首先关心的是将"不可分离的手提箱"放在身边。

他睡得很香。黑夜出主意,还可以加一句:黑夜能安神。第二天早上,他醒来时几乎很快活。他感到餐厅很可爱,其实餐厅很丑陋,只有一张旧圆桌,一只低矮的食品橱,橱顶有一面倾斜的镜子,一把虫蛀的扶手椅和几张塞满图散几个包裹的椅子。有一个包裹从裂缝中露出让·瓦尔让的国民自卫军制服。

至于柯赛特,她让图散送一碗汤到她房里,直到傍晚才出来。

将近五点钟,图散来回走动,忙于安置这小小的新居,在餐桌上放上一只凉鸡,柯赛特出于尊敬父亲,才肯瞧一眼。

晚饭后,柯赛特借口偏头痛持续不散,向让·瓦尔让道过晚安,关在自己的卧室里。让·瓦尔让开胃地吃了一只鸡翅膀,手肘支在桌子上,逐渐恢复平静,回复到安全状态中。

正当他受用这顿简便的晚餐时，他有两三次朦胧地感到图散对他小声说："先生，外面闹起来了，巴黎在打仗。"可是，他心里做着各种盘算，没有加以注意。说实在的，他听而不闻。

他站起来，从窗口踱到门口，又从门口踱到窗口，越来越平静。

随着心情平复下来，柯赛特，他唯一关切的人，又回到他的脑际中。并非他担心她的偏头痛，这是一点儿小麻烦，少女的赌气，一时云遮雾障，一两天便消失了；他是想未来，像平时一样，他愉快地思索未来。无论如何，幸福生活重新走上轨道，他看不到有任何障碍。有的时候，一切好像不能实现；另外一些时候，一切又像轻而易举；让·瓦尔让处在心情舒畅的时候。这种时候一般继心情恶劣的时候而来，如同白天继黑夜之后而来，这种相继发生和强烈对比的法则，乃是大自然的本质，肤浅的人称为对照。在他蛰居的这条平静的街道里，让·瓦尔让摆脱了近来搅得他心烦意乱的事。正因为他见过重重黑暗，他感到开始看见一点蓝天。他离开普吕梅街没有碰到麻烦，安然无恙，事实上已经顺利跨出一步。也许他离乡背井会明智一些，哪怕只有几个月，而且是到伦敦。那么就去吧。在法国还是在英国，有什么关系，只要柯赛特在身边？柯赛特是他的寄托。柯赛特能满足他的幸福；但柯赛特光有他还不够幸福，这种想法以前令他焦虑和失眠，现在甚至不在他的脑际出现。他的痛苦消失得无影无踪，现在喜不自禁。柯赛特在他身边，他觉得是属于他的；读者都已有这种看法了。他在心里作好安排，而且轻轻松松，要同柯赛特到英国去，他在梦想的远景中看到，无论到什么地方，他的无上幸福都会重新建立。

他慢慢地来回踱步,目光突然看到一样奇怪的东西。

他望着对面食品橱上倾斜的镜子,从中清晰地看到这几行字:

"亲爱的,唉!我的父亲要我们马上动身。我们今晚要住在武人街7号。一个星期后,我们将在伦敦。——柯赛特。六月四日。"

让·瓦尔让惊呆地站住了。

柯赛特来到时将吸墨纸放在镜子前的食品橱上,沉浸在忧虑和痛苦中,忘记吸墨纸放在那里,甚至没有注意到摊开来,正好翻在她吸墨那一页上,这几行字她让路过普吕梅街的年轻工人送走。字迹印在吸墨纸上。

镜子反映出字迹。

这就产生了几何上所谓的对称图像;在吸墨纸上反写的文字在镜子里又成为正写,显出了原样;让·瓦尔让看到了柯赛特昨天写给马里于斯的信。

这很简单,又产生雷击般的效果。

让·瓦尔让走近镜子。他再看一遍这几行字,但他不能相信。这几行字给他的印象如同在闪电中出现一样。这是一种幻觉。这不可能。这不是真的。

他的感觉逐渐变得更确切了;他望着柯赛特的吸墨纸,真实感又恢复了。他拿起吸墨纸,说道:"是从这里来的。"他焦躁不安地审视印在吸墨纸上的这几行字,反过来的字迹像古怪地乱涂一气,看不出什么意思。于是他心想:这说明不了什么,这不是什么文字。他长长地出了一口气,感到难以形容的松弛。在不利时,谁没有过这种愚蠢的快乐呢?只要幻想没有完全破灭,心灵不会向绝望投降。

他手里拿着吸墨纸，端详着，愚蠢地高兴，几乎要耻笑受到幻觉的欺骗。突然，他的目光又落在镜子上，他又看到了幻象。这几行字以无情的清晰映现出来。这回不再是幻影了。幻觉的一再出现是一种现实，这是可以触摸的，这是镜子中恢复过来的文字。他明白了。

让·瓦尔让踉踉跄跄，让吸墨纸滑落下来，他瘫倒在食品橱旁边的旧扶手椅里，耷拉着脑袋，眼神呆滞，茫然。他心想，显然是事实，人世的光明永远消失了，柯赛特给人写下这个。于是他听到自己的心灵又变得可怕，在黑暗中发出低沉的吼声。快去夺回落入狮笼的爱犬！

奇怪而又令人哭笑不得的是，马里于斯这时还没有收到柯赛特的信；偶然性却阴差阳错，把信先送到让·瓦尔让的手里。

让·瓦尔让至今经受住了考验。他忍受过可怕的检验；厄运对他滥施淫威；残暴的命运以社会的各种制裁和错误为武器，以他为目标，猛扑向他。他毫不退却，也毫不屈服。必要时，他接受各种各样粗暴的行为；他牺牲了重新获得的不可侵犯的人格，献出他的自由，拿自己的脑袋去冒险，失去一切，遭受一切痛苦，不谋私利，生活清苦，以致有时别人以为他忘我到殉道者的地步。他的良心经受逆境种种冲击的磨炼，仿佛变得坚不可摧。有谁洞悉他的内心，会不得不看到此刻他的良心顶不住了。

这是因为命运长期拷问他，在他忍受的所有酷刑中，这一次拷问是最可怕的。钳烙刑具从来没有把他夹得这样紧。他感到所有隐秘的情感在神秘地翻动。他感到摧肝裂胆的疼痛。唉，最严峻的考验，说得更准确些，唯一的考验，就是失去所爱的人。

可怜的老让·瓦尔让只不过就像父亲一样爱柯赛特；但是，上文说过，他的孤身生活把各种各样的爱引入到这种父爱中；他爱柯赛特像爱女儿一样，他也像她的母亲那样爱她，还像她的姐姐一样爱她；由于他从来没有过情人和妻子，而人的天性像一个不肯接受拒绝证书的债权人，这种感情最难割舍，掺杂了其他感情，朦胧，不知不觉，因盲目而纯洁，意识不到，卓绝，高尚，神圣；与其说感情，不如说本能，与其说本能，不如说吸引力，触摸不到，看不出来，但却是真实的；确切地说，这种爱是在他对柯赛特的巨大温情中，好似大山中的金矿脉，未经开采，深藏在黑暗中一样。

但愿读者记得我们已经指出过的这种心态。他们之间绝不可能结合，连心灵的结合也不可能；但他们的命运却无疑已经结合了。除了柯赛特，也就是说除了孩子的童年，让·瓦尔让在漫长的一生中，从没有经历过爱的滋味。激情与爱情的更迭，在他身上从没有产生过这种从嫩绿到暗绿的嬗变，越冬的常青叶子，或者年过五旬的人，就可以注意到这种变化。总之，我们不止一次地强调过，这内心的融合，作为高尚品德结晶的这个整体，终于使让·瓦尔让成为柯赛特的父亲。这个奇异的父亲在让·瓦尔让身上由祖父、儿子、兄弟、丈夫熔铸而成；在这个父亲身上，甚至有一个母亲；这个父亲爱柯赛特，崇拜她，以这个孩子为光明、住所、家庭、祖国、天堂。

因此，他看到这肯定结束了，她要离他而去，从他手里滑走，隐而不见，这一切如烟如水，眼前这明显的事实令人束手无策：她的心另有所属，她的生活另有寄托；她有一个亲爱的人，我只不过是父亲；我不再存在；他不可能再怀疑，他心想："她要离我而去！"他感到的痛苦超过了能忍受的限度。他做了这一切，却落到这一步！什么！一场空！于是，正如上述，他从头到脚起了一阵反抗的颤抖。他直到发根都感到自私心的巨大觉醒，自我在这个人的深渊中喊叫。

内心崩溃是存在的。绝望的念头渗入人心，势必排除并断绝往往构成人本身的一些要素。痛苦一旦达到这种程度，良心的所有力量便溃败下来。这时的危机会致人死命。很少人能劫后余生，履行职责，始终如一。痛苦超过界限，最坚定不移的品德也会无所适从。让·瓦尔让拿起吸墨纸，重新确认事实；他对这几行字倾斜身子，仿佛惊呆了，目光呆滞；他心里乌云翻滚，简直可以认为他整个心灵崩溃了。

通过幻想的放大，他表面平静，其实可怕地审视这泄露秘密的文字，因为人平静到塑像那样冰冷的程度，就是骇人的事。

他衡量他的命运在他不知不觉时迈出的一步；他想起去年夏天的恐惧，后来消失得那么快；他又看到了悬崖峭壁；还是原来那座悬崖；只不过让·瓦尔让不是在悬崖边上，而是在悬崖之底。

从未有过，而且令人心碎的是，他坠入深谷却一无所知。他的全部生命之光已经离去，而他却以为总是看到太阳。

他的本能毫不犹豫。他把一些场合、一些日子、柯赛特的一些面红耳赤和变得煞白联系起来，他心里想：这是他。绝望中的猜测，是一种神秘之弓，百发百中。他一下便猜中了马里于斯。他不知道他的名字，但他马上找到了这个人。他在记忆的无情展现中，清晰地看到卢森堡公园那个陌生的徘徊者，那个拈花惹草的浑球，那个游手好闲的情场老手，那个蠢货，那个卑怯而残忍的家伙，因为对父亲身边的爱女做媚眼，是卑怯而残忍的行为。

让·瓦尔让虽然脱胎换骨，苦修过自己的灵魂，殚精竭虑将整个一生、全部艰难困苦融化在爱中，但如今他看到这种局面归根结底是这个青年造成的，他审视内心，看到一个魔鬼，就是仇恨。

巨大的痛苦令人沮丧，使人轻生，一旦进入内心，人会感到有东西从身上逸出。青年人会感到悲哀；中年人会感到大祸临头。唉，血气方刚，头发乌黑，昂首挺胸，像火炬上的火焰，命运的滚筒还刚刚压在厚厚的纸张上，充满渴望着爱的心灵还希望跳动能引起共鸣，还有时间弥补过失，面前有的是女人，有的是微笑，全部未来，全部远景，生命力完整无缺，绝望已是可怕的事，那么，到了晚年，岁月匆匆，变得越来越苍白，开始看到坟墓之星在暮色中闪烁，会是什么滋味呢！

正当他思索时，图散进来了。让·瓦尔让站了起来，问她：

"是在哪一边？您知道吗？"

图散呆住了，只能回答说：

"请再说一遍？"

让·瓦尔让又说：

"刚才您不是告诉我打起来了吗？"

"啊！是的，先生，"图散回答。"是在圣梅丽修道院那一边。"

有时，下意识的冲动会不知不觉来自我们的思想最深处。无疑是在这类冲动的推动下,而且他几乎觉察不到,让·瓦尔让五分钟之后来到了街上。

他没戴帽子,坐在楼门的墙基石上。他好像在谛听。

黑夜来临了。

二、流浪儿敌视路灯

他这样待了多长时间?悲哀的思索是怎样起伏不定的呢?他振作起来了吗?他屈服了吗?他被压得粉碎了吗?他还能挺起身来,在内心有个坚实的地方站稳脚跟吗?也许他连自己也说不清。

街上空荡荡的。有几个匆匆回家的不安市民几乎没去看他。在危险时人人只顾自己。点路灯的工人,像平时一样,点亮正对着七号门口那盏路灯,然后走掉。有谁这时在黑暗中观察让·瓦尔让,会觉得他不像一个活人。他坐在门旁的墙基石上,像冻成冰的鬼一样纹丝不动。绝望中会冻结起来。可以听到警钟声和隐约的风暴般的喧嚣声。在警钟和动乱的交混声中,圣保罗教堂的大钟庄重而从容地敲响了十一点;因为警钟是人;时间是天主。时间的流逝影响不了让·瓦尔让;让·瓦尔让一动不动。大约在这时,菜市场那边突然发出一阵枪声,紧跟着是第二阵枪声,更加猛烈;也许这是上文被马里于斯吓退的麻厂街街垒的攻击。由于夜深人静,这两次枪击显得格外激烈,让·瓦尔让不禁颤栗起来;他站起身,转向发出枪声那个方向;然后又坐到墙基石上,交抱手臂,他的头慢慢垂到胸前。

他恢复同自己的神秘对话。

突然，他抬起头来，街上有人走动，他听到身旁有脚步声，他望过去，在路灯光下，他看到通往档案馆的街道那边，有一张苍白、年轻、快活的面孔。

加弗罗什刚走进武人街。

加弗罗什向上张望，好像在寻找。他清楚地看到让·瓦尔让，但视若无睹。

加弗罗什往上看，也在地上观察；他踮起脚尖，触摸底层的楼门和窗户；门窗都关闭着，上闩或上锁。流浪儿这样看过五六座门关户闭的楼房，耸耸肩，自言自语说了一句：

"没错啊！"

然后他又朝上看。

让·瓦尔让刚才在那种心境中既不想对人说话，也不想回答别人，这时却抵挡不住要对这个孩子说话。

"小家伙，"他说，"你怎么啦？"

"我饿了，"加弗罗什直截了当地回答。他又说："您才是小家伙。"

让·瓦尔让在背心口袋里摸索，掏出一枚五法郎的钱币。

加弗罗什就像一只白鹡鸰，飞快地从一个动作转到另一个动作，他刚捡起一块石头。他早就看到了路灯。

"哦，"他说，"你们这儿还有灯。你们不符合规定，朋友们。这违反秩序。给我砸碎它。"

他扔出石块，投中路灯，玻璃哗啦啦掉下来，躲在对面楼里窗帘下的市民惊呼道:"九三年又来啦!"

路灯剧烈地摇晃,然后熄灭了。街道骤然间变得一片漆黑。

"就得这样,老街,"加弗罗什说,"戴上你的睡帽吧。"

然后转向让·瓦尔让:

"街道尽头那座大楼,你们叫它什么?这是档案馆,是吗?那些粗大的柱子,该砸下来,筑成街垒倒不赖。"

让·瓦尔让走近加弗罗什。

"可怜的孩子,"他自言自语地小声说,"他饿了。"

他把五法郎交到孩子手里。

加弗罗什抬起头来,对钱币之大感到吃惊;他在黑暗中望着它,钱币的白色使他眩目。他听人说起过五法郎的银币;名声之响他觉得如雷贯耳;他乐意仔细看看。他说是欣赏一下老虎。

他入迷地细看了一会儿;然后,朝让·瓦尔让回过身来,把钱币递给他,庄重地说:

"老板,我更喜欢砸路灯。收回您的猛兽吧。别人决不能腐蚀我。这家伙有五只爪子;但它不能抓破我的皮。"

"你有母亲吗?"让·瓦尔让问。

加弗罗什回答:

"也许超过您。"

"那么,"让·瓦尔让说,"这钱给你的母亲留着吧。"

加弗罗什受到感动。再说,他刚注意到这个说话的人没戴帽子,这使他产生了信任感。他说:

"当真不是要我不砸碎路灯吗?"

"随便你砸碎什么。"

"您是一个好人,"加弗罗什说。

他把五法郎钱币放进兜里。

他的信任增加了,又问:

"您住在这条街上吗?"

"是的,干什么?"

"您能告诉我 7 号在哪里吗?"

"找 7 号干什么?"

至此,孩子住了口,担心话说多了,他把手指用力插进头发,仅仅回答:

"啊!在这儿。"

让·瓦尔让的脑际掠过一个念头。人忧虑不安时倒会有这种清醒。

他对孩子说:

"我正等一封信,送信的是你吗?"

"是您?"加弗罗什说。"您不是一个女人。"

"信是给柯赛特小姐的,不是吗?"

"柯赛特?"加弗罗什喃喃地说。"是的,我想是这个怪名字。"

"那么,"让·瓦尔让又说,"信该由我来转交。给我吧。"

"这样的话,您大概知道我是街垒派来的啰?"

"当然,"让·瓦尔让说。

加弗罗什把手伸进另一只兜里,取出一张一折为四的纸。

然后,他敬了一个军礼。

"向这封快信致敬,"他说。"它来自临时政府。"

"给我吧,"让·瓦尔让说。

加弗罗什把信高举过头。

"不要以为这是一封情书。这是给一个女人的,但也是给人民的。我们这些人,我们在战斗,我们尊重女性。我们不像上流社会,那里的狮子把母鸡送给骆驼。"

"给我吧。"

"说实话,"加弗罗什继续说,"您看样子像个老实人。"

"快给我吧。"

"拿去。"

他把信交给让·瓦尔让。

"快一点,这位先生,因为那位小姐等着呢。"

加弗罗什很满意说出了这句话。

让·瓦尔让又说:

"回信要送到圣梅丽修道院吗?"

加弗罗什叫道:"您是要做什么傻帽蛋糕。这封信来自麻厂街街垒,我要回到那儿去。晚安,公民。"

说完,加弗罗什走掉,准确地说,他仿佛逃出笼的鸟儿,朝原路飞走了。他又没入黑暗中,快如炮弹,似乎打出一个洞来;武人街复归寂静、冷僻;眨眼间,这个夹带阴影和梦幻的奇异孩子,隐没在雾蒙蒙、黑黝黝的一排排楼房中,像烟消失在黑暗中一样;在他消失了几分钟之后,要不是一盏路灯的灯罩咣当一声破碎,哗啦啦落在马路上,重又突然惊醒愤怒的居民,真可以说他无影无踪了。

这是加弗罗什经过茅屋街。

三、柯赛特和图散入睡时

让·瓦尔让揣着马里于斯的信返回屋内。

他摸索着登上楼梯,像抓住猎获物的猫头鹰一样,对黑暗倒很满意,轻轻开门又关上,倾听有没有动静,从表面看,柯赛特和图散睡着了。他在福马德打火机的瓶里擦了三四根火柴,才擦出火来,这是由于手抖得厉害;他是做贼心虚。蜡烛终于点亮了,他支在桌子上,把信打开来看。

在异常激动时,是看不了东西的,可以说他是攥住拿着的信,像抓住一个受害者一样捏紧不放,揉皱它,出于愤怒或高兴,将指甲抠进去;一下子看到末尾,又跳到开头;注意力变得狂热;粗略地,大致地明白基本意思;抓住一点,不及其余。在马里于斯给柯赛特的情书中,让·瓦尔让只读到这几个字:

"……我要死去。你看到这封信时,我的灵魂将在你的身边。"

面对这几行字,他感到头昏目眩;他停了一会儿,仿佛被心中的激动压垮了,又惊又喜,望着马里于斯的信;他眼前出现仇人死去的灿烂景象。

他内心发出喜悦的狂叫。"这样,事情了结啦。结局比敢于期望的来得更快。那个困扰他命运的人消失了。他自动地、心甘情愿地,没人强迫地离去。他,让·瓦尔让根本没有插手,他没有错,'这个人'就要死了。也许他已经死了。"他狂热的头脑在盘算。"不。他还没有死。写这封信明显是让柯赛特明天早上看的;十一点钟和午夜之间两次射击以后,没有发生过什么事;街垒要在拂晓时才受到猛烈攻击;但是无所谓,既然'这个人'参加这场战争,他就完蛋了;他陷在齿轮里。"让·瓦尔让感到获得解脱。"这样,他又能和柯赛特生活在一起。竞争停止了;未来重新开始。他只消把信保留在自己的兜里。柯赛特永远不会知道'这个人'的下落。'只消让事情自动了结。这个人逃不了命。如果他还没有死,他肯定也快死了。多么幸运啊!'"

这些话是内心思索,他变得阴沉沉的。

然后他下楼叫醒门房。

大约一小时后,让·瓦尔让穿上国民自卫军的全套制服,揣上武器出了门。门房轻而易举在邻居那里给他配齐了装备。他有一支装好子弹的步枪,一只装满子弹的弹盒。他朝菜市场那边走去。

四、加弗罗什的过度热情

加弗罗什刚出了一件事。

他认认真真地砸碎了茅屋街的路灯以后,来到圣母升天会修女街,看不到一只"猫",感到机会很好,便把他会唱的整支歌唱出来。他唱歌时不仅没有放慢步子,反而加快了脚步。他沿着入睡或吓坏了的住家,撒下这些有煽动性的歌词:

小鸟在绿篱嚼舌头,

说什么昨天阿达拉
同俄国人私奔离家。

俏姑娘往哪走,
隆啦。

朋友彼罗喋喋不休,
因为就在那天,米拉
敲他的窗,要我见她。

俏姑娘往哪走。
隆啦。

姑娘们都非常娟秀;
药物使我头昏眼花,
也定会醉倒奥菲拉。

俏姑娘往哪走,
隆啦。

我爱谈情和闹别扭,
爱阿涅丝和帕美拉,
莉丝点灯,我灼痛她。

俏姑娘往哪走,
隆啦。

从前我见头巾轻柔,
分属苏塞特、泽依拉,
我的心藏到皱褶下。

俏姑娘往哪走,
隆啦。

爱神放光,黑暗照透,
玫瑰花冠献给洛拉,
我堕情网愿受天罚。

俏姑娘往哪走,
隆啦。

让娜对镜穿衣摆袖!
一天我的心飞走啦,
得到的必定是让娜。

俏姑娘往哪走,

隆啦。

晚上,四对舞跳个够,
我让繁星看斯泰拉,
认真说:好好瞧瞧她。

俏姑娘往哪走,
隆啦。

　　加弗罗什一面唱歌,一面表演哑剧。手势成为叠句的支撑点。他的面孔有用之不竭的脸谱,比大风中衣物的破洞更加奇形怪状和变幻莫测。可惜的是,只有他一个人,又是在夜里,没有人看见,也看不见。这些精彩表演白费精力。
　　他猛然止住脚步。
　　"咱们别唱情歌了,"他说。
　　他那双猫眼刚在一个门洞里,看到绘画中所谓的全套画,就是说有人有物;物是一辆手推车,人是一个在车里睡觉的奥韦涅人。
　　推车的把手支在马路上,奥韦涅人的头靠在手推车的挡板上。他的身体蜷曲在斜面上,双脚触到地面。
　　加弗罗什凭自己的阅历,认出这是个醉汉。
　　这是街头送货的,烂醉如泥,沉沉入睡。
　　"瞧,"加弗罗什寻思,"夏夜好自在。奥弗涅人睡在他的手推车里。我来用手推车为共和国效劳,把奥弗涅人留给王朝吧。"

他的脑子刚刚豁然开朗，受到启发：

"这辆手推车用在我们的街垒上真不赖。"

奥弗涅人在打呼噜。

加弗罗什从后面轻轻地抽出车来，而从前面拉奥弗涅人的脚，一分钟后，奥弗涅人睡得死沉，平躺在马路上。

手推车抽出来了。

加弗罗什习惯应付各种各样的意外事件，身上总带着必备的东西。他在一只兜里摸索，掏出一张破纸和一截从木匠那儿偷来的红铅笔。

他写下：

"法兰西共和国

收到你的手推车一辆。"

他签上名："加弗罗什。"

写完以后，他把纸片塞在一直打呼的奥弗涅人的灯芯绒背心口袋里，双手捏住车把，朝菜市场方向走去，大踏步推着车，得意洋洋地吵吵闹闹。

这样做招来了危险。王家印刷厂在那里有一个哨所。加弗罗什没有想到这点。这个哨所由郊区的国民自卫军把守。有一个班被惊醒过来，有几个脑袋从行军床上抬起来。两盏路灯相继被砸碎，放开喉咙唱这支歌，这种事不同寻常，这些街道的居民胆小怕事，天一黑便想睡觉，早早就用罩子熄灭蜡烛。一小时以来，流浪儿在这个平静的街区里吵闹,就像苍蝇钻进了瓶子。中士倾听着,等候着。他是个谨慎的人。

手推车隆隆的滚动声达到了可能等待的限度,使中士决定看个究竟。

"他们是一伙人!"中士说,"咱们悄悄过去。"

很明显,无政府主义的七头蛇冒了出来,在这个街区横冲直撞。

中士蹑手蹑脚地大胆走出哨所。

正当加弗罗什推着车,出现在圣母升天会老修女街时,突然迎面遇上一身军装,一顶军帽,一支羽翎和一支枪。

他第二回戛然停住。

"啊,"他说,"是他。你好,公共秩序。"

加弗罗什的惊慌转瞬即逝。

"你到哪里去,小无赖?"中士喊道。

"公民,"加弗罗什说,"我还没有叫您布尔乔亚呢。您干吗侮辱我?"

"你到哪里去,滑头货?"

"先生,"加弗罗什又说,"昨天您是个有头脑的人,但今天早上您被撤职了。"

"我在问你到哪里去,小坏蛋?"

加弗罗什回答:

"您说话客气点。看不出您有多大年纪。您大概以一百法郎一根卖掉了全部头发。您总共得到五百法郎。"

"你到哪里去?你到哪里去?你到哪里去,小强盗?"

加弗罗什又回答：

"这可是下流话。下次给您喂奶时，该给您把嘴巴擦干净些。"

中士摆出拼刺刀的架势。

"你到底告诉我到哪里去吗，小浑蛋？"

"我的将军，"加弗罗什说，"我去找大夫，给我的老婆接生。"

"吃一刀！"中士叫道。

以诋毁别人来解救自己，这是强手的高招；加弗罗什一眼看清了形势。是手推车坏事，要用手推车来保护自己。

正当中士要扑向加弗罗什的时候，手推车被使劲一推，变成了炮弹，向中士猛冲过去，中士被撞上肚子，仰身翻倒在水沟里，而他的子弹也打飞了。

听到中士的喊声，哨所的人乱哄哄地拥出来；第一枪引起一阵乱射，然后上子弹再射击。

这种捉迷藏的开火，持续了整整一刻钟，打碎了几块玻璃。

而加弗罗什往原路撒腿狂奔，离开五六条街才停下来，在红孩子街拐角的墙基石上坐下。

他侧耳细听。

喘息了一会儿以后，他转向枪声大作的方向，左手举到鼻尖上，向前挥三次，同时用右手拍拍后脑勺；巴黎流浪儿这种浓缩了法国式讽刺的极端的手势，显然很有效果，因为延续了半个世纪。

这种快乐被苦涩的思索搅乱了。

"是啊，"他说，"我在笑，直不起腰来，乐开了花，可是我走错了路，需要绕圈子。但愿我能及时赶到街垒！"

想到这里,他又跑起来。
他一面跑一面说:
"啊,刚才我唱到什么地方啦?"
他又唱起歌来,迅速钻进街道,在黑暗中歌声减弱了:

>巴士底狱仍然残留,
>公共秩序真不像话,
>我要搅个流水落花。

>俏姑娘往哪走,
>隆啦。

>有人想玩耍九柱球?
>大球滚来稀里哗啦,
>整个旧世界全摧垮。

>俏姑娘往哪走,
>隆啦。

>老百姓乱棍不罢休,
>把卢浮宫一阵乱砸,
>王朝宝物展现光华。

俏姑娘往哪走,

隆啦。

王宫铁栅摧枯拉朽,

查理十世心里害怕,

支持不住,赶紧开拔。

俏姑娘往哪走,

隆啦。

哨所开火不是毫无所获。手推车被缴获,醉汉成了俘虏。头一样扣押起来,另一个后来当作同谋犯送上军事法庭。在这种情况下,检察院表现出保卫社会不知疲倦的热忱。

加弗罗什的遭遇在神庙街区传之久远,成为玛雷区老市民最可怕的往事之一,在他们的记忆中称为:夜袭王家印刷厂哨所。

第五部

让·瓦尔让

第一章
四堵墙中的战争

一、圣安东尼郊区的漩涡，神庙郊区的岩礁

社会疾病的观察家所能列举的最值得纪念的两座街垒，并不属于本书情节发生的时期。这两个街垒虽有不同的面貌，但都象征着可怕的局势，就在一八四八年六月那场不可避免的起义中从地底下冒出来，六月起义实在是有史以来最大的巷战。

陷于绝望中的许多刁民，处在不安、泄气、贫穷、狂热、困苦、污浊、愚昧、黑暗中，有时甚至会反对各种原则，反对自由、平等和博爱，反对普选，反对众人选出来为大众的政府，有时群氓向人民开战。

无赖攻击普通法；群氓政府反对民主政府。

这是可悲的日子；因为在这种狂乱中，总有一点权利，在这种决斗中，有自戕的成分；而无赖、刁民、群氓、贱民这些侮辱性的字眼，唉！说明主要是统治者的过错，而不是受苦者的过错，是特权者的过错，而不是穷人的过错。

至于我们，我们总是怀着痛苦和尊敬说出这些字眼，因为哲学要探索与这些字眼相应的事实，往往在贫困旁边找到伟大。雅典政权是一个群氓政府；穷汉创造了荷兰；群氓不止一次拯救了罗马；刁民追随耶稣基督。

思想家无不有时欣赏过底层的壮丽景象。

"Fex urbis，lex orbis"，[1] 圣热罗姆讲这句神秘的话时，无疑想的是这些刁民，所有这些穷人，所有这些流浪汉，所有这些出了使徒和殉道者的苦难人。

这群受苦、流血的人的愤怒，错误地违反生命一样的原则，粗暴地违犯权利，这些都是民众的政变，应该加以镇压。正直的人为此而献身，甚至出于爱民众，才同它作斗争。但在与之对抗时，又感到情有可原！在抵制时尊敬它！这是罕见的时刻：在尽职责时又感到为难，而且几乎反对走得更远；坚持做下去，应该这样；但良心得到满足又感到悲哀，完成了职责又引起揪心。

我们要赶紧说，一八四八年六月的事件是与众不同的，几乎不可能列入历史哲学的范畴。这是一场异乎寻常的暴动，从中令人感到劳工争取权利的神圣忧虑，上述那些字眼都应该避免使用。必须与之斗争，这是职责，因为它攻击共和国。但是，说到底，一八四八年六月是什么？是人民反对自身的一次叛乱。

只要不离开主题，就不是离题；因此，请允许我们把读者的注意力引到那两个街垒，上文说过，那是绝对独一无二的，显示了这

---

[1] 拉丁文：城市的渣滓，世界的法则。

场起义的性质。

一个街垒堵塞了圣安东尼郊区的入口;另一个街垒封住了神庙郊区的通道;在六月灿烂的蓝天下,面对这两座矗立的可怕的内战杰作,谁也不会忘却它们。

圣安东尼街垒奇形怪状;它高达四层楼,宽七百尺。它堵住郊区广阔的入口的两边,就是说三条街;形成一道道沟,有许多缺口,犬牙交错,断裂,在一个大豁口筑起雉堞,加固的土堆本身就是堡垒,四处伸出岬角,强有力地靠在像海岬的两座大楼上,如同一条高大的堤坝,出现在目击过七月十四日的可怕广场的底部。在这个母街垒后面,几条街道的纵深处,有十九个街垒,层层叠叠。只要看一看这个母街垒,就会感到郊区民不聊生,苦不堪言,一触即发,酿成灾难。这个街垒怎样筑成的呢?有人说特意拆毁了三座七层楼房,用废料筑成。还有人说是众怒创造的奇迹。它具有出于仇恨的一切建筑糟糕的凄惨外貌:像废墟。人们可以问:是谁建造的?也可以这样问:是谁拆出来的?这是民情沸腾的即兴之作。瞧!这扇门!这道铁栅!这挡雨披檐!这门框!这砸碎的炉子!这裂口的锅子!什么都拿来!什么都投入!推呀,滚呀,挖呀,拆呀,掀倒呀,毁掉呀!石块、砾石、木梁、铁棍、破布、捅破的玻璃、草垫散落的椅子、白菜根、破衣烂衫,还有诅咒,这一切组合起来。既宏伟又渺小。这是混沌就地模仿的深渊。原子旁边的庞然大物;一堵断墙和一只破钵;一切残骸咄咄逼人的友好相处;西绪福斯[1]把他

---

[1] 西绪福斯,希腊神话人物,死后被罚把巨石推到山顶,到达山顶后,巨石又滚落下来,他再推上去,永无穷期。

的岩石扔在那里,约伯[1]把他的破陶片丢进去。总之,不堪入目。这是流浪者的卫城。推翻的大车在斜坡上起伏不平;一辆巨大的平板货车横躺在那里,车轴朝天,仿佛在乱糟糟的街垒正面划了一道伤疤;一辆公共马车被闹嚷嚷地抬到街垒顶部,好似这种野蛮事物的建筑师要给恐怖增添戏谑,让卸套的辕木伸向不知什么天马。这巨大的一堆东西是暴动的冲积层,令人想起把历次革命叠成奥萨山,移到皮利翁高原[2];将九三年移到八九年之上,将热月九日移到八月十日之上,将雾月十八日移到一月二十一日之上,将葡月移到牧月之上[3],将一八四八年移到一八三〇年之上。这个广场适合这样做,这个街垒出现在巴士底狱消失的地方也当之无愧。如果海洋筑起堤坝,就应照这样建筑。狂涛骇浪在这畸形的堆积物上留下痕迹。什么浪涛?民众。简直像看到了化为石头的喧嚣。仿佛听到了街垒之上,激进这群不可思议的大蜜蜂聚集在蜂巢上嗡嗡叫。这是一片荆棘丛吗?这是一次酒神狂欢节吗?这是一座堡垒吗?昏眩仿佛鼓动翅膀将它建造而成。在这个堡垒中有垃圾堆,在这堆破烂中有庄严的东西。在充满绝望的混乱中,可以看到屋顶椽子、残留印花壁纸的阁楼碎块、玻璃插在瓦砾堆等待大炮的窗框、散架的壁炉烟囱、大柜、桌子、板凳、乱七八糟发出嚎叫的东西,还有那千百种破玩

---

[1] 约伯,《圣经》人物。耶和华为了试验他,夺走他的财产,只剩下水罐。
[2] 奥萨山和皮利翁高原在希腊,神话中巨人将山移到高原,以便上天。
[3] 热月9日即1794年7月27日,吉伦特党发动政变,推翻雅各宾党;1792年8月10日,巴黎人民起义,推翻君主政体;雾月18日即1799年11月9日,拿破仑发动政变;1月21日指1793年,国民公会判处路易十六死刑;葡月13日即1795年10月5日,保王党进攻国民公会,被拿破仑击溃;牧月1日即1795年5月20日,人民起义反对国民公会,要求肃清反动势力。

意儿，连乞丐也不要，包含着激愤和虚无。仿佛这是人民的破衣烂衫，由木头、铁、铜、石头组成的破衣，圣安东尼郊区用一把大扫帚把它扫在那里，用自己的贫困建成街垒。像行刑木砧的大木块，一段段铁链，像绞刑架有支撑的木架，突出于乱石之上的平躺的车轮，这七拼八凑的建筑具有折磨百姓的古老刑具的阴森外貌。圣安东尼街垒把一切都变成武器；内战能够掷向社会头上的东西都出自那里；这不是战斗，而是冲天的怒火；保卫着这个堡垒的短枪中，有几杆大口径的，发射陶片、小骨头、纽扣，直至床头柜的小滚轮，由于是铜的，这是危险的子弹。这个街垒气冲牛斗，难以描绘的喧嚣直上云天；有时它向军队挑衅，布满了人和风暴；冠以闪闪发光的攒动人头；又像爬满了蚁群；背上枪支、军刀、棍子、长矛和刺刀林立；一面大红旗在风中噼啪作响；传来指挥的喊声、进攻的战歌、军鼓的咚咚声、妇女的号哭和饥寒交迫者的狞笑。街垒巨大无比，生龙活虎，仿佛带电野兽的背部，雷电发出噼啪响声。革命精神的战云笼罩街垒，民众的怒吼在街垒顶上震响，酷似天主的声音；从这巨大的乱石堆中，透出奇特的庄严。这是一堆垃圾，这也是西奈山[1]。

正如上述，街垒以革命的名义进攻，进攻什么？进攻革命。它，这个街垒，是偶然、混乱、惊愕、误会、未知数，它面对立宪议会、人民至尊、普选、民族、共和国；这是《卡玛纽勒》[2]向《马赛曲》挑战。

---

1 西奈山，据《圣经》，先知摩西率领犹太人逃出埃及，在西奈山接受十诫。
2 《卡玛纽勒》，法国大革命时期流行的革命歌曲。

这是失去理智然而勇敢的挑战，因为这个旧郊区是一个英雄。

郊区和堡垒相互支援。郊区依靠堡垒，堡垒凭借郊区。巨大的街垒横亘在那里，像一道屏障，从非洲回来的将军运用的战术在此碰壁。它的岩洞、赘疣、瘤子、驼背，可以说在做怪脸，在硝烟下嘲笑。枪弹消失在这畸形中；炮弹钻进去，被吞没，如沉入深渊；圆炮弹只能打出洞来；何必炮轰乱石堆呢？团队习惯战争凄惨的景象，不安地注视这个堡垒，这头野兽鬃毛竖起像野猪，庞大得像座山。

离这里四分之一法里，到水塔附近，神庙街与林荫大道交汇的拐角，如果有人胆敢从达勒马涅店面形成的突角探出头去，便能在远处，越过运河，在贝勒维尔爬坡的街道顶端，望见一堵古怪的墙，高达三层楼，将右边的房子和左边的房子连成一线，仿佛街道收在最高的墙上，突然封住。这堵墙用石块垒成。它挺直、整齐、冷漠、陡立、用角尺取平、拉过墨线、用铅坠线对齐。显然缺少水泥，但像罗马有的墙壁那样，并不破坏建筑的严整性。从墙的高度，可以想见它的深度。盖顶和根基严格平行。在它灰色的表面，隔开一段有一个枪眼，几乎看不出来，连成一条黑线。这些枪眼是等距离分开的。街道望到头也不见人影。所有的门窗都紧紧关闭。底部矗立这道屏障，使街道变成死胡同；墙岿然不动，毫无动静；看不到人，听不到声音；没有叫喊，没有声响，没有气息。一座坟墓。

六月的耀眼阳光浴满这可怕的东西。

这是神庙郊区的街垒。

一旦来到这里，看到了它，即使最大胆的人，面对这神秘的显现，也免不了沉思默想起来。它经过校正、接合、交错排列、笔直、对称、阴森。里面既有科学，又有黑暗。令人感到这个街垒的首领是个几何学家或者幽灵。看到街垒，会低声说话。

如果有人，包括士兵、军官或者人民代表，有时大胆穿越这条偏僻的马路，便会听到尖厉而微弱的嗖哨声，这个行人非死即伤，或者，如果他幸免于难，就会看到一颗子弹射进关闭的护窗板、两块砾石之间、墙壁的灰泥里。有时是火铳的子弹。街垒上的人用两截煤气生铁管制成两个小枪管，一端用废麻和耐火泥堵住。一点儿不浪费火药。几乎弹无虚发。有几具尸体东倒西歪，街石上有几摊血。我记得有一只白蝴蝶在街上飞来飞去。夏天不认输。

附近有的大门下，挤满受伤的人。

在这里，会感到被一个看不见的人瞄准了，人们明白，整条街都举枪瞄准。

神庙郊区入口，运河的桥拱隆起，发动进攻的纵队士兵集结在后面，严肃而凝神地观察这阴森森的堡垒，这屹立不动、冷漠无情的怪物，死神从这里出来。有些士兵一直爬到桥拱顶上，小心不让军帽露出来。

勇敢的蒙泰纳尔上校不寒而栗地赞赏这个街垒。"盖得多棒啊！"他对一个人民代表说。"没有一块石头突出来。像瓷器一样光滑。"这当儿，一颗子弹打碎他胸前的十字勋章，他倒下了。

"胆小鬼！"进攻的人说。"露脸呀！让人瞧瞧呀！他们不敢！他们躲起来了！"神庙郊区的街垒有八十个人守卫，遭到一万人进攻，坚守了三天。第四天，采取了攻占扎恰和君士坦丁的办法，凿穿楼房,从屋顶攻进去,街垒被夺取了。八十个胆小鬼没有一个想逃命;他们都被杀死,除了头头巴泰勒米,下文还要谈到他。

圣安东尼街垒雷声隆隆;神庙街垒则寂静无声。这两个堡垒之间有可怕和不祥之别。一个像血盆大口,一个像假面具。

假定大规模和不可思议的六月起义是由愤怒和谜组成的话,在第一个街垒中,人们感到龙,在第二个街垒后面,则感到斯芬克司。

这两个堡垒是由两个人建造的,一个叫库尔奈,另一个叫巴泰勒米。库尔奈建造了圣安东尼街垒;巴泰勒米建造了神庙街垒。两个街垒分别是建造者的形象。

库尔奈个子魁梧,肩膀宽阔,面孔红润,拳头吓人,生性大胆,心灵正直,目光真诚而锐利。无所畏惧,坚强有力,脾气暴躁,如急风暴雨;是最热情的人,最勇猛的斗士。战争、搏斗、混战,是他的家常便饭,使他精神抖擞。他曾是海军军官,从他的动作和声音,可以猜测出他来自海洋,来自风暴;他在战斗中继续刮起飓风。除去才干,在库尔奈身上有点丹东的因素,正如除去神性,在丹东身上有点赫拉克勒斯的因素。

巴泰勒米瘦削,体弱,苍白,沉默寡言,颇像凄苦的流浪儿,因为挨了警察的一记耳光,就窥伺和等待时机,把警察杀了,十七岁时被关进苦役监。从监狱出来后,他建造了这个街垒。

后来,命中注定的是,在伦敦,他们两个都是流亡者,巴泰勒米杀死了库尔奈。这是一场悲惨的决斗。不久,巴泰勒米卷进一件神秘的爱情纠葛,法国司法会减轻犯罪情节,而英国司法却看成死罪,巴泰勒米被处绞刑。社会的幽深构造就是这样,由于物质匮乏和道德愚昧，这个不幸的人虽然内心聪颖，无疑意志坚定，也许十分杰出，却在法国以苦役监为开始，而在英国以上绞刑架告终。巴泰勒米当时只举起一面旗帜，就是黑旗。

二、深渊中除了交谈，还有什么可做？

暴动在暗地里受教育，算来有十六年了，一八四八年六月比一八三二年六月要见多识广。因此，较之上文描述的两个巨大街垒，麻厂街的街垒只是一张草图，一个雏形；但在当时，它还是可怕的。

马里于斯什么也不再留心；在昂若拉的监督下，起义者利用黑夜，不仅修复了街垒，而且加高了两尺。铁条竖在石堆上，好像中止不动的长矛。从各个地方搬来，加上去的各种瓦砾，使得外面更加凌乱不堪。堡垒巧妙地在内部重修成墙壁，在外边则修成荆棘丛一样。

重建了石级，使人就像登上城堡的城墙一样。

清理了街垒内部，腾出了楼下大厅，将厨房改成战地医院，给伤员包扎好，收集散落在地上和桌上的火药，熔化弹头，制造子弹，清理绷带，分发扔下的武器，清扫堡垒内部，捡起碎屑，抬走尸体。

把死人放到蒙德图小巷，摞成一堆，这条小巷一直控制在他们手里。这地方的石块很长时间都是红殷殷的。死尸中有四个城郊的国民自卫军。昂若拉派人将他们的制服摆到一边。

昂若拉建议睡两个小时。昂若拉的建议就是命令。但只有三四个人听从了。弗伊利用这两个小时在小酒店对面的墙壁刻上这句题词：

人民万岁！

这四个字用一颗钉子刻进砾石，一八四八年，墙上还清晰可见。

三个女人利用黑夜停火，终于消失了；这能让起义者更自在地呼吸。

她们找到办法躲到附近的楼房里。

大部分伤员能够，而且还想战斗。在改为战地医院的厨房里摆放的床垫和草捆上，有五名重伤员，其中两名是保安警察。保安警察最先得到包扎。

楼下大厅只剩下马伯夫盖着黑布，还有沙威绑在柱子上。

"这里是停尸间，"昂若拉说。

厅里只有一支蜡烛微微照亮，尽里柱子后的停尸桌好像一根横杠，站着的沙威和躺着的马伯夫形成一个大十字架似的。

公共马车的辕木虽然被子弹打断，仍然竖立着，可以挂一面旗帜。

昂若拉具有领袖的品质，总是说到做到，将死去老人洞穿和血迹斑斑的外衣挂在辕木上。

不可能再吃饭了。既没有面包，也没有肉。街垒上的五十个人，在这里待了十六个小时，很快就把小酒店里不多的食品吃光了。每到一定时候，凡是街垒不可避免都要变成美杜莎号木筏[1]。必须忍饥

---

[1] 美杜莎号木筏，1816年7月17日，美杜莎号从埃克斯岛开往塞内加尔，1816年7月2日在离非洲海岸四十法里处遇难。一只20米长，7尺宽的木筏载了149人，漂流了12天。只有15人生还，其余的人或被扔入海中，或被同伴吃掉。这一事件引起巨大震动。法国画家籍里柯以此为题创作出一幅名画（1819）。

挨饿。在六月六日这个斯巴达式的日子的凌晨,圣梅丽街垒中,让纳回答围住他要吃面包的起义者说:"干什么?现在是三点钟,四点钟我们都要死了。"

由于没有吃的东西,昂若拉禁止喝酒。他禁止喝酒,只分配水。

有人在地窖里发现满满十五瓶酒,封得很严密。昂若拉和孔布费尔察看过了。孔布费尔上来时说:"这是于什卢老爹的老底,他先是开食品杂货店的。""这应该是真正的葡萄酒,"博须埃指出。"幸好格朗泰尔睡着了。要是他站在旁边,要救出这几瓶酒可就难了。"昂若拉不顾大家啰唆,不准别人碰这十五瓶酒,为此,他让人放在马伯夫老爹躺着的桌子下面,当作圣品。

约莫凌晨两点钟,点了人数,还有三十七人。

天开始放亮。刚刚熄灭重新插在石头凹室的火把。街垒内部像在街上圈起来的小院子,沉浸在黑暗中,透过恐怖的朦胧曙光,酷似失去操纵的航船甲板。来来去去的起义者像一团团黑影在活动。在这可怕的暗影幢幢的巢穴上方,寂静的高楼显出青灰色;楼顶的烟囱呈灰白色。天空似白似蓝,捉摸不定,令人赏心悦目。飞鸟掠过,发出欢快的叫声。街垒底部的高楼朝向东方,屋顶有玫瑰色的反光。四楼的天窗上,晨风拂动死者的花白头发。

"我很高兴火把熄灭了,"库费拉克对弗伊说。"这支在风中火苗乱晃的火把,令我烦恼。它的样子像惊慌失措。火把的光如同胆小鬼的智慧;因为它颤抖,照得不亮。"

清晨唤醒了鸟儿,也令人精神振奋;大家交谈起来。

若利看到一只猫在檐槽溜达,引出一套哲理。

"猫是什么？"他大声说。"它起矫正作用。天主创造了老鼠，说道：'啊，我干了一件蠢事。'于是他创造了猫。猫，这是老鼠的勘误表。老鼠，再加上猫，这是对创造物校阅过的清样。"

孔布费尔被大学生和工人围住，谈论死人、让·普鲁维尔、巴奥雷尔、马伯夫，甚至勒卡布克，还有昂若拉深深的忧郁。他说：

"哈莫狄乌斯和阿里斯托吉通、布鲁图斯、契雷亚斯、斯特法努斯、克伦威尔、沙洛特·科尔代、桑德，[1]他们事后都有过惶恐不安的时刻。我们的心非常容易激动，人的生命又是这样神秘，即使出于公民责任和解放的意愿而杀了人，后悔的心情也要超过为人类效力的快乐。"

交谈话题常变，一分钟后，孔布费尔先是谈论让·普鲁维尔的诗歌，过渡一下，又比较起《农事诗》的几种译文，即卢和库尔南、库尔南和德利尔的译文，也指出马菲拉特尔的几段译文，特别是恺撒之死的奇特；提起恺撒，谈话又落到布鲁图斯身上。

"恺撒，"孔布费尔说，"倒下是合情合理的。西塞罗对恺撒很严厉，他是对的。这种严厉绝不是抨击。佐伊尔侮辱荷马，马维乌斯侮辱维吉尔，维泽侮辱莫里哀，蒲伯侮辱莎士比亚，弗雷龙侮辱伏尔泰，[2]这是嫉妒和仇恨的古老法则在起作用；天才招来谩骂，伟人

---

1 哈莫狄乌斯和阿里斯托吉通，公元前514年，在雅典娜的节庆典礼上，他们合力谋杀了暴君希帕尔克，但未杀死另一暴君希皮亚斯；契雷亚斯，罗马法官，杀死暴君卡利古拉；科尔代（1768～1793），刺死马拉的女凶手；桑德（1795～1820），德国爱国者，1819年刺杀了作家科策布。
2 佐伊尔，公元前4世纪希腊诡辩家，著有《荷马之祸》；马维乌斯，贺拉斯称之为"腐臭"诗人，维吉尔也在《牧歌》中抨击过他；维泽（1638～1710），著有《妇人学堂的真正批评》；弗雷龙，反对启蒙哲学家的报人。

总是或多或少受到辱骂。但佐伊尔和西塞罗，这是两回事。西塞罗想通过思想来伸张正义，同样，布鲁图斯想通过剑来伸张正义。至于我，我谴责后一种正义，就是指剑；可是古代容许这样做。恺撒侵犯了鲁比孔河，[1] 他把来自人民的要职看作来自自身，元老们入场时也不起立，就像厄特罗皮厄斯[2]所说的，国王所为，近乎暴君，"regia ac poene tyrannica."[3] 这是一个伟人；要么说活该，要么说好极了；教训要深刻得多。他受了二十三处伤，也不如耶稣基督额角上挨到唾沫令我感动。恺撒被元老们刺死；基督挨仆人的耳光。遭到更大的侮辱，才能令人感到是神。"

博须埃站在石堆顶上，手里拿着短枪，居高临下对着谈话的人群，高声说道：

"西达特纳乌姆啊，米尔希努斯啊，普罗巴林特啊，艾安蒂德的恩典啊！噢！谁能让我像洛里恩或埃达普泰翁的希腊人一样，朗诵荷马的诗歌呢？"

三、明与暗

昂若拉去侦察了一次。他沿着楼房拐来拐去，从蒙德图小巷出去。

我们要说，起义者充满了希望。他们击退夜袭的方式，使他们

---

1 公元前49年恺撒违反同庞培和元老院达成的协议，率军越过鲁比孔河，向罗马挺进。
2 厄特罗皮厄斯，公元前4世纪拉丁语历史学家，著有《罗马史简编》。
3 拉丁文：像暴君一样统治。

几乎事先不怕拂晓的进攻。他们等待着，对进攻嗤之以鼻。他们既不怀疑自己的事业，也不怀疑成功。况且，显然援军要来。他们指望这个。这种预见胜利的才能，是法国斗士的力量之一；他们把即将到来的白天，分成三个确定的阶段：早晨六点钟，"做过策反工作"的一团人会倒戈；中午，全巴黎会起义；日落时分，爆发革命。

传来圣梅丽的警钟声，从昨晚起，钟声就没有停过一分钟；这证明另一个街垒，那个大街垒，让纳的街垒始终固守着。

所有这些希望在人堆中传递，那种愉快而可怕的细语，活像蜂群作战的嗡嗡声。

昂若拉又出现了。他像老鹰夜巡，在外面的黑暗中转了一圈回来。他交抱手臂，一只手放在嘴上，听了一会儿这种快乐的声息。随后，在越来越泛白的曙色中，脸色鲜艳红润，他说道：

"巴黎所有的军队都出动了。三分之一的部队压在你们所在的街垒上。再加上国民自卫军。我看到第五步兵团的军帽和第六宪兵团的军旗。再过一小时，你们就要遭到进攻。至于人民，昨天已经沸腾，但今天早上却没有动静。什么也等不到了，什么也别指望了。郊区和团队都不会来。你们被抛弃了。"

这番话落在人堆的嗡嗡声上，所起效果恰如暴雨的第一滴雨点落在蜂群上。大家噤若寒蝉。寂静一时难以表达，连死神飞过也能听见。

这一刻十分短暂。

从人堆最幽暗的深处有一个声音对昂若拉喊道：

"好吧。我们把街垒筑到二十尺高，大家守住。公民们，让我们用尸体来抗议吧。如果人民抛弃共和派,我们要表明,共和派不抛弃人民。"

这番话摆脱了人人惴惴不安的愁云,表达了大家的想法。迎来一阵热情的欢呼。

说话人的名字,始终不得而知;这是一个穿工作罩衫的不知名的人,默默无闻,被人遗忘,一个过路英雄,这种无名的好汉总是参与到人类的危机和社会创始的事件中,在特定时刻以崇高的方式说出决定性的话,似闪电刹那间代表了人民和天主,便消失在黑暗中。

这种毫不动摇的决心,弥漫在一八三二年六月六日的空气中,几乎同一时刻,在圣梅丽的街垒,起义者发出这名垂史册、记录在案的呼声:"有没有人来支援我们,都没有关系!我们死守在这里,直到最后一个人。"

可见,两个街垒尽管没有物质上的联系,却息息相通。

四、减五加一

这个不知名的人宣布"用尸体来抗议",说出和表达了共同的心愿,于是众口一词,发出满意而可怕得奇特的呼声,这呼声含义悲切,声调却是凯旋般的。

"死亡万岁!我们全部留下。"

"为什么全部留下?"昂若拉说。

"全部留下!全部留下!"

昂若拉又说：

"阵地优良，街垒坚固。三十个人足够了。为什么要牺牲四十个人呢？"

大家反驳说：

"因为没有人想离开。"

"公民们，"昂若拉叫道，他的声调里有一种几乎愤怒的颤动，"共和国在人数上不够多，不能做无谓的消耗。虚荣是一种浪费。如果对某些人来说，离开是责任，这个责任也应该像别的责任一样去履行。"

昂若拉是一个讲原则的人，对志同道合的人有一种来自绝对的权威。可是，不管这种威望多大，大家还是喊喊喳喳地议论起来。

作为地地道道的领袖，昂若拉看到大家议论纷纷，还是坚持己见。他又傲然地说：

"谁害怕只留下三十人，请说出来。"

议论声越发响了。

"况且，"人群中有一个声音指出，"离开说说容易。街垒被包围了。"

"菜市场那边没有被包围，"昂若拉说。"蒙德图街可以自由进出，通过布道师街，能来到圣婴市场。"

"到那儿，"人群中另一个声音说，"会被抓住，落入步兵或郊区国民自卫军的前哨手里。他们看到一个穿工作罩衫、戴鸭舌帽的人经过，就会问：'你从哪儿来？不会是街垒的人吧？'要查看你的手。你身上有火药味就枪毙。"

昂若拉没有回答，拍拍孔布费尔的肩膀，两人走进小酒店楼下大厅。

过了一会儿，他们走了出来。昂若拉伸出的手捧着四套他让人保存下来的军装。孔布费尔捧着皮带和军帽跟在他后面。

"穿上这身军装，"昂若拉说，"混到队伍中逃跑。这是给四个人穿的。"

他把四套军装扔在去掉铺路石的地上。

在坚忍不拔的听众中，没有一点动弹。孔布费尔说话了：

"得了，应该有一点怜悯心。你们知道牵涉到什么问题吗？牵涉到妇女。要明白，有没有女人呢？有没有孩子呢？有没有母亲用脚推着摇篮，身边有一堆孩子呢？你们当中，谁从来没有见过奶娘的乳房请举手。啊！你们想互相残杀，我在对你们说话，我也想这样，但我不想感到女人的幽灵在我周围悲痛欲绝。你们决心死去，好的，但不要拖上别人去死。这里要自戕的人是崇高的，可是自戕的面要狭窄，不要扩展；一旦波及你们亲近的人，就叫做谋杀了。想一想那些金发孩子吧，想一想那些白发老人吧。听着，刚才，昂若拉对我说，他看到天鹅街的拐角上有一扇照亮的窗，六楼的一扇可怜的窗户边有一支蜡烛，玻璃上有一个老女人颤动不已的头影，她好像通宵等亲人归来。这也许是你们当中一个的母亲。好了，这一位请他走吧，请他赶快去对母亲说：'母亲，我回来了！'让他放心吧，我们这儿照样干。谁要靠自己的劳动养活家里人，谁就没有权利牺牲自己。不然就是背弃家庭。有女儿的人，有姐妹的人，你们想到这个没有？你们被人打死了，你们死了，好呀，而明天呢？少女们没有面包，事情就可怕了。男人乞讨，女人卖身。啊！这些可爱的人儿，多么优雅，多么温柔，头上戴着插花的帽子，唱歌，说笑，让家里充满圣洁的气氛，好像有生命的芬芳，以人间处女的纯洁，证明天国天使的存在，这个雅娜，这个莉丝，这个咪咪，这些可爱的正经姑娘，得到你们的祝福，是你们的骄傲，啊，我的天，她们就要忍饥挨饿！你们要我说什么呢？有一个人肉市场，你们在她们周围用幽灵发抖的手，是阻止不了她们进去的！想想街上，想想挤满行人的街道，想想在商店前那些袒胸露肩、在泥泞中走来走去的女人。这些女人原先也是纯洁的。有姐妹的人，想想她们吧。贫困，卖淫，警察，圣拉撒路监狱，这就是那些娇美的姑娘，那些脆弱、有廉耻心、可爱、美丽、比五月的丁香花还鲜艳的奇女子要去的地方。啊！你们让人打死！啊！你们不在人世！很好；你们想让人民摆脱王权，却把你们的女儿交给警察。朋友们，要小心，要有怜悯心。妇女，那些可怜的女人，人们没有为她们好好着想的习惯。人们指望女人得不到男人的教育，人们阻止她们阅读，阻止她们思索，阻止她们关心政治；你们会阻止她们今晚到停尸所去认你们的尸体吗？因此，有家室的人要听话，同我们握一下手就离开，让我们单独做这里的事。我很清楚，离开要有勇气，这是困难的；但越是困难，就越是值得做。有人说：'我有一支枪，我在街垒中，算了，我留下来吧。'算了，这件事讲起来容易做起来难。我的朋友们，还有一个明天，明天你们就不存在了，但你们的家庭还存在。要受多少罪啊！咦，一个身体健康的漂亮孩子，面颊像苹果一样，牙牙学语，叽里呱啦，笑口盈盈，你吻他时感到细嫩，你们知道一旦他被遗弃，会变成怎样吗？我见过一个小不点，就这么高。他的父亲死了。穷人出于仁慈收留了他，但他们自己也没有面包。孩子总是饥饿。那是冬天。他不哭。有人看到他走近炉子，炉子从来不生火，你们知道，烟囱用黄土黏合。孩子用小手指剥下一点这种土吃下去。他呼吸声音嘶哑，脸色苍白，双腿发软，肚子鼓胀。他什么也不说。人家同他说话，他不回答。他死了。把他送到奈凯医院才死去，我在那里看到他。我在这所医院里当住院实习医生。现在，如果你们当中有当父亲的，有幸在星期天用你们壮实的手牵着孩子的小手散步，那就设想一下，那个孩子是亲骨肉。那个可怜的小家伙，我想得起来，我仿佛看到了他赤裸裸地躺在解剖台上，肋骨突出在皮下，好像坟场草丛下的墓穴。在他的胃里找到一种烂泥。在他的牙缝里有灰烬。啊，让我们摸摸良心，扪心自问吧。据统计，弃儿的死亡率是百分之五十五。我再说一遍，牵涉到女人，牵涉到母亲，牵涉到少女，牵涉到小孩子。这是在谈论你们吗？大家很清楚你们是什么人，知道你们都很勇敢，当然啰！知道你们为崇高的事业献身，心里感到快乐和光荣；知道你们感到自己选定死得有益和壮烈，每个人都重视为胜利献出自己的一份力量。好极了。可是，世上不只你们这些人。还应该想到别的人。不能做自私的人。"

人人都阴沉地低下头去。

在最崇高的时刻，人心的矛盾是多么古怪啊！说这番话的孔布费尔并不是孤儿。他想起别人的母亲，却忘记了自己的母亲。他就要献身。他是"自私"的。

马里于斯饥肠辘辘，狂热不安，相继放弃所有的希望，陷入痛苦中，这是最悲惨的遇难，他经历了强烈的激动，感到末日来临，越来越陷到幻觉的麻木中，这是轻生者临终前总有的状态。

生理学家会研究他身上这种狂热的全神贯注越来越增长的症状，科学已经了解这种出神状态，并加以分类，它引起的痛苦，就像肉欲产生的快感。绝望也有入迷状态。马里于斯正是如此。他仿佛局外人目睹了一切；正如上文所述，在他眼前发生的事，在他看来似乎很遥远；他看得清整体，却丝毫看不到局部。他透过一片火光，看到人来人往。他仿佛听到来自深渊之底的声音。

但是，这一切使他激动。在这个场景中，有一尖端直透到他身上，把他戳醒了。他只有一个想法，就是死，他不愿分心；可是他在阴沉沉的梦游状态中想到，自己要死，并不妨碍去救别人。

他提高了声音说：

"昂若拉和孔布费尔说得对；用不着无谓的牺牲。我赞成他们的说法，必须赶快行动。孔布费尔对你们说出肺腑之言。你们当中有的人有家庭、母亲、姐妹、妻子、孩子。请这些人站出来。"

没有人动弹。

"已婚的人和家庭的赡养者出列！"马里于斯再说一遍。

他的声调很高。昂若拉是街垒的首脑，而马里于斯是街垒的拯救者。

"我命令你们出来！"昂若拉说。

"我请求你们出来，"马里于斯说。

这些英勇无畏的人受到孔布费尔的话触动，被昂若拉的命令动摇，马里于斯的请求使他们感动，于是开始互相揭露底细。"不错，"

一个年轻人对一个中年人说。"你是家长。走吧。""走的不如是你,"那汉子回答,"你要抚养两个妹妹。"一场闻所未闻的斗争爆发了。大家都不让人赶出墓门。

"快点,"孔布费尔说,"再过一刻钟,就来不及了。"

"公民们,"昂若拉又说,"这里是共和国,普选决定一切。由你们自己指定谁该离开。"

大家服从了。几分钟后,大家一致指定了五个人,他们出列了。

"有五个人!"马里于斯叫道。

只有四套制服。

"那么,"这五个人说,"要有一个人留下来。"

于是又互相谦让地争论起来,谁该留下来,谁都认为别人有理由不该留下。

"你呀,你有一个爱你的妻子。""你呀,你有老娘。""你呀,你父母双亡,你的三个小弟弟会怎么样呢?""你呀,你是五个孩子的父亲。""你呀,你有权生活,你才十七岁,太年轻了。"

这些伟大的革命街垒,是英雄主义的聚会地。在那里,难以置信的事十分平常。这些人彼此坚定不移。

"快点行动,"库费拉克又说一遍。

人群中有人向马里于斯喊道:

"您就指定该留下的人吧。"

"好呀,"那五个人说,"您挑选吧。我们服从您。"

马里于斯本来以为自己不会再冲动。但想到要挑选一个人去死,他全身的血都涌向心脏。他脸色苍白,如果说还能苍白的话。

他走向那五个人,他们都向他微笑,每个人目光中充满了历史上温泉关英雄眼中的炽烈火焰,他们冲他喊道:

"挑我吧!挑我吧!挑我吧!"

马里于斯痴呆呆地点着数;他们始终是五个人!然后他的目光落在四套制服上。

这当儿,第五套制服仿佛从天而降,落在这四套制服上。

第五个人得救了。

马里于斯抬起眼睛,认出了割风先生。

让·瓦尔让刚进入街垒。

要么是问明了情况,要么是出于本能,要么是出于偶然,他从蒙德图小巷到达。靠了一身国民自卫军的服装,他轻而易举地通过。

起义者设在蒙德图街的岗哨,不会为了单个国民自卫军发出警告信号。岗哨让他进入街道,心里想:可能这是一个支援的人,最糟糕的话也会被抓起来。眼下情况严峻,岗哨不可能玩忽职守,离开观察岗位。

让·瓦尔让进入街垒时,没有人注意到他,人人的眼睛都盯住那五个挑选出来的人和四套制服。让·瓦尔让看到和听到了这个场面发生的事,他默默地脱下了制服,扔在那堆衣服上。

大家的激动难以形容。

"这是什么人?"博须埃问。

"这个人,"孔布费尔回答,"救了其他人。"

马里于斯用庄重的声音补充说:

"我认识他。"

这个担保对大家已经足够了。

昂若拉转向让·瓦尔让。

"公民，欢迎您。"

他又说：

"您知道，等一下大家都要死去。"

让·瓦尔让没有回答，帮助被他救出的那个起义者穿上他的制服。

五、从街垒之顶远望

在这危难时刻，在这存亡绝续之地，昂若拉的极度忧愁，是众人处境导致的结果，也是这种处境最高程度的体现。

昂若拉身上有着充分的革命性；但他不是完美无缺的，正如绝对那样；他太像圣鞠斯特，不够像阿纳卡齐斯·克洛斯[1]；可是，在ABC之友社中，他的思想最终接受了孔布费尔思想的某种磁化；曾几何时，他逐渐摆脱了教条的狭窄形式，尽情走上进步的大路，他终于接受，伟大的法兰西共和国演变成人类的无边共和国，是最终和壮丽的发展。至于眼下所采取的手段，由于局势激荡，他主张采取激烈手段；在这一点上，他没有变化，仍然固守这个了不起的、可怕的派别，概而言之，就是九三年。

---

[1] 克洛斯（1755～1794），原籍普鲁士的革命家，1776年到法国，与百科全书派合作，参加大革命和雅各宾俱乐部，自称"人类的演说家"和"人类公民"，后上断头台。

昂若拉站在铺路石垒成的台阶上，一只手肘撑住枪管。他在沉思；他在哆嗦，好像有冷风吹过；死亡笼罩的地方，令人有三脚祭台的印象。他的眸子充满了内视的目光，从中射出压抑的火焰。突然，他仰起头来，金黄的头发往后甩，如同星星构成的四匹驾马的暗黑战车上的天使长发，又像惊狮光焰似的鬣毛。昂若拉叫道：

"公民们，你们代表未来吗？城市的街道浴满了阳光，家家的门上覆盖着绿枝，各民族亲如兄弟姐妹，人人都正直公正，老人祝福孩子，过去喜爱现在，思想家充分自由地思考，信徒完全平等，以上天为宗教，天主直接当教士，人的良心变成祭坛，再没有仇恨，工场和学校亲如手足，名望高低就是赏罚，人人有工作，人人有权利，人人安居乐业，再也不会流血，再也没有战争，母亲们生活幸福！控制物质，这是第一步；实现理想，这是第二步。想一想已经取得了多大的进步吧。从前，人类始祖惊恐地看到七头蛇兴风作浪，巨龙口喷火焰，虎身鹰头鹰翼的怪兽在空中盘旋；这些可怕的怪物居高临下地俯瞰着人类。然而人张开了陷阱，这是智慧的神圣陷阱，最后抓住了这些怪物。

"我们制服了七头蛇，它叫做轮船；我们制服了龙，它叫做火车头；我们即将制服虎身怪鹰，我们已经抓住了它，这就是气球。普罗米修斯式的事业一旦完成，人类最终随意驾驭这三种古老的怪物，即七头蛇、龙和虎身鹰那一天，人类就控制了水、火和空气，人在其余生物中的地位，就相当于古代天神从前在人心中的地位。鼓足勇气，向前进！公民们，我们走向哪里？走向成为最高管理体制的科学，走向变成唯一舆论力量的事物内在的力量，走向赏罚分明、条文清晰的自然法则，走向与旭日齐升的真理。我们走向各国人民的团结；我们走向人类的一致。再也没有虚幻，再也没有寄生虫。由真统治现实，这就是目标。文明将在欧洲的高峰，然后在各大陆的中心，在智慧的大议会中举行会议。类似的情况已经出现过。古希腊的近邻同盟会议，每年举行两次，一次在众神所在地德尔斐，另一次在英雄所在地温泉关。欧洲也会召开近邻同盟会议；地球也会召开近邻同盟会议。法国孕育着这光辉的未来。这就是十九世纪的怀孕期。希腊创始的，值得法国来完成。听我说，你，弗伊，勇敢的工人，人民之子，各国人民之子。我尊敬你。是的，你清楚地看到未来，是的，你说得对。你父母双亡，弗伊；你认人类为母亲，认权利为父亲。你要死在这里，就是说获得胜利。公民们，不管今天发生什么事，失败也好，胜利也好，我们进行的是一场革命。正如大火照亮了全城，历次革命照亮了全人类。我们进行的是什么革命？我刚才说过，是求真的革命。从政治上看，只有一种原则：人的绝对自主。这种绝对自主叫做自由。两个或者多个这种绝对自主联合起来的地方，就是国家。但在这种联合中，绝没有放弃。每个绝对自主让出一部分，就形成普通法。让出的部分人人都相等。每人对大家做出的相同让步，叫做平等。普通法只是对人人的保护，普照每个人的权利。众人对每个人的这种保护，叫做博爱。所有这些绝对自主的聚合点叫做社会。这种聚合是一种结合，这个聚合点是一个纽结。由此产生所谓的社会关系。有人说是社会契约；这是一回事，契约这个词在词源上含有联系的意思。让我们在平等上取得一致；因为，如果自由是顶峰，平等就是基础。公民们，平等，这不是所有植物都长得一样高，一个社会要由高茎的草丛和矮小的橡树组成；互相阉割的嫉妒毗邻；在民事上，一切才能都可以施展；在政治上，每个人的投票都有同等分量；在宗教上，一切信仰都有同样权利。平等有一种机制：免费和义务教育。识字的权利，应该从这里开始。初等教育对每个人是强制的，中等教育向所有人提供，这是法律。平等社会从同等的学校教育产生。是的，教育！启蒙！启蒙！一切来自启蒙，又回到那里。公民们，十九世纪是伟大的，而二十世纪是幸福的。那时，与以往的历史截然不同；再用不着像今天那样，害怕征服、侵犯、窃权，国家之间兵戎相见，文明的中断取决于一次王室通婚，在世袭专制中获得新生，通过会议各国进行瓜分，因王朝的崩溃国家四分五裂，两种宗教对峙而产生斗争，就像皮影戏中两只公山羊在无限之桥上相遇；再也用不着害怕饥荒、剥削、因贫困而卖淫、因失业而贫穷、断头台、利剑、战争以及在事件的林莽中命运施行的一切强盗行径。几乎可以说：再也没有事变了。人人安居乐业。人类将同地球一样完成自身的法则；在心灵和星球之间将重建和谐。心灵将围绕真理运行，就像星球围绕光源运行一样。朋友们，眼下我对你们讲话的时刻，是黑暗的时刻；但这是为了未来付出的可怕代价。一次革命是一笔通行税。噢！人类将获得解放，重新站起来，得到慰藉！我们在这个街垒上确定这一点。如果不是站在牺牲的高峰上，我们从哪儿发出爱的呼喊呢？噢，我的兄弟们，这里是思考者和受苦者相会的地方；这个街垒不是由铺路石、梁柱、破铜烂铁筑成的，而是由两大堆东西，即思想和痛苦组成。贫穷在这里遇到理想。白天在这里拥抱黑夜，而且对黑夜说：'我将同你一起死去，你将同我一起再生。'从拥抱一切困苦中爆发出信念。痛苦在这里寿终正寝，思想在这里获得不朽。这种消亡与不朽交混在一起，构成我们的死亡。兄弟们，在这儿牺牲的人，是死在未来的光辉里，我们要进入一座充满曙光的坟墓。"

昂若拉止住了话头，却不像沉默下来；他的嘴唇在无声地翕动，仿佛在继续自言自语，这使得大家聚精会神，竭力还想听他说下去，凝望着他。没有掌声；但大家长久地窃窃私语。话语是气息，智慧的颤动，宛若树叶的簌簌响。

六、马里于斯惊恐，沙威简洁

现在谈谈马里于斯的所思所想。

读者该记得他的心灵状态。上文提到，他觉得一切都是幻觉。他的判断力混乱了。要强调的是，马里于斯处在笼罩着垂死挣扎者的不可思议的巨翼孤影下。他感到自己进了坟墓，好像已经在大墙的另一边，他以死人的眼睛去看活人的面孔。

割风先生怎么会在这里？他为什么在这里？他来干什么？马里于斯根本没有向自己提出这些问题。再说，绝望的特点是如同包住自己一样包住别人，大家都是来赴死的，他觉得这合乎逻辑。

不过，他一阵阵揪心地想到柯赛特。

况且割风先生不同他说话，不看他一眼，甚至在马里于斯提高声音说"我认识他"时，他也似乎没有听见。

至于马里于斯，割风先生这种态度倒使他松了一口气，如果能用这样一个词说明这种印象，可以说，这种态度使他高兴。他总是感到绝对不可能对这个谜一样的人说话，对他而言，割风先生既态度暧昧，又很威严。另外，马里于斯很久没看到他了；马里于斯天性胆怯、矜持，这更使得他不可能说话。

被指定的五个人从蒙德图小巷走出街垒；他们完全像国民自卫军，其中一个边走边哭。离开之前，他们拥抱留下的人。

等到五个被放生的走掉，昂若拉想到那个被判死刑的人。他走进楼下大厅。绑在柱子上的沙威在沉思。

"你需要什么吗？"昂若拉问他。

沙威回答：

"你们什么时候杀死我？"

"等一等。眼下我们需要子弹。"

"那么，给我喝点水，"沙威说。

昂若拉递给他一杯水，由于沙威被绑着，他喂沙威喝下去。

"只需要这个？"昂若拉又问。

"我绑在柱子上很难受，"沙威回答。"你们让我在这里过夜，心肠也太硬了。随你们怎么绑我，但可以像那一位一样，躺在桌子上。"

他摆了一下头，指向马伯夫先生的尸体。

读者记得，在大厅尽头，有一张大长桌，用来熔化弹壳造子弹。子弹都造好了，火药都用光了，桌子空着。

在昂若拉的命令下，四个起义者给沙威松了绑。给他松绑时，第五个起义者用刺刀顶住他的胸膛。起义者将他的双手反剪在背后，用一根结实的细鞭绳捆住他的双脚，让他能走一尺半的距离，就像要上断头台的人那样，让他一直走到大厅尽头那张桌子旁，并让他躺上去，腰部紧紧绑在桌上。

为了更保险，用一根绳子套住他的脖子，从颈后拉到腹部，再分开穿过双腿，连到双手；这种捆绑方法在监狱里称为马颌缰，沙威要逃走万万不可能。

捆绑沙威的时候，门口有一个人出奇地仔细注视着。这个人的影子使沙威转过头来。他抬起眼睛，认出了让·瓦尔让。他连抖也没有抖一下，傲然地垂下眼皮，仅仅说："这是很普通的事。"

七、局势变得严重

天色迅速明亮起来。但没有一扇窗户打开，没有一扇门半掩；这是黎明，人们还没有苏醒过来。上文说过，军队已从街垒对面的麻厂街尽头撤走了；那边好像通行无阻，向行人开放，寂静得阴森森。圣德尼街像底比斯城的斯芬克司大道一样静悄悄的。十字街头不见人影，阳光照得白蒙蒙的。没有什么比空荡荡的街道这种明亮更凄惨了。

什么也看不到，却能听到声音。隔开一段距离，有一种神秘的响动。显然，关键的时刻来临了。像昨晚一样，岗哨撤了回来；但这次全部撤回。

街垒筑得比第一次受攻击时更坚固。那五个人走后，大家又把街垒筑高了。

根据观察菜市场地区的岗哨的意见，昂若拉担心背后受到突袭，下了一个重大的决心。他派人把至今一直自由通行的蒙德图小巷堵死。为此又起出了几幢楼长度的铺路石。这样,街垒通向的三条街都堵死了,前面是麻厂街,左边是天鹅街和小丐帮街,右边是蒙德图街,确实几乎难以攻破;既已封死,也就必然战死。街垒有三条战线,却没有出路。"是堡垒,却是捕鼠笼,"孔费拉克笑着说。

昂若拉让人在小酒店门边垒起三十多块铺路石,"起多了,"博须埃说。

要发动进攻那边,眼下一片静悄悄,昂若拉让大家重新回到战斗岗位。

给每个人发了一份烧酒。

没有什么比一个街垒准备对付进攻的情景更诱人的了。每个人都选择好自己的位置,就像看戏一样。有的斜靠着,有的支着手肘,有的肩靠肩。有的人用铺路石垒成座位。墙角碍事就躲开;突出来的地方可以防护,就避到里面。左撇子很难得,他们占据了别人不适宜的位置。许多人安置好坐着战斗。大家想杀敌时舒服一点,死时也舒适一点。在一八四八年六月那场悲惨的战争中,有个起义者从屋顶的平台上射击,射得又准又狠,他把一张伏尔泰式扶手椅搬到那里;后来被一阵枪击打中。

一旦头头发出战斗准备,一切纷乱便立刻停止;不再有争执;不再三五成群;不再个别交谈;不再单独一帮人;大家脑子里想的都汇聚和变成等待进攻。一个街垒在危险到来之前一片混乱;在危险中秩序井然。危险整顿秩序。

昂若拉拿起他的双响短枪,站在他为自己保留的枪眼旁,人人默不作声。一阵轻微而短促的咔吧声,沿着铺路石垒起的墙壁隐隐响起。这是给步枪上子弹。

再有,他们的态度变得格外自豪和自信;置生死于度外,会变得坚定;他们不再存有希望,但是他们有绝望。绝望是最后的武器,有时能带来胜利;维吉尔这样说过。坚不可摧的决心,产生绝妙的办法。登上死亡之舟,有时能幸免于难;棺盖变成了救命木板。

像昨晚一样,人人的注意力都转向,或者几乎可以说盯住街道尽头,现在那里照得一清二楚。

等待时间不长。在圣勒那边,行动的声音又开始清晰传来,但这不像第一次进攻那样。铁链的咣当声,庞然大物令人不安的颠簸,青铜在马路上跳动的撞击声,一种威严的轰隆声,预示着狰狞的钢铁武器临近了。古老的宁静街道的五脏六腑在震动,而当初开辟和修筑这些街道是为了利益和思想畅通,不是为了战车骇人的滚动。

所有战斗者盯住街道尽头的目光变得凶狠起来。

一尊大炮出现了。

炮兵推着大炮;它被安在射击架中;拖车已经卸下;两个人扶住炮架,四个人推着轮子;其余的人跟随着弹药车。可以看见点燃的导火线在冒烟。

"开火!"昂若拉喊道。

整个街垒一齐开火,枪声大作;一片浓烟淹没了大炮和炮兵;过了一会儿,烟雾散去,大炮和炮兵重新出现;炮兵缓慢地、准确地、不慌不忙地把大炮推到对准街垒的地方。一个炮兵也没有被打伤。然后,炮长压在炮闩上,抬高炮口,像天文学家调整望远镜一样,认真地开始瞄准。

"好极了,炮兵们!"博须埃喊道。

街垒中所有的人都鼓起掌来。

过了一会儿,大炮跨在水沟上,公然安放在街道正中央,大口张开对着街垒。

"大家高兴高兴吧!"孔费拉克说。"这是个野蛮的家伙。弹过手指以后,再挥出拳头。军队向我们伸出它的大爪子。街垒要受到剧烈的震动。扫射是摸索,大炮要攻占。"

"这是一门八寸口径的新型铜炮,"孔费拉克补充说。"这种炮,只要锡与铜的比例超过百分之十,就会爆炸。锡的比例多了,炮身就会太软。有时,火门里会有砂眼和气孔。为了避免这种危险和加强火力,也许必须回到十四世纪的方法,给炮筒加箍,用一连串的无缝钢环,从炮门一直箍到炮耳。眼下暂且尽量弥补缺陷;有人用猫在火门里探到了气孔和砂眼。但是,有一个更好的方法,就是格里博瓦尔[1]的运动星。"

"在十六世纪,"博须埃指出,"炮筒里就有来复线。"

"是的,"孔布费尔回答,"这就增加了弹道的力量,但减低了射击的准确性。再说,在短距离射击中,弹道达不到要求的直线,抛物线过大,射程不够直,不能打中所有射程的目标,然而这却是战斗的需要,敌人越近,射击越快,这一点的重要性也就增加。十六世纪有来复线的大炮,抛物线不够直,在于发射无力;对这种炮来说,爆破力弱是弹道所决定的,比如要保持炮架稳固。总之,大炮

---

[1] 格里博瓦尔(1715~1789),法国将军、军事工程师,由于他,法国炮兵曾在欧洲独占鳌头。

这个独裁者不能为所欲为；威力是一大弱点。炮弹时速只有六百法里；而光每秒有七万法里。这就是耶稣基督高过拿破仑的地方。"

"再上子弹，"昂若拉说。

在炮弹的打击下，街垒的保护层顶得住吗？会不会打开缺口？问题就在这里。正当起义者重新上子弹时，炮兵在装炮弹。

街垒的人忧心忡忡。

炮弹发射了，发出轰然巨响。

"到！"一个快乐的声音喊道。

在炮弹打到街垒的同时，加弗罗什扑了进来。

他来自天鹅街那边，他灵巧地跨进面对错综复杂的小丐帮街那个辅助街垒。

加弗罗什回到街垒比炮弹产生更大的效果。

炮弹消失在碎石堆里。它至多打碎了一只公共马车的轮子，把安索那辆旧大车报销了。看到这个情景，街垒的人笑了起来。

"继续打呀，"博须埃向炮兵喊道。

八、炮兵变得要认真对付

大家把加弗罗什围了起来。

但他没有时间叙述。马里于斯抖抖索索地把他拉到一边。

"你到这里来干什么？"

"哟！"孩子说，"您呢？"

他肆无忌惮地盯住马里于斯。他的一双眼睛睁大了，闪射出自豪的光芒。

马里于斯继续用严厉的声调说：

"谁对你说要回来？你至少把我的信送到地方了吧？"

加弗罗什对这封信没有一点儿内疚。他急于赶回街垒，没有把信交给收信人，而是脱了手。他不得不在心里承认，他有点轻率地把信交给了陌生人，他甚至还没有看清这个人的脸。不错，这个人没有戴帽，可是这还不够。总之，对此他内心有点自责，生怕马里于斯责备。为了脱身，他采取了最简单的方法；他可恶地撒了谎。

"公民，我把信交给了看门人。太太睡下了。她醒来后会收到信。"

马里于斯发出这封信有两个目的，一是向柯赛特诀别，二是救出加弗罗什。他只得满足于了却半个心愿。

发出了信，割风先生出现在街垒，这个巧合呈现在他脑子里。他向加弗罗什指着割风先生问：

"你认得这个人吗？"

"不认得，"加弗罗什说。

上文说过，加弗罗什确实只在夜里见过让·瓦尔让。

马里于斯脑海中产生的混乱而带病态的猜测，化为乌有了。他了解割风先生的见解吗？割风先生也许是共和派。因此他出现在这场战斗中是很普通的。

加弗罗什已经在街垒的另一头喊道："我的枪呢？"

孔布费尔叫人把枪还给他。

加弗罗什通知他称呼的"同志们"，街垒被封锁了。他好不容易才回来。一营步兵枪支架在小丐帮街,观察天鹅街那边;在相反方向,保安警察占据了布道师街。对面,是军队的主力。

情报讲完以后,加弗罗什补充说:

"我准许你们给他们狠狠来一阵扫射。"

而昂若拉站在枪眼旁,侧耳细听,窥测着。

攻击者无疑不满意炮弹的射击,没有再发射。

一连步兵占据了大炮后面街道的尽头。士兵们起出铺路石,筑起一道矮墙,作为掩体,这掩体高一尺八寸,面对街垒。在这掩体的左角,可以看到聚集在圣德尼街的一营郊区步兵的纵队前列。

窥测的昂若拉,似乎听到从弹药箱中取出子弹盒的特别响声,他还看到炮长改变瞄准度,向左略微降低炮口。然后炮兵开始装炮弹。炮长亲自点火棒,伸向火门。

"低下头来,靠近墙边,大家沿着街垒跪下来!"

起义者在加弗罗什回来时,离开了岗位,散立在小酒店前面,这时纷乱地拥向街垒;但在执行昂若拉的命令之前,一发霰弹带着可怕的呼啸声发射出来。这确实是一炮霰弹。

大炮对准了街垒的豁口,反弹到墙上,这可怕的反弹造成两死三伤。

如果继续这样下去,街垒就守不住了。霰弹能打进来。

引起了一片慌乱。

"要阻止打第二炮,"昂若拉说。

他降低短枪,瞄准炮长,这时炮长正俯向炮闩,校正和最后确定瞄准度。

炮长是个漂亮的炮兵中士,十分年轻,金黄头发,脸容温柔,聪颖的模样正适合这种劫数难逃的、可怕的武器，这种武器威力越来越完善，最终要消灭战争。

孔布费尔站在昂若拉旁边，注视着这个年轻人。

"真可惜！"孔布费尔说。"这种杀戮多么丑恶啊！咦，将来没有国王，也就没有战争。昂若拉，你瞄准这个中士，你没有看他。请设想一下，这是一个可爱的年轻人，他很勇敢，可以看出他有头脑，这些年轻炮兵很有知识；他有父母家庭，也许他在恋爱，他最多二十五岁，可以做你的兄弟。"

"他就是我兄弟，"昂若拉说。

"是呀，"孔布费尔又说，"也可以做我的兄弟。那么别打死他。"

"让我开枪。该做的事就要做。"

一滴眼泪沿着昂若拉冷漠的面颊慢慢流下来。

与此同时，他扣动短枪的扳机。发出一道火光。那个炮兵转动了两下，手臂伸向前，抬起头要呼吸空气，然后侧身倒在炮身上，一动不动。只见从他背部当中直喷出一股鲜血。子弹穿透他的胸膛。他一命呜呼。

必须抬走他和换人。这确实争取了几分钟时间。

九、运用偷猎者的旧才干和万无一失的枪法影响了一七九六年的判决

街垒中议论纷纷。炮击又开始了。这样炮击，不需要持续一刻钟。绝对需要削弱炮击。

昂若拉发出这个命令：

"豁口必须放上一张床垫。"

"没有床垫了，"孔布费尔说，"伤员都躺在上面。"

让·瓦尔让坐在小酒店角落偏僻处的一块墙基石上，步枪夹在双腿中间，至今没有参与发生的事。他似乎没有听到周围战斗者说话："这儿有支枪什么事也不干。"

听到昂若拉发出的命令，他站了起来。

读者记得，在麻厂街人群聚集时，有个老太婆，预见到流弹，将床垫堵住窗户。这扇阁楼窗，在街垒外一座七层楼的屋顶上。床垫斜放，底下撑在两根晾衣竿上，上面有两根绳子拉住，远处看去，好像两根细绳，拴在阁楼窗框的两根钉子上。两根绳子像头发一样清晰地映在天空中。

"有谁能借给我一支双响枪？"让·瓦尔让说。

昂若拉刚重新上了子弹，把枪递给他。

让·瓦尔让向阁楼瞄准开枪。

拴住床垫的两根绳子中有一根断了。

床垫只有一根绳子吊住。

让·瓦尔让开了第二枪。第二根绳子敲在阁楼的玻璃窗上。床垫在两根竿子间滑下来，落在街上。

街垒的人拍起手来。

人人喊道：

"床垫有啦。"

"是的，"孔布费尔说，"可是，谁去捡回来呢？"

床垫确实落在街垒外面,在围攻者和被围攻者之间。可是,炮兵中士之死激怒了军队和士兵,他们这时趴在垒起来的铺路石堆后面,正在重新组织开炮,为了填补大炮不得已的沉默,一齐向街垒射击。起义者没有回应这阵射击,以便节省子弹。齐射纷纷落在街垒上;街道子弹乱飞,十分骇人。

让·瓦尔让从豁口出去,来到街道,穿过枪林弹雨,走到床垫那里,拉起来,驮到背上,又回到街垒。

他把床垫放在豁口上,把它靠在墙上,放的位置炮兵看不到。

然后,大家等待霰弹。

没有等多久。

大炮发出怒吼,喷出一团大粒霰弹。但是没有反弹,霰弹在床垫上弹不起来。预期的效果达到了。街垒保住了。

"公民,"昂若拉对让·瓦尔让说,"共和国感谢您。"

博须埃笑着大声赞叹:

"一张床垫有这样大的威力,真邪门啦。这是以柔克刚。不管怎样,光荣属于置大炮于无用武之地的床垫!"

十、黎 明

这时,柯赛特醒了。

她的房间狭窄、干净、不引人注目,东面一扇长窗开向楼房的后院。

柯赛特一点儿不知道巴黎发生的事。昨晚她已经离开巴黎,她回到卧室时，图散说："好像打起来了。"

柯赛特睡得很少，但睡得很好。她做了好梦，也许是因为她的小床很白。一个像马里于斯的人出现在光辉中。她醒来时眼睛里一片阳光，这首先是由于梦继续起作用的结果。

梦醒后的第一个想法是令人喜悦的。柯赛特感到完全放心了。她像让·瓦尔让在几小时以前那样，心灵经历了这种反应：绝不愿意出现不幸。她开始尽力满怀希望，却不知道为什么。随后，她一阵揪心。——她已经有三天没看到马里于斯了。但是她心想，他应该收到她的信，知道她在哪里，他非常聪明，会找到办法来到她身边。——今天他一定会来，也许就在今天早上。——天已大亮，可是阳光还是平射的，她想，时候还早；然而应该起床了，要接待马里于斯。

她感到，没有马里于斯她活不下去，所以，仅仅因为这一点，马里于斯就会来的。任何别的想法都不能接受。这一切确定无疑。煎熬三天已经难以忍受了。马里于斯三天不见踪影，这真是够惨的。现在，上天这残酷的戏弄考验已然过去，马里于斯要到来，而且带来好消息。青春就是这样；她很快擦干眼睛；她感到痛苦不解决问题，不能接受这样煎熬。青春是未来面对自身这个陌生者在微笑。她感到幸福是很自然的。她的呼吸好像由希望构成。

况且，柯赛特回想不起来，马里于斯对她说只离开一天去办什么事，他是对她怎么解释的。大家都注意到，一枚钱币一下掉到地上，会藏得那么巧，令人找不到。有的想法会对我们开同样的玩笑；它们会蹲在我们头脑中的一个角落里；完了；它们失去了；想不起来了。柯赛特稍稍回想一下,可是徒劳,她心里气恼。她寻思,忘记了马里于斯所说的话,这很不好,会铸成大错。

她下了床,进行身心两净,即祈祷和梳洗。

在必要时,可以带领读者进入洞房,而不是闺房。诗歌几乎不敢这样做,散文不应该这样做。

闺房是含苞欲放的花房,是暗影中的洁白,未开放的百合花的内室,只要阳光还未观看,男人就不应该观看。含苞待放的女子是神圣的。那展露的贞洁床铺,含羞的可爱半裸,藏在拖鞋里的雪白纤足,仿佛镜子是眸子,在它面前遮掩起来的胸脯,家具咔嚓一声或者一辆马车经过就匆匆拉上和遮住肩头的衬衣,结好的缎带,扣好的搭扣,拉紧的衣带,哆嗦,因寒冷和羞耻的微颤,一举一动美妙的心慌意乱,在不必害怕的地方近乎惊飞的不安,像彩霞一样迷人的衣衫相继变换,这一切都不宜提及,点到为止已经过分了。

人的目光面对一个少女的起床,比面对一颗星辰的升起,更应肃然起敬。可能接触到这个场面,就应该转而分外尊敬。桃子的绒毛,李子的灰衣,白雪的放射状晶体,蝴蝶的粉翅,比起不自知的贞洁,就是粗俗的东西。少女只是梦幻之光,还不是塑像。她的放床凹室藏在理想的阴暗部分。目光不谨慎的接触,侵犯了这朦胧的半明半暗。这里,观赏都是亵渎。

因此,我们绝不描绘柯赛特醒来时有点忙乱的美妙。

一则东方故事叙述,天主创造的玫瑰本是白色的,但由于亚当在玫瑰半开时看见了它,它因羞耻而变成粉红。我们属于这种人:面对少女和鲜花,感到呆住了,认为这是令人敬仰的。

柯赛特迅速穿好衣服，梳妆打扮，当时发式很简单，妇女不把发卷和分披长发用衬垫和卷筒撑起，不在头发里加硬衬布。然后她打开窗户，游目四望，期待在街上发现一点什么，在屋角或马路一隅能看到马里于斯。可是，外面什么也看不到。后院被高墙围住，空隙中只看到几个花园。柯赛特觉得这些花园难看；她生平头一遭感到鲜花丑陋。十字街头的一小段水沟会更合她的意。她打定主意仰望天空，仿佛她认为马里于斯会来自那里。

突然，她泪水盈眶，并非心情变幻不定，而是期盼被沮丧切断了，这就是她的状态。她模糊地感到说不清的恐惧。空中确实有东西掠过。她思忖，她确定不了是什么，互相见不到，就算完了；想到马里于斯可能从天而降，在她看来，并不是令人欣喜，而是阴森可怖。

随后，就像这些云彩，她恢复了平静和希望，浮上一丝不自觉的微笑，这是信赖天主。

楼里的人还在睡觉。笼罩着一片沉寂。没有一扇护窗板推开。门房间关着门。图散没有起床，柯赛特自然而然认为她的父亲在睡觉。她必定心里非常痛苦，而且眼下还在痛苦，因为她心想父亲太凶了；但她把希冀寄托在马里于斯身上。这样一片光芒肯定不可能稍纵即逝。她在祈祷。她不时听到远处有一种沉闷的震动，她想："这么早就开关大门，真是怪事。"这是大炮在轰击街垒。

在柯赛特的窗户下面几尺的地方，有只雨燕巢筑在墙壁污黑的旧突饰中；这个鸟巢往外突出一点，从上面可以看到这个小小天堂的里面。母燕在巢里，张开扇形翅膀，盖住一窝小鸟；公燕在飞舞，来来去去，回来时嘴里带着食物和亲吻。旭日把这安乐窝染成金色，繁衍这个伟大的法则在这里笑盈盈，又十分庄严，这温馨的神秘在清晨的光辉中充分展现。柯赛特的头发沐浴在阳光里，心灵沉浸在幻想里，内心被爱情照亮，外表被晨曦照耀，她仿佛机械地俯下身，几乎不敢承认，她同时想念着马里于斯，她望着这些鸟儿，这个家庭，这母燕和公燕，这母燕和雏燕，心里怀着一只鸟巢给一个处女带来的心烦意乱。

十一、弹无虚发却不伤人

进攻者继续射击。齐射和霰弹轮流变换，实际上杀伤力不大。唯有科林斯酒店的正面上层遭殃；二楼的窗户和屋顶的阁楼，被大粒霰弹和散子打得千疮百孔，慢慢变了形。在那里设岗的战斗者不得不撤离。再说，这是攻击街垒的一种战术；长时间射击，以耗尽起义者的弹药，如果他们犯错误还击的话。一旦他们的火力减弱，发现他们再没有子弹和火药，便发起冲锋。昂若拉没有落入这个陷阱；街垒根本不还击。

在每次齐射中，加弗罗什都用舌头撑起面颊，表示高度的蔑视。

"很好，"他说，"把床垫的布撕开吧，我们正需要绷带呢。"

库费拉克质问齐射为何这样不顶用，对大炮说：

"你变得啰唆了，老头。"

在战斗中，正如在舞会中，兵不厌诈。很可能街垒的沉默开始使围攻者不安，令他们担心意料不到的事变，他们感到需要透过这堆铺路石，看看清楚，了解在这堵打不还手的无动于衷的大墙后面，发生什么事。起义者突然发觉一顶头盔在邻近一个屋顶的太阳下闪光。一个消防队员靠在一根高烟囱上，好像在那里放哨。他的目光直落在街垒中。

"这个监视人碍事，"昂若拉说。

让·瓦尔让已经把短枪还给了昂若拉，但他自己有枪。

他一言不发，瞄准消防队员，一秒钟后，头盔被子弹打中，咣当地落在街上。惊惶的士兵匆匆消失了。

第二个观察者占据了他的位置。这一位是个军官。让·瓦尔让已经重新上了子弹，他瞄准新来者，把军官的头盔送去跟士兵的头盔汇合。军官毫不犹豫，迅速抽身退走。这回警告生效了。没有人再出现在屋顶上；放弃了侦察街垒。

"您为什么不打死人？"博须埃问让·瓦尔让。

让·瓦尔让不回答。

十二、混乱变成拥护秩序

博须埃在孔布费尔的耳畔小声说：

"他没有回答我的问题。"

"这是个用枪行善的人，"孔布费尔说。

凡是对这个已经远去的时代还有回忆的人都知道，城郊的国民自卫军对付起义十分骁勇。在一八三二年六月的几天中，特别激烈和无畏。庞丹、力天使和小排水沟一带和蔼的小酒店老板，看到暴动使他们的"生意"清淡，舞场空无一人，于是变成了怒狮，宁愿杀身也要挽救小酒店所代表的秩序。在这市侩气和英雄气概兼而有之的时代，每种思想都有自身的骑士，而利益也有自身的勇士。动机平庸，丝毫不减少行动的勇敢。一摞埃居减少了，会使银行家唱起《马赛曲》。他们充满激情地为银行流血；以斯巴达人的热情保卫铺子这个无限小的祖国。

说到底，这一切做得都是很严肃的。这是社会的各种因素在进行斗争，直至达到平衡的一天。

这个时期的另一标志，就是无政府主义混杂于政府主义（正统派不规范的名称）之中。以不守法去维护秩序。在国民自卫军某个上校的指挥下，突然敲起随意的集合鼓；某个上尉突如其来冲上火线；某个国民自卫军队员为"观念"和为自身战斗。在发生危机的时刻，在那些"有特定意义的日子"里，人们不听从首领而是听从自己的本能行事。在治安部队中，有真正的游击队员，有人像法尼科那样手握长剑，还有人像亨利·封弗雷德[1]那样以笔为武器。

不幸的是，这个时期，代表文明的是利益的组合，而不是一组原则；文明处于或者自以为处于危险之中；它发出惊叫声；每个人以自己为中心，执意保卫、摇撼和保护文明；随便哪一个人都承担起拯救社会的责任。

有时，热情发展到屠杀。某队国民自卫军私自组成军事法庭，五分钟之内审判和处决一个被俘的起义者。就是这样的临时法庭杀

---

[1] 封弗雷德（1788～1841），记者，拥护七月王朝。

害了让·普鲁维尔。这种残酷的私刑,任何一方都无权责备另一方,因为美洲的共和国和欧洲的君主政体都加以实行。这种私刑由于误会而更显复杂。暴动的一天,一个名叫保尔-埃梅·加尼埃[1]的年轻诗人在王宫广场受到追逐,刺刀顶在他的腰上,他藏在六号的大门下才逃脱了。追赶的人喊道:"还有一个圣西门的信徒!"他们想杀死他。可是,他腋下夹的是圣西蒙公爵[2]的一卷《回忆录》。一个国民自卫军队员在这本书上看到这个字样:"圣西门",于是喊道:"处死他!"

一八三二年六月六日,一连城郊国民自卫军,由上文提到的法尼科上尉指挥,随心所欲地在麻厂街大肆屠戮。这个事实不管多么异乎寻常,还是由一八三二年的起义之后开庭的司法预审确认了。法尼科上尉是个急性子的、大胆的平民,类似维护秩序的雇佣兵,属于上文指出的爱滥杀的人,是个狂热的政府主义者,又桀骜不驯,抵挡不住提前开火的诱惑和独自行动,也就是说带领连队攻占街垒的野心。红旗和他看作黑旗的旧衫轮流出现激怒了他,他大声责备那些将军和高级军官,他们商议过,认为冲锋的时刻还没有到来,按其中一人的著名说法,要让"起义受煎熬"。至于他,他感到街垒熟透了,正如熟透果子要掉下来一样,他要试一试。

他指挥的是跟他一样坚毅的人,据一位目击者说,是"一些疯子"。就是他的连队枪杀了诗人让·普鲁维尔,这是驻守在街角那个

---

1 加尼埃(1820~1846),滑稽歌剧作家。
2 圣西蒙公爵(1675~1755),法国回忆录作家,他的作品记录了路易十四的宫廷生活。他与空想社会主义者圣西门是两个人。

营的第一连。就在最料想不到的时刻,上尉带领他的部下攻向街垒。这个行动只凭良好愿望而不讲战术,给法尼科的连队造成惨重的损失。在连队未到达街道三分之二的地方之前,迎来了街垒的齐射。冲在前头的四名最大胆的士兵,在街垒的脚下被迎面击倒。这连乱糟糟的国民自卫军虽然很勇敢,却一点没有军人的顽强,迟疑了一下,不得不退回来,在路上留下十五具尸体。犹豫给起义者留出了时间,重上子弹,第二次射击杀伤力很大,在连队回到街角的隐蔽地之前,赶上了它。它夹在两次霰弹之间,受到大炮的轰击,因为大炮没有接到命令,继续发射。勇敢而冒失的法尼科死于霰弹之下。他被大炮,也就是被秩序打死。

这次攻击疯狂而缺乏考虑,激怒了昂若拉。"傻瓜!"他说。"他们让部下送死,还白白消耗了我们的弹药。"

昂若拉像一个真正的暴动将军在说话。起义和镇压交手力量悬殊。起义方很快就会消耗殆尽,他们子弹很少,战斗者寥寥无几。一个子弹盒打光了,一个人阵亡了,无法替代。镇压方有军队,不计算人数,拥有万森兵工厂,不计算弹药。街垒有多少人,镇压方有多少团,街垒有多少子弹盒,镇压方有多少兵工厂。因此,这是以一战百的一场搏斗,最后总是以摧毁街垒告终;除非革命突如其来,在天平中投入大天使闪光的利剑。这一时刻到来,一切会奋起,街道沸腾起来,人民的堡垒如春笋般拔地而起,巴黎发威地震动,"quid divinum"[1] 显现,八月十日出现在空中,七月二十九日出现在空

---

[1] 拉丁文:神迹。

中，奇光闪现，张着大口的力量后退了，军队这头狮子，看见前面平静地伫立着法兰西这个先知。

十三、掠过的光

在保卫街垒的各种情感和激情中，样样俱全；有骁勇、青春、荣誉感、热情、理想、信念、赌徒的狂热，尤其是断续的希望。

这样一种断续的希望，这样一种希望的模糊颤动，在最意想不到的时刻，突然掠过麻厂街的街垒。

"听着，"始终在监视的昂若拉忽然大声说，"我觉得巴黎苏醒了。"

无疑，在六月六日的清早，有一到两个小时，起义有某种增长的势头。圣梅丽的警钟一再响起，激发起某些人行动的决心。梨树街和格拉维利埃街筑起了街垒。在圣马丁门前面，一个年轻人，拿着一杆短枪，单独进攻一队骑兵。他在大街上，没有遮掩，单膝跪在地上，枪顶在肩上开枪，打死了骑兵队长，回过身来说："又是一个不能对我们干坏事了。"他被马刀劈了。在圣德尼街，一个女人从放下的百叶窗后面向保安警察射击。人们看到，每打一枪，百叶窗和活页就颤抖一下。一个十四岁的孩子，在科索纳里街被捕，他的口袋里装满了子弹。好几个哨所受到攻击。在贝尔丹-普瓦雷街的入口，一阵非常密集、完全始料不及的射击，迎接一团铁甲骑兵，为首的是卡芬雅克·德·巴拉涅将军。在普朗什-米布雷街，有人从屋顶向部队投掷餐具碎片和器皿；这是不祥之兆；当有人向苏尔元帅汇报这种情况时，拿破仑这位老副手沉思起来，想起了苏舍[1]在萨拉戈萨讲的这句话："当老太婆在我们头上倒尿壶时，我们就完了。"

正当人们以为暴动只是局部的时候，这些普遍出现的征象，这种占据上风的愤怒狂热，这些在巴黎郊区深藏的燃料堆上四处飞舞的火星，这一切令军事首脑坐卧不安。官方急于扑灭这刚起的火灾。直拖到这些噼啪响的火星被扑灭了，才进攻莫贝街、麻厂街、圣梅丽的街垒，为的是只消对付它们，一下子大功告成。纵队被派往正在酝酿起义的街道，扫荡大街，探测小街，忽而向右，忽而向左，时而小心翼翼，缓慢行进，时而迈出冲锋的步伐。往外射击的楼房，部队破门而入；同时，骑兵驱散大街上聚集的人群。这种镇压，不免激起众怒，引起军队和百姓的冲突，闹哄哄一片。这正是昂若拉在枪炮的间歇中听到的声音。另外，他在街道尽头看到有人用担架抬走伤员，他对库费拉克说："这些伤员不是我们这边的人。"

希望持续不久；这亮光很快消失了。不到半小时内，空中传来的响声消散了，这仿佛没有雷霆的闪电，起义者感到那种铅盖重又落在头上，这是由冷漠的民众扔在被抛弃的不屈的人们身上的。

似乎隐约形成的普遍行动，已经流产；陆军大臣的注意力和将军们的战术，如今可以集中在依然挺立的三四个街垒上。

太阳升上了地平线。

有个起义者问昂若拉：

"这儿的人肚子饿了。我们真的不吃东西，就这样赴死吗？"

---

[1] 苏舍（1770～1826），法国元帅，参加过奥斯特利兹战役和耶拿战役，1808～1809年在西班牙夺取了萨拉戈萨。

昂若拉手臂一直支在枪眼处，眼光不离开街道尽头，他点了点头。

十四、能看到昂若拉的情人名字之处

库费拉克坐在昂若拉旁边的一块铺路石上，继续辱骂大炮，每当轰然一声，掠过霰弹这种抛射物的乌云时，他就用一连串讽刺来迎接。

"可怜的老畜生啊，声嘶力竭，你叫我难受，你白白地吼叫。这不是打雷。这是咳嗽。"

他周围的人都哄笑起来。

库费拉克和博须埃的勇敢情绪随着危险而增长，他们像斯卡隆夫人[1]一样，用揶揄代替食粮，既然缺乏酒，就给大家斟上快乐。

"我赞赏昂若拉，"博须埃说。"他勇敢沉着，令我赞叹不已。他是独身，这也许使他有点忧郁；昂若拉为这样独身傲世而叫苦不迭。我们这些人，我们多少总有情人叫我们发狂，就是说使我们勇敢。恋爱的人像头老虎。那么战斗起来至少像头狮子。这是一种报复方式，回敬我们的女工小姐向我们射出的箭。罗兰战死就是要让安杰莉克烦恼。[2] 我们的英雄气概都来自我们的女人。一个没有女人的男人，是一把没有扳机的手枪；是女人把男人打出去。而昂若拉没有

---

[1] 斯卡隆夫人（1635～1719），又称曼德农侯爵夫人，本是诗人斯卡隆的妻子，丈夫死后，扶养路易十四的私生子，后来路易十四秘密娶了她。
[2] 罗兰与安杰莉克是意大利诗人阿里奥斯托的长诗《疯狂的罗兰》中的男女主人公。

女人。他没有恋爱,却找到办法英勇无畏。能够冷若冰霜,勇如烈火,真是闻所未闻。"

昂若拉好像没有听到,但在他身旁的人听到他小声说:"Patria."[1]

博须埃还在说笑,这时库费拉克喊道:

"新玩意儿!"

他操起执达吏通报的腔调,又说:

"我叫八磅炮。"

果真有个新人物登场。这是第二门火炮。

炮兵迅速地使劲操作起来,将第二门炮安放在第一门炮的旁边。

这是准备来收场的。

过了一会儿,两门炮很快装好了炮弹,并排向街垒发射;步兵和郊区国民自卫军用火力支持炮兵。

远处传来另一门炮声。在两门炮向麻厂街的街垒猛烈轰击的同时,另外两门火炮,一门在圣德尼街,另一门在奥布里屠夫街,瞄准了,把圣梅丽街垒轰得千疮百孔。四门炮发出凄厉的呼应。

阴险的战犬吠声彼此回应。

现在轰击麻厂街街垒的两门炮中,一门发射霰弹,另一门发射炮弹。

发射炮弹的大炮打得高一点,算准了让炮弹打在街垒尖脊的边缘,削平它,打碎石块,成霰弹射向起义者。

这种射击方法目的在于打散街垒顶部的战斗者,迫使他们龟缩

---

[1] 拉丁文:祖国。

在街垒里面；这就表示要发起冲击。

战斗者一旦被炮弹从街垒顶部和被霰弹从小酒店窗户驱赶下来，进攻的纵队就可以向街道挺进，不会遭到射击，甚至也许不被发现，他们突然爬上街垒，就像昨晚一样，谁知道呢？出其不意地夺取。

"必须减低这两门炮造成的麻烦，"昂若拉说，他喊道："向炮兵开火！"

大家准备好了。街垒已经沉默了很久，这时一阵狂射，相继发出七八次猛烈而畅快的射击，街道充满了迷蒙的硝烟，几分钟后，透过这闪出火光的迷雾，可以隐约看到三分之二的炮兵躺在大炮轮子下面。仍然站着的炮兵继续认真而平静地操作大炮；但是射击放慢了。

"干得好，"博须埃对昂若拉说。"成功了。"

昂若拉摇摇头回答：

"这种成功再持续一刻钟，街垒连十颗子弹也剩不下了。"

看来加弗罗什听到了这句话。

十五、加弗罗什走出街垒

库费拉克突然看到有个人在外面街垒脚下的街上，冒着枪林弹雨。

加弗罗什在小酒店里拿了一只装酒瓶的篮子，从豁口出去，平静地忙于把倒毙在街垒斜坡上的国民自卫军满满的子弹盒倒空在篮子里。

"你在那里干什么?"库费拉克说。

加弗罗什抬起头来:

"公民,我装满我的篮子。"

"你没有看到霰弹吗?"

加弗罗什回答:

"是在下弹雨。那又怎样呢?"

库费拉克喊道:

"回来!"

"等一会儿,"加弗罗什说。

他一蹦冲进街道。

读者记得,法尼科的连队撤退时留下了一长溜尸体。

二十来个死人沿着马路四处躺着。对加弗罗什来说,有二十来个子弹盒。对街垒来说,这是大量子弹。

街上的硝烟就像迷雾。谁见过一片乌云落在两道峭壁的山谷中,就能想象这片硝烟夹在两排幽暗的高楼中间,仿佛变浓了。硝烟慢慢升起,不停地更新;由此幽暗逐渐增加,竟至于天昏地暗了。从这条很短的街道这一头到另一头,战斗的双方几乎都看不清。

这种昏暗,大概是想发动冲击街垒的军队指挥官有意盘算好的,对加弗罗什却十分有利。

在重重硝烟的遮掩下,由于个子小,他可以在街道中走得相当远,而不被对方看见。他倒空了前面七八个子弹盒,没遇到什么危险。

他匍匐而行,手脚并用地向前,牙齿咬住篮子,扭摆,滑行,起伏,像蛇一样从一个死人爬到另一个死人身边,倒空子弹盒或者子弹带,如同一只猴子剥开一只核桃。

他离街垒还相当近,街垒的人不敢叫喊他回来,生怕敌人注意到他。

在一个下士的尸体上,他找到一只火药壶。

"到时候有用,"他说,把它装进兜里。

他往前爬行,来到了硝烟变得透明的地段。

因此排列在石块掩体后面的部队射手,还有聚集在街角的郊区国民自卫军的射手,突然互相指点,有样东西在硝烟中蠕动。

正当加弗罗什倒空一个躺在墙基石旁的中士的子弹时,一颗子弹打中尸体。

"见鬼!"加弗罗什说。"他们还要打死我的这些死人。"

第二颗子弹打得他身旁的石块冒火星。第三颗子弹打翻他的篮子。

加弗罗什张望一下,看到这是郊区国民自卫军打的枪。

他站直了身子,头发在风中飘拂,双手叉在腰上,目光盯住射击的国民自卫军,唱起歌来:

　　南泰人是丑八怪,
　　错就错在伏尔泰,
　　帕莱佐人是蠢货,
　　错误就出在卢梭。

然后他扶起篮子,把翻倒出来的子弹捡进去,一颗也不落,朝射击的方向前进,又倒空另一个子弹盒。第四颗子弹还是没有打中他。加弗罗什唱道:

当公证人我缺才,
错就错在伏尔泰,
当个小鸟真不错,
错误就出在卢梭。

第五颗子弹只打出了他的第三段歌词:

我的性格爱欢快,
错就错在伏尔泰,
我的行装全撕破,
错误就出在卢梭。

这样又继续了一会儿。

这情景既骇人又迷人。加弗罗什受到枪击,却加以嘲弄。他看来非常高兴。这是麻雀在啄猎人。他用一段歌词来回答每次射击。对方不断瞄准他,却总是打不中。国民自卫军和士兵们一面瞄准他,一面在笑着。他躺下又站起来,消失在门的角落里,然后一蹦而出,消失了,再出现,逃走了,又回来,冲着射击者做鬼脸,仍然要搜集子弹，倒空子弹盒，装满他的篮子。起义者忐忑不安，目光追随着他。街垒在发抖；他呢，他却在唱歌。这不是一个孩子，这是一个男子汉；这是一个怪仙似的流浪儿。他仿佛是混战中打不败的侏儒。子弹追踪着他，他比子弹更灵活。他同死神玩着无法形容的吓人的捉迷藏；每次鬼魂的丑脸逼近，流浪儿就轻轻把它弹开。

但有一颗子弹打得更准、更刁钻，最后打中这个像磷火一样东闪西闪的孩子。只见加弗罗什摇摇晃晃，然后瘫倒下来。所有街垒的人都喊出声来；可是在这个小家伙身上有着安泰[1]的力量；流浪儿接触到马路，如同那个巨人接触到大地；加弗罗什一倒下就又挺起身来；他坐在那里，一长条血丝沿着脸颊淌下来，他向空中举起双臂，注视子弹打来的方向，唱了起来：

   我被打倒在尘埃，
   错就错在伏尔泰，
   鼻子在水沟摔破，
   错误就出在……

他没有唱完。同一个射手的第二颗子弹打断了他的歌声。这回他面孔扑倒在马路上，一动不动了。这孩子的伟大灵魂刚升了天。

---

1 安泰，又译安泰俄斯，海神与地神之子，只要同大地接触，地神就不断赋予他力量；赫拉克勒斯把他举至空中而战胜他。

十六、哥哥怎样变成父亲

这时候，在卢森堡公园里，——因为惨剧的目光应该无处不在——有两个孩子，手拉着手。一个大约七岁，另一个五岁。雨水把他们淋湿，他们走在向阳一边的小径上；大的带着小的；他们衣衫褴褛，脸色苍白；他们有野鸟的神态。小的那个说："我饿得要命。"

大的那个已经有点像个保护人，左手拉着他的弟弟，右手拿着一根小棒。

公园里只有他们两个。公园空落落的，由于起义，警察采取措施，关上了铁栅门。驻扎在里面的部队，出于战斗需要，已经离开了。

这两个孩子怎么会在这里？或许他们从看管不严的警卫队逃了出来；或许从附近，从地狱城门，或者从天文台广场，从门楣上写着"invenerunt parvulum pannis involutum"[1]字样的邻近的十字街头，从卖艺的木栅里逃出来的；或许昨晚公园关门时，他们骗过了守门人的目光，在阅报亭里过夜？事实是，他们在游荡，似乎自由自在。游荡和自由自在，这就完了。这两个可怜的孩子确实完了。

这两个孩子正是让加弗罗什所担忧的，读者想必记得。他们是泰纳迪埃的孩子，借住在玛侬家里，算是吉尔诺曼先生的孩子，如今成了无根的枝头落叶，被风在地上席卷而去。

---

[1] 拉丁文：拾到裹着襁褓的婴儿。

在玛侬家本来干净，对吉尔诺曼先生装装样子的衣服，现在已经变成破布了。

他们今后属于警察所证实，收容，又走失，再在巴黎街道上找回来的"弃儿"。

也只有这样动乱的日子，这两个命运悲惨的孩子才会待在公园里。如果守门人看到他们，就会赶走这两个癞三似的孩子。穷孩子进不了公园；可是要知道，他们既然是孩子，就有权与鲜花为伴。

由于铁栅门关闭了，他们待在公园里。他们是违反规定的。他们溜进公园，留了下来。铁栅门关闭，守园的人并不放假，巡查可以说继续，但放松了，不时休息；守园的人也因感受到公众不安的激动，更关心外边而不是里边，不再察看公园，没有看到两个违规的孩子。

昨晚下过了雨，甚至早上也下过一点。但在六月里，骤雨不算什么。雨后一小时，人们就感觉不到，这金灿灿的艳阳天哭泣过。地面也像孩子的面颊一样很快干了。

夏至这个时节，正午的阳光可以说火辣辣的。它什么都吸取。它贴在地上，合在一起吮吸。仿佛太阳口渴了。骤雨是一杯水；雨水马上被喝光了。早上一切还滴着水，下午一切便扬起尘埃了。

绿叶和青草给雨水清洗一遍，再由阳光擦拭干净，没有什么更令人赏心悦目的了；这是炎热中的凉爽。花园和草地，根部吸足了水，花朵浴满了阳光，变成了香炉，同时散发各种芬芳。一切在欢笑，歌唱和敞开。人们感到微醉。春天是一个临时的乐园；太阳有助于使人有毅力。

有的人没有更多的奢求；享受到蔚蓝的天空，他们说："够了！"沉浸在奇迹出现中的幻想者，在崇拜大自然中吸取对善与恶的冷漠，堂而皇之漠视人，却瞻仰宇宙者，不明白何以在树下幻想时，要关心这一部分人的饥饿，那一部分人的干渴，关心穷人在冬天衣不蔽体，孩子因淋巴质而脊椎弯曲，关心睡在破床、阁楼和地牢里的人，关心少女穿着破衣烂衫瑟瑟发抖；他们头脑平静却可怕，冷酷地心满意足。奇怪的是，他们只满足于无限。人这一重大需要即无限，容许拥抱，他们却不知道。无限容许进步这崇高的事业，他们却不考虑。从无限和有限的人神结合产生的不定限，他们失之交臂。只要他们面对无限，他们就微笑了。从来没有欢乐，始终是出神。沉迷就是他们的生活。对他们来说，人类史只不过是分成一块块；一切不在其中；真正的"一切"排除在外；何必关心这细枝末节的人呢？人在受苦，这是可能的；看看那颗升起的金牛座吧！母亲没有奶了，婴儿快饿死了，我一无所知，还是细看显微镜下枞树断面奇妙的圆形图案吧！给我拿最美的花边来比一比吧！这些思想家忘记了爱。黄道十二宫终于使他们看不到哭泣的孩子。天主遮住了他们的灵魂。这类人既伟大又渺小。贺拉斯如此，歌德如此，拉封丹也许如此；崇尚无限的卓越自私者，痛苦的冷眼旁观者，只要天气好就看不见尼禄，阳光遮住了火刑柴堆，他们望着断头台行刑，要寻找光的效果，既听不到喊声、呜咽、咽气声，也听不到警钟。对他们来说，既然是五月，一切都是好的，只要他们的头顶上有紫红和金色的云彩，他们自认为高兴，决心保持兴高采烈，直到星光和鸟鸣消歇。

这是光芒四射的黑暗。他们没有意识到他们值得怜悯。他们确实如此。不哭泣的人一无所见。应该赞赏他们又可怜他们,正像一个人既是黑夜又是白天,眉毛下没有眼睛,额角中间有颗星星,他既值得可怜,又值得赞赏。

据有的人看,这些思想家的冷漠,是一种高超的哲学。不错;但是在这种高超中,却有着残缺。一个人可以不朽,又是瘸子;伍尔卡努斯[1]就是明证。一个人可以高人一筹,又低人一等。大自然中有无数种不完美。谁知道太阳是不是瞎子呢?

这样的话,又该相信谁呢?"Solem quis dicere falsum audcat?"[2] 因此,有些天才,有些杰出人物,有些名人,也可能失误吗?身居要职的人,在顶点、高峰、天顶向大地送出万道光芒的人,是看见东西少,看不清,还是看不见呢?这难道不令人绝望吗?不。但在太阳之上还有什么呢?还有神灵。

一八三二年六月六日,将近上午十一点钟,卢森堡公园孤寂无人,却十分迷人。梅花形的树木和花坛,在阳光下互吐芬芳,争奇斗妍。枝柯在正午明晃晃的阳光下像发狂似的,好像要互相拥抱。在埃及无花果树丛中,莺在啁啾,鸟儿引吭高歌,啄木鸟沿着栗树攀爬,小口啄树皮露出的窟窿。花坛接受百合花的合法王权;最高贵的芳香,来自白花。可以呼吸到石竹花刺激性的香味。玛丽・德・梅迪奇的小嘴老乌鸦,在高大的树丛中谈情说爱。阳光把郁金香染成金色、紫红色,像燃烧一样,形成形式各异的鲜花火焰。

---

1 伍尔卡努斯,罗马神话中的火神与炼铁业的保护神,天生瘸腿。
2 拉丁文:谁敢说太阳虚假?引自贺拉斯的《农事诗》。

一层层郁金香的周围,蜜蜂像这些火焰花喷出的火星,飞舞盘旋。一切优雅、欢乐,即使要下的阵雨也是这样;铃兰和金银花该得益于再来一阵骤雨;燕子低飞,又险又美。在场的人会呼吸到幸福;生活是芬芳的;自然万物散发出纯真、救援、帮助、慈爱、抚慰、曙光。从天而降的思想温柔得像吻到的一只孩子小手。

树下的塑像是裸体和白色的,阴影是袍子,上面有一个个光点;这些女神穿的是阳光织成的破衣烂衫;光线从各个方向垂挂下来。大水池周围,地面已经晒干,几乎发烫。一阵风刮过,足以吹起一小片灰尘。几片黄叶是去年秋天残留的,快乐地互相追逐,仿佛流浪儿在嬉戏。

春阳杲杲,暖人心窝。生命、汁液、热力、气息,漫溢而出;可以感到万物下生机勃发;在所有这些渗透了爱的气息中,在光的来回反射中,在光线的惊人滥洒中,在流金不确定的倾泻中,可以感到挥霍着用之不竭的东西;在这片流光溢彩的后面,正如在一道火帘后面,隐约看到天主这亿万星辰的拥有者。

由于有沙,没有一点烂泥;由于下雨,没有一粒灰尘。花丛刚刚洗过;所有的丝绒、绸缎、彩釉、黄金,这些从地下冒出来的各种各样的花朵,都完美无瑕。这种美妙绝伦是固有的。幸福的大自然的静谧充满了公园。优美的宁静同千百种音乐相媲美,包括鸟巢的咕咕声、蜂群的嗡嗡声、微风的飒飒声。季节的万象和谐,融汇在一个优美的整体中;春天的来去在预期的秩序中产生;丁香枯萎了,茉莉才开花;有的花开得迟,有的昆虫出现得早;六月的红蝴蝶的前锋,与五月的白蝴蝶的后卫亲如兄弟。梧桐面目一新。和风将大片秀美的栗树吹得起伏不定。景象令人赏心悦目。附近兵营的一个老兵,透过铁栅往里观看,说道:"春天全副武装,穿上新军装来了。"

整个大自然在进餐,万物已经入席;正是时候;蓝色的大桌布铺在天上,绿色的大桌布铺在地上;太阳照得亮晃晃的。天主招待普天下的盛宴。每个人都有自己的食品或糕点。野鸽找到大麻籽,燕雀找到粟籽,金翅鸟找到海绿,知更鸟找到虫子,蜜蜂找到花朵,苍蝇找到纤毛虫,翠雀找到苍蝇。物种之间有点儿互相吞食,造成善恶相混的神秘现象;但是,没有一只动物空着肚子。

两个弃儿走到大水池旁边,他们被阳光照得有点发慌,竭力躲藏,这是穷人和弱者面对豪华,即使是景物的华丽显示的本能;他们站在天鹅木棚的后面。

这儿那儿相隔一段时间,当风吹来的时候,隐约传来喊声,喧嚣声,杂乱的枪声,大炮沉闷的轰击声。从菜市场那边的屋顶上空升起烟雾。远处传来好像召唤的钟声。

两个孩子似乎没有觉察到这些响声。小的不时小声重复说:"我饿。"

几乎与两个孩子同时,另外两个人走近了水池。一个五十岁的老人,手里牵着一个六岁的孩子。无疑是父子二人。六岁的孩子拿着一大块奶油蛋糕。

那时,公主街和地狱街的一些沿街住宅居民,都有一把卢森堡公园的铁栅门的钥匙,门关了也能进去,后来这种宽容取消了。这父子二人无疑来自这些住宅。

两个可怜的孩子看见"这位先生"过来,越发藏起来。

这是一个有产者。有一天,马里于斯在热恋中,在这个大池子旁边,也许就听到这个人忠告他的儿子"避免过激行为"。他的神态和蔼而高傲,嘴巴不合拢,始终微笑。这种机械的微笑,是由于颌骨太大,而皮肤太少,露出了牙齿而不是心灵。孩子咬着没吃完的奶油蛋糕,好像吃得太饱。由于动乱,孩子穿的是国民自卫军的服装,而由于谨慎,父亲穿着平民服装。

父子二人走到水池旁边停下,有两只天鹅在池子里嬉戏。这个有产者似乎对天鹅特别赞赏。在走路这方面,他很像它们。

这时天鹅在游弋,这是它们的主要才能,它们是优美的。

如果两个可怜的孩子倾听并到了听得懂的年龄,他们会细听一个庄重的人的话。父亲对儿子说:

"聪明人知足常乐。看着我,孩子。我不喜欢奢华。从来没有人看到我穿上挂满金银珠宝的衣服;我把这种虚饰让给那些心灵糊涂的人。"

说到这里,来自菜市场那边深沉的喊声,随着钟声和喧嚣声的加剧爆发出来。

"这是怎么回事?"孩子问。

父亲回答:

"这是纵情取乐。"

突然,他看到那两个衣衫褴褛的孩子,站在天鹅绿舍后面一动不动。

"这是刚开始,"他说。

隔了半响，他又说：

"无政府主义进了这座公园。"

儿子咬了一口奶油蛋糕，又吐了出来，忽然哭了起来。

"你为什么哭？"父亲问。

"我不饿了，"孩子说。

父亲越发微笑。

"用不着饿了才吃蛋糕。"

"我讨厌这块蛋糕，它不新鲜。"

"你不想吃啦？"

"不想吃了。"

父亲向他指指天鹅。

"扔给这些长蹼的家禽吧。"

孩子犹豫着。不想吃蛋糕了，但也没有理由给扔掉。

父亲又说：

"要有人道。应该同情动物。"

他从儿子手中拿过蛋糕，扔到水池里。

蛋糕掉在离池边很近的地方。

天鹅离开很远，在池中央，忙于觅食，既没有看到有产者，也没有看到蛋糕。

有产者感到蛋糕有被白白扔掉的危险，对白费劲激动起来，竭力像打电报一样把激动传过去，引起天鹅的注意。

天鹅看到有样东西飘浮着，就像帆船一样掉过头来，慢慢地朝奶油蛋糕游去，那种端庄和怡然自得与白色动物相衬。

"天鹅理解示意[1],"有产者说,很高兴表现出有才智。

这时,远处城里的喧闹声又加剧了。这回显得阴森恐怖。一阵阵风送来更清晰的声音。这当儿吹来一阵风,更清楚地传来战鼓声、喧嚣声、枪声、警钟和大炮阴沉的回应声。恰巧一片乌云猝然遮住了太阳。

天鹅还没有游到奶油蛋糕那边。

"我们回家吧,"父亲说,"有人在攻打杜依勒里宫呢。"

他重新抓住儿子的手。然后他继续说:

"从杜依勒里宫到卢森堡公园,只有王位到贵族院的距离;这并不远。枪弹会像雨点一样落下来。"

他望一下乌云。

"也许真的快下雨了;老天也掺和进来;王室的幼支[2]被定了罪。我们快回家吧。"

"我想看天鹅吃奶油蛋糕,"孩子说。

父亲回答:

"那会不谨慎。"

于是他把小有产者带走了。

儿子留恋天鹅,回过头去看水池,直到梅花形林荫道的拐角遮住了他的视线。

但与天鹅同时,两个小流浪儿也接近了奶油蛋糕。它漂浮在水上。小的那个望着奶油蛋糕,大的那个望着有产者走开。

---

1 法语中"天鹅"与"示意"谐音。
2 路易-菲利普是波旁王室的幼支。

父与子走进迷宫似的小径里,那边通往公主街方向树木丛生的层层大梯台。

一看不到他们,大孩子便赶快趴在水池圆形的边上,用左手攀住边沿,俯向水面,几乎要掉到水里,他用右手将小棒伸向蛋糕。天鹅看到有敌人,便赶快游动,而快游的动作却有利于小渔夫;天鹅前面的水波被推动起来,漾起的一圈圈波纹,轻轻地将奶油蛋糕推向孩子的小棒。当天鹅到达时,小棒也触到了蛋糕。孩子用力一拨,把奶油蛋糕拨过来,吓退了天鹅,抓住了蛋糕,便挺起身来。蛋糕被弄湿了;但他们又饥又渴。大孩子将蛋糕分成两半,一人一小,小的给自己,大的给弟弟,对他说:

"你塞进枪管里吧。"

十七、MORTUUS PATER FILIUM MORITURUM EXPECTAT[1]

马里于斯冲出街垒。孔布费尔跟随着他。但为时已晚。加弗罗什死了。孔布费尔拿走了子弹篮;马里于斯抱走了孩子。

唉!他想,这孩子的父亲为他的父亲所做的事,他回报给孩子;不过泰纳迪埃救活了他的父亲;他呢,他抱回已死的孩子。

当马里于斯抱着加弗罗什回到街垒时,他也像孩子一样,满脸是血。

---

[1] 拉丁文:"死去的父亲等待将死的儿子"。

他俯下身去抱孩子时,一颗子弹擦破他的头皮;他没有发觉。

库费拉克解下领带,包扎马里于斯的额角。

大家把加弗罗什放在马伯夫那张桌子上,在两具尸体上盖上黑纱。刚够盖住一老一少。

孔布费尔分发他拿回来的子弹。

每个人分到十五发子弹。

让·瓦尔让始终在原地,坐在墙基石上一动不动。当孔布费尔递给他十五发子弹时,他摇了摇头。

"少见的怪脾气,"孔布费尔低声对昂若拉说。"他在街垒里倒有办法不战斗。"

"这并不妨碍他保卫街垒,"昂若拉回答。

"有英雄气概的人都有点怪癖,"孔布费尔又说。

库费拉克听到了,补充说:

"他同马伯夫老爹是不同类型的人。"

需要指出的是,射击街垒的枪炮,几乎没有扰乱街垒内部。从来没有经历过这种战争旋涡的人,想象不了这种混战中会插入奇特的平静时刻。大家走来走去,聊天,开玩笑,闲待着。我们认识的一个人听到一个战斗者在霰弹射击中对他说:"我们在这儿,就像单身汉会餐。"我们再说一遍,麻厂街的街垒,内部好像非常平静。各种曲折变化和阶段都已经或者即将过去。局势从严峻转到岌岌可危,从岌岌可危可能即将变得绝望。随着形势越来越黯淡,英雄的光芒也越来越染红街垒。昂若拉十分庄重,控制全局,姿态好像一个斯巴达青年,他拔出剑来,忠于阴沉的守护神埃庇陀塔斯。

孔布费尔腰部系着围裙，包扎伤员；博须埃和弗伊用加弗罗什在死去的下士身上解下的火药壶制造子弹，博须埃对弗伊说："我们不久要乘驿车到另一个星球上去"；库费拉克在昂若拉旁边，为自己保留的几块铺路石上，摆好和排列一大堆武器：他的杖剑，步枪，两支马枪和一支手枪，带着一个少女整理小针线盒的细心。让·瓦尔让默默无语，望着对面的墙壁。一个工人把于什卢大妈的宽边草帽用细绳戴在头上，说是"怕中暑"。埃克斯的库古尔德社的年轻人，在快乐地闲谈，仿佛他们匆匆地最后一次讲方言。若利取下了于什卢寡妇的镜子，在察看自己的舌头。几个战斗者在一个抽屉里发现了一些几乎发霉的面包皮，贪婪地吃下去。马里于斯担心父亲要埋怨他。

十八、秃鹫变成猎物

让我们强调一下街垒所固有的一种心理现象。凡是标志这场惊人街垒战特点的，都不应被遗漏。

不管上述的古怪的内部如何平静，对街垒内的人来说，街垒仍然是一种幻象。

在内战中有可怕的事，未知的各种迷雾，同这种凶险的火光混杂在一起，革命是斯芬克司，谁穿过街垒，都以为做了一场梦。

待在这些地方的感觉，我们在关于马里于斯的描写中已经提到过，我们还会看到其后果，这既超过又不及生活。走出街垒，就不知见过的景象。经历了恐怖的事，却不知道。曾经受到具有人面的战斗思想的包围；在未来的光辉中，人显得有头脑。躺下的是尸体，站着的是幽灵。时间漫长，仿佛永恒。经历过死亡。鬼魂掠过。这是什么？看到了血淋淋的手；恐怖的声音震耳欲聋，这也是可怕的寂静；张大的嘴在喊叫，也有张大的嘴哑然无声；处在硝烟中，也许是黑暗中。以为触到了暗无天日的深渊不祥的湿漉漉；指甲中看到有殷红的东西。往事再也记不起来。

言归正传，回到麻厂街。

蓦地，在两次射击之间，只听到远处敲响了一下。

"中午到了，"孔布费尔说。

十二下还没有敲完，昂若拉已经站直了身子，从街垒高处发出这雷鸣般的呼喊：

"将石块搬上楼。垒在窗户和阁楼的边沿。一半人拿好枪，另一半人搬石块。一分钟也不要耽误。"

街道尽头刚出现一队消防队员，扛着斧头，排成战斗队列。

这可能只是一个特遣队的前锋；什么特遣队？显然是发动攻击的特遣队；负责拆毁街垒的消防队员，总是在士兵前面爬上去。

显然已接近这一时刻：德·克莱芒-托奈尔在一八二二年称之为"加把劲"。

昂若拉的命令以船上和街垒中特有的迅速被准确执行了，只有这两个地方不可能逃跑。不到一分钟，昂若拉吩咐将垒在科林斯酒店门口的三分之二的石块，搬上二楼和阁楼，第二分钟还没有过去，这些石块已巧妙地垒起来，堆到二楼窗户的一半高和阁楼天窗处。经过主要的建筑师弗伊细心安排，石块相隔一点距离，能让枪管伸进去。由于霰弹射击停止了,把窗户武装起来就更容易办到了。两门炮如今向街垒中心发射炮弹,想打出一个洞,可能的话,打出一个缺口,以便发起冲锋。

用于最后防卫的石块垒好后,昂若拉吩咐将放在马伯夫那张桌子上的瓶子搬上二楼。

"谁喝这个?"博须埃问他。

"他们,"昂若拉回答。

然后把楼下的窗户堵上,还把夜晚用来从小酒店里面插门的铁杠准备好。

堡垒建成了。街垒是城墙,小酒店是塔楼。

余下的石块,用来堵豁口。

街垒的守卫者总是不得不节省弹药,围攻者知道这一点,他们策划部署时,慢慢悠悠得令人气恼,提前暴露在火力之下,但这是表面现象,实际上,他们从容不迫,进攻准备一直进行得有条不紊;电闪雷鸣随后而来。

这样慢悠悠让昂若拉有时间再察看一遍,加以完善。他感到,既然这样一批人视死如归,他们的牺牲,应该是死得壮烈。

他对马里于斯说:"我们两人是首脑。我马上要给楼里下达最后的命令。你呢,你留在外面观察。"

马里于斯爬上街垒的脊部察看。

昂若拉叫人把厨房的门钉死,读者记得,厨房成了战地医院。

"不能让流弹打中伤员,"他说。

他在楼下大厅用简明而极其平静的声音下达最后指令;弗伊听

着,并以大家的名义回答。

"二楼准备好斧子,砍断楼梯。拿好斧子了吗?"

"拿好了,"弗伊回答。

"多少把?"

"两把斧子,一把屠牛斧。"

"很好。我们有二十六名战斗者健在。有多少支枪?"

"三十四支。"

"多了八支。这八支枪一样上好子弹,放在手边。军刀和手枪别在腰带上。街垒有二十个人。有六个人埋伏在阁楼和二楼的窗口,透过石块的枪眼向围攻者射击。但愿这儿不要有一个劳动者闲着。待会儿,发起冲锋的战鼓敲响时,下面的二十个人奔赴街垒。最先到达的抢占最好的位置。"

布置完了,他转向沙威,对他说:

"我没有忘记你。"

他把一支手枪放在桌上,又说:

"最后一个从这儿出去的人,打碎这个密探的脑袋。"

"在这儿?"一个声音问道。

"不,不要把这具尸体和我们的尸体混在一起。可以跨过对着蒙德图巷的小街垒。它只有四尺高。这家伙捆了个结实。把他带到那里去执行枪决。"

这时,有人比昂若拉更沉着;这就是沙威。

说到这里,让·瓦尔让出现了。

他混在起义者中,这时走了出来,对昂若拉说:

"您是指挥吗?"

"是的。"

"刚才您感谢过我。"

"以共和国的名义。街垒有两个救星:马里于斯·蓬梅西和您。"

"您认为我值得奖励吗?"

"当然。"

"那么,我要求给我一个奖励。"

"什么奖励?"

"我亲自崩掉这个人的脑袋。"

沙威抬起头来,看到让·瓦尔让,做了一个难以觉察的动作,说道:

"说得对。"

至于昂若拉,他开始上子弹;他环顾四周:

"没有异议吗?"

于是他转向让·瓦尔让:

"带走密探吧。"

让·瓦尔让坐在桌子另一边,实实在在地控制着沙威。他抓住手枪,轻轻一响表明他刚上好子弹。

几乎与此同时,传来一阵喇叭声。

"当心敌人!"马里于斯在街垒顶上喊道。

沙威露出他特有的无声的笑容,盯住起义者,对他们说:

"你们的身体不见得比我好。"

"大家都出去!"昂若拉喊道。

起义者乱哄哄地冲了出去,在门口,背后挨了沙威这一句,据说是:

"待会儿见!"

十九、让·瓦尔让报仇

当让·瓦尔让同沙威单独在一起时,他从身体中间解开缚住俘虏的绳子,绳子的结打在桌子底下,然后,他示意沙威站起来。

沙威服从了,带着难以形容的微笑,里面浓缩了虽然权力受困,仍然表现出的高傲。

让·瓦尔让抓住沙威的腰带,就像牵住干活牲口的胸带一样,把他拖在身后,缓慢地走出小酒店,因为沙威腿上缚着绳子,只能走碎步。

让·瓦尔让手里握着手枪。

他们这样穿过街垒内部的梯形地段。起义者全都面对迫在眉睫的进攻,背对着他们。

只有马里于斯独自站在街垒左端,看见他们走过去。受刑者和刽子手这一对,被他心灵中阴森的光照亮了。

让·瓦尔让好不容易让捆住身子的沙威爬过蒙德图巷的小街垒,一刻也不松开他。

他们跨过街垒后,两人来到了小巷。再没有人看到他们。楼房的拐角挡住了起义者看到他们的视线。离开几步路的地方,从街垒拖出来的尸体摞成可怕的一大堆。

在死人堆里，可以分清一副煞白的面孔，披散的头发，一只打穿的手，一只半裸的女人乳房。这是爱波尼娜。

沙威斜视这具女尸，非常平静，小声说：

"我觉得认识这个少女。"

然后他转向让·瓦尔让。

让·瓦尔让把手枪夹在腋下，盯住沙威，不用话语就能表示："沙威，是我。"

沙威回答：

"你报仇吧。"

让·瓦尔让从背心兜里取出一把折刀，打了开来。

"一把刀！"沙威叫道。"你做得对。这个对你更合适。"

让·瓦尔让割断沙威脖子上的绳子，然后割断他手腕上的绳子，随后弯下腰，割断缚住双脚的绳子；挺起身来对他说：

"您自由了。"

沙威不容易吃惊。但他不管怎样能控制住自己，这时也免不了震动。他目瞪口呆，纹丝不动。

让·瓦尔让继续说：

"我认为自己从这里出不去了。不过，一旦侥幸出去，我住在武人街7号，名叫割风。"

沙威像老虎似的咧了咧嘴，露出一点嘴角，他在牙缝里咕噜说：

"小心。"

"走吧，"让·瓦尔让说。

沙威又说：

"你刚才说叫割风,住在武人街?"

"7号。"

沙威小声重复:"7号。"

他重新扣上礼服纽扣,挺起胸膛,恢复军人的姿态,转了半圈,交抱手臂,一只手托住下巴,朝菜市场方向走去。让·瓦尔让目送着他。沙威走了几步,回过身来,冲让·瓦尔让喊道:

"您叫我厌烦了。你不如杀死我吧。"

沙威没有发觉,他用第二人称单数称呼让·瓦尔让了。

"您走吧,"让·瓦尔让说。

沙威慢慢走远了。过了一会儿,他转过布道师街的拐角。

沙威消失以后,让·瓦尔让朝天开了一枪。

然后他回到街垒,说道:

"干完了。"

这段时间发生了下面的事:

马里于斯更注意外边,而不是里边,至今一直没有仔细去看捆在楼下大厅幽暗的一圈中的密探。

大白天他跨进街垒,要去赴死,看到沙威时,便认出了沙威。回忆倏地来到他的脑际。他记起蓬托瓦兹街那个警官,还有他交给自己的两把手枪,他,马里于斯,在这个街垒中已经使用过了;他不仅记起了面孔,而且记起了名字。

但这回忆和他所有的思想一样,朦胧、混乱。他不能肯定,他向自己提出一个问题:

"这个警官告诉过我叫沙威吗?"

为这个人出面干预，也许还是时候？可是，首先必须知道这是不是沙威。

马里于斯招呼刚站在街垒另一头的昂若拉。

"昂若拉！"

"什么事？"

"这个人叫什么名字？"

"谁？"

"那个警察。你知道他的名字吗？"

"当然。他告诉了我们。"

"他叫什么名字。"

"沙威。"

马里于斯站了起来。

这当儿，传来一下手枪声。

让·瓦尔让又出现了，叫道："干完了。"

马里于斯的心里，掠过一丝阴森的凉意。

二十、死人有理而活人没错

街垒就要开始垂死挣扎。

一切都促使这最后时刻达到悲壮；空气中千百种神秘的爆裂声，部队在看不见的街道中行进的呼吸声，骑兵间歇的奔驰声，炮兵行进时沉闷的震动声，齐射的枪声和炮声，在巴黎这座迷宫中交织，战场的硝烟升上屋顶，呈金黄色，远处说不清的可怕喊声隐约传来，处处是危险的闪光，圣梅丽的警钟如今具有呜咽的声调，季节温馨，阳光灿烂、白云朵朵的天空光彩夺目，美好的日子，房屋却寂静得可怕。

因为从昨天起，麻厂街的两排楼房变成了两堵墙；两堵凶险的墙。门关户闭，护窗板也关严了。

这个时代与今日大相径庭，一旦民众要结束一种持续过久的局势，结束赐予的宪章或合法的国家，一旦空气中散布普遍的愤怒，一旦城市同意起出铺路石，一旦起义在市民耳边说出口令，使他们微笑，那么暴动就深入人心，居民成了战斗者的助手，楼房同临时搭起、依附其上的堡垒亲密合作。而当局势没有成熟，起义没有得到坚决的认同，群众不赞成行动，那么战斗者就要完蛋，城市在起义的周围形成荒漠，心灵变得冰凉，避难地封闭起来，街道成了隐蔽地带，有助于军队夺取街垒。

不能出其不意，让老百姓比所希望的前进得更快。想强迫老百姓做事的人要倒霉！人民不会任人摆布。那时，人民就会抛弃起义。起义者就变成鼠疫患者。一座楼房是一面峭壁，一道门是一个拒绝，住宅的正面是一堵墙。这堵墙在看，在听，但不肯接受。门可能会打开一点，让你逃命。不。这堵墙是一个法官。他看着你，判决你。这些关紧的楼房是多么阴暗的东西啊！它们好像死了，其实却活着。里面的生命仿佛暂时中止，却仍然坚持下去。二十四小时以来，没有人从里面出来，但里面一个人也不缺少。在这块岩石内部，人们走来走去，睡觉，起床；全家人聚在一起；在里面吃喝，在里面担惊受怕，多么恐怖啊！出于恐惧，这样可怕地谢绝入内是可以原谅的；恐惧混杂了惊慌失措，情有可原。有时甚至可以见到，恐惧变成偏见，惊恐转成狂怒，就像谨慎变成狂热；由此出现这深刻的话："稳健的人发狂。"恐惧之极的火焰，会从中冒出阴森森的烟，那就是愤怒。"这些人想干什么？他们从来没有满意过。他们连累到生活平静的人，好像这种革命还不够多似的！他们到这儿来干什么？让他们自己脱身吧。他们活该倒霉。这是他们的错。他们自作自受。这与我们无关。我们可怜的街道可是弹痕累累了。这是一伙无赖。千万不要开门。"楼房呈现出一副坟墓的模样。起义者在这道门前面奄奄一息；他看到霰弹爆炸，军刀出鞘；如果他叫喊，他知道有人听得见，但不会来营救；那里有墙，本来可以保护他，那里有人，本来可以救活他，这些墙壁长着有血有肉的耳朵，这些人却铁石心肠。

要指责谁呢？

指责不了任何人，又可以指责大家。

要指责我们生活的不完美的时代。

乌托邦转为起义，从哲学的抗议转为武装抗议，从弥涅耳瓦转为帕拉斯[1]，总是要冒风险。急躁冒进，变为暴动的乌托邦，知道等待它的是什么；它几乎总是来得太早。于是它忍让，忍气吞声接受灾难，而不是胜利。它毫无怨言，为否定它的人效劳，甚至还为他们辩解，它的崇高就在于同意遗弃。它对障碍是不屈服的，而它对忘恩负义却是温和的。

---

[1] 弥涅耳瓦，罗马神话中的智慧女神，即雅典娜。她由海神抚养，与海神的女儿帕拉斯一起长大。她在比武中误杀帕拉斯，为了悼念女友，取名帕拉斯·雅典娜。

况且这是忘恩负义吗？

从人类的角度看，是的。

从个人的角度看，不是的。

进步是人类的生存方式。人类的总体生活叫做进步；人类的集体步伐称为进步；进步在向前；它使人在世间的漫长旅行走向至上和神圣；它有停歇的时候，这时，它重新集合落伍的人群；它有停歇站，这时，它在思索，面对某个光辉的迦南突然展现远景；它有黑夜，这时它睡觉；思想家看到黑暗笼罩人的心灵，在黑暗中摸索，却不能唤醒沉睡的进步，便焦虑万分。

"天主也许死了，"有一天，热拉尔·德·奈瓦尔[1]对本书作者说，他将进步和天主混为一谈，将运动中断看作天主之死。

绝望的人是错误的。进步肯定要醒过来，总之，可以说，进步在向前，甚至在它睡着的时候，因为它长大了。看到它站起来的时候，会发现它更高大。进步如同江河，想始终保持平静都不可能；决不要筑起水坝，不要投下岩石；障碍会激起水沫，使人类激动。由此引起混乱；但在混乱之后，会看到事实上又前进了一段路。进步总是以革命划分阶段，直至建立天下太平的秩序，直至和谐与一致占统治地位。

进步究竟是什么？上文已经说过。就是各国人民持续不断的生活。

然而，有时个人的暂时生活，会与人类的永恒生活相抵触。

---

[1] 奈瓦尔（1808～1855），法国诗人、小说家，著有《火的女儿》等。

我们无须痛苦地承认，个人有自身明确的利益，造成这利益并保卫它，并非大逆不道；现在有大量可以原谅的自私自利；暂时的生活自有它的权利，不必不断地为了未来做出自我牺牲。轮到目前在人世走一趟的一代人，用不着为了后代缩短自己的路程，毕竟后来人也会轮到走自己的路。"我存在，"称为大家的人喃喃地说。"我年轻，我恋爱，我老了，我想休息，我是家长，我工作，我兴旺发达，我做的是好买卖，我有房子出租，我有钱投放给国家，我生活幸福，我有妻室子女，我爱所有这一切，我想生活，让我安静吧。"因此，在某些时刻，对人类高尚的先锋队，会有深深的冷淡。

另外，应该承认，一旦打仗，乌托邦就走出它灿烂的领域。它作为明天的真理，从昨天的谎言借取它的方法，即战斗。它作为未来，像往昔一样行动。它作为纯洁的思想，变成粗暴行为。它在自身的英雄主义中，掺杂了它理应负责的暴力；这种廉价的权宜之计的暴力，与原则相悖，必然受到惩罚。走到起义和战斗这一步的乌托邦，手里握着旧军事法典；它枪毙密探，处决叛徒，消灭活人，把他们投入闻所未闻的黑暗中。它利用死亡这严峻的东西。乌托邦似乎不再相信光明，其实这是它不可抵御和不可腐蚀的力量。它挥舞利剑砍杀。可是，没有单锋剑。凡是剑都是双刃的；用一面剑刃伤人，另一面也伤害自己。

作过这点保留，而且是十分严肃的，我们就不可能不赞赏未来的光荣战士，乌托邦的忏悔师，不管他们成功与否。即令他们失败了，他们还是值得尊敬的，而且也许正是在失败中，他们更显崇高。符合进步的胜利，值得各国人民的鼓掌；但是，一次英勇的败北，则值得同情。前者是壮美的，后者是崇高的。对我们来说，更喜欢殉难者而不是胜利者，约翰·布朗[1]比华盛顿更伟大，皮萨卡纳[2]比加里波第更伟大。

应该有人站在战败者一边。

当这些未来的伟大尝试者遭到失败时，世人对他们是不公正的。

有人指责革命者散布恐慌。凡是街垒都像是行凶。有人指责他们的理论，怀疑他们的目的，惧怕他们私下的盘算，揭露他们的意识。有人谴责他们反对占主导地位的社会现象，却筑起、搭起、堆起大量的贫困、痛苦、不公、抱怨、绝望，从底层挖出大团的黑暗，筑成雉堞来战斗。人们对他们喊道："你们起出了地狱的铺路石！"他们可以回答："正因如此，我们的街垒是由良好愿望建造的。[3]"

当然，最好是和平解决。总之，要承认，人们一看到铺路石，就想到熊罴，社会担心的是良好意愿。但是，拯救自身取决于社会；我们呼吁的正是社会自身的良好意愿。用不着使用任何猛药。要以平和的方式研究病痛，加以诊断，然后治好它。我们敦请社会这样做。

无论如何，即使倒下，尤其是倒下，他们还是崇高的，这些人在世界各个角落，目光盯住法兰西，以理想不可变更的逻辑，为伟大事业而奋斗；他们为了进步，甘愿献出自己的生命；他们完成了上天的意愿；他们做出的是严肃的行动。时候一到，他们就像演员

---

[1] 约翰·布朗（1800～1859），美国黑人起义领袖，反对奴隶制。
[2] 皮萨卡纳（1818～1857），意大利爱国者。
[3] 法国有句谚语："地狱的路面是由良好愿望铺成的。"

接台词那样不考虑自身，服从神圣的剧情，走进坟墓。这场没有希望的战斗，这种坚忍不拔的牺牲，他们接受是为了将一七八九年七月十四日开始的、不可抵挡的、壮丽的人类运动，导向普天下实现光辉的、最高的成果。这些斗士是教士。法国革命是天主的一个行动。

我们在另一章已经指出了种种差别，另外还应该补充，有的起义被人接受，称为革命，有的革命被人拒绝，称为暴动。一场起义爆发，这是一种思想，要经过人民的检验。倘若人民让黑球落下来，这种思想就是干瘪的果实，起义就是鲁莽的行动。

各国人民并不像乌托邦所期望的那样，一听到号召就投入战斗。各民族并非任何时候总是具有英雄和殉难者的气质。

他们是讲求实际的。一开始，他们对起义反感；首先，因为起义的结果往往是灾难，其次，因为起义的出发点总是抽象概念。

又因为这一点是美好的：献身的人总是为理想，也仅仅为理想而献身。起义是一股热情。热情可以变成愤怒；于是拿起武器。可是，凡是瞄准政府和制度射击的起义，目标更高。比如，我们要强调一下，一八三二年起义的领袖，特别是麻厂街热血沸腾的青年，攻击的恰恰不是路易-菲利普。大部分人坦率交谈时，公正评价这个半主张君主制，半主张革命的国王的品质；没有人憎恨他。但是，他们攻击路易-菲利普身上代表的拥有神圣权利的幼支，如同攻击查理十世身上代表的长支；上文已经解释过，他们在法国推翻王权，是想推翻全世界人对人的剥削和特权对民权的剥夺。没有国王的巴黎，与此相应的是没有独裁的世界。他们是这样议论的。他们的目标无疑很遥远，也许十分朦胧，而且在努力面前退缩；但是目标伟大。

情况就是这样。他们为这些幻象献身，对于献身者，这些幻象几乎总是幻想，不过，总的来说，是掺杂人类信念的幻想。起义者给起义诗意化和镀金。他们投身到这些悲惨事件中，沉醉于要进行的事业。谁知道呢？他们也许会成功。他们人数很少，面对一整支军队；但他们保卫权利、自然法则、每个人都不能放弃的自主权、正义、真理，必要时像三百个斯巴达勇士那样战死。他们想到的不是堂吉诃德，而是莱奥尼达斯[1]。他们勇往直前，一旦投入战斗，就决不后退，低着头往前冲，希望取得空前胜利，完成革命，这样，进步又获得自由，人类更加崇高，世界获得解放；最糟的不过是成为温泉关的战士。

这些为进步进行的战斗往往失败，原因正如上述。群众不肯跟随这些斗士。这些迟钝的群众，人数众多，正因迟钝而脆弱，害怕冒险；而理想中有冒险。

再说，不要忘记，利益摆在那里，同理想和感情不大投缘。有时，肚子要使心脏瘫痪。

法国的伟大和美好，在于她不像其他民族那样大腹便便；她扎起腰来更容易。她头一个醒来，最后一个睡着。她一往无前。她是探索者。

因为她是艺术家。

---

[1] 莱奥尼达斯（死于公元前480），斯巴达国王，以三百人守卫温泉关而献身。

理想不过是逻辑的顶点，同样，美不过是真的顶点。爱好艺术的民族，也是始终不渝的民族。爱美，就是寻求光明。因此，欧洲也就是文明的火炬，先由希腊举起，再传到意大利，再传到法国。这是些充当尖兵的神圣民族！"Vitai Lampada tradunt"[1]。

奇妙的是，一个民族的诗歌是它进步的因素。文明程度是以想象力的多寡来衡量的。不过，一个文明民族应该是雄健的民族。科林斯人是的；锡巴里斯[2]人不是的。柔弱的人要退化。既不要当业余爱好者，也不要当演奏能手，而应该成为艺术家。在文明方面，不应过分讲究，而应崇高。这样的话，要给人类提供理想的指导。

现代的理想在艺术中找到典范，在科学中找到方法。正是通过科学，人们实现了诗人的庄严幻象：社会的美。通过 A + B，重建伊甸园。文明达到目前这一步，精确成为辉煌必不可少的因素，艺术感不仅得到科学手段效力，而且由它加以补全；梦想应该计算。艺术是征服者，应当以健步行走的科学为出发点。重要的是坐骑的稳固。现代精神，这是以印度天才为马车的希腊天才；这是骑在大象身上的亚历山大。

在教条中僵化，或者被利益败坏的民族，不能引导文明前进。对偶像或金钱顶礼膜拜，就要使行走的肌肉萎缩，使前行的意志衰退。一个民族沉迷于宗教仪式或者生意经，就要缩小光华，降低水平，压低视野，丧失使民族能肩负传播使命、以天下为己任的、人神兼有的智慧。巴比伦没有理想；迦太基没有理想。雅典和罗马即

---

1 拉丁文：他们传递生命的火炬。引自拉丁语诗人卢克莱修的《物性论》。
2 锡巴里斯，意大利古城，约建于公元前 8 世纪，以奢华和风俗自由闻名。

使经历历代的沉沉黑夜，也具有并保持文明的光环。

法国同希腊和意大利是同样优异的民族。论美，她是雅典型的，论伟大，她是罗马型的。另外，她是善良的。她奉献自身。她比其他民族性格更加忠诚，乐于牺牲。只不过，这种脾性忽冷忽热。对于那些当她只想走时却想跑，当她想停止时却想走的人来说，这里有着巨大的危险。法国重犯过物质主义的错误，在某些时刻，充斥在这崇高的头脑里的思想，一点儿不能令人想起法兰西的伟大，只有密苏里州或南卡罗来纳州的狭小范围。有什么办法呢？巨人装作侏儒；广阔的法国也有卑微的任性。如此而已。

对此，无可厚非。人民同星辰一样，有权利隐没。只要光明重现，隐没不变成黑夜，一切还是好的。黎明和复活是同义词。光明的重现与自我的坚忍不拔是相同的。

让我们冷静地对待这些事实。战死在街垒上，或者在流亡中进入坟墓，这对于献身来说，是一种可以接受的替代。献身的真正名字是无私。被抛弃的人听其自然，被流放的人也听其自然，我们只限于恳求伟大的民族后退时不要后退得太远。不应在回到理性的借口下，在下坡路上滑得太远。

物质存在，分秒存在，利益存在，肚子存在；但肚子不应是唯一的智慧。暂时的生活有它的权利，我们同意这一点，可是持久的生活也有它的权利。唉！上升，这并不妨碍跌下来。历史上所见的事例比人们期望的更多。一个民族盛极一时；它尝到理想的滋味，然后它陷入泥潭咀嚼，而且感到这很好；如果有人问它，它怎么会抛弃苏格拉底，而看中福斯塔夫，它会回答："这是因为我爱政客。"

回到混战之前，再说几句话。

我们此刻叙述的这样一场战斗，只不过是朝理想发展的一阵痉挛。受到阻碍的进步是病态的，它有这种悲惨的癫痫。进步的这种病，就是内战，我们在叙述过程中要遇到它。这是这出惨剧必然的一个阶段，既是一幕，又是幕间休息，主要人物是一个被社会判决的罪人，真正的剧名是《进步》。

进步！

我们常常发出的这一喊声，是我们的全部思想；我们看到的这场惨剧，它包含的思想虽然还要经受不止一次考验，但也许至少允许我们让它的光亮清晰地透射出来，如果不让掀起幕布的话。

读者此刻阅读的这本书，不管怎样断断续续，存在例外或欠缺，但是从头至尾，在整体和细节上，写的是从恶走向善，从错误走向正确，从假走向真，从黑夜走向白天，从欲望走向良知，从腐朽走向生命，从兽性走向责任，从地狱走向天堂，从虚无走向天主。出发点：物质；终点：灵魂。起始是七头蛇，结尾是天使。

二十一、英雄们

突然战鼓敲响了冲锋令。

进攻如同风暴。昨晚，在黑暗中，街垒像被一条蟒蛇悄悄地接近。如今，大白天，在这条空荡荡的街上，突袭肯定是不可能了，再说，进攻的力量暴露无遗，大炮已开始怒吼，部队向街垒漫卷而来。现在，狂暴就是灵活。强大的步兵纵队，等距离插入国民自卫军和保安警察之中,依仗听得见却看不见的大队人马,跑步出现在街口,敲着战鼓,吹起军号,端起刺刀,由工兵开路,在枪林弹雨下不可动摇,像青铜柱撞在墙上一样,一直冲向街垒。

这堵墙顶住了。

起义者猛烈开火。攀登街垒,火光闪闪,像鬣毛一样。攻击非常猛烈,街垒一时布满了进攻者;但街垒甩掉士兵,犹如狮子甩掉猎狗;街垒布满进攻者,好似布满浪花的峭壁,过一会儿又显得陡峭,黑黝黝,令人生畏。

纵队被迫后撤,麇集在街上,暴露在外,但十分凶狠,以猛烈的枪击回敬街垒。看过烟火的人都记得火药交叉形成一束花似的。读者可以设想这束花,不是垂直的,而是平面的,每一团火花的尖端有一颗子弹、一颗大粒霰弹或一颗霰子,在一串串响雷中散布死亡。街垒就在下面。

双方都同样下定决心。那里,骁勇几乎成了野蛮,杂以英勇和凶狠,开始则是自我牺牲。这个时期,国民自卫军战斗起来像朱阿夫兵。军队想了结;起义者想战斗。年轻力壮就要迎接死亡,是把勇敢无畏变成疯狂。在这场混战中,每个人都有着临终时刻的崇高。街道布满了尸体。

昂若拉在街垒的一端,马里于斯在另一端。昂若拉头脑里装着整个街垒,保存实力,隐蔽起来;三个士兵一个接一个倒在他的雉堞下,甚至都没有看到他;马里于斯战斗时暴露在外,成为射击目标。他大半身探出街垒的顶部。吝啬鬼控制不住自己时,比谁都挥霍得厉害;一个沉思者一旦行动,比谁都更可怕。马里于斯令人生畏，又若有所思。他在战斗中就像在梦中一样。仿佛一个幽灵在开枪。

被围攻的人子弹打光了；他们的嘲笑却没个完。他们处在坟墓的旋风中，却在嘲讽。

库费拉克没有了帽子。

"你的帽子怎么啦？"博须埃问他。

库费拉克回答：

"他们的大炮终于把我的帽子打飞了。"

要么他们高傲地谈起来。

"要知道，"弗伊严厉地叫起来，"这些人（于是他列举名字，有名气的，甚至大名鼎鼎的，有些是旧军界人士）答应同我们汇合，发誓帮助我们，以荣誉作过保证，是我们的将军，他们却抛弃了我们！"

孔布费尔只报以庄重的微笑：

"有的人看待荣誉准则，就像观看星星一样隔开很远的距离。"

街垒内部洒满了弹片，仿佛下过雪一样。

围攻一方有人数优势；起义者占有阵地。他们守在一堵墙的顶上，等待士兵在死尸和伤兵中跌跌撞撞，笨拙地攀爬陡坡，逼近了才猛烈射击。这个街垒这样构筑，支撑得极好，确实地势有利，少数人就能击败一个军团。可是，在枪林弹雨下，进攻纵队一再增援和扩大，无情地逼近，如今，军队很有信心，一步步逐渐逼近街垒，如同螺丝拧紧压榨机。

冲锋一次接一次。形势越来越危急。

这条麻厂街的石子堆上，爆发了一场堪比守卫特洛伊城墙的战斗。这些苍白消瘦，衣衫破烂，精疲力竭的人，二十四小时以来没有吃饭，没有睡觉，只剩下几发子弹，他们摸着子弹空瘪的口袋，差不多都受了伤，头部或手臂裹着血迹斑斑和发黑的布带，衣服布满窟窿，鲜血流淌出来，只有一些破枪和缺口的旧军刀，但却是泰坦式的巨人。街垒被逼近、攻击和攀爬过十次，却没有被夺取。

若要对这场战斗有个概念，就得设想火烧到一群勇猛的斗士身上，请看看这场大火吧。这不是一场战斗，这是在一只锅炉里面；每张嘴喷出火焰；每张脸不同凡响，好像失去了人形，战斗者火光闪闪，看到这些混战中的蝾螈在殷红的硝烟中来来去去，真是不可思议。这场大屠杀相继和同时发生的场面，我们不作描绘。唯有史诗才有权以一万两千行来描述一场战斗。

简直可以说这是婆罗门教描绘的地狱，在十七个深渊中最可怕的一个，《吠陀经》[1]称之为剑林。

进行了肉搏战，一步步地争夺，用手枪射击，用军刀砍杀，拳来脚往，远近高低，四面八方，屋顶，酒店窗口，地窖通气口，分布各处；有人钻到地窖那里。他们是一对六十。科林斯酒店的正面已经半毁坏，惨不堪言。窗户弹痕累累，玻璃和窗框都毁掉了，成了一个难看的洞口，被铺路石胡乱堵住。博须埃牺牲了；弗伊牺牲了；库费拉克牺牲了；若利牺牲了；孔布费尔在他扶起一个受伤的士兵时，胸口被戳穿了三刀，只仰望了一下天，便咽了气。

---

[1] 《吠陀经》，印度古代四卷经典之名，意为知识。

马里于斯始终在战斗，满身伤痕，特别在头部，他的脸被鲜血盖没了，仿佛被一块红手帕盖住。

只有昂若拉没有受伤。他打光了子弹时，便伸出左手或右手，一个起义者将一把剑递到他手里。他的四把剑只剩下一截；比弗朗索瓦一世在马里尼昂还多用坏一把。[1]

荷马说："狄俄墨得斯杀死了住在美好的阿里斯巴的特乌斯拉尼之子阿克苏洛斯；墨西斯泰之子欧鲁阿洛斯，手刃了德瑞索斯、俄菲尔提奥斯、埃塞波斯和裴达索斯，就是水泽女神阿巴尔巴蕾给无懈可击的布科利昂所生的儿子；尤利西斯打倒了佩尔科斯的皮杜忒斯；安提洛科斯击倒了阿布勒罗斯；波鲁波伊忒斯干掉阿斯图阿洛斯；波鲁达马斯除掉库莱奈的奥托斯，而特乌塞罗斯杀死阿瑞塔昂。墨岗西奥斯死在欧里普洛斯的长矛之下。英雄之王阿伽门农打倒了埃拉托斯，他生在汹涌澎湃的萨特诺伊斯河流过的陡峭城市。"[2] 在我们古老的英雄史诗中，埃斯普朗迪安[3] 用喷火的大斧砍倒巨人斯旺蒂博尔侯爵，后者拔起塔楼，投向骑士，顽强抵抗。我们古老的壁画描绘了布列塔尼和波旁两公爵，全副武装，带着家徽，战盔饰有图案，骑在马上，手持战斧，戴上铁面具，足登铁靴，相迎而来，一匹马披上白鼬皮，另一匹马披上蓝呢；布列塔尼公爵头盔的两角之间饰有狮子图案，波旁公爵头盔的脸甲饰有一朵巨大的百合花。为了显得壮美，不必像伊冯那样戴上公爵高顶盔，不必像埃斯普朗迪

---

[1] 弗朗索瓦一世（1494～1547）1515年在马里尼昂获胜，同瑞士人结盟。

[2] 见《伊利亚特》卷6，但与原文不尽相同。

[3] 埃斯普朗迪安，西班牙骑士小说中的英雄。

安那样手握喷火的武器,不必像普鲁达马斯之父菲莱斯那样,从埃夫拉[1]带回欧菲忒斯国王赠送的好盔甲;为了信念或忠诚,只消献出生命。这个天真的小士兵,昨天是博斯或利穆赞的农民,腰上挂着割菜刀,在卢森堡公园看孩子的女佣周围徘徊,还有这个脸色苍白的年轻大学生,俯身对着一个解剖的对象或一本书,这个头发金黄的青年用剪刀修理胡子,抓住这两个人,向他们鼓吹责任,把他们面对面放在布什拉十字路口或普朗什-米布雷死胡同里,让其中一个为他的帽子战斗,另一个为他的理想战斗,并让他们两个以为在为祖国战斗;战斗是激烈的;这个小兵和这个外科大学生相搏斗,投在人类搏斗的惊心动魄的大战场上的影子,与遍地老虎的卢西亚[2]王梅加里昂,和赛似天神的巨人阿雅克斯肉搏时投下的影子相似。

二十二、步步进逼

活着的首领只剩下昂若拉和马里于斯,待在街垒的两头,库费拉克、若利、博须埃、弗伊和孔布费尔长时间坚守的中心抵挡不住。大炮虽然没有打开可以越过的缺口,但在街垒中间打出一个相当宽的凹形;大墙的顶部在炮弹的轰击下消失了,崩塌了,倒塌物有时落在里面,有时落在外面,在街垒两边最后堆成两个斜坡,一内一外。外坡给攀爬提供了斜坡。

发动了最后一次冲锋,这次冲锋成功了。大队人马端着刺刀,

---

[1] 埃夫拉是科林斯的旧称。
[2] 卢西亚,中亚南部沿海地区。

小跑步冲上来，不可阻挡，攻击纵队黑压压的前锋，出现在斜坡顶的硝烟中。这回已成定局。守卫中心的起义者乱七八糟地后退。

这时，朦胧的求生欲望在某些人的心中苏醒过来。有好几个人被如林的步枪瞄准了，不再想死去。于是，保命的本能发出吼叫，兽性又出现在人身上。他们退到街垒底部的七层高楼。这幢楼可以救命。但它封闭起来，从上到下堵住了。在步兵进入街垒之前，有一扇门及时打开又关上，这只消一刹那的工夫，楼门猝然打开，又马上关闭，对这些绝望的人来说就是生命。这幢楼后面是街道，有逃跑的空间。他们用枪托敲门，用脚踢门，呼喊，拱手哀求。没有人开门。四楼的天窗，那只死人的头望着他们。

昂若拉和马里于斯以及七八个聚在他们周围的人，冲了过来，保护他们。昂若拉对士兵们喊道："不要走近！"一个军官没有听从，昂若拉把他打死了。如今他待在街垒的小内院，背靠科林斯酒店，一手拿剑，一手拿短枪，打开小酒店的门，阻挡进攻者。他向那些绝望的人喊道："只有一扇打开的门。就是这一扇。"他用身体掩护他们，独自面对一营人，让起义者从身后过去。大家冲了进去。昂若拉用短枪当作棍子抡起来，使出像棍棒能手所称的玫瑰罩，挡住周围和前面的刺刀，最后一个进楼；一时之间展开对峙，士兵想进去，起义者想关门。门猛然关上了，严丝合缝，竟然看到一个抓住门不放的士兵的五只断指挂在那里。

马里于斯留在外面。一枪刚打碎了他的锁骨；他感到要昏过去和倒下来。这时，他的眼睛已经闭上，感到一只强有力的手抓住了他。他昏过去之前，刹那间想起柯赛特，还杂有这个想法："我要当俘虏了。我会被枪决。"

昂若拉在小酒店的起义者中没有看到马里于斯,也有同样的想法。但此刻他们每个人只有时间考虑自己的生死。昂若拉下了门闩,插上插销,上了两圈锁,还加上挂锁,这时外面的人猛砸门,士兵用枪托,消防队员用斧劈。进攻者挤在门口。眼下开始围攻小酒店了。

应该说,士兵们怒气冲冲。

炮兵中士的死早已激怒了他们,更令人沮丧的是,在进攻前几小时,他们中间就流传,起义者残害俘虏,小酒店里有无头士兵的尸体。这类恶毒的谣言,通常伴随内战产生,正是这种谣诼后来引起特朗斯诺南街的灾难。[1]

楼门关严以后,昂若拉对其他人说:"我们要他们付出高昂的代价。"

然后他走近马伯夫和加弗罗什躺在上面的那张桌子。在黑布下可以看出笔直、僵硬的两个形体,一大一小,在尸布平淡的皱褶下,隐约呈现出两张脸。一只手从尸布下伸出来,垂向地面。这是老人的手。

昂若拉俯下身来,吻了吻这只可敬的手,就像昨天吻过额头那样。

他一生中只给过这两个吻。

闲话少说。街垒像底比斯城门那样战斗,小酒店像萨拉戈斯的

---

[1] 1834年4月14日,政府军攻打特朗斯诺南街垒,一名军官被冷枪打伤,攻破街垒后,政府军大肆屠杀。

一幢楼那样战斗。这些抵抗毫不留情。没有宽恕。不可能谈判。只想死便大开杀戒。苏舍说："投降吧。"帕拉福克斯[1]回答："炮战之后拼刀子。"攻打于什卢酒店，也不择手段：石块从窗户和屋顶雨点般落在围攻者头上，狂掷滥砸激怒了士兵，他们从地窖和阁楼射击，攻打凶猛，还击也癫狂，最后，楼门被砸破，疯狂地大肆屠杀。进攻者拥进小酒店，脚遇到砸破在地的门板，磕磕绊绊，他们找不到一个战斗者。螺旋形的楼梯被斧子砍断了，躺在楼下大厅里，几个受伤的起义者咽了气，活着的人都在二楼，通过楼梯口那个天花板的窟窿，爆发出一阵令人胆寒的射击。这是最后一些子弹。子弹打完，这些无畏的垂死挣扎的起义者再也没有火药和子弹，每个人手里握着上文提过的昂若拉留下的两只瓶子，用这些易碎的可怕棍棒对付爬上来的敌人。这是一些镪水瓶。我们如实描写这些屠杀的可悲情景。唉，被围攻的人把什么都用作武器。希腊火硝没有损害阿基米德的声誉；沸腾的沥青没有损害巴雅尔[2]的声誉。凡是战争都惨不忍睹，没有什么选择的余地。围攻者的射击尽管从下往上，很不顺手，但有杀伤力。天花板的窟窿周围不久堆满了死人脑袋，长长的、冒着热气的血丝滴个不停。爆裂声难以形容；火热的出不去的硝烟，几乎造成黑夜一般，笼罩这场战斗。语言无法形容达到这种程度的恐怖。在这场地狱般的战斗中，不存在什么人了。这不再是巨人对巨人的搏斗。这不像荷马的描绘，更像弥尔顿和但丁的描绘。

---

[1] 帕拉福克斯（1776～1847），西班牙将军，抗击法军，1809年保卫萨拉戈斯。
[2] 巴雅尔（约1475～1524），法国贵族，参加多次战役，在传说中被称为"无畏和无可指责的骑士"。

魔鬼进攻。幽灵抵抗。

这是壮观的英雄主义。

二十三、俄瑞斯忒斯挨饿，皮拉得斯喝醉[1]

最后，二十来个进攻的人，包括士兵、国民自卫军、保安警察，叠起人梯，利用破残的楼梯，在墙上攀爬，抓住天花板，在翻板活门的边缘劈伤最后几个抵抗的起义者，在拼力攀登的过程中，大部分人面孔受伤变形，鲜血蒙住了视线，狂暴之极，变得野蛮，乱哄哄地冲进二楼大厅。那里只有一个人挺立着，就是昂若拉。他没有子弹，没有剑，手中只有短枪的枪管，他在冲进来的人的头上把枪托砸碎了。他把弹子台移到进攻者和自己之间；他退到角落里，目光凛然，头颅高昂，手中握着那截枪管，咄咄逼人，别人和他保持一定距离。一个声音喊起来：

"这是头儿。正是他杀死了炮手。既然他在这儿，那好极了。让他待在那儿，就地枪决。"

"打死我吧，"昂若拉说。

他扔掉了枪管，交叉抱起手臂，挺起胸膛。

视死如归总能打动人。昂若拉一旦抱起手臂，接受末日来临，大厅里震耳欲聋的搏斗声便停息下来，混战突然沉寂得像坟墓一样肃穆。看来，手无寸铁、纹丝不动的昂若拉气势夺人的威严，震住

---

[1] 俄瑞斯忒斯，阿伽门农之子，父为母及情夫所杀后，逃至舅父家，与表兄弟皮拉得斯结为好友，并在他的帮助下为父报了仇。

了这混乱的场面,这个年轻人,只有他没有受一点伤,却满身是血,昂昂然迷人,如同刀枪不入的人一样无所谓,他只消通过平静目光的威力,就迫使这伙恶狠狠的人怀着敬意杀他。此刻他的壮美由于凛然不可侵犯越发突出,神采奕奕,仿佛他既不会受伤,也不会疲劳,他经历了惊心动魄的二十四小时,脸色却是红润的。后来一个目击者在军事法庭上作证时,谈的也许是他:"有一个起义者,我听人称他为阿波罗。"一个瞄准昂若拉的国民自卫军队员放低他的枪,说道:"我觉得我要枪决一朵花。"

有十二个人在昂若拉对面的角上组成一队,默默地装子弹。

然后一个中士喊道:"瞄准。"

一个军官干预了:

"等一下。"

他对昂若拉说:

"您要把眼睛蒙上吗?"

"不要。"

"是您打死了炮兵中士吗?"

"是的。"

不久前,格朗泰尔已经醒了过来。

读者记得,昨晚,格朗泰尔在小酒店楼上的大厅里,坐在椅子上,趴着桌子入睡。

他尽力实现了古老的隐喻:醉死。可怕的春药苦艾酒、黑啤、烧酒把他投入了梦乡。由于他那张桌子很小,不能用来筑街垒,大家便把他撂在一边。他一直处在同一姿势中,胸部扑在桌子上,头枕在手臂上，周围摆满玻璃杯、啤酒杯和瓶子。他像冬眠的熊和吸足了血的蚂蟥那样昏睡。无论齐射、炮弹、从窗户打进他所在大厅的霰弹，还是冲锋惊人的喧嚣，都对他不起作用。不过，有时他以呼噜声回答大炮声。他好像在等待一颗子弹打中他，免得醒过来了。好几具尸体横陈在他周围；乍一看，谁也分不出他与这些已死的沉睡者。

喧嚣声吵不醒一个醉汉，寂静却使他醒了过来。这种奇特的现象再一次被观察到。周围的一切崩塌，却使格朗泰尔睡得越发深沉；这摇晃着他。喧闹声在昂若拉面前止住，对这昏睡反而是震撼。这宛若奔驰的马车戛然而止。车里沉睡的人便醒过来。格朗泰尔一跃而起，伸展胳膊，揉揉眼睛，睁眼观看，打个呵欠，明白过来。

酒醒如同幕布撕开。只瞥一眼，就全部看清喝醉蒙住的一切。所有东西蓦地呈现在记忆中；喝醉的人不知道二十四小时以来发生的事，还没有完全睁开眼皮，就明白过来眼前的事。他的思想又突然恢复了清醒；酒醒像蒙住头脑的水汽那样消散，让位于现实明晰的困扰。

士兵们盯住被逼到角落里，好像以弹子台为掩护的昂若拉，甚至没有看到格朗泰尔，中士准备重复命令："瞄准！"这时他们突然听到身旁有人大声喊道：

"共和国万岁！我在其中。"

格朗泰尔站了起来。

他错过没有参加的整个战斗的烨烨光辉，却出现在变样的醉汉明亮的目光里。

他又说了一遍:"共和国万岁!"他迈着坚定的步伐,穿过大厅,走去站在昂若拉旁边,面对那些步枪。

"你们一下子打死两个人吧,"他说。

他温柔地转向昂若拉,说道:

"你允许吗?"

昂若拉微笑着握紧他的手。

这微笑还没有消失,枪声就响了。

昂若拉中了八枪,靠在墙上,仿佛子弹把他钉在那里。只不过他耷拉着脑袋。

格朗泰尔被击倒,扑在他的脚下。

过了一会儿,士兵们把躲在阁楼里的最后几个起义者赶了出来。他们透过木栅朝阁楼齐射。阁楼里展开了搏斗。士兵们把人从窗口扔出去,有几个还是活人。两个轻步兵想将打烂的公共马车扶起来,被阁楼里射出的两枪打死了。一个穿工作罩衣的人肚子上挨了一刺刀,被从阁楼里扔了出来,在地上倒吸气。一个士兵和一个起义者,一起从瓦片屋顶的斜坡上往下滑,互相不肯松手,扭打着死抱住摔下来。在地窖里也有同样的战斗。喊声,枪声,乱糟糟的踩踏声。然后是岑寂。街垒被夺取了。

士兵们开始搜索附近的楼房,追逐逃跑者。

二十四、俘 虏

马里于斯事实上成了俘虏。让·瓦尔让的俘虏。

正当他倒下时，从背后抓住他的，是让·瓦尔让的手；他在失去知觉时，感到被人抓住了。

让·瓦尔让没有参加战斗，只不过亲临其境。在这受难的最后阶段，除了他，没有人想到受伤的人。他像天主一样，在这场屠杀中无处不在，靠了他，倒下的人被扶起来，被搬到楼下大厅包扎起来。在战斗间歇，他修复街垒。可是，类似开枪、攻击甚至自卫的行为，都不会出自他的手。他一言不发，忙于救人。再说，他仅仅有点擦伤。子弹不想打中他。如果说他到这个墓地来本想自杀，那么这一点他根本没有成功。但我们怀疑他想自杀，这是违反宗教的行为。

让·瓦尔让在战斗的硝烟弥漫中，好像没有看马里于斯；其实他的目光没有离开他。当一枪把马里于斯打倒时，让·瓦尔让以老虎的灵活跳进来，像扑猎物一样向他扑去，把他带走了。

这时，攻击的旋风极其猛烈，集中在昂若拉身上和小酒店大门，没有人看到让·瓦尔让，他怀里抱着昏倒的马里于斯，穿过街垒起掉石子的战场，消失在科林斯酒店的拐角后面。

读者记得这个在街上形成岬角的拐角；它挡住了子弹和霰弹，也挡住了视线和几尺见方的一块地。有时，在火灾中，会有一个房间没有起火，在惊涛骇浪的大海中，越过岬角或暗礁的死角，有一小块平静的角落。爱波尼娜正是在街垒内梯形的皱褶里咽气的。

让·瓦尔让在那里停下，他把马里于斯放在地上，靠着墙，环视四周。

形势十分恶劣。

眼下，也许在两三分钟之内，这堵墙是一个隐蔽的地方；可是，怎么逃脱这场屠杀呢？他记起八年前在波龙索街遇到的困境，以及怎样才逃出虎口；那时难乎其难，如今则不可能。他面前是这幢无情的、无言的七层楼房，似乎只有趴在窗口那个死人居住；他右边是封住小丐帮街的低街垒，跨过这个障碍看来很容易，但街垒的顶部之上，可以看到一排刺刀尖。这是驻守和埋伏在街垒外的步兵。显然，越过街垒会遭到射击，谁敢把脑袋伸出石块垒成的墙上方，就会成为六十支枪的射击目标。他的左边是战场。死亡在墙角后面。

怎么办？

只有鸟才能逃走。

必须当机立断，找到办法，打定主意。离他几步路之外正在搏斗；幸亏大家激烈争夺一个点，争夺小酒店的大门；可是，只要有一个士兵想到绕过房子，或者从侧面攻击，那么一切都完了。

让·瓦尔让望着面前的房子，再看旁边的街垒，又带着绝境中孤注一掷的狂乱神态注视地面，仿佛想用目光钻出一个洞来。

由于注视，在这样的绝路上，有种隐约能抓住的东西显现出来，在他的脚下成形，好似他的目力将期盼的东西催生了。他在几步开外的地方，外面严密看守和监视的小街垒脚下，瞥见一扇平放、与地面相齐的铁栅盖，被塌下来的铺路石部分遮住。这扇铁栅盖一条条横铁条非常粗，大约两尺见方。固定它的石墩被拔掉了，它好像散了架一样。越过铁条，可以看到一个幽暗的口子，类似烟囱管子或者蓄水池的管道。让·瓦尔让冲了过去。他以往越狱的本领像一道亮光，出现在他的脑海里。扒开石头，掀起铁栅盖，把死尸一样木然不动的马里于斯扛在肩上，在手肘和膝盖的支撑下，挺起腰顶住这重负，走下这幸而不太深的窨井，让沉重的翻板铁栅盖在头上，震动的石头重又滚落在铁栅上；踩在离地面三尺深的石板地上，如同人在极度兴奋时，以巨人之力和鹰隼的迅捷所做的那样；这仅花了几分钟的时间。

让·瓦尔让扛着始终昏迷的马里于斯，来到一个像长地道的地方。

那里一片宁谧、沉寂、漆黑。

以前，他从街上落入修道院时所感到的印象，又袭上心头。只不过，今日他带走的不是柯赛特，而是马里于斯。

此刻，他勉强听到头顶上攻占小酒店的骇人喧声，犹如隐约的喃喃声。

第二章
怪物的肠子

一、海洋使大地贫瘠

巴黎每年向大海排放掉两千五百万法郎。

这并非隐喻。怎么回事,又是以什么方式?日以继夜。什么目的?毫无目的。什么想法?没有想过。为什么这样做?什么也不为。用什么器官?用肠子。它的肠子是什么?是下水道。

两千五百万法郎,这是专门科学经过估算得出的最稳妥的近似数字。

科学经过长久的探索,今日得知,最肥沃和最有效的肥料是人粪。说来惭愧,中国人比我们早知道。埃克贝格说,中国农民上城去,都用竹扁担挑满满两桶我们所说的不洁之物回家。由于人粪,中国的地力还像亚伯拉罕时代一样经久不衰。中国的麦子播下一粒种子能有一百二十倍的收获。任何鸟粪都比不上一座京城的垃圾肥。一座大城市是最大的粪源。利用城市给田地施肥,肯定会获得成功。

如果说黄金是粪土,反过来,粪土则是黄金。

我们如何处理这粪金呢?倒进深渊。

我们花费巨资,派遣船队到南极,搜集海燕和企鹅粪便,却把手头不可估量的财富送到大海。世上丧失的、所有人和牲畜的两种肥料,如果不是扔进海里,而是还给大地,足以养活世界。

墙基石角上这些脏物,夜里在街上颠簸的一车车污泥,垃圾场的这些可怕的清理车,马路下面隐藏的恶臭的污泥浊流,你们知道是什么吗?这是鲜花遍地的牧场,是绿茵茵的草地,是欧百里香、百里香和鼠尾草,是野味,是牛群在傍晚发出满意的哞叫,是芬芳的干草,是金黄的小麦,是您桌上的面包,是您血管中的热血,是健康,是快乐,是生命。神秘的天地万物就是这样,大地沧海桑田,天上变化万千。

请把这些还给大熔炉;从中就会得到您的财富。田地获得营养,能让人丰衣足食。

你们有自由失去这笔财富,还感到我可笑。这却是你们愚昧无知干出的好事。

据统计,仅仅法国,每年通过江河向大西洋倾注了五亿法郎。请注意这一点:这五亿法郎能支付四分之一的国家预算开支。人的机灵竟到了这一步,居然宁可把这五亿法郎扔到阴沟里。我们的阴沟一滴一滴地带入江河,我们的江河大量地向海洋倾注的,正是人民的养料。阴沟每打一个嗝,就要我们付出一千法郎。由此产生两个结果:大地贫瘠,水源污染。饥饿出自田垄,疾病出自江河。

举例来说,尽人皆知,眼下泰晤士河毒化伦敦。

至于巴黎，近期不得不把大多数下水道出口，改到下游最后一座桥的下面。

有一种双管道，配备闸门和放水闸门，能进水和排水，这种基本的吸排系统，就像人肺一样简单，在英国的好些村镇已经充分运作，足以将田野的净水引到城市，又把城市的肥水排放到田野，这一往一返容易得很，再也简单不过，能把扔掉的五亿法郎留下来。人们却想别的事。

现今的方法想做好事，却办成坏事。意图好，结果却可悲。以为使城市清洁，却使居民变得孱弱。下水道是一个误解。到处采用一吸一放两种功能的系统，代替贫困化的简单清洗的下水道，再结合一门新社会经济学的数据，田地的产量就会翻十倍，贫困问题就会大大缓解。再消灭寄生现象，这个问题就能得到解决。

此前，公共财富流进江河，流失严重。流失一词是恰当的。欧洲会这样耗尽而毁掉。

至于法国，上文说过数字。而巴黎拥有法国总人口的二十五分之一，巴黎的粪肥价值最高，在法国每年推拒的五千万中，估计巴黎的损失为两千五百万，仍低于实际。这两千五百万用来救济和享受，会使巴黎加倍繁荣。这座城市却耗费在下水道里。因此可以说，巴黎最大的挥霍，它美妙的节日，博荣游乐园，盛宴，挥金如土，豪华，奢侈，瑰丽，就是它的下水道。

正是这样，在拙劣的政治经济学的盲目指导下，将大众的福利淹没，付之流水，落入深渊中。为了保护公共财产，本应设立圣克卢的拦网。

从经济上说，可以这样来概括：巴黎是个洞穿的篮子。

巴黎这个典范的城市，各国人民竭力模仿、建造得美轮美奂的京城样板，理想的大都市，这个富于首创、进取和尝试精神的、令人敬畏的发源地，精神的中心和胜地，民族之城，未来的蜂巢，巴比伦和科林斯美妙的混合体，从我们刚指出的角度看，会使一个福建农民耸耸肩膀。

模仿巴黎吧，你们就要破产。

再说，特别在年代久远而疯狂的浪费方面，巴黎自身也在模仿。

这种惊人的愚蠢并不新鲜；这绝不是近期的事。古人同今人一样行事。李比希[1]说："罗马下水道消耗了罗马农民的所有福利。"罗马农村被罗马的下水道毁掉的时候，罗马耗尽了意大利，随之把意大利投入下水道，又把西西里，继而是撒丁岛和非洲投进去。罗马下水道吞没了世界。下水道给城市和世界带来了覆灭。"Urbi et orbi."[2] 永恒之城，深不可测的下水道。

在这方面和其他方面，罗马做出了榜样。

这个榜样，巴黎以精明的城市所固有的全部愚蠢亦步亦趋。

出于上文解释的运行需要，巴黎下面有另一个巴黎；一个下水道的巴黎；这个巴黎有自身的街道、十字路口、广场、死巷、动脉和血液循环，不过是污泥的循环，不具备人的形状。

因为决不需要奉承，甚至不需要奉承伟大的人民；凡是样样都有的地方，在崇高旁边还有卑污；倘若巴黎囊括光明之城雅典、强

---

[1] 李比希（1803～1873），德国化学家，农业化学的创始者之一。
[2] 拉丁文：罗马城和罗马世界，教皇祝福时用语。

大之城提尔[1]、道德之城斯巴达、奇迹之城尼尼微[2],那么它也包含烂泥之城吕泰斯[3]。

况且,巴黎强盛的标志也在这里,在雄伟的建筑中,巴黎巨大的下水道,实现了人类通过诸如马雅基维利、培根和米拉波等人推出的奇特理想:卑污的雄奇。

如果肉眼能穿透地面,巴黎的地下会呈现出巨大的石珊瑚状貌。方圆六法里的一块土地,上面坐落着伟大的古城,其中的洞穴和通道比海绵孔还要多。还不说地窖一样的地下墓穴,不说错综复杂的煤气管道,不说通到界石形水龙头的饮用水庞大的管道系统,仅仅下水道,在塞纳河两岸构成巨大而黑暗的网络;迷宫的引路线是斜坡。

在潮湿的雾气中,出现了老鼠,仿佛是巴黎分娩出来的。

二、下水道的古代史

请设想巴黎像揭开了盖子那样,一览无余,下水道的地下网在塞纳河两岸,呈现出嫁接在河流上的粗大树枝的形状。在右岸,带状下水道是树枝主干,次要管道是枝柯,只通一头的管道是小树枝。

这种设想十分简略,不太准确,直角在这类地下枝柯中是常见的,而在植物中则十分罕见。

---

1 提尔,希腊文为图罗斯,腓尼基港口,盛极一时,今为黎巴嫩的苏尔。
2 尼尼微,古代亚述帝国首都,建于公元前3000年,毁于公元前612年。
3 吕泰斯,巴黎古名。

假如设想在黑底的平面上,看到像乱七八糟的古怪的东方字母表,奇形怪状的字母连接在一起,表面上乱七八糟,仿佛随意组合,时而在角上相连,时而在顶端相接,这种奇特的几何图形更接近真实。

在中世纪,在东罗马帝国时期,在古老的东方,藏污纳垢之地和下水道起着重大作用。那里产生鼠疫,暴君葬身其中。民众几乎怀着宗教式的恐惧,注视这腐烂的温床,死神的可怕摇篮。贝拿勒斯[1]的虫坑,与巴比伦的狮子坑一样,令人心旌摇荡。据犹太士师书记载,泰格拉特-法拉查尔[2]以尼尼微的藏污纳垢之地发誓。约翰·德·莱德[3]正是让他的假月亮从曼斯泰的下水道中升起,同他酷似的东方人莫卡纳、呼罗珊[4]戴面纱的先知,正是让他的假太阳从凯克歇布的污水井中升起。

人类历史反映在下水道的历史中。暴尸场叙述罗马的历史。巴黎的下水道古老而不可思议。它曾是墓地和避难所。罪恶、智慧、社会抗议、信仰自由、思想、盗窃、所有人类法律追捕过和正在追捕的,都躲藏在这个洞穴里;包括十四世纪的铅锤党,十五世纪的劫匪,十六世纪的胡格诺教徒,十七世纪的莫兰[5]光明异端派,十八世纪的焚足强盗。一百年前,歹徒出没其间,夜里持刀行凶,窃贼遇到危险溜进那里;树林里有岩洞,巴黎有下水道。丐帮,

---

[1] 贝拿勒斯,印度七圣城之一,建于公元前4世纪,毁于17世纪末,今称瓦拉纳西。
[2] 泰格拉特-法拉查尔(公元前746~前727),亚述国国王,亚述帝国的创建者。
[3] 约翰·德·莱德(1510~1536),荷兰宗教改革家,受酷刑而死。
[4] 呼罗珊,伊朗东部省份。
[5] 莫兰(约1623~1663),光明异端派巫师,被处火刑。

这高卢的"picareria"[1],将巴黎的下水道看作奇迹宫廷的分支,晚上,他们又狡猾又凶狠,回到莫布埃排污水口,像回到家里的放床凹室。

那些以"掏兜"死胡同或"割喉"街为每天作案地点的人,以"绿径"小桥或"黑脸"天篷为晚上住家,那是再普通不过了。由此引出许多回忆。各种各样的幽灵光顾这些偏僻的长廊;到处是腐烂和臭气;这里那里有个气窗,里面的维庸和外面的拉伯雷在那儿聊天。

在旧巴黎,下水道是走投无路者和胆大妄为者聚会的地方。政治经济学从中看到垃圾,社会哲学则看成渣滓。

下水道,这是城市的良知。一切在这里汇聚和对质。在这铅样的地方,有的是黑暗,却不再有秘密。每样东西有着真实的形态,至少是最终的形态。垃圾堆不会是骗人的。天真躲藏在那里。巴齐尔的面具放在那里,但能看到硬纸板和细绳,里外一样,突出的是一层诚实的污泥。司卡班[2]的假鼻子就在旁边。文明的所有肮脏之物,一旦没用了,就落入这真相的壕沟里,社会无限的滑落就导致那里肮脏之物沉没其中,但展示出来。这种混乱是一种袒露。那儿再没有假相,没有粉饰,垃圾脱掉了衬衣,绝对赤裸裸,幻想和幻景逃之夭夭,只剩下实在的东西,显出结局的难看面目。既存在又消失。一个瓶底承认酗酒,一只篮柄叙述仆役生活;有过文学见解的苹果心,又变成苹果心;一个大铜钱的头像生满了铜锈,该亚

---

1 意大利文:无赖、骗子。
2 司卡班,意大利喜剧中的仆人形象,莫里哀据此写出《司卡班的诡计》。

法[1]的痰和福斯塔夫的呕吐物相遇,来自赌场的金路易碰到挂上吊绳子的铁钉,苍白的胎儿裹在狂欢节最后一天歌剧院上演舞蹈的闪光舞装里,一顶审判过人的法官帽子,躺在玛戈通的烂裙子旁边;这不只是友爱,这是亲密相处。一切粉黛颜色都变得脏兮兮的。最后一块面纱扯了下来。一条下水道是一个恬不知耻的家伙。他供认不讳。

这种污秽的坦诚令我们喜欢,使心灵平静。我们在人世饱经沧桑,看够了以国家的理由、誓言、政治智慧、人类正义、职业的诚实、严峻的局势、两袖清风的法官摆出的大气派,如今走进一个下水道,看看与这相应的污泥,倒能令人轻松一下。

同时这也很有教益。上文说过,历史经过下水道。圣巴托罗缪一类事件一滴滴渗透到石子路中间。公开的大屠杀,政治和宗教的杀戮,都通过这条文明的地道,把尸体推进去。在沉思者看来,历史上所有的凶手都在这里,跪在不堪入目的昏暗中,用他们的一块裹尸布当围裙,阴鸷地擦去他们的勾当。路易十一同特里斯唐[2]在一起,弗朗索瓦一世同杜普拉[3]在一起,查理九世同他的母亲在一起,黎世留同路易十三在一起,卢伏瓦[4]在那里,勒泰利埃[5]在那里,埃贝尔和马雅尔[6]在那里,他们在刮石头,力图去掉他们行动的痕迹。在

---

[1] 该亚法,犹太大祭司,主审耶稣。
[2] 特里斯唐,路易十一的饲马总管。
[3] 杜普拉(1463~1535),法国主教,政治家,巴黎大法院的首席庭长,弗朗索瓦一世的师傅,为国王进行外交斡旋,策动镇压新教徒。
[4] 卢伏瓦(1639~1691),法国政治家,曾任军队首脑,建立外省民兵和军事学校。
[5] 勒泰利埃(1603~1685),法国政治家,王国军队的真正创始者,积极参与制定南特敕令,卢伏瓦是他的长子。
[6] 埃贝尔(1757~1794),法国政治家,新闻记者,科尔得利俱乐部的领袖,被罗伯斯庇尔逮捕和处决;马雅尔(1763~1794?),积极参与埃贝尔派的活动,被公安委员会委任组织革命警察。

穹顶下可以听到这些幽灵的扫帚声。可以呼吸到社会灾难的恶臭。在角落里可以看到淡红的反光。骇人的河水从这里流过，血淋淋的手在河中洗过。

社会观察家应该走进这阴暗的地方。这里属于他们的实验室。哲学是思想的显微镜。一切都想避开哲学，可是怎么也逃脱不了。搪塞一无用处。搪塞暴露了自身哪一方面呢？可耻的一面。哲学以正直的目光追踪罪恶，不允许它逃遁到虚无。它在消失事物的无痕迹中，在消逝事物的萎缩中，辨别出一切。它根据一块破布复制出王位，根据一条破裙复制出女人。它以下水道复制出城市；它以烂泥复制出风俗。它从碎片推断出是双耳尖底瓮还是水罐。它从羊皮纸的一个指甲印，认出犹当加斯的犹太族和盖托的犹太族的区别。它从现存的东西找到往昔，找到善、恶、真、假、宫廷的血迹、岩洞的墨迹、妓院的油滴、经历的磨难、受欢迎的诱惑、呕出的盛宴、品格降低留下的印迹、灵魂因变得粗野而堕落的痕迹、梅萨琳[1]在罗马脚夫的外衣上留下的肘印。

三、布吕纳索

罗马的下水道在中世纪留下传说。十六世纪，亨利二世想探测一下，遭到失败。不到一百年前，经梅尔西埃[2]证实，下水道被弃置不管，任其变化。

---

1 梅萨琳（卒于48），罗马帝国皇后，史称她生活糜烂，甚至卖淫。
2 梅尔西埃（1740～1814），法国作家，戏剧理论家，著有《巴黎景象》《新巴黎》等。

古老的巴黎就是这样，陷入争吵、犹豫不决和摸索中。它长期相当愚昧。后来，八九年表明才智光顾城市。但是，在古代，京城缺乏头脑，无论精神上还是物质上，都不会办事，不会清除流弊，也不会清理垃圾。什么都成了障碍，什么都成为问题。比如，下水道不按路线通行。道路网把握不住方向，就像城里人互不了解一样；上面互相无法理解，下面彼此不能沟通；既有语言混乱，又有地下管道的混乱；达罗斯迷宫加上巴别塔。

有时，巴黎的下水道也添乱泛滥，仿佛这条未被认识的尼罗河突然发怒。可恶的是下水道满溢而出。有时，文明之肚消化不良，污水涌到城市的喉咙口；巴黎就要回味污泥。下水道同后悔相似，倒有好处；这是警告；却受到错误的对待；城市愤怒了，烂泥怎么如此大胆，它不允许垃圾回流。最好把垃圾赶走。

一八〇二年的漫溢，八十岁的巴黎人眼下还记忆犹新。污泥以十字形漫溢到胜利广场，路易十四的塑像耸立在那里；污泥从香榭丽舍的两个下水道口涌进圣奥诺雷街，从圣弗洛朗坦下水道涌进圣弗洛朗坦街，从钟声下水道涌进鱼石街，从绿径下水道涌进波潘库尔街，从拉普街下水道涌进拉罗凯特街；污泥覆盖了香榭丽舍街的边沟，高达三十五公分。中午，由于塞纳河的出口起反作用，污泥进入马扎兰街、松糕街、沼泽街，长达一百零九米才止住，正好距拉辛居住的房子几步路，十七世纪，污泥尊敬诗人胜过尊敬国王。污泥在圣彼得街达到最深处，高出排水管石板三尺，而在圣萨班街覆盖最长，延伸达二百三十八米。

本世纪初，巴黎的下水道还是一个神秘的地方。污泥从来不可能有好名声；在这里，恶名竟令人恐惧。巴黎人隐约知道，城市下面有可怕的管道。我们就像谈起底比斯骇人的烂泥坑，十五尺长的蜈蚣麇集在那里，可以用作贝希莫特[1]的澡盆。下水道工的大靴子，从来不敢冒险越出几个有名的地点。那时离垃圾车的时代不远，垃圾车干脆把东西倒进下水道，车的挡板上圣福瓦和德·克雷吉十分友好。至于疏通，人们把这个职责交给了大雨，大雨没有清扫，反而起堵塞作用。罗马留下一些关于垃圾场的诗，称之为暴尸场；巴黎辱骂自己的下水道，称之为臭洞。科学和迷信都赞成它很恐怖。臭洞既讨厌卫生，也讨厌传说。"恶修士"在穆弗塔尔下水道的恶臭拱形曲线下孕育；马尔穆泽[2]的尸体扔进了木桶下水道；法贡[3]把一六八五年那场可怕的恶性热病，归咎于玛雷区下水道的大裂口，直至一八三三年，这个裂口在圣路易街还敞开着，几乎面对"风流使者"那块招牌。莫泰勒里街的下水道口，以鼠疫从中而出闻名遐迩；带刺的铁栅盖像长了一排牙齿，在这条不幸的街上，张大龙口，向人们吹送地狱气息。人民的想象力，把巴黎幽暗的排水道，风趣地说成丑恶之极的大杂烩。下水道是无底洞。下水道是地狱。去探查这个麻风病区的想法，警察局甚至没有产生过。探索这个陌生的地方，探测这个黑洞，到这个深渊去考察，谁敢这样做呢？这令人胆战心惊。但有一个人挺身而出。下水道自有它的克里斯托夫·哥伦布。

---

1 贝希莫特，《圣经》中的食草巨兽。
2 马尔穆泽，查理五世和查理六世的大臣，国王神经错乱后被遣回，受到教会嘲弄。
3 法贡（1638～1718），1693年后成为路易十四的医生。

一八〇五年，皇帝难得在巴黎露面的一天，一个叫德克雷或克雷泰的内政大臣，在主上起床时前来晋见。从骑兵竞技场传来伟大的共和国和伟大帝国、所有不同凡响的士兵军刀的操练声；拿破仑的寝宫门口，拥挤着各路英雄；他们来自莱茵河、埃斯科河、阿迪热河和尼罗河；有茹贝尔、德赛、马尔索、奥什、克莱贝的战友；有弗勒吕斯的气球驾驶员，美因兹的精锐士兵，热那亚的架桥工兵，金字塔目睹过的轻骑兵，朱诺的弹片打伤过的炮兵，袭击停泊在须得海[1]的舰队的胸甲骑兵；有些人跟随拿破仑到过洛迪桥，还有些人随同缪拉在曼图亚[2]的战壕作战，另外一些人在拉纳部队之前来到蒙特贝洛[3]的低洼地。当时的整支大军都在杜依勒里宫的院子里，由一个班或一分队作代表，守卫休息的拿破仑；这是辉煌时期，大军的后面是马伦哥战役，前面是奥斯特利兹战役。"陛下，"内政大臣对拿破仑说，"昨天我见到您的帝国最勇敢无畏的人。""这个人是谁？"拿破仑突兀地问道，"他有什么作为？""他想做一件事，陛下。""什么事？""踏勘巴黎的下水道。"

实有其人，他名叫布吕纳索。

四、不为人知的细节

布吕纳索进行了踏勘。这是一场惊心动魄的战役；一场对付瘟

---

1 须得海，在荷兰，现称艾瑟尔湖。
2 曼图亚，意大利北部城市，现称曼托瓦。
3 蒙特贝洛，意大利的村镇，1800年6月9日，拉纳在此战胜奥地利人。

疫和窒息的夜战。同时这是一次发现的旅行。这次探险的幸存者之一,当时是个很年轻的工人,几年前还叙述过有趣的细节,布吕纳索认为这些细节不适合公文文风,在送呈警察厅长的报告中应该略去。那里的消毒方法十分简略。布吕纳索刚越过地下网的头几个网结,二十个工人当中有八个就拒绝往前走了。要做的事十分复杂;踏勘带来了疏导;必须疏导,同时要丈量:标出污水入口处,计算铁栅盖和窨井口,详细记下分支,标出分流处,确认不同池子的相应范围,探测连接主道的支道,测量每条管道至拱顶的高和底的宽度,最后,确定每条进水口的直角水位状况,或从底部算起,或从街道地面算起。前进异常艰难。往往梯子插入三尺深的泥潭。提灯在沼气中奄奄一息。不时抬走一个昏倒的下水道工。有的地方成陡壁。地面崩塌,石板下陷,下水道变成陷阱;很难找到坚实的地面;突然有个人看不见了;好不容易才把他拉上来。根据富克罗瓦的建议,在清理好的地方,隔开一段距离,点燃装满浸透树脂的废麻的大笼子。有些地方的墙壁覆盖着丑陋的赘生物,仿佛肿瘤;在这个难以呼吸的地方,石头也好似生了病。

　　布吕纳索的探险从上游到下游。在大喊者街两条管道的分岔口,他在一块突出的石头上辨别出一五五〇年的日期;这块石头表明,菲利贝尔·德洛尔姆奉亨利二世踏勘巴黎地下通道之命,到此为止。这块石头是十六世纪在下水道的标记。布吕纳索在蓬索和神庙老街的管道中,还发现了十七世纪的工程,是在一六〇〇年至一六五〇年之间加固的拱顶;在污水干管西段,他也找到十八世纪的工程,是在一七四〇年开凿的拱顶下水道。这两条拱顶水道,尤其后来的那条，即一七四〇年那条，比一四一二年那条环城下水道工程，还要破旧，裂缝更多；当年，梅尼蒙唐清水河擢升为巴黎的主要下水道，如同一个农民变成了国王第一侍从；又好像胖若望变成了勒贝尔[1]。

有些地方，特别在法院下面，他们以为发现了在下水道中开凿出来的旧地牢。这是丑陋的"In pace"[2]。在一间这样的地牢里，挂着一副铁栅。地牢全都封死。有的发现十分奇特；其中有一具一八〇〇年植物园失踪的猩猩尸骨，十八世纪最后一年，贝尔纳修士街有名的、无可争议的闹鬼，可能与猩猩失踪相关。可怜的鬼最终淹死在下水道中。

在通到玛丽蓉桥拱的拱顶的长下水道下面，有一只保存完好的拾荒背篓，获得内行人的称赞。下水道工竟至于大胆去捞污泥，里面处处有大量的贵重物品，包括金银首饰、宝石、钱币。一个巨人如果将下水道过滤一遍，筛子里会留下几世纪的财富。在神庙街和圣阿伏瓦街两条支道的分岔口，人们捡到一枚铜质的胡格诺教的徽章，一面的图案是一头猪戴着红衣主教帽，另一面绘有一只狼，头戴教皇三重冕。

最令人吃惊的发现在主下水道的入口。这个入口从前有一道栅栏封闭，只剩下铰链。其中一个铰链上，挂着一块肮脏难看的破布，无疑是冲过那里时挂住的，破布在黑暗中飘拂，撕扯得破烂不堪。布吕纳索将提灯凑近，看个仔细。这是非常精细的麻布，在破得不那么厉害的一角，绣着一顶纹章冠冕，下面是这样七个字母：

---

[1] 勒贝尔（1838～1891），法国军官，改进了步枪。
[2] 拉丁文：静室。

LAVBESP。这是一顶侯爵的冠冕，七个字母意为洛贝斯平。人们认出，眼下的东西是马拉的一块裹尸布。马拉在年轻时有过风流韵事。当年他在德·阿尔图瓦伯爵府当兽医。他的风流韵事得到历史考证，他同一位贵妇有染，留下这条床单。是残留物，或者是纪念品。他遇害后，由于这是他家中唯一精细一点的床上用品，便用来掩埋他。老妇人用这颠鸾倒凤的床单，包裹这悲惨的人民之友，送入坟墓。

布吕纳索走了过去，让这块破布留在原地，没有清理。这是不屑一顾还是尊敬？马拉可以两者兼而有之。再说，命运在上面留下了相当鲜明的印记，人们犹豫着不敢碰它。另外，应该让坟墓里的东西留在所选择的位置上。总之，这件遗物是奇特的。一位侯爵夫人在上面睡过；马拉在里面腐烂；它穿越过先贤祠，落到下水道的老鼠口。这张床单，从前华托会愉快地描绘每一条皱褶，最后值得但丁的注视。

全面踏勘巴黎地下排污水道，持续了七年，从一八〇五年至一八一二年。布吕纳索边踏勘，边下指示，领导和完成巨大的工程；一八〇八年，他挖深了蓬索的下水道，到处增加了新管道，一八〇九年，他把下水道推进到圣德尼街下面，直到圣婴喷泉；一八一〇年，推进到冷大衣街和老年妇救院街下面，一八一一年，推进到小神父新街、槌球场街、披巾街和王宫广场下面，一八一二年，推进到和平街和昂丹街下面。同时，他对整个地下水网进行消毒和清洁工作。从第二年起布吕纳索让他的女婿纳尔戈当了助手。

本世纪初，古老的社会就这样疏浚了它的双重底部，清扫了下水道。这毕竟是清扫过。

回顾一下，巴黎古老的下水道就是这样弯弯曲曲，四处皲裂，沟底铺石残缺不全，呈碎裂花纹，被泥坑切断，路线奇怪地成直角拐弯，不合逻辑地升降，臭气熏天，蛮荒，粗俗，淹没在黑暗中，石板上满是伤痕，墙壁上满是伤疤，阴森可怖。支道向四面八方延伸，纵横交错，分道密集，像鹅掌一样，坑道成星状，像盲肠、死巷，布满硝的拱顶，恶臭的排污水井，墙壁像患脱皮性皮疹似地渗水，从顶部滴水，黑洞洞的；什么也比不上这个古老的患溃疡的地下墓穴更可怕了，这是巴比伦的消化系统、兽穴、堑壕、开辟出街道的深渊、巨大的鼹鼠洞；我们的脑子里似乎看到往昔这只巨大的瞎眼鼹鼠，穿过黑暗，在繁华过的污秽中徘徊。

我们再说一遍，这就是往昔的下水道。

五、当今的进步

今日，下水道干净、阴冷、笔直、规整。它几乎实现了英国人所谓"体面"的理想。它是体面的，呈浅灰色；拉线划直过；几乎可以说整整齐齐。它活像一个供应商变成了行政法院法官。里面几乎是明亮的。污泥浊水行止有度。乍一看，会把它当作"人民爱戴国王"的远古时代，供君王逃跑的普通而有用的地道。现今的下水道是漂亮的；纯粹的风格占主导地位；古典的直统统的亚历山大体被逐出了诗坛，却好像躲藏在建筑中，附丽于这冥暗灰白的长拱廊的每块石头上；每个排水口都是一个拱门；里沃利街直至下水道都是榜样。再说，如果说几何线条在什么地方合适的话，那准定在大城市的排粪沟里。那里一切都服从最短路程。今日，下水道获得了某种官方面貌。警察有时在报告中提到它，也不再缺乏敬意。在官方语言中，表明它性质的字眼是高雅和严肃的。从前叫做狭长坑道，如今叫做长廊；从前叫做洞，如今叫做视孔。维庸再也认不出他以前的备用住地。这个洞穴网总是有自古以来的啮齿类居民，而且比以往更加大量繁殖；不时有只长须老鼠在下水道口探头探脑，观察巴黎人；但是这种害人虫也被驯化了，满足于待在它的地下宫殿里。下水道再没有当初的狰狞了。雨水弄脏从前的下水道，却清洗目下的下水道。不过不要高枕无忧。疫气还滞留在那里。它是伪善的，并非无可指责。警察厅和卫生委员会也都无能为力。尽管用了所有的清洁方法，还是散发出一股隐约的可疑气味，宛若忏悔后的达尔杜弗。

无论如何，应该承认，清扫是下水道给文明的敬意，从这个角度看，达尔杜弗的良心是对奥吉亚斯[1]的牲畜棚的进步，毫无疑问，巴黎的下水道改善了。

何止是进步；这是嬗变。在旧下水道和现今的下水道之间，有一场革命。是谁进行这场革命的？

这个大家都忘却，而我们提过的人，就是布吕纳索。

六、未来的进步

挖掘巴黎下水道，不是一件小工程。至今花了十个世纪还没

---

1 奥吉亚斯，传说中的埃利德国王。希拉克莱斯在一天之内清扫了他的牲畜棚，他却反悔了，不肯拿出十分之一的畜群，后被希拉克莱斯杀死。

有完成，就像未能结束建造巴黎一样。下水道确实受到巴黎扩展的影响。这是地里的一种有无数触须的、不可思议的珊瑚虫，它在地底下与上面的城市一起生长。每当城市开辟出一条街道，下水道就伸长一条手臂。旧王朝只建造了二万三千三百米的下水道；一八〇六年一月一日，巴黎的状况就是这样。下文我们还会谈及，从那时起，工程又有效和有力地重新恢复，并继续下去；拿破仑建造了四千八百零四米，这个数字是有趣的；路易十八建造了五千七百零九米；查理十世建造了一万零八百三十六米；路易-菲利普建造了八万九千零二十米；一八四八年共和国建造了二万三千三百八十一米；现政权建造了七万零五百米；至今总共建造了二十二万六千六百一十米，也就是六十法里的下水道；构成巴黎巨大的肠道。幽暗的支道一直在施工；这是不为人知的巨大工程。

　　比起本世纪初，巴黎的地下迷宫今日扩大了十倍多，这是有目共睹的。很难想象，要把下水道修到现在相对完善的程度，需要多么持之以恒，付出何等的努力。旧王朝的管辖机构和大革命时期的市府在十八世纪最后十年，即一八〇六年之前，好不容易才挖掘了五法里的下水道。各种各样的障碍妨碍了工程进展，有些障碍是属于土质方面的，有些是巴黎劳动人民的偏见所固有的。巴黎建立在异常难对付的地层上，镐、锄、探测、人力支配都遇到抗拒。没有什么比这地质构造更难开凿和挖掘的了，而上面却耸立着被称为巴黎的神奇历史建构；不管以什么方式，一旦工程开始，冒险进入这冲积层，地下抗拒就层出不穷。稀黏土，活泉水，坚硬的岩石，专门的科学名称叫作"芥末"的又软又深的淤泥。石灰岩夹有很薄的黏土层和镶嵌史前海洋牡蛎壳的页岩层，镐头刨下去很费劲。有时，一股水流突然冲破开凿出的拱顶，淹没工人；要么出现一股泥石流，像瀑布一样席卷而来，冲断最粗的支柱，就像砸碎玻璃一样。最近，在维莱特，要让污水主干管道从圣马丁运河下面通过，而又不中断航行，不抽干运河水，不料，运河河床开裂，河水突然灌满地下工地，超过水泵的抽水能力；只得派一名潜水员寻找大河床狭窄处的裂口，费了好大的劲才堵住。在别的地方，靠近塞纳河，甚至在离河流很远的地方，比如在贝尔维尔，大街道和吕尼埃尔巷，遇到无底的流沙，人陷进去能没顶。再加上疫气产生的窒息，崩塌和突如其来的下陷引起的掩埋。再加上斑疹伤寒，工人慢慢染上。当今，在克利希地下十米深处挖掘长廊，为了容纳乌尔克的主干水管，还筑了一条坡道；不顾塌方，借助挖掘往往发臭的烂泥和横向支撑，修筑了从济贫院大街到塞纳河的比埃弗尔拱廊；为了让巴黎免遭蒙马特尔的暴雨冲击，又为了给殉教者城门附近九公顷的死水塘开个泄水口，在十一米深处，在四个月内日夜修筑从布朗什城门到奥贝维利埃路的下水道；见所未见的是，在地下六米处，没有开沟，就修建了鸟嘴杠街的下水道，做完这些事以后，监工莫诺去世了。在城市各个点，从圣安东尼横街到卢尔西纳街，修建了三千米下水道，通过弩街的支道，排出桑西埃-穆弗塔尔十字路口积存的雨水，在流沙上灌注石块和混凝土，建成了圣乔治下水道，指挥过纳扎雷特圣母院支道艰难的降低泄水道工程，然后工程师杜洛去世了。这些英勇的行动，比战场愚蠢的杀戮有用得多，却没有战报刊载。

一八三二年，巴黎的下水道远非今日的规模。布吕纳索起了推动作用，但是，要等到发生了霍乱，才决定后来完成的大规模重建。比如，说起来惊人的是，一八二一年，像威尼斯那样被称为大运河的主干道，水壶街那一段是死水，而且还是敞开着的。直到一八二三年，巴黎城才从自己的腰包里找到二十七万零八十法郎六生丁，这是覆盖这段见不得人的地方的必需费用。名为战斗、居内特和圣芒德的三个蓄水井，连同排水口、装置、排污水渗井、净化管道，直至一八三六年才建成。巴黎的下水道整修一新，正如上文所说，四分之一世纪以来，扩展了十倍多。

三十年前，在六月五日至六日的起义那个时代，许多地方还几乎是旧下水道。不少街道今日是隆起的，当时是有裂痕的。在街道或十字路口成斜面的地方，往往看到方形的粗大铁栅盖，由于人的踩踏而擦得锃亮，马车走过十分危险而滑溜，会使马摔倒。桥梁公路的正式用语，给这些斜坡和铁栅盖起了意味深长的名称："路沟"。一八三二年，在一系列街道，星形街、圣路易街、神庙街、神庙老街、纳扎雷特圣母街、梅里库游乐园街、鲜花河滨路、小麝香街、诺曼底街、牝鹿桥街、沼泽街、圣马丁郊区街、胜利圣母街、蒙马特尔郊区街、船娘谷仓街、香榭丽舍、雅可布街、图尔农街，哥特式的古老下水道仍然不顾廉耻地张开大口。这是露天的巨大石头裂缝，有时围着界石，令人咋舌地厚颜无耻。

一八○六年，巴黎的下水道几乎还是一六六三年查明的数字：五千三百二十八图瓦兹。在布吕纳索之后，一八三二年一月一日，达到四万零三百米。从一八○六年到一八三一年，平均每年建造七百五十米；此后，每年建造八千甚至一万米长廊，混凝土打地基，用碎石和水硬石灰搅拌砌成。每米造价两百法郎，现今巴黎六十法里的下水道，合四千八百万法郎。

除了卷首指出的经济进步，严重的公共卫生问题也与巴黎下水道这个巨大问题相关。

巴黎夹在水层和空气层之间。水层卧在很深的地下，但已为两次钻探触摸到，是由夹在白垩层和侏罗纪石灰岩之间的绿砂石层提供的；这层水可以用二十五法里为半径的大圆盘来表示；许多溪流渗水到那里；在格勒奈尔的一杯井水里，可以喝到塞纳河、马恩河、约讷河、瓦兹河、埃纳河、谢尔河、维耶纳河和卢瓦尔河的水。水层是卫生的，它先从天而降，然后由地下汲上来；空气层是有碍健康的，它来自下水道。下水道的各种疫气混合到城市的呼吸中；因此有这种难闻的气味。从粪堆上取点空气，经过科学的检验，比巴黎上空取到的空气更纯净。在特定时期，取得进步之后，机械完善了，又获得启示，便可以用水层净化空气层。就是说要冲洗下水道。要知道，冲洗下水道意味着将污泥归还土壤；将粪便送到土地，将肥料送到田野。对整个社会共同体来说，通过这简单的行动，就减少了贫困，提高了健康。目下，巴黎的疾病以卢浮宫为疫区的辐射中心，扩展到周围五十法里。

可以说，十世纪以来，下水道是巴黎的疾病，是城市血液中的祸害。人民的本能从来没有搞错。下水道工的职业，从前几乎像肢解牲畜一样危险，一样令人厌恶，令人畏惧，长期让刽子手去干。让泥瓦匠下到这恶臭的坑道里，必须出高价；掘井工人把梯子放下去要犹豫再三；有句谚语说："下到下水道，就是进墓穴。"上文说过，各种各样吓人的传说，给这巨大的排水沟蒙上恐怖的色彩；这令人胆战心惊的肮脏沟渠，有着地球变迁和人类革命的痕迹，那里可以找到一切天灾人祸的遗迹，从大洪水时期的贝壳到马拉的破尸布。

第三章
污泥,却是灵魂

一、下水道及其令人惊讶的事

让·瓦尔让正待在巴黎的下水道中。

这是巴黎和大海又一相似之处。像在大洋中一样,潜水者也能在下水道中消失。

这种转换闻所未闻。让·瓦尔让就在市区中心,却离开了城市;一眨眼间,掀起盖子又关上的时间,他已从大白天转到漆黑中,从中午转到午夜,从喧嚣转到寂静,从雷霆的滚动转到坟墓的停滞,而且比波龙索街那次剧变更要神奇,从极端的危险转到绝对的安全。

突然落入地道;消失在巴黎的地牢里;离开遍布死亡的这条街,来到有生命的坟墓里;这是奇特的时刻。他一时仿佛茫然无措;倾听,呆住了。救命的陷阱在他身下猝然打开。可以说,上天的仁慈通过诱骗抓住了他。上苍的埋伏值得赞叹!

只是受伤的青年纹丝不动,让·瓦尔让不晓得他扛到沟里来的人是死是活。

他的第一个感觉是失明。突然之间他什么也看不到了。他还感到自己耳聋了一分钟。他什么也听不见。他头顶上离开几步路的地方，肆虐的残杀风暴传不到他这里，上文说过，这是由于相隔的地面很厚，消失和听不清了，如同喧哗声落到深渊中。他感到，脚下地面坚实；如此而已；但这已足够。他伸出一条手臂，然后是另一条，摸到两边的墙壁，发觉通道狭窄；他有点打滑，又发觉石板潮湿。他小心跨出一步，生怕有洞，有排污水渗井和深渊；他证实石板往前伸延。一股臭气提醒他身在何处。

过了一会儿，他不再看不见东西了。一丝亮光从他滑到那里的通气口落下来，在这个地道里，他的目力恢复了。他开始辨别出一些东西。他藏身（没有别的词能更好地表达他的处境了）的通道，在他身后是堵墙。这是一条专业词汇称之为支道的死巷。他前面有另外一堵墙，是黑夜的墙。通气口的光在离让·瓦尔让十至十二步的地方消失了，在下水道几米长的湿墙上，仅仅投下惨白的光。再往前便黑咕隆咚；往里走显得很可怕，入口好似能吞噬人。但这片雾蒙蒙的墙是可以进去的，也必须进去。甚至要快一点。让·瓦尔让心想，他看见这个铁栅盖埋在石堆下，也可能被士兵发现，一切都系于这种偶然。他们也可以下到这个窨井来搜索他。不能再丢失一分钟了。他已把马里于斯放在地上，这时又捡起来（这个词是属实的），又扛在肩上往前走。他毅然地走进这黑暗中。

让·瓦尔让以为他们得救了，事实并非如此。另一种并非不大的危险也许在等待他们。在火光闪闪的战斗风暴之后，是疫气和陷阱的洞穴；在混战之后，是下水道。让·瓦尔让从地狱的一层落入另一层。

他走了五十步，不得不停住。他想到一个问题。走道通到另一条横陈的管道。两条道路摆在面前。走哪一条道呢？要向左转还是向右转？我们已经指出过，这个迷宫有一条引线，就是它的斜坡。沿着斜坡走，就来到河边。

让·瓦尔让马上明白过来。

他思忖，他可能在菜市场的下水道中；如果他选择左边，沿着斜坡走，不到一刻钟，他就会来到兑换桥和新桥之间的塞纳河段某个出口，就是说，在大白天出现在巴黎人口最密集的地区。也许他会来到十字路口聚集闲人的地方。行人看到两个血迹斑斑的人从脚下的地底冒出来，会惊诧莫名。警察突然而至，附近的保安警察也会出动。洞口未出，就会被抓住。不如钻进迷宫里，信赖这黑暗，至于出路，那就听天由命了。

他往上坡走，向右拐。

他转过长廊的拐角时，远处通气口的光消失了，黑暗的幕布重又落在他身上，他又看不见了。他仍然往前走，而且尽可能快。马里于斯的两条胳臂搭在他脖子周围，双脚荡在他身后。他用一只手抓住两条手臂，另一只手摸索墙壁。马里于斯的面颊触到他的面颊，贴在一起，血淋淋的。他感到从马里于斯身上流下来温热的血水，落在他身上，渗进他的衣服。但受伤者的嘴在他的耳畔呼出一股湿热的气，表明在呼吸，因此还活着。让·瓦尔让如今踏上的通道，不如第一条狭窄。让·瓦尔让走得相当吃力。昨天的雨水还没有流光,在沟底中央形成一条小小的急流,他不得不紧靠墙壁,避免双脚踩到水里。他这样在黑暗中走着。他像黑夜里的生物在看不见的地方摸索,失落在地下黑暗的坑道里。

然而,要么远处的通气口逐渐将一点浮动的光送到这浓黑的雾中,要么他的眼睛习惯了黑暗,他又恢复了某些蒙眬的视力,他重新开始隐约地时而意识到他触摸的墙,时而意识到他经过的拱顶。瞳孔在黑暗中放大,终于找到了亮光,同灵魂在不幸中扩张,终于找到了天主一样。

往前走很困难。

下水道的走向,可以说与上面街道的走向相应。在当时的巴黎,有两千两百条街。请想象一下所谓下水道这黑暗的管道网吧。当时存在的下水道系统,连接起来,长达十一法里。上文说过,由于近三十年的特殊工程,目前的管道网不下六十法里。

让·瓦尔让开始时搞错了。他以为是在圣德尼街下面,遗憾的是并不在那里。圣德尼街下面有一条石砌的旧下水道,始于路易十三时代,直通所谓主管道的污水干管,在右边与旧奇迹宫廷在同一水平线上只有一个拐角,也只有一条支道,即圣马丁下水道,它的四条分支交叉成十字形。但小丐帮街的管道入口离科林斯小酒店很近,从来不跟圣德尼街的地道相连;它通到蒙马特尔下水道,让·瓦尔让就走到那里。很容易迷路。蒙马特尔下水道是旧管道网中最错综复杂的。幸亏让·瓦尔让将菜市场下水道抛在身后,它的实测平面图呈现出一丛复杂的鹦鹉架;但是他前面有不止一个令他犯难的会合处,不止一个街道拐角——因为这是街道——在黑暗中好似一个问号显现出来：首先，在他的左面，宽阔的石膏窑下水道就像七巧板一样，把Ｔ字形和Ｚ字形的管道搅得更乱，从邮政大楼和小麦市场圆形大楼下面，直到塞纳河，末端呈Ｙ字形；其次，在他右面，钟面街的弧形通道有三个分叉，都是死巷；第三，在他的左面，槌球场支道很复杂，几乎在入口处形成叉杆形，斗折蛇行，通到卢浮宫巨大的排水池，池水分段向四面八方泄出；最后，在右面，守斋者街的下水道是条死巷，还不算在到达环城管道之前各处的小管道，唯有环城管道能够把他引导到远处的出口，以便安全脱身。

如果让·瓦尔让意识到上述的路径，只要摸一摸墙壁，就会很快发觉，他不在圣德尼街的地下长廊里。他摸到的不是古老的方石，不是连下水道也很傲慢、豪华的旧建筑，沟底和地基由花岗岩和肥石灰浆砌成，一图瓦兹要花费八百利弗尔，他会感到手下是现代的便宜货，办法经济，是混凝土地基，磨石粗砂岩加水磨灰浆砌成，每米花费两百法郎，所谓用"小料"的平民泥水工程；可是他对此一无所知。

他往前走，不安而平静，什么也看不见，什么也不知道，完全碰运气，就是说听天由命。

应该说，恐惧越来越袭上身来。包裹着他的黑暗，进入他的头脑。他走路像猜谜。这条下水道可怕得很；错综复杂得令人头昏目眩。落入这黑暗的巴黎是可悲的事。让·瓦尔让不得不找到他的路，即使看不见，几乎要闯出他的路。在这个陌生的地方，他冒险迈出的每一步，都可能是最后一步。他怎么走出去呢？他会找到一个出口吗？他会及时找到吗？这块巨大的地下海绵像石头蜂窝，能让人进来，又穿出去吗？会遇到意想不到的黑暗交叉点吗？会通到无法脱身和不可逾越的地方吗？马里于斯会出血过多而死吗？他会饿死吗？他们两个最终会迷路，在这黑暗之角变成两具尸骨吗？他不知道。他自问这一切，无法回答。巴黎的肚肠是危险的处所。他像先知一样，待在魔鬼的肚子里。

他突然吃了一惊。他不停地笔直往前，在最料想不到的时刻，他发觉不是往上走；水流拍打他的脚踵，而不是冲向他的脚尖。现在下水道往下降。为什么？他出其不意地来到塞纳河吗？危险很大，但后退的危险更大。他继续前进。

他不是往塞纳河走去。巴黎的地面在右岸的空地形成驴背形，一面斜坡在塞纳河，另一面在主管道。驴背的尖脊决定水的流向，路线随意不定。最高点是分流所在地，就在过了米歇尔伯爵街的圣阿伏瓦下水道、大马路附近的卢浮宫下水道、菜市场附近的蒙马特尔下水道一带。让·瓦尔让正来到这个最高点。他朝环城管道走去；他走对了路。但他一点儿不知道。

每当他遇到一条支道，他就摸一摸拐角，要是他感到入口不如他所在的通道宽，他便不走进去，继续往前走，判断正确：凡是更窄的路要通向死巷，只会使他远离目标，也就是出口。这样，他避免了上文列举的四个迷宫在黑暗中张开的四重陷阱。

他一时发觉，他已经走出暴动惊扰的巴黎那一区，街垒断绝了那里的交通，他回到了活跃的、正常的巴黎的下面。突然，他感到头顶上仿佛有打雷声，从远处传来，但持续不断。这是马车的辚鳞声。

他走了半小时左右，至少他内心这样估算，却还没有想到休息；只不过他换了扶住马里于斯的手。通道比以前更黑，但这种深沉使他安心。

骤然间，他看到自己前面的身影。它映在几乎辨别不清的微弱红光上，这光亮朦胧地染红了他脚下的沟底和头上的拱顶，并在通道黏糊糊的左右两壁上摇曳。他吃惊地回过身来。

他身后，在他刚走过的通道里，他觉得离开他很远的地方，有一种可怕的星星，闪闪发光，划破重重黑暗，好像在注视着他。

这是在下水道里升起的警察的暗星。

在这颗星星后面，模糊地晃动着八至十个挺直、朦胧、可怕的黑影。

二、说　明

六月六日的白天，有命令要在下水道搜捕。当局担心战败者躲在里面，警察厅长吉斯盖在布若将军扫荡地面上的巴黎时，不得不探索隐秘的巴黎；这双重行动是相关的，要求上面由军队，下面由警察所代表的武装力量采取双重战略。三队警察和下水道工搜查巴黎的下水道，第一队在右岸，第二队在左岸，第三队在旧城。

警察装备的是短枪、棍棒、剑和匕首。

此刻向让·瓦尔让射来的光，是右岸巡逻队的灯笼。

这支巡逻队刚搜查过隆起的长廊和三条在钟面街底下的死巷。

正当巡逻队在死巷深处提着灯笼照看时,让·瓦尔让半路遇上长廊的入口,发现比主要通道狭窄,便没有进去。他走了过去。警察从钟面街长廊出来时,似乎听到了环城下水道方向有脚步声。这确实是让·瓦尔让的脚步声。巡逻队长举起灯笼,小队的人朝声音传来方向的雾气中凝望。

对让·瓦尔让来说,这一刻难以描述。

幸亏他看清了灯笼,而灯笼却照不见他。灯笼是光,而他是黑影。他离开很远,混在下水道的黑暗中。他紧贴墙壁站住。

再说,他没有意识到身后活动着的是什么。没有睡觉,没吃东西,激动,已使他也进入幻觉状态。他看到一片光亮,光亮四周是一些恶鬼。这是什么?他不明白。

让·瓦尔让站住了,脚步声已经中止。

巡逻队的人在倾听,却听不见什么,他们在凝望,却看不到什么。他们商量起来。

这时期,在蒙马特尔下水道这个点上,有一个名叫"服务处"的十字路口,后来由于暴雨,水流汇聚其间,形成了一个小水塘,因此被当局取消了。巡逻队可能龟缩在这个十字路口中。

让·瓦尔让看到这些恶鬼围成一圈。这些狗头互相凑近,低声细语。

这些警犬商议的结果是,他们搞错了,刚才并没有脚步声,那里没有人,踏入环城下水道没有用,这是浪费时间,必须赶快朝圣梅丽那边走去,如果有什么事要做,有"鼓吹民主的青年"要追踪,应是在那个区里。

各党派不时给旧的骂人话换上新词汇。一八三二年,"鼓吹民主的青年"这个词填补空缺,"雅各宾"这个词已经过时,"煽动家"这个词曾经流行一时,当时几乎不用了。

中士下令偏左朝塞纳河的斜坡走去。如果他们想到分成两队,朝两个方向走去,让·瓦尔让就要被抓住了。这是千钧一发的时刻。很可能警察厅预见到会有战斗,起义者人数多,因此指示巡逻队不许分散。巡逻队又开始往前走,把让·瓦尔让抛在身后。让·瓦尔让摸不透这一行动,只看到灯笼猛一转身,消失了。

中士临走之前,为了尽到警察的责任心,朝丢下的那边,让·瓦尔让的那个方向开了一枪。枪声在这地下墓穴里滚动着回声,仿佛泰坦巨人的肠鸣。一块灰泥落在水沟里,将水溅到离让·瓦尔让几步远的地方,告诉他子弹打到他头上的拱顶。

有节奏而缓慢的脚步,在沟底回响了一会儿,逐渐因越来越远而消失了。那群黑影往纵深走去,光亮摇曳和飘忽不定,将拱顶照成淡红色,减弱然后消失了,寂静重新变得深沉,黑暗重新弥漫一切,失明和失聪重新占有黑暗;让·瓦尔让还不敢动弹,长久靠在墙上,尖起耳朵,睁大眼睛,凝望这幽灵似的巡逻队销声匿迹。

三、受到跟踪的人

应该公道对待当时的警察,即使在最严峻的情势下,警察还是沉着地完成维持交通和监视的职责。在警察看来,暴动不能用作借口,让坏人为非作歹,因政府处在危急中而忽视社会治安。日常勤务通过特殊勤务准确地执行，不能打乱。在一场难以预料的政治事件中，在可能发生革命的压力下，不能被起义和街垒分心，一个警察仍然要"跟踪"一个窃贼。

在六月六日午后，塞纳河陡峭的右堤岸上，越过残老军人院桥一点，正发生了这样的事。

今天已经不再有陡峭的河岸。河边面貌已经改变。

在这河岸上，有两个人隔开一段距离，好像互相观察，一个在回避另一个。在前面走的人竭力远去，跟踪在后的人尽力靠近。

这有如一盘象棋，在远处默然无声地下着。两个彼此都似乎不慌不忙，慢慢走路，仿佛每个人都生怕过急会让对手加快步子。

好像一只饥饿的猛兽跟踪一只猎物，又故意不在跟踪那样。猎物很狡猾，保持警惕。

被追逐的石貂和追捕的猎犬之间，可以观察到理想的比例。竭力逃遁的身材瘦小，尽力抓捕的人高马大，外貌凶蛮，一定不好对付。

前面那个感到力量悬殊，要摆脱后面那个；但显得气急败坏；谁观察到他，会看到他虽然逃跑，眼睛里却有恶狠狠的敌意，恐惧中含有咄咄逼人的意味。

河滩十分空旷；没有行人；几艘停泊的平底驳船上，甚至没有船夫，也没有装卸工人。

只能从对面沿河大街清楚地看到这两个人，对于隔岸观察的人来说，前面那个人显得很暴躁，罩衫破烂，身子歪斜，忐忑不安，瑟瑟发抖，而另一个人像是正式的公安人员，身穿官方礼服，纽扣一直扣到下巴。

如果就近看的话，读者也许认出了这两个人。

后者有什么目的呢？或许要让前面那个人穿得更暖和一些。

一个身穿国家制服的人，追逐一个衣衫破烂的人，这是为了让他也穿上国家发给的制服。只不过问题在于颜色。穿蓝色制服是光荣的；穿红色制服则令人不快。

有一种下等的紫红衣服。

前面那个人可能要避免这类不快和这类紫红衣服。

另外一个让他走在前面，还不抓住他，从表面看来，是希望看到他到达某个重要的碰头地点，来个一网打尽。这种巧妙的行动叫做"放长线钓大鱼"。

这个猜测之所以完全可能，是因为纽扣全扣上的那个人，从河岸上看到沿河大街驶过来一辆空出租马车，便向车夫示意；车夫明白了，显然认出在跟谁打交道，于是转过笼头，开始在沿河大街的高处慢慢地跟随这两个人。这一点前面那个衣衫褴褛而可疑的人并未发觉。

出租马车沿着香榭丽舍的树木行驶。从护墙上方可以看到车夫的胸部在移动，他手里握着马鞭。

警察局给警察下达的秘密指示之一，包含了这一条："有情况时，始终掌握一辆出租马车。"

这两个人各自运用无懈可击的策略，接近沿河大街的一道斜坡，斜坡通到河滩，当时这里能让来自帕西的出租马车夫给马在河里饮水。后来，出于对称的缘故，这道斜坡取消了；马渴得要命，但做到美观悦目。

穿罩衣的人可能要从这道斜坡上去,想逃往香榭丽舍,那里树木茂密,可是反过来很容易遇上警察,另外那个人轻而易举找到帮手。

这里离布拉克上校一八二四年从莫雷搬来安居的住宅不远,即所谓弗朗索瓦一世之家。附近有一个哨所。

令观察他的人大吃一惊的是,受追逐的人根本没有走饮马的斜坡。他继续沿着河滨路的河滩往前走。

他的处境明显变得严峻。

除非投到塞纳河里,他要干什么呢?

以后再也没有办法爬上河滨路了;再没有斜坡和台阶;这里靠近塞纳河弯,快到耶拿桥,河滩越来越缩小,最后成长舌形,没入水中。他不可避免被封锁了,右边是陡直的墙,左边和对面是河流,而警方穷追不舍。

不错,河滩末端有一堆六七尺高的瓦砾挡住了目光,瓦砾不知从什么地方拆下来。这个人期待绕到这堆瓦砾后面,就能藏身吗?办法未免幼稚。他当然不是这样想。窃贼决不会无知到这一步。

瓦砾堆在河边像小丘一样,成岬角状延伸至岸墙。

被跟踪的人来到这小丘旁,绕了过去,另一个人看不到他了。

后面的人看不见对方,对方也看不见他;他趁机抛开一切掩饰,快步赶上来。转眼间他来到瓦砾堆,绕了过去。他一下子呆住了。他追逐的人不见了。

穿罩衣的人无影无踪。

从瓦砾堆起,河滩只剩下三十来步一段,然后没入拍打着岸墙的水中。

逃跑的人不可能投入塞纳河,也不可能爬上沿河路而不被追赶的人看见。他到哪里去了?

扣好礼服的人一直走到河滩尽头,在那儿沉思了一会儿,双拳痉挛,目光在搜索。突然他拍拍额角。在地面消失、河水开始的地方,他刚看到一道低而宽的拱形铁栅门,安了一把大锁和三个大铰链。这道铁栅是一种开在沿河路下端的门,既对着河,又对着河滩。一条发黑的沟水从底部流过。这沟水流入塞纳河。

越过生锈的粗铁条,可以辨别出一条拱顶的幽暗通道。

那个人交抱起手臂,以自责的目光望着铁栅门。

看还不够,他想推开它;他摇了摇,铁栅岿然不动。很可能铁栅门刚被打开过,尽管没有听到任何声音,一道锈迹斑斑的铁栅门会这样真是咄咄怪事;但肯定的是它又重新锁上了。这表明,开这道铁栅门的人用的不是撬锁钩,而是钥匙。

竭力摇铁栅的人马上明白过来,不由得发出这愤怒的感叹:

"真厉害啊!有一把政府的钥匙!"

然后他立刻平静下来,用一连串几乎是讥讽的单音节字,表达内心的一大堆想法:

"绝!绝!绝!绝!"

说完,不知期待什么,要么想看到那个人出来,要么想看到其他人进去,他守在瓦砾堆后面埋伏着,带着猎犬的恼怒和耐心。

至于出租马车,按他的一举一动行事,停在他头顶的护墙旁边。

车夫预见到要停很长时间，便把马嘴套在下面装着湿燕麦的口袋里，巴黎人都很熟悉这种口袋；顺便说说，历届政府有时也把巴黎人的嘴套在口袋里。耶拿桥寥寥无几的行人离开之前，回过头来看看这两样不动的景物：河滩上的人，沿河路上的出租马车。

四、他也背负十字架

让·瓦尔让继续往前走，不再停下。

路越走越吃力。拱廊的水平线在变化；平均高度约五尺六寸，按人的身高计算；让·瓦尔让不得不弯着腰，免得马里于斯碰到拱顶；他时刻弯下腰，又挺起身来，不断摸墙。湿漉漉的石头和黏糊糊的沟底使他手撑不住，脚站不稳。他在城市难闻的粪水中跌跌撞撞。通气口断断续续透进来的光，要隔很长一段距离才出现，非常暗淡，以致白日的阳光显得像月光；其余一切是雾、疫气、昏暗、漆黑。让·瓦尔让又饿又渴；尤其口渴；这里像海一样，到处是水，却不能喝。读者知道，他的力气惊人，由于生活圣洁、简朴，年纪大了也减少不多，眼下却开始挺不住。他感到疲乏，力气递减使重负增加。马里于斯也许死了，像死尸那样沉甸甸的。让·瓦尔让托住他，不让他的胸脯难受，使呼吸尽可能畅通。他感到胯下老鼠迅速蹿过去。有一只受惊，甚至咬了他。从下水道口不时吹来一股新鲜空气，令他振作。

当他来到环城下水道时，大约是下午三点钟。

他先是对通道扩大感到惊奇。他骤然来到一个长廊里，他的手摸不到两边的墙壁，他的头碰不到拱顶。主管道确实宽八尺，高七尺。

在蒙马特尔下水道和主管道相连之处，另外两条下水道，即普罗旺斯街下水道和屠宰场下水道汇合成十字路口。在这四条管道之间，不那么明智的人就会举棋不定。让·瓦尔让选择了最宽的一条，就是说环城下水道。但问题又来了：往下走还是往上走？他想，形势紧迫，他必须不顾一切危险，来到塞纳河边。换句话说，往下走。他向左拐。

他选得好。因为以为环城下水道有两个出口，一个往贝尔西去，另一个往帕西去，顾名思义，那是环绕巴黎右岸的下水道，那就错了。应该记得，主管道就是梅尼蒙唐旧水沟，如果往上走，会通到一条死巷，就是说它以前的起点、源头，在梅尼蒙唐小丘脚下。没有直接通连从波潘库尔区开始汇集巴黎污水的支道，这条支道通过以前的卢维埃岛上面的阿姆洛下水道，流入塞纳河。它补充污水干道，又与之分开，就在梅尼蒙唐街下面，有一块高地分流为上游和下游。要是让·瓦尔让沿长廊而上，他千辛万苦，精疲力竭，奄奄一息，会在黑暗中遇到一堵墙壁。他就完了。

迫不得已时，可以返回来一点，走进髑髅地修女下水道，只要不在布什拉十字路口鹅掌形道口迟疑不决，踏上圣路易通道，然后往左踏上圣吉尔管道，再然后往右拐，避开圣塞巴斯蒂安长廊，就能到达阿姆洛下水道，从那里开始，只要不在巴士底广场下面 F 形的地方迷路，就会在军工厂附近的塞纳河找到出口。但是，要做到这一点，必须熟谙巨大珊瑚状的下水道所有的支道和所有的出口。

应该强调,他对自己所走的可怕道路一无所知;如果要问他在什么地方,他会回答:"在黑暗中。"

他的本能帮了他的大忙。往下走,这确实可能得救。

他把右面这两条通道丢在一边:它们在拉菲特街、圣乔治街和昂丹街有支管的长廊下面,形成爪形分支。

越过确实是玛德兰街支道的水沟一点,他停住了。他非常疲惫。一个相当宽的通气口,可能是安茹街的洞眼,射进来相当强烈的光。让·瓦尔让像对受伤的兄弟那样,轻轻地将马里于斯放在下水道的沟坡上。马里于斯血淋淋的脸,显现在通气口的白光下,像在坟墓的深处一样。他双眼紧闭,粘在鬓角的头发,好像蘸了红颜料风干的画笔,双手下垂,一动不动,四肢冰冷,嘴角凝结血块。领结上也凝聚了一个血块;衬衫插进伤口,外套的呢子擦着翻开来的鲜肉。让·瓦尔让用手指拨开他的衣服,将手按在他的胸腔上;心脏还在跳动。让·瓦尔让撕开衬衫,尽可能包扎伤口,止住流血;然后,在这半明半暗中,他俯向始终失去知觉,几乎没有呼吸的马里于斯,怀着难以形容的仇恨注视他。

他弄乱马里于斯的衣服时,在口袋里找到两样东西,一是昨天忘在那里的面包,一是马里于斯的活页夹。他吃了面包,打开活页夹。在第一页上,他看到马里于斯写下的几行字。读者记得:

"我叫马里于斯·蓬梅西。把我的尸体送到我的外祖父吉尔诺曼先生家里:玛雷区髑髅地修女街六号。"

让·瓦尔让借着通气口的光,看了这几行字,沉吟了一会儿,小声重复:髑髅地修女街六号,吉尔诺曼先生。他把活页夹放回马里于斯的口袋里。他吃过面包,恢复了力气;他重新把马里于斯扛在背上,小心地让他的头靠在自己的右肩上,又开始往下水道走。

主管道按梅尼蒙唐山谷的谷底线往前,长约两法里。很长一段沟道铺了石块。

我们把巴黎街名当作火炬,为读者照亮让·瓦尔让在地下行走的路线,而让·瓦尔让并没有这支火炬。没有什么告诉他,他穿过什么城区,他走的是什么路线。只不过,他不时遇到投下来的光越来越暗淡,表明太阳正离开街面,白日将尽;他头顶上马车的辚辚声变得时断时续,然后几乎停止,他得出结论,他已不再在巴黎的中心,接近了偏僻地区,靠近外环路或沿河路的尽头。房子和街道越少的地方,下水道的通气口也越少。让·瓦尔让的周围黑暗越来越浓。他仍然往前走,在黑暗中摸索。

这片黑暗突然变得可怕。

五、流沙狡猾无情似女人

他感到踏入水中,脚下不再是石块,而是污泥。

在布列塔尼或苏格兰的海岸,有时,一个人,一个旅行者或一个渔夫,落潮时走到离岸边很远的海滩,突然发觉已有好几分钟他走得有点吃力。他脚下的海滩好似沥青;鞋底粘在上面;这不再是细沙,而是胶泥。海滩完全是干的,但抬起脚每走一步,留下的脚印积满了水。再说目力看不出任何变化;无边的海滩单调、平静,沙子看来是一样的,分不清实地和软乎乎的地;小群欢快的海蚜虫继续在行人的脚上乱跳。这个人在走路，朝着陆地一直往前走，力图靠近岸边。他没有惊慌不安。不安什么？他不过感到有点异样，仿佛每走一步，脚步越来越沉重。骤然间他陷了下去。陷下两三寸深。他肯定走错了路；他站住了，想辨清方向。突然他往脚下看。他的脚消失了。沙子覆盖住脚。他从沙中拔出脚来，他想按原路回去，他转身朝后退；他陷得更深。沙子没到脚踝，他拔出脚来，扑向左边，沙子埋到膝盖，他扑向右边，沙子埋到腿弯。于是他恐惧万分地看到，自己陷入流沙中，他脚下是个可怕的地方，人无法行走，鱼无法游动。如果他拿着重东西，他会扔掉，像遇难的船要减轻负荷一样；他已经来不及了，沙子埋到他的膝盖之上。

他叫唤，挥动帽子或手帕，沙子埋得越来越深；如果海滩不见人影，陆地很远，沙滩臭名昭著，附近又没有好汉，那就完了，他就注定要陷入流沙了。这种令人魂飞魄散的埋葬时间长，无法摆脱，残酷无情，不慢不快，持续好几小时，没完没了，让你站在那里，自由而健康，拉住你的脚，你一使劲，发出一声呼喊，就把你往下拖一点，好像用加倍拽你来惩罚你的抵抗，徐徐地把人拉回地里，同时让他有时间观看地平线、树木、绿色的田野、平原上村庄的炊烟、海上的船帆、飞翔欢叫的海鸟、太阳、天空。埋进沙里，这是坟墓化为海潮从地底升向一个活人。每分钟都要忍受这无情的埋葬。可怜的人想坐下来，躺下来，往前爬；他每做一个动作都把他埋得更深；他挺起身，却往下陷；他感到被吞没了；他嚎叫，哀求，向云彩呼喊，扭动双臂，感到绝望。现在沙子埋到肚子；沙子达到胸部；他只剩下上半身。他举起双手，发出愤怒的呻吟，指甲痉挛地插入沙中，想抓住这灰泥，用双肘撑住，以便从这软套子中拔出来，号啕大哭；沙子在上升。没到了肩膀，没到了脖子；现在只有脸露在外面。嘴在叫，沙子灌满了嘴；缄默无声。眼睛还在看，沙子把眼睛封上；黑夜。然后额头逐渐消失，有一点头发在沙上颤动；一只手伸出来，洞穿沙滩表面，抖动、摇晃，然后消失了。一个人悲惨地吞没了。

有时，骑手同坐骑一起陷入沙中；有时车老板同大车一起陷进去；全部葬在海滩之下。这是在水之外的沉没。这是陆地淹没了人。陆地浸透了海洋，变成了陷阱。它像原野一样平展展，像波涛一样张开大口。深渊是这样无情无义的。

这类惨剧在海滩上司空见惯，三十年前，在巴黎的下水道里也可能发生。

在一八三三年的重大工程动工之前，巴黎的下水道会突然下陷。

水渗入某些特别容易碎的隐蔽地层；沟底无论是像旧下水道铺石板，还是像新下水道铺混凝土水石灰，如果没有任何支撑点，就会折断。这种沟底出现折断，就是一道裂缝；一道裂缝，就是崩塌。沟底塌陷一段。这种裂缝是泥潭的口，在专门术语中称为"沉陷"。沉陷是什么？这是在海边突然遇到的下沉的流沙；这是下水道中圣米歇尔山的海滩。土壤浸透了水，就像溶解在里面；所有的分子都悬浮在软绵绵的质地中；这不是土壤，这也不是水。有时这一层很深。没有什么比这样的遭遇更可怕的了。如果水占多数，死得就快，一下子吞没了；如果土占的比例大，死得就慢，是沉陷下去。

能想象这样一种死亡吗？倘若海滩上的沉陷是可怕的，在下水道会怎样呢？不是在露天、阳光灿烂、大白天、天宇寥廓、尘嚣阵阵、悠闲的云彩下生机勃勃、望得见的远帆、各种各样的希望、可能出现的路人，直到最后一刻可能获救，不是这一切，而是耳聋、失明、黑洞洞的拱顶、现成的坟墓、死在污泥中、盖顶下！被污秽窒息，像在一口石椁里，窒息在污泥中张开利爪，抓住你的咽喉；恶臭渗入咽气中；不是海滩，而是污泥，不是风暴，而是硫化氢，不是海洋，而是污秽！叫喊、咬牙、扭动、挣扎、慢慢咽气，在你头顶之上，这巨大的城市却一无所知。

这样死真是难以描绘地骇人！死亡有时以某种可怕的崇高赎回它的残酷。在火刑堆上，在海难中，人可以显得伟大；在火中和水中，有可能表现出高风亮节；在死难时容貌升华。这里却根本不是。死亡时不干不净。咽气使人丢脸。最后浮动的影像是污秽的。烂泥是耻辱的同义词。渺小、丑陋、卑污。像克拉朗斯[1]一样在玛尔伏瓦兹葡萄酒桶中死去，那还可以；像埃斯库布洛一样在烂泥沟里死去，那就可怕了。在里面挣扎不堪入目；临死时还在乱踩。黑得像地狱一样，烂泥多得像泥潭一样，垂死者不知道要变成幽灵还是癞蛤蟆。

别处的坟墓都是阴森的，这里的坟墓是丑恶的。

沉陷的深度、长度和密度，根据土质的恶劣程度而变化。有时沉陷三四尺，有时八至十尺；有时深不见底。这里的泥几乎是坚实的，那里则几乎是稀泥。在吕尼埃尔沉陷地带，一个人消失要用一

---

[1] 克拉朗斯（1449～1478），英国爵爷，因谋反国王，被判死刑，他要求溺死在葡萄酒桶里。

天，而菲利波泥潭只消五分钟就吞噬掉人。烂泥的承载力按密度大小而定。一个孩子能获救的地方，一个大人却要完蛋。获救的要则，是摆脱一切负载。扔掉工具袋或背篓、石灰槽，凡是感到脚下土地下陷的下水道工，都是这样做的。

沉陷有各种原因：土质松脆；人难以了解的深层崩塌；夏天暴雨；冬天的连续阵雨；连绵细雨。有时，灰泥层或沙土层附近的楼房重负，压迫下水道的拱顶，使之变形，或者沟底在推压下会崩裂。一百年前，先贤祠就这样下沉堵塞了圣热纳维埃夫山的一部分下水道。当一条下水道在楼房的重压下崩塌时，有些时候，上面街道便反映出这种变动，石块呈齿状裂缝；这条裂缝蜿蜒伸展，与龟裂的拱顶相应，毛病反映出来，抢修便十分迅速。有时，里面的损坏没有一点痕迹反映到外面。在这种情况下，下水道工就倒霉了。他们进入毁坏的下水道时不加小心，就可能完蛋。旧档案提到好几名污水井工人就这样埋在沉陷地层。写出了名字，其中有一个名叫布莱兹·普特兰，这个下水道工埋在卡雷姆-普勒南街空地下面的塌层里；他是尼古拉·普特兰的兄弟，普特兰是一七八五年取消的圣婴公墓最后一个掘墓工。

还有我们上文刚提到的年轻而可爱的德·埃斯库布洛子爵，围攻莱里达的一个英雄，他们攻城时穿着丝袜，用小提琴开路。一天夜里，德·埃斯库布洛，在他的表妹德·苏尔迪斯公爵夫人家里被人发现，他为了躲避公爵，藏在博特雷伊下水道的泥坑里淹死了。德·苏尔迪斯夫人在听人叙述死讯时，要嗅盐瓶，由于闻嗅盐，顾不上哭了。在类似情况下，谈不上坚贞的爱情；下水道扑灭了爱情。

赫罗拒绝洗净勒安得耳的尸体。[1] 提斯柏从皮拉摩斯面前经过，捂上鼻子说："呸！"[2]

六、沉　陷

让·瓦尔让来到沉陷地段。

这类崩塌当时在香榭丽舍地下经常发生，下水道工程很难施工，由于泥沙流动性太大，地下建筑难以保存。这种流动性超过圣乔治区流沙的不稳定性，只能用混凝土浇灌的石基才能克服，也超过殉教者区散发沼气恶臭的黏土层的流动性，这黏土层十分稀薄，只能用铸铁管来接通。一八三六年，拆毁和重建圣奥诺雷街区下面的石砌旧下水道，让·瓦尔让眼下就踏入这里；香榭丽舍的地下流沙直通到塞纳河，妨碍工程进展，以致延续了六个月，河岸居民，尤其有公馆和华丽马车的河岸居民啧有烦言。施工非常困难，十分危险。塞纳河下了四个半月的雨，三次涨水，这倒是真的。

让·瓦尔让遇到的沉陷原因在于昨天下过暴雨。地下流沙支撑不住石块下陷，积存雨水。经过渗透，继而便发生崩塌。沟底裂开，下沉到烂泥中。有多长？说不准。黑暗比别的地方更浓重。这是黑

---

[1] 据希腊神话，勒安得耳爱上了阿佛罗狄忒的女祭司赫罗，每夜都渡过海峡去幽会。赫罗为了帮他渡海，在塔上燃起灯火。一次风暴吹灭了灯火，勒安得耳淹死。赫罗见尸体后，亦投海而死。事见奥维德的《赫罗伊德》。
[2] 据奥维德的《变形记》，巴比伦的一对情侣，受到父母阻挠，只能在墙缝中互诉衷曲。二人相约逃走。提斯柏先到约会地点，见母狮在吞食一只牛，匆匆离开，失落她的外衣。皮拉摩斯发现血迹斑斑的外衣，以为她被野兽吞食，便在桑树吊死。提斯柏后来见到情人的尸体，也自杀而死。

夜洞穴中的一个泥坑。

　　让·瓦尔让感到脚下的石块下陷。他走进了泥泞地。表面是水，底下是泥浆。必须走过去。原路返回不可能了。马里于斯奄奄一息，让·瓦尔让精疲力竭。再说怎么走呢？让·瓦尔让往前走。况且开头几步泥坑并不深。但随着他往前，他的脚陷下去。不久，泥浆没到小腿肚子，水高过膝盖。他迈着步，双臂尽量把马里于斯抬高到水面上。现在泥浆到达腿弯，而水到达腰部。他已经不能后退。他越陷越深。这泥浆还很稠，能承载一个人的重量，却显然不能承受两个人。马里于斯和让·瓦尔让单独走倒有机会脱险。让·瓦尔让继续往前走，把稳这个垂死的人，这也许是一具死尸了。

　　水到达腋窝下；他感到往下沉；在这样深的烂泥中，他很难行动。泥浆稠是支撑，也是障碍。他始终抬起马里于斯，消耗了大量体力，往前走着；但他在往下陷。只有头露出水面，他的双臂举起马里于斯。在表现大洪水的古画中，一位母亲就是这样举起孩子的。

　　他还在往下陷，他向后仰起头，避开水，以便呼吸；谁看到他在这黑暗中，会以为看到一副面具飘浮在黑暗之上；他蒙眬地看见自己头顶上马里于斯耷拉的头和刷白的脸；他拼命使劲向前跨出一步；他的脚碰到说不清的硬东西。一个支撑点。恰是时候。

　　他挺直身子，扭动着，猛地一下站稳在这个支撑点上。他觉得这是踏上重返生命阶梯的第一级。

　　这个支撑点，九死一生时在泥浆中遇到，是沟底另一面斜坡的开端，下陷而未断裂，在水下像木板一样弯曲，是完整的一块。砌得好的石沟像拱顶一样，十分坚固。这一段沟底，部分淹没但仍很坚实,是一道真正的斜坡,一旦来到这斜坡上,就得救了。让·瓦尔让爬上这道斜面,到达泥坑的另一面。

他迈出泥水,绊到一块石头,跪倒在地。他感到这是公道的,在地上待了一会儿,灵魂沉浸在对天主说不清的祈祷中。

他又站起来,瑟瑟颤抖,浑身冰冷,发出恶臭,在背上垂死者的重压下弯腰弓背,泥浆直往下淌,而心灵充满了奇异的光辉。

七、有时以为到岸却搁浅

他又开始上路。

如果他没有在沉陷地区丢掉性命,看来他却用尽了力气。这拼命挣扎使他精疲力竭。现在,疲惫到极点,每走三四步,他就不得不歇口气,靠在墙上。有一次,他不得已坐在斜坡上,改变一下马里于斯的位置,他以为要这样待下去了。可是,他的精力是用尽了,他的毅力却没有。他又站了起来。

他不顾一切地往前走,几乎走得很快,这样走了百来步,没有抬头,差不多没有喘息,突然撞在墙上。他来到下水道的拐弯处,低着头撞上拐角,碰到墙上。他抬起头,在地道尽头,前面远处,很远的地方,他瞥见一道光。这回,不是可怕的光了;这是美好的白光。这是亮光。

让·瓦尔让看到了出口。

一颗地狱中的灵魂,在炉火中突然看到地狱的出口,会有让·瓦尔让的感受。它会扇动烧残的翅膀,拼命地飞向光灿灿的大门。让·瓦尔让不再感到疲倦，不再觉得马里于斯很重，他恢复了钢筋铁骨的腿力，与其说走不如说跑。随着接近，出口越来越清晰地显现出来。这是一道圆拱门，比逐渐降低的拱顶要低，也比同时缩小的拱廊要宽。隧道收口成漏斗形；这样收紧有缺陷，模仿监狱的边门，在监狱里是合乎逻辑的，在下水道却是不合乎逻辑的，后来改掉了。

让·瓦尔让来到出口。

他在那里站住。

这确是出口，却不能出去。

圆拱口有一扇粗铁栅门关闭，从外表看来，铁栅门铰链生锈，难得开关，一把厚重的锁锈成红色，好似一块大红砖，把铁栅门锁定在石头门框上。看得见锁孔，还有深深插入锁横头的粗锁舌。锁明显锁了两道。这是监狱用的一种锁，老巴黎常常滥用。

铁栅门之外，是露天，河流，日光，狭窄的河滩，但可以通行，远处的堤岸，巴黎，这容易藏身的深渊，宽阔的天际，自由。右边下游处是耶拿桥，左边上游处是残老军人院桥；这个地方有利于等待黑夜来临再逃走。这是巴黎的偏僻地区之一；河滩对面是大砾石教堂。苍蝇穿过铁栅进进出出。

可能是傍晚八点半。落日西沉。

让·瓦尔让将马里于斯放在沿墙沟底干燥的地方，然后走到铁栅，双手攥住铁条；使劲摇晃，但动摇不了。铁栅纹丝不动。让·瓦尔让逐根抓住铁条，希望能找到最不结实的一根，用作杠杆，把门撬开，或者砸碎铁锁。任何铁条都摇动不了。虎牙也不如插槽那样结实。没有撬棍;不可能撬开。这个障碍无法克服。没有办法打开门。

只得在这儿了结吗?怎么办?会有什么结果?退回去,再走经过的可怕路线;他没有这样做的力气了。再说,出于奇迹才死里逃生,怎么重新穿越这个泥坑呢?过了泥坑,就没有巡逻队了吗?不能逃脱两次吧?况且,往哪里走呢?走哪个方向?沿着斜坡走,根本到不了目的地。即令到达另一个出口,也会碰到盖子或铁栅门堵住。所有出口都毋庸置疑这样关闭。进来那道铁栅碰巧打开,但显然,其他所有的下水道口都关闭了。他只有越狱的本事。

完了。让·瓦尔让所做的一切都是徒劳的。天主做出拒绝。

他们两人落在死亡阴暗的巨网中,让·瓦尔让感到,黑暗中可怖的蜘蛛在颤动的黑网上奔过来。

他转过去背对铁栅,跌坐在石块上,不是坐在那里,而是瘫倒了,靠近始终一动不动的马里于斯,他的头扑在两膝之间。没有出路。这是极度的焦虑。

在深深的沮丧中,他想到谁呢?既不是他自己,也不是马里于斯。他想到柯赛特。

八、撕下的一块衣襟

在沮丧万分的时候,有只手按在他的肩上,有个声音轻轻地对他说:

"对半分。"

这黑暗中有人？绝望比什么都更像梦境。让·瓦尔让以为在做梦。他根本没有听到脚步声。可能吗？他抬起眼睛。

一个人站在他面前。

这个人身穿一件罩衣；他赤着脚；他的左手拿着鞋子；显然他脱下鞋子，走到让·瓦尔让旁边，才能不让人听到他走过来。

让·瓦尔让没有犹豫。尽管相遇出乎意料，他还是认识这个人。这个人是泰纳迪埃。

可以说，虽然他像惊醒过来一样，让·瓦尔让习惯戒备，久经必须迅速应付意外打击的锻炼，他马上恢复了清醒。况且，局面不可能更恶化，困境到达一定程度就不可能再加强，连泰纳迪埃也不能使黑夜更黑。

等待了一会儿。

泰纳迪埃把右手举到额角，手搭凉篷，然后蹙眉眨眼，轻轻抿紧嘴巴，这表明想认人时集中鬼精灵的注意力。他认不出来。上文说过，让·瓦尔让背对着光，再说他面容大变，满是泥污和血迹，即使大白天也很难认出他。相反，泰纳迪埃被铁栅那边的光照个正着，这地道的光确实很苍白，不过照得很清晰，正如平凡而有力的比喻所说的，马上跳到让·瓦尔让的眼睛里。在两种情势和两个人之间，即将展开的、不可思议的决斗中，情况不同足以使让·瓦尔让占了几分优势。面目不清的让·瓦尔让和暴露无遗的泰纳迪埃，在这里狭路相逢。

让·瓦尔让随即发觉，泰纳迪埃没有认出他。

他们在这半明半暗中互相注视了一会儿，仿佛在彼此衡量。泰纳迪埃首先打破沉默。

"你打算怎么出去?"

让·瓦尔让没有吭声。

泰纳迪埃继续说:

"不可能撬开门。而你必须从这儿出去。"

"不错,"让·瓦尔让说。

"那么,对半分。"

"你这是什么意思?"

"你杀了人;好呀。我呢,我有钥匙。"

泰纳迪埃用手指着马里于斯。他继续说:

"我不认识你,但我想帮助你。你得讲交情。"

让·瓦尔让开始明白了。泰纳迪埃把他当作一个杀人犯。

泰纳迪埃又说:

"听着,伙计。你杀死这个人,不会不看他口袋里有什么。分一半给我。我给你打开门。"

于是他从满是窟窿的罩衣下面半掏出一把大钥匙,加上说:

"你想看看田野的钥匙[1]是什么样子吗?在这儿。"

让·瓦尔让"傻眼"了,这个词是老高乃依的;他甚至怀疑眼前的事是不是真的。这是老天爷在泰纳迪埃身上化为可恶的形象,又是从地底下钻出来的天使。

泰纳迪埃把手塞进藏在罩衣下的一只大口袋里,掏出一根绳子,

---

[1] 法语成语"掌握田野的钥匙",意即"逃走"。

递给让·瓦尔让。

"拿着,"他说,"我附加给你这根绳子。"

"要绳子干什么?"

"你还需要一块石头,你在外边可以找到。那边有一堆瓦砾。"

"要一块石头干什么?"

"傻瓜,既然你要把这短命鬼扔到河里,你就需要一块石头和一根绳子,要不然会漂在河上。"

让·瓦尔让接过绳子。人人都会这样机械地接受。

泰纳迪埃打了个响指,仿佛突然有个想法:

"啊,伙计,你是怎么从泥坑那边脱身的?我可不敢冒险。呸!你身上真难闻。"

歇了半晌,他又说:

"我向你提问题,而你有理由不回答。这是学会对付预审法官盘问那讨厌的一刻钟。再说,一声不响,就不会盛气凌人。没关系,因为我看不出你的脸,我不知道你的名字,你以为我不知道你是谁,想干什么,那就错了。这是明摆着的事。你摆平了这位先生;眼下你想把他藏到一个地方。你要找到河流,这是掩盖蠢事的好地方。我让你摆脱困境。帮助一个有难处的好伙计,正合我的意。"

他一面赞成让·瓦尔让沉默,一面显然竭力让他说话。他推让·瓦尔让的肩膀,想看看侧面,提高了声音,但不超出他保持的中等音量:

"至于泥坑,你这家伙真了不起。干吗你不把这人扔在那里?"

让·瓦尔让保持沉默。

泰纳迪埃把当作领带的破布条提到喉结，这个动作补足了讲话认真、敢作敢为的神态；他接着说：

"说实话，你也许干得聪明。明天工人来填坑，准定会发现扔在那里的死尸，警方会顺藤摸瓜找到你的踪迹，追到你跟前。有人通过下水道。谁？他从哪儿出来？有人看到他出来吗？警察可机灵了。下水道靠不住，把你暴露出来。找到这儿的人很少，这就引人注目，很少人利用下水道干好事，而河流是属于大家的。河流，这是真正的墓坑。一个月以后，会在圣克卢的网里捞到你那个人。嗨，这有什么用呢？这是一具腐尸罢了！谁杀死这个人？巴黎。法院甚至不调查。你做得对。"

泰纳迪埃越是喋喋不休，让·瓦尔让越是沉默不语。泰纳迪埃重新摇他的肩膀。

"现在，咱们谈妥了吧。平分。你看到了我的钥匙，你的钱也给我看看。"

泰纳迪埃惊惶不定，像头野兽，鬼鬼祟祟，有点虚张声势，但保持友好。

有一点很古怪：泰纳迪埃的举止不自然，神态不自在；尽管没有装出神秘的样子，但他低声说话；他不时将手指按在嘴上，轻声说："嘘！"很难猜出究竟。除了他们两人，那里没有人。让·瓦尔让寻思，其他匪徒也许藏在哪个旮旯里，泰纳迪埃不想与他们分享。

泰纳迪埃又说：

"咱们了结吧。短命鬼兜里有多少钱？"

让·瓦尔让在身上摸索。

读者记得，身上总是带着钱是他的习惯。他注定的凄凉生活要应付意外，使他把身上带钱当成一条要则。但这次他却措手不及。昨天晚上，他穿上国民自卫军的制服时，沉浸在沮丧中，忘了带皮夹子。他的背心口袋里有点零钱。总共三十来法郎。他翻开浸透泥水的衣兜，把一个金路易、两枚五法郎的钱币和五六个铜钱放在沟底的斜坡上。

泰纳迪埃将下嘴唇往前努一下，又意味深长地扭扭脖子，说道：
"你杀人就为这么一点钱呀。"

他非常随便地开始摸让·瓦尔让的口袋和马里于斯的口袋。让·瓦尔让一心一意背对着亮光，任凭他去做。泰纳迪埃在摆弄马里于斯的衣服时，以扒手的灵巧，设法撕下一块衣襟，藏在自己的罩衣下，不给让·瓦尔让发觉，他可能以为今后这块布能让他认出被谋杀的人和凶手。再说，除了三十法郎，他什么也找不到。

"不错，"他说，"一个扛着另一个，你们却只有这么一点儿。"

他忘了自己的话："对半分，"统统拿走了。

他对几个铜钱有点犹豫。经过考虑，也拿走了，咕噜着说：
"没关系！捅死人太随便了。"

完事以后，他从罩衣底下又掏出钥匙。

"现在，朋友，你该出去了。这里同市集上一样，付了钱就出去。你付了钱，出去吧。"

他笑了起来。

他用这把钥匙帮一个陌生人，让别人而不是自己从这道门出去，是出于要救出一个凶手的纯粹而无私的愿望吗？这是令人怀疑的。

泰纳迪埃帮让·瓦尔让把马里于斯重新扛到肩上,然后踮起光脚尖,朝铁栅门走去,一面示意让·瓦尔让跟着他。他朝外边张望,将手指按在嘴上,停了几秒钟,仿佛悬而未决;察看过以后,他把钥匙插进锁孔。锁舌滑动,门打开了。没有发出吱吱哑哑的声音。做得非常轻。显而易见,这道铁栅门和铰链仔细加过油,比人们想象的更经常打开。这种悄然无声令人胆寒;让人感到夜间出没的人悄悄地来来去去,无声地进进出出,踩着像狼一样犯罪的脚步。下水道显然是秘密团伙的同谋。这道默默无声的铁栅门是个窝主。

泰纳迪埃打开一点铁栅门,刚好让让·瓦尔让通过,便重新关上铁栅,在锁孔里转了两圈,又消失在黑暗中,像气息一样悄无声息。他仿佛用老虎毛茸茸的爪子走路。

转眼间,这个可恶的天主又无影无踪了。

让·瓦尔让来到外面。

九、在行家看来,马里于斯好像已死去

他让马里于斯滑落在河滩上。

他们已在外面!

疫气、黑暗、恐惧,丢在了身后。干净、纯洁、活跃、欢快、可以自由呼吸的空气,充溢他身心。他周围一片寂静,这是蓝天下落日后的迷人寂静。暮色苍茫;黑夜来临,黑夜是所有需要以黑暗为大衣,摆脱惶恐不安的人的大救星和朋友。天空以巨大的宁静向四面八方扩展。河流带着接吻的声音来到他的脚下。传来香榭丽舍

的榆树丛中，鸟巢互道晚安的空中对话。几颗星星轻轻刺破淡蓝的天穹，唯独沉思遐想者才能看到，在无垠的苍穹中发出看不清的闪光。夜晚在让·瓦尔让的头上展开茫茫天宇的全部温馨。

这是又不确定又美妙的时刻，既不说是也不说否。夜色已相当浓，隔开一段距离，人便沉没其中，但暮色还相当亮，就近尚能彼此辨别出来。

有一会儿，让·瓦尔让被这片庄严而迷人的静谧不可抗拒地征服了；存在这种忘我的时刻；痛苦不再折磨生活悲惨的人；一切思虑都从头脑中消失；平静像黑夜覆盖着沉思者；在扩散的暮色中，灵魂效仿闪烁的天空，布满了繁星。让·瓦尔让禁不住仰望头上辽阔的明亮夜空；他沉思着，在永恒天空的庄严寂静中，心醉神迷，默默祈祷。然后，仿佛恢复了责任感，他赶快俯向马里于斯，用手心捧起河水，轻轻在他的脸上洒上几滴。马里于斯的眼皮没有睁开；但他微微张开的嘴在呼吸。

让·瓦尔让重新把手伸到河里，突然他感到说不清的别扭，好像有人悄悄来到他身后。

我们已经在别处指出过这种印象，大家都熟悉。

他回过身来。

像刚才一样，果然有人在他身后。

一个高身材的人，穿了一件长礼服，交抱着手臂，右手握着一根包铅头的短棍，站在后面，离蹲在马里于斯身旁的让·瓦尔让几步远。

在暮色中，这像一个鬼魂。普通人会因暮色而害怕，而审慎的人会因短棍而害怕。

让·瓦尔让认出是沙威。

读者无疑猜到了，追捕泰纳迪埃的人就是沙威。沙威出乎意料地离开街垒以后，来到警察厅，在短暂的接见中，向厅长本人口头汇报了情况，然后马上又去执勤。读者想必记得从他身上搜出的通知，他的任务是监视从右岸到香榭丽舍的河滩，右岸近来已引起警方的注意。他在那里看到泰纳迪埃，跟踪而来。其余情况读者都知道了。

读者也会明白，这道铁栅门能这样殷勤地为让·瓦尔让打开，是泰纳迪埃的鬼主意。泰纳迪埃感到沙威始终在那里；被盯梢的人嗅觉不会搞错；要给这条警犬扔一根骨头。一个凶手，是多么意外的收获啊！这是丢卒保车，对方决不会拒绝。泰纳迪埃以让·瓦尔让代替他出去，送给警察一个猎物，让警察放弃追踪他，追查一个更大的案子，自己受到忽略，沙威等候有所收获，这样总会使密探满意，至于他，赚到三十法郎，趁警察分心，逃之夭夭。

让·瓦尔让从一个暗礁撞到另一个暗礁上。

接连两次狭路相逢，从泰纳迪埃手里落入沙威手里，打击是沉重的。

沙威没有认出让·瓦尔让，上文说过，他面目全非了。沙威仍然交抱着手臂，不易觉察地捏紧短棍，用短促而平静的声音说：

"您是谁？"

"是我。"

"是您？"

"让·瓦尔让。"

沙威用牙齿咬住短棍,屈膝俯身,将两只强有力的手按在让·瓦尔让的肩上,像铁钳似的紧紧抓住,审视和认出了他。他们的脸几乎碰上了。沙威的目光十分可怕。

让·瓦尔让在沙威紧紧抓住之下,木然不动,犹如一头狮子容忍一只猞猁的爪子。

"沙威警官,"他说,"您抓住了我。不过,从今天早上起,我就把自己看成您的犯人了。我把地址告诉您,就决不想逃走。逮捕我吧。只不过请答应我一件事。"

沙威好像不在听。他死死盯住让·瓦尔让。皱起的下巴将嘴唇推向鼻子,这是恶狠狠地沉思的标志。末了,他松开让·瓦尔让,一下子挺直身子,重新捏住短棍,仿佛在做梦似的喃喃自语,而不是提出这个问题:

"您在这里干什么?这个人是怎么回事?"

他仍然不用你来称呼让·瓦尔让。

让·瓦尔让回答时,他的声音好像惊醒了沙威:

"我正想对您谈到他。随便您怎样处置我;但请先帮我把他送到他家里。我只请求您做这件事。"

沙威的脸痉挛起来,就像每当他要做出让步时那样。但他没有反对。

他又弯下腰,从口袋里掏出一块手帕,浸湿了水,擦拭马里于斯血淋淋的额角。

"这个人是街垒的,"他小声说,仿佛自言自语。"人家叫他马里于斯。"

真是一流的密探,自以为要死了还在观察、倾听和听清一切,并把什么都搜集起来;在临终时仍然窥伺,他将胳膊肘支在坟墓的第一级台阶上做记录。

他抓住马里于斯的手,要把脉。

"他受伤了,"让·瓦尔让说。

"他死了,"沙威说。

让·瓦尔让回答:

"没有。还没有。"

"您把他从街垒背到这里来?"沙威问道。

他必定心事重重,才不强调通过下水道救人这令人不安的事实,甚至不注意他提问后让·瓦尔让保持沉默。

至于让·瓦尔让,好像执着于一个念头。他又说:

"他住在玛雷区髑髅地修女街,他外祖父家里……名字我记不得了。"

让·瓦尔让在马里于斯的衣兜里摸索,掏出活页夹,打开马里于斯用铅笔写上字的那一页,递给沙威。

空中还浮动着亮光,能看清字。再说,沙威眼里有猫头鹰那种磷光。他看清了马里于斯所写的几行字,喃喃地说:"吉尔诺曼,髑髅地修女街六号。"

然后他喊道:"车夫!"

读者记得这时在等候的那辆出租马车。

沙威留下马里于斯的活页夹。

过了一会儿，马车从饮马斜坡驶下来，停在河滩上，马里于斯被抬到里边的软垫长椅上，沙威坐在前排长椅、让·瓦尔让的旁边。

车门关上，出租马车迅速离开，朝巴士底广场方向的沿河大道驶去。

他们离开了沿河路，进入市区街道。车夫的身影黑黝黝地耸立在他的位置上，他抽打两匹瘦马。出租马车里冷冰冰的沉默。马里于斯一动不动，身子靠在后排的角落里，头耷拉在胸前，双臂下垂，两腿僵直，似乎只等待入棺材；让·瓦尔让仿佛幽灵，沙威仿佛石雕；这辆黑黝黝的马车，每当掠过一盏路灯时，里面仿佛被一道间断的闪电照成灰白，命运使这三个一动不动的悲惨角色，即尸体、幽灵和石像汇集在车里，悲凉地聚首。

十、轻生的孩子回家

每次路面颠簸一下，从马里于斯的头发就掉下一滴血。

当出租马车来到髑髅地修女街6号时，天完全黑下来。

沙威头一个下地，看了一眼，证实大门上面的门牌号，抬起沉重的铁门锤，门锤按古老方式装饰着互相角斗的山羊和林神；他重重地敲了一下。门打开一点，沙威把它推开。看门人露出半身，打着哈欠，睡眼惺忪，手里拿着一支蜡烛。

楼里居民都睡觉了。玛雷区的人睡得早；尤其在暴动的日子里。这个老街区的善良居民被革命吓坏了，像孩子一样，听到妖怪来了，便躲进睡眠中，赶快把脑袋藏在毯子下。

让·瓦尔让和车夫把马里于斯从马车里拖出来,让·瓦尔让托住腋窝,车夫抓住腿弯。

让·瓦尔让这样抬着他,一面把手伸到裂开大口子的衣服里,摸到胸脯,证实他的心脏还在跳动。心脏甚至跳得不那么微弱了,仿佛马车的颠簸促使生机恢复一点。

沙威盘问看门人,用的是官方对叛乱者的那种声调。

"有人叫吉尔诺曼吗?"

"是这儿。您找他有什么事?"

"把他的外孙送回来了。"

"他的外孙?"看门人痴呆呆地说。

"他死了。"

让·瓦尔让衣服又破又脏,走到沙威后面,向看门人摇摇头,而看门人有点厌恶地望着他。

看门人不明白沙威的话,也不明白让·瓦尔让的摇头。

沙威继续说:

"他参加了街垒战,现在人在这儿。"

"参加了街垒战!"看门人叫起来。

"他去送死。您去叫醒他的外祖父。"

看门人动也不动。

"快去呀!"沙威又说。

他还加上一句:

"明天这儿要送葬了。"

在沙威看来,大街上通常发生的事要明确分类,这是初步的预测和监视,每种意外情况都要分档;可能发生的事以某种方式放在抽屉里,到时候根据情况拈来便是,数量各不相同;大街上有吵闹、暴动、狂欢、送葬。

看门人只叫醒了巴斯克。巴斯克叫醒了尼科莱特;尼科莱特叫醒了吉尔诺曼姨妈。至于外祖父,则让他睡觉,认为他总是未卜先知。

把马里于斯抬到二楼,没让楼里的其他人发觉,把他安置在吉尔诺曼先生前厅的旧长沙发上;巴斯克去找医生,尼科莱特打开衣物柜,让·瓦尔让这时感到沙威触到他的肩膀。他心里明白,于是下楼,沙威紧随其后。

看门人带着梦游的惶恐,注视他们离开,像看见他们来到时一样。

他们登上出租马车,车夫也回到座位上。

"沙威警官,"让·瓦尔让说,"请允许我再做一件事。"

"什么事?"沙威粗暴地问。

"让我回一趟家。然后随便您怎么处置我。"

沙威沉默了半晌,下巴缩进礼服领子里,然后他拉下前面的玻璃。

"车夫,"他说,"武人街7号。"

十一、在绝对中动摇

一路上他们不再开口。

让·瓦尔让想干什么?做事有始有终;通知柯赛特,告诉她马里于斯在哪里,也许再给她一点有用的指点,可能的话,作些最后的安排。至于他,至于关系到他个人的事,算是完了;他被沙威抓住,没有抵抗;换了别人,在这样一种局面下,或许会隐约想到泰纳迪埃给他的那根绳子,还有他要进的第一间牢房的铁窗;但是,要强调的是,自从见了主教以后,让·瓦尔让面对一切行凶,哪怕是对自己,总有一种出于宗教的极大迟疑。

自杀,这种对未知事物不可思议的粗暴行为,在一定程度上可能包含灵魂死亡,让·瓦尔让是不可能这样做的。

来到武人街口上,出租马车停了下来。这条街太窄,马车进不去。沙威和让·瓦尔让下了车。

车夫谦卑地向"警官先生"表示,他的马车的乌得勒支丝绒让被害者的血和凶手的烂泥弄脏了。他是这样理解的。他还说,该给他一笔赔偿费。同时,他从口袋里掏出一个本子,请警官先生好心给他写上"一点证明什么的"。

沙威推开车夫递过来的小本子,说道:

"包括等候和路费,该给你多少?"

"七个钟头零一刻钟,"车夫回答,"还有我的丝绒是全新的。八十法郎,警官先生。"

沙威从口袋里掏出四个拿破仑金币,打发走出租马车。

让·瓦尔让心想,沙威打算带他步行到附近的白披风街的哨所,或者档案馆哨所。

他们走进巷子。像通常一样,巷子空无一人。沙威尾随着让·瓦尔让。他们来到七号。让·瓦尔让敲门。门打开了。

"好吧，您上楼吧，"沙威说。

他表情古怪，仿佛说话很费劲，加上了这一句：

"我在这儿等着您。"

让·瓦尔让望望沙威，这样做不符合沙威的习惯。可是，沙威现在对他有一种鄙视的信任，如同猫给小老鼠一抓就抓到的自由，断定让·瓦尔让会自首，就此了结，他不会感到太意外。让·瓦尔让推开门，走进楼里，向已睡下、要拉床头那根拴门绳子的看门人喊道："是我！"然后登上楼梯。

上到二楼，他停了一下。凡是痛苦之路都有站头。楼梯平台那扇拉窗开着。像许多旧楼那样，楼梯朝向街取光。路灯恰好在对面，照到楼梯上，节省了照明。

让·瓦尔让要么想呼吸，要么是下意识，把头探出窗外。他俯向街道。街道很短，路灯从头到尾照亮了。让·瓦尔让怔住了：不见人影。

沙威走了。

十二、外祖父

马里于斯刚到时被安置在长沙发上，一直躺着不动，巴斯克和看门人已把他搬到客厅。去请的医生赶来了。吉尔诺曼姨妈已经起床。

她来来去去，惶恐不安，合拢双手，不知做什么好，只会说："天主啊，这怎么可能！"她不时还说："什么都要沾上血啦！"第一阵恐惧过去后,头脑里出现对局面的哲理想法,以这句感叹表达出来:"结果必然会这样!"她还没有发展到这种场合下常说的话:"我早就说过了!"

按医生的吩咐,在长沙发支起一张帆布床。医生检查马里于斯的伤势,确认脉搏还在跳动,胸部伤口不深,嘴角的血是从鼻腔流出来的,他让马里于斯平躺在床上,不要枕头,脑袋和身体躺在同一平面上,甚至还略低一点,露出胸部,利于呼吸。吉尔诺曼小姐看到给马里于斯脱衣服,便退了出去。她开始在自己房间里念经。

马里于斯身上没有一点内伤;一颗子弹被活页夹缓冲了一下,偏向一旁,在肋部绕了一圈,划了一道大口子,但并不深,因此没有危险。在下水道长途跋涉,使打碎的锁骨脱了臼,这处伤才真正麻烦。手臂有刀伤。伤口都没有破相;但头顶伤痕累累;头顶的伤会怎样发展?是止于头皮吗?伤到头骨没有?还不能断言。严重的症状是,伤势引起了昏迷,而且这类昏迷不一定都能苏醒过来。另外,出血过多,使受伤的人体力衰竭。从腰部起,下肢受到街垒保护。

巴斯克和尼科莱特撕开床单,准备绷带;尼科莱特缝接布条,巴斯克卷起来。缺乏纱团,医生暂时用棉线团堵住伤口的血。床边的桌子上点着三支蜡烛,桌上摊开外科手术器械箱。医生用冷水洗了洗马里于斯的脸和头发,满满一桶水转眼间就变红了。看门人手里拿着蜡烛照亮。

医生好像在发愁。他不时摇了摇头,仿佛在回答内心提出的问题。医生同自己的这些神秘对话,对病人是个坏征兆。

正当医生擦拭病人的脸，用手指轻轻触及始终紧闭的眼皮时，客厅底部有一扇门打开了，出现一张苍白的长脸。

这是外祖父。

两天以来，暴动使吉尔诺曼先生非常激动、愤怒和萦回于心。前天夜里他睡不着，整个白天发烧。晚上，他早早就寝，吩咐楼里门窗统统上闩，他疲倦得眯着了。

老人很易惊醒；吉尔诺曼先生的卧房和客厅相连，不管怎么小心，声音还是把他吵醒了。他看到门缝有光，感到吃惊，便下了床，摸索着走过来。

他站在门口，一只手按在半掩的门把手上，脑袋有点往前冲，摇摇晃晃，十分惊讶，身子裹紧一件白色睡袍，像尸衣一样笔直而没有皱褶；他的神态像坟墓中张望的幽灵。

他看到了床，垫子上这个年轻人血淋淋的，像蜡一样煞白，双眼紧闭，嘴巴张开，嘴唇苍白，赤裸到腰部，到处是一道道殷红的伤痕，纹丝不动，被照亮全身。

瘦骨嶙峋的老人从头到脚颤抖起来。他因高龄而眼角发黄的眼睛，蒙上了一层无神的闪光，他的整副脸一时之间像骷髅似的，具有土灰色的棱角，他的手臂下垂，仿佛有根弹簧断裂了，他的惊愕从瑟瑟发抖的老朽双手五指叉开表现出来，他的膝盖向前弯曲成角，睡袍分开，让人看到他可怜的光腿白毛竖起，他喃喃地说：

"马里于斯！"

"先生，"巴斯克说，"有人把少爷刚送回来。他参加了街垒战……"

"他死了!"老人用可怕的声调叫起来。"啊!强盗!"

这个百岁老人像年轻人一样挺直身子,变得阴森可怕。

"先生,"他说,"您是医生。先告诉我一个情况。他死了,是不是?"

医生处在极度不安之中,保持沉默。

吉尔诺曼先生扭着双手,发出吓人的大笑。

"他死了!他死了!他在街垒给人打死了!因为恨我!他反对我才这样做!啊!吸血鬼!他就这样回来找我!我一生的灾星,他死了!"

他走到一扇窗口,把窗敞开,仿佛感到憋闷,他站在黑暗中,开始对街上的夜晚讲话:

"被打穿、刀劈、割断喉咙、干掉、撕碎、剁成肉酱!瞧瞧吧,这无赖!他明明知道我等着他,我已派人收拾好他的房间,我把他小时候的肖像放在我的枕边!他明明知道他只要回来就行了,几年来我呼唤他,晚上我待在炉火边,双手放在膝上,不知该怎么办,我都变得痴呆了!你明明知道这个,你只要回来说:'是我,'你就是家里的主人,我会服从你,你这个外公老傻瓜,你随便怎么摆弄都可以!你明明知道这个,你却说:'不,这是一个保王党,我不去!'而你去了街垒,你可恶地给人打死!为了报复我关于贝里公爵说过的话!实在可鄙啊!您就躺着吧,安心睡觉吧!他死了。我却醒了。"

医生开始两头担心起来,离开一会儿马里于斯,走向吉尔诺曼先生,抓住他的手臂。老人回过身来,睁大了充血的眼睛瞧着他,平静地说：

"先生，谢谢您。我很平静，我是个男子汉，我见过路易十六的死，我经受得起事变。有一件事很可怕，就是想到所有坏事都是你们的报纸造成的。你们有蹩脚作家、能说会道的人、律师、演说家、法庭、辩论、进步、启蒙、人权、新闻自由，看看怎样把你们的孩子送回家！啊！马里于斯！真是可恶！给人打死！死在我前面！街垒！啊！强盗！医生，我想您住在本区吧？噢！我熟悉您。我从窗口看到您的马车经过。我来对您说。您以为我恼怒，那就错了。对一个死人用不着恼怒。这是愚蠢的。我抚养了一个孩子。他还很小时，我已经年迈了。他在杜依勒里宫玩小铲子和小椅子，他用小铲子在土里挖坑，为了不让检查人员责备，我就用手杖填掉。有一天他喊道：'打倒路易十八！'而且一走了之。这不是我的错。他脸蛋红扑扑的，头发金黄。他的母亲去世了。您注意到所有的小孩都是金黄头发吗？怎么会这样呢？他是卢瓦尔河一个强盗的儿子。但孩子与他们父亲的罪恶无关。我记得，他长到这么高的时候，发不清d这个音。他的语调非常柔和，非常含混，令人以为是只鸟儿。我记得有一次，在法尔奈兹雕塑的赫拉克勒斯面前，大家围着他惊叹赞美，这孩子长得多俊啊！他的容貌像油画中的一样。我对他粗嗓门嚷嚷，用手杖吓唬他，但他明白这是开玩笑。早上，他走进我的房间，我在低声抱怨，他好像使我看到了太阳。这样的孩子你抗拒不了。他们抓住您，缠住您，不再松手。事实是，没有像这样可爱漂亮的孩子了。现在你们对拉法耶特、本雅曼·贡斯当、蒂尔居伊·德·科尔塞勒，说什么来着？是他们杀死了他！不能就这样算了。"

他走近始终苍白、一动不动的马里于斯,医生已回到马里于斯旁边。老人又开始扭动手臂。他的嘴唇仿佛下意识地翕动,好像咽气一样,吐出几乎分辨不清的字句:"啊!没有心肝!啊!俱乐部成员!啊!大坏蛋!啊!九月大屠杀的凶手!"这是一个行将就木的人对一具尸体的低声责骂。

由于骨鲠在喉,不吐不快,一连串的话语逐渐又恢复了,但是,老人看来再没有力气说出来:他的声音这样低沉微弱,好像来自深渊的彼岸:

"我无所谓,我呀,我也快死了。真想不到,巴黎没有一个姑娘有幸造就这个坏家伙的幸福!这个无赖不去寻乐和享受生活,却去打仗,像一个野蛮人那样去送死!这是为了谁,又为了什么呢?为了共和国!不去茅屋别墅跳舞,就像年轻人该做的那样!白白活了二十岁。共和国,真够讨厌的蠢事!可怜的母亲们,生下漂亮的男孩吧!得了,他死了。大门下要埋葬两个人。你这样安排自己,就是为了拉马克将军的漂亮眼睛!这个拉马克将军,他给了你什么!一个刀斧手!一个饶舌的人!为一个死人去送死!真要把人气疯!要明白这一点!才二十岁!也不回头看看,身后留下些什么!现在可好,可怜的老人不得不孤零零地死去。猫头鹰,就在你的角落里死去吧!说实话,好极了,这正是我所希望的,一下要我的命。我太老了,我已一百岁,我已十万岁,我早就有权死了。这次打击,就了结啦。结束了,多么幸福啊!何必让他闻氨水,吃一大堆药呢?您白费心机,傻瓜医生!得了,他死了,死得好。我在行,我也已经死了。他没有干半吊子。是的,这年头真卑鄙,真卑鄙,真卑鄙,这就是我对你们、你们的观点、你们的体系、你们的主子、你们的神谕、你们的医生、你们的无赖作家、你们的流氓哲学家、你们六十年来惊起杜伊勒里宫黑压压一片乌鸦的所有革命的看法!既然你这样去送死,做得无情无义,我对你的死甚至不会悲伤,听明白吗,凶手!"

这当儿,马里于斯慢慢张开眼睛,他的目光还因昏迷醒来感到的惊讶而蒙蒙眬眬,落在吉尔诺曼先生身上。

"马里于斯!"老人叫道。"马里于斯!我的小马里于斯!我的孩子!我心爱的外孙!你张开眼睛,你看着我,你还活着,谢谢!"

他昏倒在地。

第四章
出轨的沙威

沙威慢慢离开武人街。

他生平头一遭低头走路,同样,也是生平头一遭背着手。

至今,沙威只摆出拿破仑的两种姿势:双臂交抱胸前表示决心;双手放在背后表示游移不决,这种姿势他还不熟悉。如今,出现了变化;他整个人行动迟缓,脸色阴沉,忧虑不安。

他踏入静悄悄的街道。

他朝一个方向走。

他抄最近的路朝塞纳河走去,来到榆树沿河路,再往前走,越过格雷夫广场,离开沙特莱广场的哨所有一段距离,在圣母院桥的拐角站住了。塞纳河在圣母院桥和兑换桥为一边,鞣革工场码头和花市码头为另一边,形成一个水流湍急的方形湖。

塞纳河这一段,水手也畏惧。这急流比什么都危险,当时河道狭窄,桥头磨坊的一排木桩使流水更急;木桩今日已拆除。两座桥挨得很近,更增加危险;在桥拱下,河水汹涌奔腾;波涛滚滚,积聚重叠；河水冲击桥墩，仿佛要以液体的粗绳将桥墩拔走。跌下去的人浮不上来了；游泳能手也要葬身其中。

沙威的双肘支在护墙上，下巴托在手中，指甲下意识地插入浓密的颊髯里，他在沉思。

他内心刚发生一个新情况，一场革命，一场灾难；他在自我审察。

沙威感到锥心泣血。

几小时以来，沙威不再思维简单了。他内心紊乱；这副头脑盲目时清澈如许，如今失去了透明；在这水晶体中有一块云翳。沙威感到有责任在良心中划分两重性，他无法向自己掩饰。当他不期然地在塞纳河的河滩上遇到让·瓦尔让时，他心里既有重新抓住猎物的狼性，又有重新找到主人的狗性。

他看到面前两条同样笔直的路，但两条路全看到了，这却使他惊慌，他生平只认得一条直路。令人心烦意乱的是，这两条路是相反的。这一条排斥另一条。两条之中哪一条是正道呢？

他的处境难以表达。

一个坏人救了他的命，欠了这笔债要偿还，不由自主地与一个惯犯平起平坐，要投桃报李；让人说："走吧，"轮到自己对他说："你自由了。"为了个人原因牺牲责任，牺牲这种普遍的义务，而在这些个人原因中又感到带普遍性的东西，也许更高的东西；为了忠实于自己的良心而背叛社会；所有这些荒唐事都成了事实，堆积在他身上，令他目瞪口呆的正是这个。

有件事令他惊奇，就是让·瓦尔让饶恕了他，还有一件事令他惊愕，就是他，沙威，饶恕了让·瓦尔让。

他处在什么境地？他自我寻找，却找不到。

现在怎么办？交出让·瓦尔让，这样做不好；给让·瓦尔让自由，这样做也不好。第一种情况，执法的人堕落得比苦役犯还低贱；第二种情况，苦役犯上升到比法律还高，将脚踩在法律上面。这两种情况都有损于沙威，采取哪种决定都要堕落。命运有着悬崖峭壁，对着不可能做的事，越过了这种悬崖，生命就落入深渊中。沙威正处在这样一种悬崖上。

他焦虑不安的一点，就是不得不思考。这些矛盾的思绪激烈冲突，迫使他思考。他不常思考，所以感到特别痛苦。

思考中内心总有一定的反叛；他恼火心里会这样。

在他职务的狭小圈子之外，不管思考什么问题，对他来说，无论如何都是徒劳无益的，累人的；想到刚过去的一天，是一种折磨。可是，经过如此的震撼以后，需要正视良心，向自己做一个交代。

他刚才所做的事令他毛骨悚然。他，沙威，感到做出释放的决定是对的，虽然违反警察的规章，违反一切社会和司法组织，违反整个法典；他觉得这样做是合适的；他以私事代替公事；这不是卑劣吗？每次他面对自己所做的无以名之的行为，他就从头抖到脚。怎样解决呢？他只有一种办法：赶快回到武人街，把让·瓦尔让抓起来。显然这是他要做的事。他却不能做。

有什么东西挡住这条道。

什么东西？什么？难道世上除了法庭、执行判决、警察和权力，还有别的东西吗？沙威心烦意乱。

一个神圣的苦役犯!一个不受法律制裁的苦役犯!而这是由沙威造成的!

沙威和让·瓦尔让,一个天生要惩罚,一个天生要受刑,这两个人,彼此都受制于法律,却居然高踞于法律之上,难道这不可怕吗?

什么!发生了这样荒谬绝伦的事,却没有人受到惩罚!让·瓦尔让比整个社会秩序更强大,会获得自由,而他,沙威,会继续吃政府的面包!

他的沉思变得越来越可怕。

通过沉思,他本来可以自责干预了把起义者送到髑髅地修女街;但是他不去想这件事。小错误消失在大错误中。再者,这个起义者显然已死,从法律来讲,死亡不受追究。

让·瓦尔让,这才是压在他精神上的重负。

让·瓦尔让困惑着他。作为他一生支撑点的公理,在这个人面前崩溃了。让·瓦尔让对他沙威的宽容折磨着他。他想起别的事,以前认为是谎言和蠢事,如今像现实一样出现在他脑海中。马德兰先生又出现在让·瓦尔让身后,两副面孔重叠在一起,形成了一副面孔,可尊敬的面孔。沙威感到,有种可怕的东西渗入他的心灵,就是对一个苦役犯的赞赏。敬重一个苦役犯,这可能吗?他瑟瑟发抖,又摆脱不了这个念头。他徒劳地挣扎,不得不在内心承认这个可耻的人是崇高的。真是可恶可恨。

一个坏蛋做好事,一个苦役犯有同情心,温和、乐于助人、宽容,以善对恶,以宽恕对仇恨,爱怜悯而不爱复仇,宁愿毁灭自己也不毁灭敌人，救出打击过他的人，跪在美德的高峰，更接近天使而不是人！沙威不得不承认，这个怪物是存在的。

不能这样继续下去。

当然，我们要强调，他不是没有抵抗，就对这个怪物，这个卑劣的天使，这个可恶的英雄投降的，他几乎是一样的惊讶与愤慨。当他在马车上和让·瓦尔让面对面时，不下二十次，那只法律的老虎在他心中怒吼。不下二十次，它真想扑向让·瓦尔让，抓住他，吞掉他，就是说逮捕他。确实，还有更简单的事吗？经过第一个哨所时喊道："这是一个潜逃的惯犯！"叫来警察，对他们说："这个人归你们处理！"然后走掉，留下这个罪犯，不用知道后来的事，不再过问。这个人就永远受法律管制；法律可随意处置。还有什么更公正的吗？沙威心里想到这一切；他想过继续像以前那样行动，逮捕这个人，而像现在他做不到了；每次他的手痉挛地举向让·瓦尔让的衣领时，他的手好像有重负坠着，重新放下。他听到思想深处有一个声音，一个奇特的声音向他喊道："好啊。出卖你的救命恩人。然后叫人把蓬提乌斯·彼拉图斯[1]的水盆端来，洗净你的爪子。"

随后，他想到自己身上；站在变得高大的让·瓦尔让旁边，他感到自己，沙威，自惭形秽。

一个苦役犯成了他的恩人！

但为什么他允许这个人放自己一条生路呢？他在街垒有权被杀

---

[1] 蓬提乌斯·彼拉图斯（公元1世纪），罗马或约旦地区的检察官，他让犹太人处死耶稣，随后象征性地洗手。

死。他本该运用这个权利。把其他起义者叫来,帮他反对让·瓦尔让,硬要别人枪毙自己,这样更好。

他最惶恐不安的,是失去了信念。他感到自己被连根拔。法典在他手中只剩下一截。他要对付一种陌生的顾忌。他心里有一种情感的启示,与他至今奉为唯一尺度的法律判断截然相反。停留在以往的正直中,这已经不够了。出现了一连串意料不到的事实,令他折服。一个新天地显现在他的脑际:受恩与回报,忠诚,仁慈,宽容,出于怜悯而违犯法纪,接受各种人,不再最后定罪,不再罚入地狱,法律的眼睛里也可能有一滴泪,说不清的天主的正义同人的正义背道而驰。他在黑暗中看到可怕地升起一颗陌生的美德太阳;他感到恐惧和目眩神迷。猫头鹰不得已转用老鹰的眼力。

他寻思,这倒是真实的,存在例外,权力也会无所适从,面对事实规章可能捉襟见肘,法典条文框不全一切,意想不到的事也得顺从,一个苦役犯的美德会向一个官员的美德张开陷阱,怪物能变成圣人,命运具有这类埋伏,他绝望地想,他未能幸免遇到意外事件。

他不得不承认,善良是存在的。这个苦役犯以前是善良的。而他呢,天大的怪事,他刚刚善良过。因此他堕落了。

他感到自己懦弱。他憎恨自己。

对沙威来说,理想不是人道、伟大、崇高,而是无可指责。

然而,他刚刚失职了。

怎么会到这一步?这一切怎么发生的?他对自己说不清楚。他双手捧住头,但这是枉然,他无法给自己解释明白。

显然他一直想把让·瓦尔让绳之以法,让·瓦尔让是法律的囚徒,而他,沙威,是法律的奴隶。他一刻也没有想过,他抓住让·瓦尔让时,有过放走他的念头。可以说他的手不知不觉张开了,放走了人。

各种谜样的新鲜事在他的眼前微微展开。他对自己提出问题,做出回答,而他的回答令他惊惧。他自问:"这个苦役犯,这个走投无路的人,我紧追不舍,竟至于迫害他。不料落到他的脚下,他可以报复,这样做既是泄愤,也是为了自身的安全,他却留我一命,对我宽恕,他干了什么?履行职责。不。还有别的。而我呢,轮到我宽恕他,我干了什么?履行职责。不。还有别的。除了职责以外,还有别的东西吗?"想到这里,他惶惶然了;他的天平解体;一个秤盘落入深渊,另一个升到天上;对于上面那个秤盘和下面那个秤盘,沙威无不感到惶恐。他压根不是伏尔泰主义者、哲学家或无神论者,相反,他本能地尊敬稳固的教会,他认作这是社会整体庄严的部分;秩序是他的信条,对他已经足够;自从他成年和担任公职以来,他把当警察几乎看成自己的全部宗教,我们这里丝毫没有讽刺,而且用词极为严肃,他当密探就像别人当教士。他有一个上级吉斯凯先生;直至今日他还没有想过另一个上级:天主。

这个新头头天主,他突然感觉到,不免惶乱不安。

对这意外的出现,他不知所措;他不知怎么对待这个上级,他不是不知道下属应该总是哈腰,唯命是从,不能指责,不可争论,面对出格的上级,下级没别的出路,只有辞职。

可是,该怎么向天主辞职呢?

无论如何，而且他总是回到这一点上，对他来说，有个事实凌驾于一切之上，这就是他刚刚可怕地违法了。他刚对一个潜逃的惯犯闭目不看。他刚放走了一个苦役犯。他刚让一个应伏法的人逃避法律。他做了这件事。他不再了解自己。他对自己的行为拿不准了。他不知道自己所作所为的理由，他感到头昏目眩。这种盲目的信念产生了不可思议的正直，他至今以这种信念为本。这种信念离开了他，他也缺少这种正直。他自以为是的一切消散了。他不愿看到的事实无情地困扰着他。今后他只能是另一个人。他忍受奇特的痛苦，就像良心突然做了摘除白内障手术。他看到他讨厌看的东西。他感到空虚、没用、同以往的生活分离、被撤了职、解体了。权力在他身上死去。他再没有生的理由。

可怕的局面！他受到感化了。

本来是花岗岩，却在怀疑！是在法律的模子里整块铸成的惩罚塑像，却突然发觉青铜乳房下有一样荒诞的、桀骜不驯的东西，近乎一颗心！竟然以善良回报善良，虽然至今心里还在说，这善良是恶！本来是看门狗，却去舔人家！本来是冰雪，却融化了！本来是铁钳，却变成一只手！感到手指突然张开了！松开猎物，真是糟糕透顶！

弹丸一样抛出去不问道路的人，现在却后退了！

不得不承认这一点：不犯错误不是毫无错误，信条也可能有错，一部法典说过，并没有说尽一切，社会不是完美无缺的，权力会有摇摆不定，不变的东西可能发生破裂，法官也是人，法律可能搞错，法庭可能出错！在天穹的无边蓝色玻璃中看到一条裂缝！

在沙威身上发生的,是直线运动的良心出现的方普事件[1],是一颗心灵出轨,是正直无法抗拒地笔直抛出去,在天主那里撞得粉碎。当然,这是很奇特的。社会秩序的司炉,政权的司机,骑上直线奔驰的盲目铁马,被光一照,会摔下马来!不可转移的,直线的,准确的,几何图形的,被动的,完美的,都可能改变!火车头也有一条大马士革之路[2]!

天主永远在人的心里,是真正的良心,天主抵制虚伪的良心,防止火星熄灭,下令光线记住太阳,每当人心面对虚假的绝对时,就命令心灵承认真正的绝对,承认不会失败的人性,不会消失的人心,这种光辉的现象,也许是我们内心最美的奇迹,沙威明白吗?沙威洞悉吗?沙威意识到吗?显然没有。但在这种不容置疑又难以理解的现象的压力下,他感到他的头颅开启了。

他没有被这种奇迹改变,却深受其害。他怒气冲冲地忍受着。他从中只看到生存的巨大困难。他觉得今后他的呼吸永远受阻。

他头上出现陌生的事物,对此很不习惯。

至今,他在自己头上所见的是干净、简单、明亮的表面;毫无未知和晦暗的东西;毫无不确定、不规整、不联结、不准确、不正确、不受限制、不闭塞的成分;一切都预见到;权力是平面的东西;没有跌落,在它面前不会头昏目眩。沙威只在下面见过陌生的事物。不规范、出人预料、混沌中打开不规则的豁口,滑落到深渊中的可

---

[1] 方普,北方省的铁路路段,1846年7月8日,这条铁路开通不到一个月,就发生火车出轨事故。
[2] 大马士革之路,据《圣经》,圣保罗在去大马士革的路上,遇到耶稣显灵,而改信基督教。意为改变信仰。

能，这都出自下层、叛乱分子、坏人、无耻之尤。现在沙威仰起头来，他看到这闻所未闻的景象，突然大吃一惊：上面有个深渊。

什么！被彻底摧垮！绝对困惑不解！还相信什么？深信不疑的东西崩溃了！

什么！社会盔甲的缺陷，竟然让一个宽大为怀的坏蛋找到了！什么！一个法律的忠仆突然看到自己夹在两件罪行之间，一件罪行是让一个人逃走，另一件罪行是逮捕他！国家向公务员下达的命令，并非一切已确实可靠！可能有无法执行职责的地方！什么！这一切都是真实的！一个以前的歹徒，几次判决把他压得弯腰曲背，却能直起腰来，最后变得有理？这是可信的吗？法律面对改样的罪恶，咕噜着歉意，不得不后退，竟有这样的情况！

是的，情况如此！沙威看到了！沙威触到了！他不仅不能否认，而且还参与其事。现实如此。真情实况竟达到这样的丑恶程度，真是可恶至极。

事实的职能，只不过是作为法律的证据；事实是天主送来的。无政府状态现在自天而降了吗？

不安在扩大，惊讶产生的错觉，凡是能缩小和改正他的印象的一切，包括社会、人类和宇宙，今后在他看来概括为简单而丑恶的轮廓，这样，刑罚、判决过的事、源于立法的力量、最高法院的判决、司法界、政府、羁押和镇压、官方的智慧、法律的准确无误、权威的原则、政治和国内安全赖以存在的一切信条、主权、正义、从法典引出的逻辑、社会的绝对性、公众的真理，这一切都变成瓦砾、石堆、乱七八糟的东西；连沙威这个秩序的监守者、不可腐蚀的警察、保卫社会的看门狗,也被打败,击倒在地;有个人站在这废墟之上,头上戴着绿帽,额头罩上光轮;他竟至迷乱到这种程度;他的心灵里出现这样可怕的幻象。

这承受得了吗?不。

斗争激烈,如果到这一步的话。出路只有两种。一是坚决去让·瓦尔让那里,把这个苦役犯送回监狱。另一种是……

沙威离开护墙,这回仰起了头,以坚定的步伐走向沙特莱广场的一个角落、提灯指出的哨所。

来到那里,他透过玻璃窗,看到一个警察,便走了进去。只要从推开哨所大门的方式,警察就能互相认出是同行。沙威通名报姓,把自己的证件递给警察看,坐在点着蜡烛的桌子上。桌上有一支笔、一只铅墨水缸和纸,以备可能进行的笔录和巡逻队写下寄存物品之用。

这张桌子总是配备一把草垫椅,这是惯例;所有的哨所都是如此;还一成不变地摆设一只装满锯末的黄杨木盆和一个装满封印红面团的怪样纸盒。这是下级公务员的格式。国家的公文就是从这里开始的。

沙威拿起笔和一张纸,写了起来。他所写的如下:

关于改进勤务的几点意见

第一,我请求厅长先生一阅。

第二,经过预审的犯人,在搜身时脱掉鞋子,光脚站在石板地上。有些人回到监狱后咳嗽起来。这就增加了医疗开支。

第三，追踪嫌疑犯时，隔一段距离布置警探接替，做法很好，但遇到重要案件，至少要有两名警探彼此看得见，一旦有一名警探支持不住，无法执勤，情况紧急，另一名警探可以看护他和代替他。

第四，无法解释为什么马德洛内特监狱的特殊规定：不许囚犯有椅子，即使付钱也不行。

第五，在马德洛内特监狱，食堂窗口只有两根铁条，使得女炊事员的手让囚犯触到。

第六，担任传呼的犯人，叫其他犯人到探监室时，要收两苏才把人的名字叫清楚。这是窃取。

第七，在织布车间，断一根纱要扣犯人十苏；这是工头滥用职权，因为织出来的布仍然是好的。

第八，到福斯监狱探监，要穿过孩儿院，才能来到埃及女人圣玛利亚探监室，这样不妥。

第九，在警察厅的院子里，每天都能听到法警讲述法官审问犯人的情况。法警应是神圣的，转述他在预审室听到的话，这是严重的违纪行为。

第十，亨利太太是个正直的女人；她的食堂很干净；但让一个女人掌管捕捉秘密的小窗口，十分不妥。这同高度文明的裁判所附属监狱不相称。

沙威以极其平稳和准确的字体写下这几行字，不遗漏一个逗号，用力写字，使纸张在笔下沙沙作响。他在最后一行字下面签名：

一级警官沙威

于沙特莱广场哨所

一八三二年六月七日凌晨一时左右

沙威吸干纸上的墨水，像信一样折好封上，在背面写上"给当局的报告"，留在桌上，走出哨所。有铁栅的玻璃门在他身后关上。

他重新斜穿沙特莱广场，回到河堤，像机械一样准确，来到一刻钟之前他离开的地方；他以同样姿态，手肘支在护栏的同一块石板上。仿佛他没有移动过。

一片漆黑。这是午夜刚过的阴森时刻。乌云像天花板一样遮住了星星。天空浓黑得狰狞可怖。老城区的楼房一点灯光也没有了；没有行人经过；街上和堤岸所见之处空荡荡的；圣母院和法院的塔楼仿佛黑夜的轮廓。一盏路灯染红了堤岸上的石栏。桥影在雾中前后排列，变了形。雨水使河水充沛。

读者记得，沙威支肘的地方，正好位于塞纳河水流湍急的上方，陡直地俯向这可怕的漩涡，漩涡像无休止的螺旋张开又合上。

沙威俯下头去看。黑蒙蒙一片。什么也看不清楚。只听到水波的拍溅声；但是看不到河流。在这令人晕眩的深处，不时闪现一道光，隐约地蜿蜒而去，在伸手不见五指的夜里，水就有这种能耐，不知从什么地方取光，并把光变成水蛇。光消失了，一切重又变得分辨不清。无限的宇宙好似在这里张开。他身下的不再是水，是深渊。堤岸的墙陡峭，混沌，化在水汽中，旋即隐没了，宛若无限的峭壁。

一无所见，但能感到水流敌对的冷漠和湿漉漉的石头淡薄的气味。从这深渊升起凄厉的气息。感觉到而不是看到的河流涨水，水波切切的悲鸣，桥孔阴森地大张，想象中坠落到这黑暗的虚空中，这整个黑暗充满了恐怖。

沙威好半晌纹丝不动，望着这黑暗的大口；他像在定睛细看这混沌一片。水流哗啦啦响。突然，他脱下帽子，放在堤岸的边上。过了一会儿，一个高高的黑身影，迟归的行人从远处会看作一个幽灵，站立在护墙上，弯腰俯向塞纳河，然后又挺起身来，笔直落到黑暗中；发出一下沉闷的拍击声；朦胧的身影消失在水中，唯有黑暗知道这场激变的秘密。

第五章
外孙和外祖父

一、旧地重游，又见钉上锌皮的大树

上述事件过后不久，布拉特吕埃尔有过一次令他非常激动的遭遇。

布拉特吕埃尔是蒙费梅的养路工，读者已经在本书情节阴森恐怖的部分见过他了。

读者也许记得，布拉特吕埃尔干着各种暧昧的事。他砸碎石头，也在大路上袭击旅行者。他是挖土工人，又是强盗，他有一个梦想；他相信蒙费梅的森林里埋藏着财宝。他企望有一天在树下的地里找到钱；在这期间，他想在路人的口袋里找到钱。

但眼下他很谨慎。他刚侥幸脱险。读者知道，他在荣德雷特的破屋里，同其他强盗一起被逮住了。恶习也有用处：酩酊大醉救了他。警方无法搞清他是强盗还是受到抢劫。鉴于他在埋伏那天晚上被证实处于酒醉状态，免于起诉的裁定把他释放了。他又溜了回去。

在当局监视下,他在加尼到拉尼那段路上为国家铺碎石,垂头丧气,思虑重重,对抢劫有点冷淡了,因为抢劫差点毁了他,但他转而更酷爱救了他的酒。

至于他回到养路工的草棚后不久,遇到令他激动不已的事,是这样的:

一天早上,布拉特吕埃尔像通常那样去干活,也许到他潜伏的地方,是在拂晓之前,他在树丛中瞥见一个人。他只看到这个人的背影,虽然天色微明,又隔开一段距离,他仍觉得这个人的外貌并不完全陌生。布拉特吕埃尔尽管醉醺醺的,但记忆却准确清晰,这是同社会秩序相搏斗的人必不可少的武器。

"见鬼,这家伙我好像在哪儿见过?"他寻思道。

可是他回答不了,只不过觉得这个人在他脑际留下模糊的印象。

再说,布拉特吕埃尔无法认准这个人的身份,便做了一些比较和盘算。这不是本地人。他显然是步行到这里。这个时候没有驿车经过蒙费梅。他走了一整夜。他从哪里来?从不远的地方。因为他既没有背包,也没有包裹。无疑来自巴黎。他干吗在这树林里?又干吗在这种时候?他来干什么?

布拉特吕埃尔想到财宝。他在脑子里挖掘,朦胧地记得几年前对一个人有过类似的警觉,他觉得可能就是这个人。

在思索的重负下,他边想边低下头,这是很自然的事,不过并不机灵。当他抬起头来的时候,什么也没有了。那个人消失在森林中和晨曦里。

"见鬼,"布拉特吕埃尔说,"我会再找到他。我会发现这个教民的教区。小老板夜游总有个原因，我会弄明白。在我的林子里，没有秘密我不插手的。"

他扛起非常尖的铁镐。

"有这家伙，"他喃喃地说，"既能搜地下，又能搜人。"

如同一条线要搭上另一条线，他尽量紧跟那个人要走的那条路线，钻进了矮树林。

他走了百来步，天色开始放亮，助他一臂之力。沙地上到处是鞋印，踏过的草，折断的欧石南，碰弯在灌木丛中的嫩枝，又优雅而缓慢地挺起来，好似漂亮的女人醒来时伸懒腰，举起双臂，这些都给他指出踪迹。他寻迹而去，后来失去了踪迹。时间过去。他深入树林，来到一座小丘。一个早起的猎人在远处一条小径经过，吹起吉耶里的曲子，这使他想到爬上树去。他尽管年老，还很灵活。那里有一棵高大挺拔的山毛榉，与蒂蒂尔[1]和布拉特吕埃尔相衬。布拉特吕埃尔爬上山毛榉，爬得尽量高。

主意是好的。布拉特吕埃尔搜索那边树木纷披怒长的偏僻角落，突然瞥见那个人。

刚刚瞥见，又没了影儿。

那个人走进，或者不如说溜进相当远的一块林中空地，一些大树挡住了，但布拉特吕埃尔十分熟悉这块空地，早就注意到一大堆磨盘石附近，有一棵病栗树，一块锌皮直接钉在树上。这块林中空地从前叫做布拉吕产业。那堆石头不知派什么用场，三十年前已经

---

[1] 维吉尔的牧歌第一首第一句写道："蒂蒂尔躺在山毛榉上。"

看到堆在那里,如今无疑还在。什么都比不上石堆长寿,除了木栅栏以外。本来临时堆放,有什么理由堆个没完呢!

布拉特吕埃尔高兴得飞快地从树上滑落下来,而不是爬下来。找到巢穴了,问题是要抓住野兽。那一大堆日思夜想的财宝可能就在那里。

到达那片林中空地可不是易事。踏出的小路曲曲弯弯,好不恼人,走到那里需要整整一刻钟。直线走要穿过特别茂密、利刺伤人的矮树丛,反而要整整半个钟头。布拉特吕埃尔错在根本不明白这一点。他相信走直线,这种视错觉情有可原,可是坑了许多人。矮树林不管多么荆棘丛生,他看来是条捷径。

"咱们走狼走的里沃利街,"他说。

布拉特吕埃尔习惯于走斜插的路,这回直插过去犯了错误。

他毅然踏进丛生的灌木林。

他要对付枸骨叶冬青、荨麻、山楂树、野蔷薇、飞帘、不好惹的荆棘。他伤痕累累。

到了谷底,他遇到溪流,不得不穿越过去。

四十分钟后,他终于来到布拉吕林中空地,汗流浃背,气喘吁吁,遍体鳞伤,气急败坏。

林中空地没有人。

布拉特吕埃尔奔到石堆跟前。石堆还在。没有把它搬走。

至于那个人,他已消失在森林里。他逃遁了。逃到哪里?哪个方向?哪个树丛?揣测不出来。

令他后悔不迭的是,石堆后面,钉上锌皮的树前,土刚被翻过,一把镐遗忘或者丢在那里，还有一个洞。

这个洞空空如也。

"盗贼！"布拉特吕埃尔喊道，两只拳头伸向天际。

二、马里于斯离开内战，准备家战

马里于斯长期处于半死不活状态。他好几星期发高烧，伴随说谵语，脑子异常症状相当严重，主要不是由于头部受伤，而是因为受伤时受震荡。

在发烧说呓语中，他整夜叫着柯赛特的名字，像临终时惨不忍睹的固执。几处伤口很大，异常危险，一旦化脓，会自行吸收，受到某种天气影响，会致人死命；天气一变，一有雷雨，医生便惴惴不安。他一再说："况且受伤的人决不能激动。"包扎又复杂又困难，当时还没有设想出用胶布固定夹板和绷带的办法。尼科莱特撕了一张床单做绷带，她说："一张像天花板那样大的床单。"好不容易用氯化洗剂和硝酸银止住了坏疽。危险期间，吉尔诺曼先生也像马里于斯一样，在外孙床头失魂落魄，半死不活。

每天，有时一天两次，有位白发先生，像看门人所通报的那样穿着笔挺，来打听伤者的情况，放下一大包旧布纱团做绷带。

最后，在垂危的人被送到外祖父家那个痛苦的晚上之后整整四个月，九月七日，医生宣布问题不大了。康复开始。但马里于斯由于锁骨断裂，还不得不在一张躺椅上躺了两个多月。往往总有最后一个伤口不肯愈合，包扎没完没了，令病人无比烦恼。

尽管如此，长病加上长康复期，倒使他免遭追捕。在法国，任何愤怒，即使公愤，半年也就平息了。社会处于那种状态，暴动是大家的过错，随后有必要闭目不看。

还要补充一下，吉斯凯那道卑劣的通令，要求医生告发伤员，激怒了舆论，不仅激怒了舆论，还首先激怒了国王，受伤的人就受到这种愤怒的庇护；除了在战斗中当场俘获的以外，军事法庭不敢惊动任何人。因此马里于斯得以安宁。

吉尔诺曼先生最初经历了焦虑不安，继而是欣喜若狂。好不容易才阻止他在受伤者的身边度过第一夜；他叫人把自己的大扶手椅搬到马里于斯的床边；他要他的女儿把家里最漂亮的床单做成纱布和绷带。吉尔诺曼小姐是个理智的人，也上了岁数，找到办法节约漂亮的床单，又让老人相信照他的话去做。吉尔诺曼先生不让人家向他解释，要做纱布，细布不如粗布，新布不如旧布。他参与每次包扎，吉尔诺曼小姐则害羞地避开了。当医生用剪刀剪掉死肉时，他便叫："哎哟！哎哟！"看到他十分慈爱，但因年老而哆嗦地将一杯汤药递给伤者，没有什么更感人的了。他向医生问个不停。他没有意识到总是提同样的问题。

医生向他宣布马里于斯脱离危险那一天，老人乐不可支。他赏了看门人三路易。晚上，回到房里，他跳起加沃特舞，一边用拇指和食指打响指，他唱起下面这首歌：

雅娜生在蕨草里，
牧羊女的安居地；

> 我多爱她的撩人
> 　　短裙。
>
>
> 爱神活在她心中；
> 因为你将神箭筒
> 放在她的明眸里，
> 　　刺激！
>
>
> 我赞颂雅娜，爱她
> 超过钟情狄安娜，
> 爱她坚挺的农妇
> 　　双乳。

然后他跪在一张椅子上，巴斯克从虚掩的门缝观察他，以为他准是在祈祷。

至今他不大相信天主。

伤势显出越来越好转，每当进入痊愈的新阶段，老人便举止失常。他兴高采烈，做出一系列不由自主的举动，无缘无故上下楼梯。一个女邻居长得标致，一天早上收到一个大包裹，不胜惊讶；这是吉尔诺曼先生送给她的。她的丈夫出于嫉妒，吵了一场。吉尔诺曼先生想把尼科莱特抱在膝头。他称马里于斯为男爵先生。他叫道："共和国万岁！"

他时刻问医生："没有危险了，是吗？"他以外祖母的眼光望着马里于斯，目不转睛地看他吃饭。他无法控制自己，不看重自己，马里于斯是一家之主，他的快乐中有让位的意思，他是外孙的外孙。

他这样喜不自禁，成了最可敬的孩子。他生怕逐渐康复的人疲惫和讨厌，站在外孙背后微笑。他高兴、快乐、欢欣、可爱、年轻。他的白发给他脸上的喜悦光彩增添一种淡淡的庄严。优雅渗透到皱纹中，那就美不胜收。老年人心花怒放，有着难以描绘的曙光。

至于马里于斯，一面让人包扎和照料，一面有一个专注的念头：柯赛特。

自从不再发烧和说胡话以后，他不说这个名字了，别人会以为他不再想它。他保持沉默，正是因为他的心思在那里。

他不知道柯赛特的情形，整个麻厂街事件在他的记忆中犹如一片乌云；他的脑际飘浮着几乎分辨不清的身影，爱波尼娜、加弗罗什、马伯夫、泰纳迪埃一家，以及他所有悲惨地出没在街垒硝烟的朋友；割风先生古怪地插足这场流血事件，给他的感觉是风暴中的一个谜团；他根本不明白自己怎么活下来，也不知道怎样以及谁救了他，而且他周围的人也不清楚；能告诉他的是，他是在夜里由出租马车送到髑髅地修女街的；过去、现在、将来，一切在他的脑子里只是迷雾一团，但在迷雾中有一个不动的点，一个清晰、准确的轮廓，像花岗岩一样的某种东西，一个决心，一个意志：重新找到柯赛特。对他来说，想到生命和想到柯赛特是密不可分的；他的心里已经决定，两者缺一不可，他不可动摇地下定决心，无论谁要逼他活下去，不管外公、命运还是地狱，他先要求恢复他失去的伊甸园。

有障碍,他并不隐瞒。

这里要强调一个细节:外公无微不至的关怀和体贴,一点没有赢得他的心,他也很少感动。先是他并不知道这些举动的底细;其次,在他也许还有点发烧的病人的幻想中,他对这种温存保持戒心,看作是古怪的新招,目的是要制服他。他保持冷淡。外公在可怜的老脸上白白地耗费笑容了。马里于斯心想,他,马里于斯不说话,让别人去做,管它呢;但当涉及柯赛特时,他会看到另一副面孔,外公会露出真相。于是麻烦就来了;家庭问题会重新爆发,双方对峙,各种各样的讽刺和反对意见一齐冒出来,割风、切风、财产、贫穷、困苦、脖子上套石头,前途;激烈抵抗,拒绝。马里于斯事先就僵持住。

其次,随着他复原,他以前的怨恨又出现了,记忆中的旧溃疡重又裂口,他回想过去,蓬梅西上校又处在吉尔诺曼先生和他马里于斯中间,他想,对父亲这样不公正,这样心狠,不能期待有真正的好心。随着恢复健康,他又恢复对外公的粗暴。老人温柔地忍受着。

吉尔诺曼先生注意到却没有表现出来,自从马里于斯被送回家,恢复知觉,没叫过他一声外公。他也没叫外孙为先生,这倒是真的;但他有办法掉转话头,让彼此都不说。

危机显然接近了。

就像在这种情况下通常会发生的那样,马里于斯想尝试一下,开战之前来个小接触。这叫做摸底。一天早上,吉尔诺曼先生谈起落在他手里的一张报纸,轻率地议论国民公会,发表对丹东、圣鞠斯特和罗伯斯庇尔的保王党观点。"九三年的政治家是巨人,"马里于斯严肃地说。老人保持沉默,白天的其余时间一言不发。

马里于斯脑子里总是出现早年外公的不屈不挠，在这沉默中看到积聚愤怒，预感到激烈的斗争，在他的思想深处加紧备战。

他做出决定，一旦拒绝，他要拔掉夹板，让锁骨脱臼，把剩下的伤口暴露出来，拒绝进食。他的伤口，这是他的武器装备。不得到柯赛特毋宁死。

他带着病人狡猾的耐心，等待有利时机。

这一刻来到了。

三、马里于斯发动进攻

一天，吉尔诺曼先生在女儿料理五斗柜大理石台面上的药瓶和杯子时，向马里于斯俯下身，柔声细气地说：

"要知道，我的小马里于斯，我要是你，现在宁可吃肉，而不是鱼。一条油炸的舌鳎鱼，对康复初期再好没有，不过，要让病人站起来，该吃一大块排骨。"

马里于斯几乎恢复了体力，他使劲坐了起来，两只拳头痉挛地撑在床单上，迎面正视他的外公，咄咄逼人地说：

"这话使我要对您说一件事。"

"什么事？"

"就是我想结婚。"

"我料到了，"外公说。他哈哈大笑。

"怎么，料到了？"

"是的，料到了。你那个小姑娘，你会得到的。"

马里于斯愣住了,惊呆了,全身发抖。

吉尔诺曼先生继续说:

"是的,你那个漂亮的小姑娘,你会得到的。她每天都让一位老先生代替她来,打听你的情况。自从你受了伤,她一直哭泣和做纱布。我打听到了。她住在武人街7号。啊,果然不出所料!啊!你想娶她。那么,你会得到的。这把你缠住了。你策划小阴谋,心里想:'我要坦率地对外公,对这个摄政时期和督政府时期的木乃伊,对这个当年的风雅人士,对这个变成热隆特的多朗特说出来;他也有过风流逸事,有过小相好,小女子,有过他的柯赛特;他炫耀过,扇动过翅膀,他吃过春天的面包;他应该想得起来。我们就来看看。开战吧。'啊!你抓住了金龟子的触角,很好。我给你一块排骨,而你回答我:'对了,我想结婚。'这是一种过渡!啊!你本想吵一架!你不知道我是一个怯懦的老家伙。对此你要说什么?你发火。感到你的外公比你更蠢,你没有料到,你要对我大发议论,白准备了,律师先生,这是戏弄人。啊,算了,发火吧。你想怎样,我都依你,这使你大吃一惊,傻瓜!听着。我打听到情况,我呀,我也是狡猾的;她很可爱,很聪明,枪骑兵的事不是真的,她做了一大堆纱布,这是一个小宝贝,她爱你。如果你死了,我们就三个人一起走;她的灵柩会陪伴我的棺材。你一康复,我早就想好干脆让她到你床头来,可是,将姑娘冒昧地带到她们喜欢的受伤美男子床边,只会在小说里才有。不能这样做。你的姨妈会说什么?你大半时间都赤身露体,我的小家伙。尼科莱特一刻也没有离开过你,你问问她吧,有没有办法让一个女人待在这里。况且医生会怎么说?一个漂亮姑娘,不能治好高烧。

总之，很好，不要多说了，一言为定，成了，就这样做算了，娶她吧。我不过这样凶。要知道，我看出你不爱我，我说过：'我该怎么做，才能让这个小蠢货爱我呢？'我说过：'唔，我手里掌握小柯赛特，我会给他的，他应该更爱我一点，否则要说出个道理来。'啊！你以为老家伙会大发脾气，大声嚷嚷，喊出不行，向朝气蓬勃的年轻人举起手杖。完全不会。柯赛特，好啊；爱情，好啊。我求之不得。先生，请费心结婚吧。祝你幸福，我心爱的孩子。"

老人说完，放声大哭。

他捧起马里于斯的头，用手臂紧紧搂在衰老的胸前，两个人都哭起来。这是无上幸福的一种表现。

"外公！"马里于斯叫道。

"啊！你毕竟是爱我的！"老人说。

这一刻难以描绘。他俩哽咽着说不出话来。

末了，老人咕哝着说：

"好了！他总算开窍了。他叫我外公。"

马里于斯把头从外祖父的怀抱里挣脱出来，温柔地说：

"不过，外公，现在我身体好了，我觉得我可以见她。"

"又料到了，明天你会看到她的。"

"外公！"

"什么？"

"为什么不是今天？"

"那么就今天。今天行呀。你叫了我三声'外公'，这样做也值得了。我来安排。会把她带到你身边！我对你说，料到了。这都写成了诗,就是安德烈·谢尼埃的哀歌《年轻病人》的结尾。安德烈·谢尼埃是被那些歹……被那些九三年的巨人杀死了。"

吉尔诺曼先生似乎看到马里于斯轻轻皱了一下眉头,要指出的是,他并没有听,他已经心驰神往,想着柯赛特,而不是九三年。外公因这样不合时宜地引入安德烈·谢尼埃而发抖,急忙说:

"杀死了用词不当。事实是那些革命巨人并不凶狠,这是毋庸置疑的,他们是英雄,当然啰!感到安德烈·谢尼埃有点妨碍他们,就送他上了断头……就是说,这些巨人在热月七日,为了公众治安,请安德烈·谢尼埃劳驾到……"

吉尔诺曼先生被自己的句子卡住了喉咙,说不下去;他结束也不是,收回也不是,这时他的女儿在马里于斯身后整理枕头,老人过于激动,以他的年龄所允许的速度,冲出卧室,把门关上,面孔通红,憋得难受,口吐白沫,眼珠突出,迎面遇上在前厅擦靴子的巴斯克。他抓住巴斯克的衣领,劈头劈脸地怒吼:"以十万长舌魔鬼发誓,这些强盗把他杀害了!"

"是谁呀,先生?"

"安德烈·谢尼埃!"

"是的,先生,"巴斯克惊奇地说。

四、吉尔诺曼小姐终于觉得割风
先生腋下夹着东西进来不错

柯赛特和马里于斯又会面了。

会面情形，我们就略而不述了。有的事用不着竭力描绘；一片阳光灿烂。

柯赛特进来的时候，全家人，包括巴斯克和尼科莱特，都聚在马里于斯的房里。

她出现在门口，仿佛罩在光环里。

恰好这时外公要擤鼻涕；他愣住了，鼻子捂在手帕里，从手帕上面望着柯赛特。

"很迷人！"他叫道。

然后他大声擤鼻涕。

柯赛特心醉神迷，乐陶陶的，又有点畏葸，像来到天堂。幸福会使人惊慌，她就是这样。她嗫嚅着，脸上一阵白，一阵红，想扑到马里于斯的怀里，却又不敢。在大家面前示爱不免羞赧。一般人不会体察幸福的情侣；当他们想单独相处时，旁人却站在原地不动。而他们根本不需要别人在场。

同柯赛特一起进来，站在她背后的，是一个白发人，庄重，微笑，不过是隐约的伤心的微笑。这是"割风先生"；这是让·瓦尔让。

他像看门人所说的"衣着笔挺"，一身崭新的黑衣服，戴白领带。

看门人压根没认出，这个彬彬有礼的资产者，这个说不定的公证人，就是六月七日夜里出现在门口，那个可怕的运尸工人，那时他衣衫褴褛，满身泥浆，可厌，惊慌，脸上血迹斑斑，溅满泥点，托住昏迷的马里于斯；但他看门人的嗅觉苏醒了。当割风先生和柯赛特一起来到时，看门人禁不住对妻子悄悄说了一句："不知怎么，我总是想象见过这副面孔。"

割风先生在马里于斯的房间里靠门的角落站着，仿佛避开大家。他腋下夹着一包东西，好像一本八开本的书，包在纸里。这层纸发绿，像是发了霉。

"这位先生是不是总像这样，腋下夹着书？"吉尔诺曼小姐根本不喜欢书，低声问尼科莱特。

"哦，"吉尔诺曼先生听到问话，低声回答，"这是一个学者。那又怎样？这是他的错吗？我认识的布拉尔先生，走路也带着一本书，总像这样顶住心窝。"

他高声打招呼说：

"斩风先生……"

吉尔诺曼先生不是故意的，但不注意别人的名字，在他身上是一种贵族派头。

"斩风先生，我有幸为我的外孙马里于斯·蓬梅西男爵，向小姐求婚。"

"斩风先生"鞠了一躬。

"一言为定，"老人说。

他转向马里于斯和柯赛特，张开双臂祝福说：

"允许你们相爱了。"

他们用不着别人说第二遍。得了！已经开始喁喁私语了。他们说话声音很低，马里于斯手肘支在躺椅上，柯赛特站在他身旁。"噢！天哪！"柯赛特小声说，"我又见到了您。是你！是您！这样去战斗！可为什么？太可怕了。四个月里，我像死了。噢！参加战斗，太不像话！我惹了您什么？我原谅您，但您再也不要这样做了。刚才，有人去叫我们来。我还以为我要死了，不过这是乐死了。我一直多么悲哀啊！我没有时间换衣服，一定吓人一跳。您的长辈看到我的皱领破破烂烂的，会说什么呢？您倒是说话呀！您让我一个人说话。我们一直住在武人街。看来您的肩膀伤势严重。人家对我说，拳头都伸得进去。还好像用剪刀剪过肉。可怕极了。我哭呀，眼睛都哭模糊了。受这种罪真是痛死了。您的外公样子很和蔼！别乱动，不要用手肘支着，小心，这样对伤势不利。噢！我多么幸福啊！不幸过去了！我真蠢。本来想对您说的话，我都记不得了。您始终爱我吗？我们以后住在武人街。那里没有花园。我所有时间都在做纱布；您看，先生，瞧呀，这是您的错儿，我的手指磨出老茧了。""天使！"马里于斯说。

"天使"是语言中唯一用不旧的词。其他词都经不住情人的糟蹋。

由于有人在场，他们打住了，不再说一句话，只是轻轻地触摸手。

吉尔诺曼先生转向房里其他人，大声说：

"你们都高声说话。吵吵嚷嚷，七嘴八舌。喂，喧闹呀，见鬼！让这两个孩子随心所欲说悄悄话。"

他走近马里于斯和柯赛特，低声对他们说：

"你们用你相称吧。不要拘束。"

吉尔诺曼姨妈吃惊地看到，光明闯进了她老气横秋的家。这种惊愕并不咄咄逼人；绝不是猫头鹰注视两只野鸽那种反感的嫉妒的目光；这是一个五十七岁可怜的老实头呆痴痴的眼神；这是虚度的一生望着爱情的凯旋。

"吉尔诺曼大小姐，"她的父亲对她说，"我对你说过，你会看到的。"

他停了半晌，又说：

"看看别人的幸福吧。"

然后他转向柯赛特：

"她真漂亮！她真漂亮！这是格雷兹画上的人物。你就要一个人独占，放荡的家伙！啊！调皮鬼，你侥幸避开了我，你是幸运的，如果我小十五岁，我们俩会斗剑，看谁能得到她。看！小姐，我爱上了您。这很简单。这是您的权利。啊！要举行的小小婚礼又美又迷人！这是在我们教区的圣体圣德尼教堂，但我能获得特许，让你们在圣保罗教堂结婚。那座教堂更好。是由耶稣会士建造的。更加雅致。正对着比拉格红衣主教的喷水池。耶稣会建筑的杰作在那慕尔，名叫圣卢教堂。你们结婚以后一定要到那里去。值得一游。小姐，我完全站在您一边，我赞成姑娘们都结婚，她们生来是为了做这件事。有那么一个圣卡特琳娜，我愿意看到她永远不戴上帽子。[1]老是当姑娘，这不错，但冷清了。《圣经》说：'要传宗接代。'拯救百姓，需要贞德；但造就民族，需要吉戈涅大妈[2]。因此，美女们，

---

[1] 圣卡特琳娜节在3月24日，凡是年满25岁的处女在这天戴上"圣卡特琳娜帽"，表示加入老处女行列。
[2] 吉戈涅大妈，法国木偶戏中的人物，身材高大，从裙子里走出一大群孩子，表示多子女母亲。

结婚吧。我确实看不出做姑娘好在哪里？我知道教堂里独辟一个小堂，不得已接受圣母会；但见鬼，有个漂亮的丈夫，正派的小伙子，一年以后，一个金黄头发的大胖小子，快活地吃您的奶，他的两条腿肥得打褶，粉红的小手乱抓您的乳房，笑得像朝霞一样，这样可比举根蜡烛做晚祷，唱'Turris eburnea'[1]好多啦！"

九旬的外公用脚跟作轴转了个身，像发条重新起动一样又说起来：

> "因此，阿尔西普，别再胡思乱想，
> 一点不假，不久你就要做新郎。"

"对了！"

"什么事，外公？"

"你不是有个好友吗？"

"是的，叫库费拉克。"

"他怎样啦？"

"他死了。"

"那样也好。"

他坐在他们旁边，让柯赛特坐下，把他们两双手捏在自己皱巴巴的老手中。

"这个娇滴滴的姑娘，真是出众。这个柯赛特，真是一个杰作！

---

[1] 拉丁文：《象牙塔》，赞颂圣母的连祷文。

她是个娇小的姑娘,又是个高贵的妇人。她只能当男爵夫人,这是纡尊降贵了;她生来是侯爵夫人。她却看中了您!孩子们,你们要相信这是现实。相爱吧。就是要如痴如醉。爱情,这是人干的蠢事,又是天主的智慧。相爱吧。不过,"他突然神色黯然地补充说,"多么不幸啊!现在我才想到!我拥有的钱大半是终身年金;只要我活着,生活还过得去,等二十年后我死了,啊!可怜的孩子们,你们就一无所有了!男爵夫人,您美丽的白手,就要去拉魔鬼的尾巴了。[1]"

这时,响起一个庄重而平静的声音:

"厄弗拉齐·割风小姐有六十万法郎。"

这是让·瓦尔让的声音。

他还没有说过一句话,甚至似乎没有人还知道他在那里,他站在这些幸福的人后面,一动不动。

"这位厄弗拉齐·割风小姐是谁?"外公惊奇地问。

"是我,"柯赛特回答。

"六十万法郎!"吉尔诺曼先生应了一句。

"可能少一万四五千法郎,"让·瓦尔让说。

他把吉尔诺曼姨妈当作一本书的那只小包放在桌上。

让·瓦尔让亲自打开小包;这是一捆钞票。点数一遍,一千法郎的钞票有五百张,五百法郎的钞票有一百六十八张。总共五十八万四千法郎。

"这是一本好书,"吉尔诺曼先生说。

---

[1] 意为生活艰难。

"五十八万四千法郎!"姨妈喃喃地说。

"这就好办事了,对吗,吉尔诺曼小姐?"外公说。"马里于斯这个鬼小子,他在梦树上掏出一个百万小姐!现在要放心让年轻人谈情说爱了!男大学生找到有六十万法郎的女大学生。薛吕班比罗思柴尔德能干。"

"五十八万四千法郎!"吉尔诺曼小姐小声重复。"五十八万四千法郎!就是说六十万,嗨!"

至于马里于斯和柯赛特,他们这时候互相凝视,几乎没有注意到这个小场面。

五、钱放在森林里,胜过存在公证人那里

用不着多解释,读者无疑已经明白,让·瓦尔让在尚马蒂厄案件以后,利用第一次几天时间的越狱,来到巴黎,及时从拉菲特银行取出他在滨海蒙特勒伊,以马德兰先生的名字的经营所得;他担心再次被捕,不久果然这事发生,他把这笔款子埋藏在蒙费梅森林所谓布拉吕产业里。六十三万法郎的钞票,体积不大,装在一只匣子里;不过,为了防潮,他套上一只橡木小箱,再塞上栗木屑。小箱子里还放上另外的珍宝,就是主教的银烛台。读者记得,他从滨海蒙特勒伊逃走时,带走了这对银烛台。布拉特吕埃尔第一次在傍晚看到的那个人,就是让·瓦尔让。后来,每当让·瓦尔让需要用钱,便到布拉吕林中空地来寻找。我们提到过,他因此而外出几次。他有一把镐藏在灌木丛中,只有他一个人知道的秘密地方。他看到

马里于斯康复，感到这笔钱可能用得上，便去取了回来；布拉特吕埃尔在树林里看到的仍然是他，但这回是在早上而不是傍晚。布拉特吕埃尔得到的是一把镐。

实数为五十八万四千五百法郎。让·瓦尔让抽出五百法郎留给自己。"以后再说吧，"他想。

这笔款子和从拉菲特银行取出的六十三万法郎的差额，意味着从一八二三年到一八三三年，十年的花费。住在修道院的五年只花了五千法郎。

让·瓦尔让将一对银烛台放在壁炉上，大放光彩，图散赞叹不已。

再说，让·瓦尔让知道摆脱了沙威。有人对他说起，他也从《通报》上发表的消息证实，有个名叫沙威的警官，淹死在兑换桥和新桥之间的洗衣妇船下，这个无可指责、极受上司器重的人，留下的一份书面文字，令人相信他精神失常和自杀。"确实，"让·瓦尔让心想，"他抓住我，又放掉我，他必定是疯了。"

六、二老以各自方式尽力使柯赛特幸福

大家为婚礼准备一切。医生受到咨询，说是可以在二月举行。眼下是十二月。几星期快活而极其幸福的日子过去了。

外公并非不快乐。有时他长久地欣赏柯赛特。

"漂亮迷人的姑娘！"他叫道。"她神态多么温柔，多么善良！我的心肝宝贝真是绝了，这是我生平见过的最可爱的姑娘。将来，她

就像香堇一样敦品修德。真是优雅大方！同这样的女子在一起，只会高尚地生活。马里于斯，我的孩子，你是男爵，又很富有，求求你，别去干律师了。"

柯赛特突然从坟墓升上天堂。连过渡都没有，他们即使没有眼花缭乱，也目眩神迷了。

"你了解事情的来龙去脉吗？"马里于斯问柯赛特。

"不了解，"柯赛特回答，"但是，我觉得天主在注视我们。"

让·瓦尔让做了一切，摆平一切，调解一切，使一切顺利进行。他同柯赛特一样急切地准备幸福的到来，表面上也是一样的快乐。

由于他当过市长，又只有他一个人知道秘密，他知道如何解决柯赛特的身份这个微妙的问题。直截了当地说出底细，谁知道有什么后果呢？这会阻止婚事。他给柯赛特排除了一切困难。他为她安排家里人都去世了，这个方法肯定不会引起任何异议。柯赛特是一个孤儿；她不是他的女儿，而是另一个割风的女儿。割风兄弟俩都是小皮克普斯修道院的园丁。派人到这个修道院了解过；得到的是大量良好的情况和品行兼优的证明；善良的修女不善于也不热衷于探究父亲是谁的问题，不懂使奸弄刁，从来没有搞清小柯赛特是哪个割风的女儿。她们提供了别人需要的情况，而且很热心。一份证明书开出来了。柯赛特法定的名字是厄弗拉齐·割风。她确认为无父无母的孤儿。让·瓦尔让经过安排，以割风的名义作为柯赛特的保护人，吉尔诺曼先生则是监督监护人。

至于五十八万四千法郎，这是一个隐姓埋名的已逝者留给柯赛特的遗产。遗产原来是五十九万四千法郎；一万法郎用于厄弗拉齐小姐的教育，其中五千法郎支付给修道院。这笔遗产放在第三者手里，应在柯赛特成年或者结婚时交还她。整个安排顺理成章，尤其有五十多万法郎的结余，更显可以接受。也有一些怪异之处，但是别人视而不见；关系人之一被爱情，其他的人被六十万法郎蒙住了眼睛。

柯赛特如今得知，她长期叫做父亲的这个人，并不是她的生父。他只是一个亲戚；另一个割风才是她真正的父亲。换了别的时候，她会十分难过。可是她正处于无比幸福的时候，这只产生一点阴影和惆怅，她心花怒放，乌云持续时间不长。她有了马里于斯。年轻人来了，老人就消失；生活就是如此。

再说，柯赛特常年习惯于在周围看到谜团；凡是童年有过神秘经历的人，总是容易不做深究。

但她继续管让·瓦尔让叫父亲。

柯赛特狂喜不已，吉尔诺曼老人又哄得她乐滋滋的。他确实对她说了许多恭维话，也送给她许多礼物。正当让·瓦尔让为柯赛特建立正常的社会地位和掌握无懈可击的财产时，吉尔诺曼先生则着意准备结婚花篮。华美最使他高兴。他送给柯赛特一条斑什花边的连衣裙，这来自他的祖母。"这种样式又时髦了，"他说，"老古董又流行起来，我年老时的少妇同我童年时的老妇穿着一样。"

他那科罗芒德尔生产的凸肚漆皮大五斗柜，已有多年没打开了，现在他又翻找起来。"让这些富孀坦白，"他说，"让我们看看她们肚子里有什么。"他哗啦啦地打开装满衣物的凸肚抽屉，有他妻子的、情妇的、老一辈的。北京宽条子绸，大马士革锦缎，其他锦缎，印花波纹织物，图尔生产的闪光横棱绸衣裙，能洗涤的绣金线印度手帕，几块不分正反面的王妃绸，热那亚和阿朗松的针钩花边，老式金银首饰，微型战斗图案象牙糖果盒，服饰，缎带，他通通给了柯赛特。柯赛特又惊又喜，对马里于斯爱得发狂，对吉尔诺曼先生万分感激，想着穿上绫罗绸缎和丝绒的无比幸福。她的结婚花篮，她觉得由大天使提着。她的心灵扇动马利纳花边的翅膀飞上蓝天。

上文说过，这对恋人的痴迷，只有外公的狂喜能相比。在髑髅地修女街，仿佛有一件盛事。

每天早上，外公都要送给柯赛特一件旧货。应有尽有的装饰品在她周围争奇斗妍。

一天，在幸福中喜欢说话庄重的马里于斯，谈起一个事件：

"革命者真伟大，他们世世代代都拥有威望，就像卡托和福基翁[1]，他们每个人似乎都有历久不衰的盛名。"

"古代波纹织物！"老人叫道。"谢谢，马里于斯。这正是我要寻找的主意。"

第二天，柯赛特的结婚花篮里，增加了一件茶色的古代波纹绸的漂亮衣裙。

外公从这些旧衣引出一段高论。

"爱情很美；但必须有陪衬。幸福需要有无用的东西。幸福，仅仅是必需品。要用大量多余的东西调味。一座宫殿和心灵。心灵和卢浮宫。心灵和凡尔赛全部开足的喷泉。把牧羊女交给我，竭力使她成为公爵夫人。把头戴矢车菊花冠的菲莉丝给我带来，给她十万

---

[1] 卡托（公元前93～前46），罗马政治家，保卫共和国，后自杀；福基翁（约公元前402～前318），雅典将军、演说家，作战勇敢。

利弗尔的年金。给我展现大理石柱廊下一望无际的田园。我赞赏田园，也赞赏大理石和黄金的仙境。干巴的幸福好像干面包。能吃下去，但不是盛宴。我要多余的、无用的、怪异的、过剩的、毫无价值的东西。我记得在斯特拉斯堡见过一座高达四层楼的大钟，它有好心报时，但不像为此而建造；它报中午和午夜，中午就是太阳的时间，午夜就是爱情的时间，也报其他您想听的时间，给您月亮和星星，大地和大海，鸟和鱼，福玻斯和福柏[1]，从窝里钻出来的一大堆东西，十二使徒，查理五世皇帝，爱波尼娜和萨比努斯[2]，另外有一群吹喇叭的镀金小人儿。还不说迷人的钟鸣随时无缘无故将钟声散布到空中。只会报时、光秃秃的难看钟面能相提并论吗？我呀，我赞赏斯特拉斯堡的大钟，胜过喜欢黑森林的杜鹃报时钟。"

吉尔诺曼先生对婚礼乱发一通议论，十八世纪的所有画面都凌乱地掠过他的赞美歌。

"你们不知道节庆的艺术。你们不知道如今怎样度过快乐的一天，"他高声说。"你们的十九世纪是懦弱的。它缺少过量。它不知道富有，不知道高贵。无论什么都剃成光头。你们的第三等级是平淡的，没有光彩的，没有香味的，畸形的。你们已成家的资产阶级妇女的梦想，像她们所说的，就是用红木和细布把她们漂亮的小客厅装修一新。让开！让开！守财奴先生娶了守财奴小姐。真是富丽堂皇！将一枚金路易贴在蜡烛上。这就是现代。我要求逃到比萨尔

---

[1] 福玻斯，阿波罗的别名，意为"光明""美丽"；福柏，月神狄亚娜的别名。
[2] 萨比努斯（卒于78），来自高卢的罗马军官，发动高卢人叛乱，反对罗马，失败后隐居地下九年，他妻子爱波尼娜为他送食物，最后他被发现而处死。

马特人[1]更远的地方。啊！从一七八七年起，我就预言一切完蛋了，那一天，我见到了德·罗昂公爵，就是德·列昂亲王、德·沙博公爵、德·蒙巴宗公爵、德·苏比兹侯爵、德·图阿尔子爵、法兰西贵族院议员，坐着双座小马车到龙尚去！这产生了结果。本世纪，大家做生意，在交易所赌博，拼命挣钱，却是吝啬鬼。大家打扮表面，弄得光光鲜鲜的；衣服笔挺，打了肥皂洗过，刮过脸，梳过头，上发蜡，梳得熨帖，刷一遍，擦一遍，外表整洁，无可指责，像石子一样光滑，小心谨慎，干干净净，同时，以我的情妇的贞操起誓，他们内心却藏污纳垢，能吓退用手擤鼻涕的牧牛女。我向这个时代献上一句格言：'肮脏的干净。'马里于斯，你别生气，让我说下去，我不说人民的坏话，你看，我把人民老挂在嘴边，但我觉得鞭挞一下资产阶级是不错的。我也属于有产阶级。爱得深，打得重。对此，我说得直率，今天的人要结婚，却不知道如何结婚。啊！不错，我留恋从前风俗的温文尔雅。我留恋这一切。这种风雅，这种骑士风度，这种典雅和优美的方式，这种人人都有的消遣的奢华，婚礼的音乐，交响乐在楼上，鼓乐在楼下，跳舞，宴席上喜气洋洋的脸，细腻的恭维，唱歌，烟火，坦率的笑声，大花结，不胜枚举。我留恋新娘的吊袜带。新娘的吊袜带类似维纳斯的腰带。特洛伊战争是怎么引起的？当然是因海伦的吊袜带引起的。为什么打起来？为什么神圣的狄俄墨得斯打碎墨里奥涅的十尖角大铜盔呢？[2] 为什么阿喀琉斯和赫克托耳用长矛互相刺杀呢？因为海伦让帕里斯拿走了吊袜

---

1 萨尔马特人，中亚的游牧民族，公元前3世纪侵入欧洲，2世纪被日耳曼人同化。
2 狄俄墨得斯，荷马史诗中的英雄；墨里奥涅是雨果杜撰的人物。

带。荷马会用柯赛特的吊袜带写出《伊利亚特》。他会在诗里放进一个像我那样的饶舌老头,起名为涅斯托尔。朋友们,从前,在可爱的从前,结婚很讲究;要签订婚约,然后是盛宴。居雅斯出去了,加马什就进来。[1] 当然啰!胃是一头可爱的畜生,要求应得的一份,也想有它的婚礼。酒足饭饱,旁边有一位不戴修女巾的美人儿,半露出胸脯!噢!咧开嘴大笑,那里的人就是这样快活!青春是一束鲜花;每个青年最后都要拿一枝丁香或一束玫瑰;哪怕是斗士,仍然是牧童;如果恰巧是龙骑兵上尉,就会找到办法叫弗洛里昂。人人都想显得漂亮。一身刺绣的衣服,穿红戴紫。有产者的神态像朵花,侯爵的神态像颗宝石。没有束鞋带,也不穿靴子。人人那样娇艳,油光可鉴,闪烁有光,呈金褐色,翩翩起舞,可爱,风雅,这并不妨碍身佩长剑。蜂鸟有嘴又有爪。这是《风雅的印度》[2] 的时代。那个世纪有精巧的一面,另一面是豪华;见鬼!那时的人真快活。今天的人太严肃。有产者吝啬,有产者女人假正经;你们的世纪多么不幸。因为太敞肩露胸,美惠女神会被赶走!唉!把美当作丑藏起来。那场革命之后,人人都穿起长裤,连舞女也不例外;演滑稽戏的女演员也要严肃;跳轻快舞蹈也板起了脸。必须正襟危坐。不能把下巴塞进领带,真叫人恼火。一个二十岁的小厮结婚,理想是打扮成罗瓦耶-科拉尔先生[3]。你们知道这样庄重结果如何吗?变得渺

---

[1] 居雅斯(1522〜1590),法国法学家;加马什,《堂吉诃德》中的农民,婚礼大宴宾客。
[2] 《风雅的印度》是法国作曲家拉谟(1683〜1764)的歌舞剧。
[3] 罗瓦耶-科拉尔(1763〜1845),法国政治家、哲学家,1816年以后是空论派首领。

小。要知道，快乐不仅仅是快乐，它是伟大的。因此，要爱得快活，见鬼！你们结婚吧，结婚时要幸福得发狂，搞得头昏目眩，吵吵闹闹，嘈杂混乱！教堂里要庄重，不错。但是，弥撒一结束，好哇！就要在新娘周围搞得梦幻一样旋转。婚礼要豪华和富于幻想；婚礼仪式要从兰斯大教堂走到尚特卢宝塔。我厌恶没排场的婚礼。见鬼！至少在这一天，要登上奥林匹斯山。当一回神仙。啊！可以成为气精、游戏和欢乐之神、天兵天将！朋友们，凡是新郎都应该是阿多布朗迪尼王子[1]。要利用一生中唯一的一刻，同天鹅和老鹰一起飞到九霄云外，哪怕第二天又跌回资产阶级的蛙群里。婚礼不要节约，不要削弱它的光辉；你们大放光明那一天，不要斤斤计较。婚礼不是要节衣缩食。噢！如果按我的设想去操办，会搞得十分风雅。在树丛中会传来提琴声。我的计划是：天蓝色和银色。我要把田野的神灵请来参加节庆，我会邀请山林仙女和海上仙女。要办成安菲特里忒[2]的婚礼，有一片彩云，一群梳发裸体的山林水泽仙女，一位向女神敬献四行赞歌的学士院院士，一辆海怪拉着的彩车。

> 特里同[3]走在前，从那海螺号角
> 吹出迷人乐曲，人人眉开眼笑！

——这是一个婚礼计划，像像样样，否则我就不是内行，见

---

[1] 阿多布朗迪尼王子是教皇克列门八世家族的成员，在他的别墅发现古壁画《阿多布朗迪尼的婚礼》。
[2] 安菲特里忒，海洋女神，海神波塞冬之妻。
[3] 特里同，海神之子，他一吹海螺，便刮起狂风巨浪。

鬼了！"

正当外公口若悬河，尽情抒发，自弹自唱时，柯赛特和马里于斯沉醉于自由自在的对视中。

吉尔诺曼姨妈以坚定的沉着态度看待这一切。五六个月以来，她有一连串的激动：马里于斯回来了，马里于斯送回来的时候血淋淋的，马里于斯从街垒送回来，马里于斯死了，然后又活过来，马里于斯和解了，马里于斯订了婚，马里于斯同一个穷姑娘结婚，马里于斯同一个百万女财主结婚。六十万法郎是最后一件令她惊讶的事。然后她又恢复初领圣体时的冷漠态度。她按时去望弥撒，念经时数念珠，读瞻礼祈祷书，正当别人在角落里小声诉说"I love you"[1]时，她在家里另一个角落小声念《圣母经》，朦朦胧胧地把马里于斯和柯赛特看成两个幽灵。其实幽灵是她。

有一种无生气的苦修状态，心灵已麻木不仁，同所谓的尘世俗事格格不入，除了地震和灾难，感觉不出人的情感印象，既不感到快活，也不感到悲苦。"这种虔诚，"吉尔诺曼老人对女儿说，"同患上大脑炎类似。你对生活毫无感觉。既闻不到臭味，也闻不到香味。"

不管怎样，六十万法郎使老姑娘不再犹豫了。她的父亲习惯不把她放在眼里，以致不征询她是否同意马里于斯的婚事。他按照自己的方式，凭热情行事，由于从暴君变成奴隶，他只有一个想法，就是满足马里于斯。至于姨妈，管她是否存在，是否会有想法，他连想都没有想过，她无论如何温顺，也被伤害了。她的内心即使有

---

[1] 英文：我爱你。

点动气，外表却不动声色，她想："我的父亲不问我就解决了结婚问题；我也不问他就解决继承问题。"她确实很富有，而做父亲的却没有钱。因此，她对此保留了决定权。万一是穷结婚，她就听之任之。我的外甥先生活该倒霉！他娶了一个女乞丐，就让他当乞丐吧。但柯赛特的五十多万令她高兴，改变了她对这对恋人处境的看法。对六十万法郎是要敬重的，显然，她别无选择，只能把自己的财产留给这对年轻人，因为他们并不需要这笔财产。

安排好了让这对夫妇住在外公家里。吉尔诺曼先生非要把家中最漂亮的房间，就是他的卧室让出来。"这样会使我年轻，"他宣称说。"我早有这个打算。我一直想把我的卧室做洞房。"他用一大堆雅致的古老小摆设布置这个房间。用整块的出色布料糊天花板和墙壁，他认为这块布是乌得勒支的产品，金黄色缎底，有熊耳绒毛花朵图案。"这种料子，"他说，"就用来做德·安维尔公爵夫人在拉罗什-居荣的床罩。"他在壁炉上摆了一只在敞开的肚子上揣着个手笼的萨克森瓷人。

吉尔诺曼先生的书房变成了马里于斯所需要的律师办公室，读者记得，律师公会要求设有这样一个办公室。

七、幸福魂牵梦萦

一对恋人天天见面。柯赛特同割风先生一起来。"事情倒过来了，"吉尔诺曼小姐说，"未婚妻上门来让人追求。"不过，马里于斯要养病，不得不让人老是这样做，而且髑髅地修女街的扶手椅，要比武人街的草垫椅更适于密谈，让她落地生根。马里于斯和割风先生常见面，但互相不说话。好像是约定似的。凡是姑娘都需要年长的人陪伴。柯赛特没有割风先生相陪便来不了。对马里于斯来说，割风先生是柯赛特前来的条件。他接受了。关于普遍改善全民命运，他们曾模糊而不确定地把政治问题摆到桌面上来，终于多说了几句，而不只是回答是或否。一次，谈到教育，马里于斯主张免费义务教育，形式多种多样，像空气和阳光一样人人有份，总之，要让全民都能享受到，他们意见一致，几乎交谈起来。马里于斯这时注意到，割风先生寡言少语，甚至措辞相当高雅。但他缺少点什么。割风先生比上流社会人士缺了些东西，也多了点东西。

马里于斯内心思想深处有各种各样不说出来的问题，围绕着割风先生，他觉得此人确实既和蔼又冷淡。他不时对自己的记忆产生了怀疑。他的记忆中有一个洞，一个黑黝黝的地方，一个经历了四个月垂死挣扎挖出的深渊。许多东西消失其中。他很纳闷，他在街垒见到的割风先生如此严肃，如此平静，是不是真的。

另外，过去事物的消失与出现，在他头脑里留下的，不只是惊愕。不要以为他摆脱了所有的记忆困扰，这种困扰在我们即使快乐和满足的时候，也在迫使我们忧郁地回顾往事。不向消失的天际回首，就没有思想，也没有爱。马里于斯不时用手捧住脸，乱哄哄的模糊的往事掠过他脑际的黄昏。他又看到马伯夫倒下，听到加弗罗什在枪林弹雨中唱歌，他感到嘴唇下爱波尼娜冰冷的额角；昂若拉、库费拉克、让·普鲁维尔、孔布费尔、博须埃、格朗泰尔，他所有的朋友，挺立在他面前，然后消失了。所有这些亲密的、受苦的、勇敢的、可爱的或悲惨的人，难道是梦吗？他们确实存在过吗？暴动在硝烟中席卷一切。这些伟大的狂热蕴含伟大的梦想。他在寻问；他在摸索；所有这些消失的现实令他目眩。他们如今都在哪里？全都死了是真的吗？坠落到黑暗中，除了他，席卷了一切。生活中就有这种降落的帷幕。天主又转入下一幕。

而他呢，他是同一个人吗？他本来是贫穷的，现在变得富有了；他本来被抛弃，现在有了一个家；他本来绝望了，现在他要娶柯赛特。他觉得，他穿越过一个坟墓，他进去的时候是黑色的，出来时却是白色的。而这个坟墓，别人却留在里面。有些时候，所有这些过去的人，回来和出现，团团围住他，令他神情黯然；于是他想到柯赛特，重新变得平静；唯独这幸福才能消除这场灾难。

割风先生几乎也在这些消失的人之列。马里于斯迟疑着不敢相信，街垒的割风就是这个有血有肉、庄重地坐在柯赛特身旁的割风。前面那个割风，可能是昏迷状态给他送来又带走的一场噩梦。况且，两人的性情截然不同，马里于斯不可能向割风先生提问题。他连想都没有想过。我们已经指出过这个有特点的细节。

两个人都有同一个秘密，有一个默契，对此不发一言，这种情况并不像人们想象的那么少见。

只有一次，马里于斯尝试了一下。他在谈话中引入麻厂街，转向割风先生，说道：

"您很熟悉这条街吗？"

"哪条街？"

"麻厂街。"

"这条街的名字,我一点概念都没有,"割风先生用最自然的声调回答。

回答只提街的名字,不提哪条街,马里于斯看来倒能得出结论。

"毋庸置疑,"他想,"我在做梦。我有过幻觉。有个人像他。割风先生没去过那里。"

八、两个无法找到的人

马里于斯不管多么心醉神迷,却无法在脑际抹去心事。

准备婚礼,等待定下的日子到来时,他对往事进行艰难而细密的追寻。

他要报答几方面的恩情;替他父亲报恩,为自己报恩。

一个是泰纳迪埃;一个是把他,马里于斯送回吉尔诺曼先生家那个陌生人。

马里于斯决意要找到这两个人,他决不愿意结了婚,生活幸福,却忘掉他们,生怕这些债不偿还会给他今后美满的一生投下阴影。他不可能把拖欠的恩情抛在身后,在快乐地进入未来之前,他想先了结过去的债务。

尽管泰纳迪埃是一个坏蛋,这丝毫排除不了他救过蓬梅西上校。泰纳迪埃对大家是个匪徒,但马里于斯不包括在内。

马里于斯不了解滑铁卢战场的真正场面,不知道这种特殊情况,他的父亲与泰纳迪埃有一种奇特的处境,泰纳迪埃救了他的命,却不用感激。

马里于斯雇用的侦探，没有一个能够找到泰纳迪埃的踪迹。他似乎完全销声匿迹了。泰纳迪埃的女人在预审时死在监狱里。泰纳迪埃和他的女儿阿泽尔玛是这个可怜而可悲的家庭硕果仅存的两个，他们已音信杳然。社会这个不为人知的深渊，在吞没他们之后，又悄然合拢了。表面甚至看不到晃动、波纹、隐约的水波，表明有样东西掉进去，可以进行探测。

泰纳迪埃的女人死了，布拉特吕埃尔已经开释，克拉克苏失踪，几个主犯从监狱逃之夭夭，戈尔博老屋的绑架案差不多办不下去。案件还模糊不清。刑事法庭只得满足于两个从犯，绰号叫青春哥，又叫比格尔纳伊的蓬肖，还有半文钱，又叫二十亿，他们经过对席审判，判处了十年苦役。对潜逃的同谋犯缺席宣布了终身苦役。首犯泰纳迪埃同样缺席判处死刑。这一判决是有关泰纳迪埃仅有的情况，仿佛棺材旁边的一支蜡烛，阴惨惨的光投在这湮没了的名字上。

再说，泰纳迪埃生怕被重新抓住，这一判决又把他赶到最深藏不露的地方，加厚覆盖这个人的黑暗。

至于另一个，至于救了马里于斯那个隐姓埋名的人，起初寻找有些结果，随后突然中断了。终于找到那辆六日夜里把马里于斯送回髑髅地修女街的出租马车。车夫说，六月六日，按照一个警察的命令，他从下午三点钟至夜里，"驻守"在香榭丽舍沿河大街的主管道出口上面；将近晚上九点钟，面对河滩的下水道铁栅打开了；走出来一个人，肩上扛着另一个看来已死的人；在这里守候的警察逮捕活人，抓住死人；他，车夫，按照警察的命令，把"所有这些人"接到车里；先是到了髑髅地修女街，把死人放下；死人就是马里于斯先生，车夫认出了他，尽管"这回"他活着；随后他们又登上他的马车，他挥鞭赶马，在离档案城门不远的地方，他们叫他停车，在街上付给他车钱，就走了；警察带走另一个人；其余的他不知道了；夜里很黑。

上文说过，马里于斯什么也回忆不起来。他只记得正当他仰翻在街垒上时，一只强有力的手从后面抓住了他；然后他就全然不知了。他直到在吉尔诺曼先生家里才恢复知觉。

他陷入推测中。

他不能怀疑自己的身份。他倒在麻厂街，怎么会在靠近残老军人院桥的塞纳河滩上，被一个警察抓住呢？有个人把他从菜市场区扛到香榭丽舍。怎样走的？从下水道。闻所未闻的献身精神啊！

有个人？是谁呢？

马里于斯正要寻找这个人。

关于他的救命恩人的情况，一点没有；毫无踪迹；连一点蛛丝马迹都没有。

马里于斯尽管在这方面不得不小心翼翼，还是追查到警察厅。但是同样，获得的情况无助于澄清。警察厅比出租马车夫知道得还少，警察厅根本不知道六月六日在主管道的铁栅门逮捕过什么人；在这方面没有得到警察的任何报告；警察厅认为这件事是子虚乌有，说成车夫在编造无稽之谈。车夫要赏钱，什么都干得出来，不惜编造。可是，事实确定无疑，马里于斯不容怀疑，除非怀疑自己的身份，正如上文所述。

这个古怪的谜，样样解释不通。

这个人，这个神秘的人，车夫看见他从主管道的铁栅门出来，背上扛着昏迷的马里于斯，埋伏着的警察当场抓住一个起义者的救命恩人，他后来怎样了？为什么这个警察保持沉默？这个人逃走了吗？他贿赂了警察？马里于斯的救命恩人，为什么他不给马里于斯一点信息呢？这种无私同献身一样，都是不可思议的。为什么这个人不再出现？也许他不图报恩，可是没有人能不表示感激。他死了吗？他是什么人？他相貌怎样？谁也说不出来。车夫回答：夜里很黑。巴斯克和尼科莱特吓坏了，只看到小主人浑身鲜血。看门人的蜡烛照亮了马里于斯到家时的惨状，只有他注意到这个人，这是他提供的特征："这个人样子可怕得很。"

马里于斯保留了他被人送回家时所穿的血衣，期望有助于寻找。察看他的衣服时，可以注意到有一块衣襟被奇怪地撕开。缺了一块。

有一晚，马里于斯在柯赛特和让·瓦尔让面前谈起整个奇特的经历、他获得的无数信息和白费精力。"割风先生"冷漠的脸使他变得不耐烦。他激动地、近乎以恼怒的颤声大声说：

"是的，这个人，不管他是谁，是崇高的。您知道他所做的事吗，先生？他像大天使一样介入。他要扑进战场，才能把人抢出来，打开下水道的盖，把我拖进去，扛起来！他在可怕的地道里弯腰曲背，摸黑在下水道中走一法里半以上的路，先生，背上驮着一具尸体！为了什么目的？唯一的目的是救活这具尸体。这具尸体就是我。他心想：也许还有一线生机；我要冒生命危险，抢救这可怜的一线希望！对他的生命，他不止冒一次险，而是冒了二十次险！每一步都是危险。证明是，走出下水道时，他被捕了。先生，您知道这个人所做的一切吗？不图任何回报。我是什么人？一个起义者。我是什么人？一个战败者。噢！如果柯赛特的六十万法郎属于我的话……"

"这是属于你们的，"让·瓦尔让打断说。

"那么，"马里于斯说，"我会拿出来，用来找到这个人！"

让·瓦尔让保持沉默。

第六章
不眠之夜

一、一八三三年二月十六日

一八三三年二月十六日至十七日的夜晚受到祝福。夜空之上的天堂打开了。这是柯赛特和马里于斯的新婚之夜。

这一天令人羡慕。

这不是外公梦想的蓝色佳节，不是有一群小天使和小爱神在新婚夫妇头上乱飞的仙境，也不是值得刻在门楣上的婚礼；但这是甜蜜的，喜气洋洋的。

一八三三年的婚礼与今日不同。法国还没有从英国学来这种无上的温情：抢新娘，出了教堂就逃跑，怀着对幸福的羞赧躲藏起来，将破产者的行为与《雅歌》表达的狂喜结合起来。那时的人还不懂得，将自己的天堂放在驿车上颠簸，让喀嗒喀嗒的声音一再打断自己的神秘想象，把客栈的床铺当作婚床，将一生最神圣的回忆留在按夜计费的普通客房里，并同驿车车夫和客栈女佣单独交谈相混杂，这一切有多么贞洁,多么美妙,多么得体。

在我们生活的十九世纪下半叶,区长和他的绶带,教士和他的祭披,法律和天主,已经不够了;必须以龙茹莫的驿车夫来补全;他穿着红翻边、铃铛纽扣的蓝上衣,挂着袖牌,绿色皮短裤,咒骂马尾扎起的诺曼底马,还有假饰带、漆皮帽,蓬松的头发扑粉,大鞭子和大皮靴。法国还没有将典雅推进到英国贵族那样,后跟穿坏的拖鞋和旧鞋像雨点一样落在新婚夫妇的驿车上,以纪念丘吉尔[1],后来又叫马尔博鲁格,或者马尔布鲁克,结婚那天,他受到姑妈愤怒的袭击,她给他带来幸福。旧鞋和拖鞋一点没有列入我们的婚庆;不过要耐心,高雅趣味要继续扩展,我们会有那一天。

一八三三年,三十年前,人们结婚不是这样坐车跑来跑去。

奇怪的是,那时的人以为,结婚是私人的和社会的喜事,家族的宴会毫不损害家庭办喜事的隆重,欢乐哪怕过度,只要是正常的,决不会损害幸福。总之,两个命运的结合,在家族中开始,从中产生一个家庭,夫妇从此以洞房为证,这是得到尊重的,也是合适的。

而在家中结婚则感到不庄重。

这门婚姻就根据现已过时的方式,在吉尔诺曼先生家里举行。

结婚不管多么自然和平常,但发表结婚预告,办理结婚证,区政府,教堂,这些总有一点麻烦。二月六日之前无法准备好。

然而,我们指出这个细节,纯粹是力求准确,十六日正好是封斋前的星期二。犹豫不决,顾虑重重,尤以吉尔诺曼姨妈为甚。

---

[1] 丘吉尔(1650~1722),英国将军。

"封斋前的星期二!"外公叫道,"好极了。谚语说:

> 封斋节前结了婚,
> 儿女决不会忘恩。

继续准备。十六号行!你想推后吗,马里于斯?"

"当然不!"钟情人回答。

"那就结婚吧!"外公说。

于是婚礼在十六日举行,尽管那是公众狂欢的日子。这一天下雨,但是天空中总有一小块蓝天为幸福效力,一对情人看到了,于是不管其余的天地万物要罩在雨伞下。

前一天,让·瓦尔让当着吉尔诺曼先生的面,把五十八万四千法郎交给了马里于斯。

婚姻实行财产共有制,手续非常简单。

今后,图散对让·瓦尔让没有什么用了;柯赛特接收下来,把她提升为贴身女仆。

至于让·瓦尔让,在吉尔诺曼家中有一间专门为他布置的漂亮房间,柯赛特令人不好拒绝地对他说:"父亲,我求求您了,"她差不多让他答应搬过来住。

举行婚礼前几天,让·瓦尔让出了一点事;他的右手拇指砸破了。这并不严重;他不让人关心和包扎,也不让别人看伤口,连柯赛特也不给看。但他不得不把手用布包起来,并用绷带吊住手臂,这妨碍他签字。吉尔诺曼先生作为柯赛特的监督监护人,代他签字。

我们不带读者到区政府和教堂去了。人们不大跟着一对恋人到那里去,一旦看见新郎的纽扣孔上插上了一束花,便习惯转过背去不看这出戏了。我们只限于指出一件事,是在髑髅地修女街到圣保罗教堂的途中发生的,不过参加婚礼的人没有看见。

当时,正在翻修圣路易街的北端。从王宫花园街起就不通行了。婚礼车队不能直接驶往圣保罗教堂。不得不改变路线,最简单的办法是从大马路绕过去。有个宾客指出,今天是封斋前的星期二,那里车辆拥塞。"为什么?"吉尔诺曼先生问。"因为有假面游行队伍。""好极了,"外公说。"就从那里走。年轻人结婚;他们就要进入严肃的生活中。让他们看一下戴假面的人群,也好有个准备。"

他们走大马路。第一辆婚礼轿式马车载着柯赛特、吉尔诺曼姨妈、吉尔诺曼先生和让·瓦尔让。按照习俗,马里于斯还与未婚妻分开,只能坐第二辆车。婚礼车队走出髑髅地修女街,便汇入长长的游行车队:从玛德兰教堂到巴士底广场,再从巴士底广场到玛德兰教堂,连接成无尽的长链。

大马路上拥挤着戴假面具的人。不时下雨也是徒劳,滑稽人物、低级趣味的角色、傻瓜,都赖着不走。在一八三三年冬天的愉快气氛中,巴黎化装成了威尼斯。今日已看不到这种封斋前的星期二了。狂欢节扩展到全部生活中,也就没有狂欢节了。

平行侧道挤满行人,窗口挤满了好奇的人。剧院柱廊上面的平台布满观众。除了看假面具,还看封斋前星期二特有的车队,就像在龙尚那样,有各种各样的车,出租马车、市内轻便马车、大型游览马车、带篷小推车、带篷双轮轻便马车,秩序井然地行进,按警察局规章,严格地一辆接一辆,好像限制在铁轨上。加入车队的既是观众,又是观景。在大马路低侧,警察维持住这两条朝相反方向移动的无尽的平行车队,不让这双重的潮流受到阻碍,监视着两条车流一条朝前走向昂丹街,另一条往后走到圣安东尼郊区。装饰着法兰西贵族院和大使徽号的马车占据了马路中央的位置,自由往来。有些华丽的欢快的彩车,特别是肥牛车也有同样的特权。英国也挥鞭投入巴黎这种欢乐中;西摩勋爵的驿站快车素有贱民的绰号,辚辚地开过去。

保安警察像一群牧羊犬,沿着两条车流奔跑,有排场的私家轿式马车,坐满了姨婆和祖母,车门簇拥着衣着鲜艳的化装儿童,七岁的男小丑,六岁的女小丑,令人喜爱的小家伙感到正式参加了公众的欢乐,拥有他们扮演丑角的尊严,像官员一样严肃。

游行车队不时出现阻塞,有一条车流停下,直到阻隔打开;一辆车受阻足以使整条车流瘫痪。然后又开始往前。

婚礼的华丽马车混在车流中,开往巴士底广场,沿着大马路的右侧走。来到白菜桥街,停了一会儿。几乎同时,在低的一侧,开往玛德兰教堂的车流也停下来。其中有一辆车载着戴假面具的人。

这些马车,说得更准确点,这一车车假面具,巴黎人都十分熟悉。如果封斋前的星期二或四旬斋的狂欢日缺少了这种马车,大家便以为在搞鬼,说道:"这里有点名堂。或许要换内阁了。"那辆车装了一群老丑角、丑角和女仆之类,在行人头上颠簸,千奇百怪,应有尽有,从土耳其人到野蛮人,有搀扶侯爵夫人的大力士,有能让拉伯雷捂上耳朵的泼妇,也有能让阿里斯托芬垂下眼睛的荡妇,麻丝假发，粉红汗衫，自负者的帽子，伪善者的眼镜，有蝴蝶戏弄的小丑三角帽，他们冲着行人叫喊，拳头撑在腰上，姿势肆无忌惮，袒露肩胛，戴着假面具，厚颜无耻；一个头戴花冠的车夫，拉着这群乌七八糟的无耻之尤；这伙人就是如此。

希腊需要泰斯庇斯[1]的运货车，法国需要瓦德[2]的出租马车。

一切都可以戏仿，甚至戏仿本身。农神节这种古代美的怪相，越来越粗俗地演变成封斋前的星期二；酒神的女祭司从前头戴葡萄藤冠冕，浴满阳光，神圣地半露出大理石般的双乳，今日却身穿北方湿漉漉的破衫，萎靡不振，最后称作荡妇。

假面人车的传统上溯到最久远的王朝时代。路易十一拨给宫廷大法官的费用，有"二十苏图尔币，租三辆马车装载戴假面人上街"。今日，这群闹嚷嚷的人通常乘坐旧式双轮公共马车，挤在上层车厢里，或者这群乱哄哄的人挤上四轮公共马车，将车篷放下。一辆坐六个人的车挤着二十个人。坐在椅子上，折叠加座上，车篷侧面和辕木上。他们甚至骑坐在灯笼上。站着、躺着、坐着、蹲着、荡着腿。女人坐在男人的膝上。远远就能看到拥挤的人头上耸起疯狂的金字塔。这些车上的人，在嘈杂的人群中形成一座座快乐的山头。科莱、帕纳尔和皮隆[3]从中产生，充满了切口。从车上向老百姓

---

[1] 泰斯庇斯（公元前6世纪），希腊悲剧诗人，是个半传说的人物，相传悲剧由他首创，他的车作巡回演出，将悲剧带到城市。
[2] 瓦德（1720～1757），法国戏剧和滑稽歌剧作家。创造"鱼妇"文学，《教理问答》收集关于莱市场的逸闻。
[3] 科莱（1709～1783），法国戏剧家，著有《酒中的真理》《亨利四世的打猎》；帕纳尔（1674～1765），法国民谣和戏剧作家；皮隆（1689～1773），法国民谣和滑稽歌剧作家，他的讽刺诗抨击伏尔泰。

吐出鱼贩子对答的粗话。这辆出租马车由于载人过多，显得庞大，气势逼人。前面喧声阵阵，后面一片混乱。车上大声叫骂，吊嗓子，吼叫，狂笑，高兴得七歪八扭；快乐在咆哮，讽刺在闪光，快活像块红布那样展开；两个瘦长干瘪的女人扮演一出闹剧，到了高潮；这是欢笑的凯旋战车。

过于无耻的欢笑不会直率。这种笑确实令人怀疑。它有一个使命，就是向巴黎人证明狂欢节。

这种发出粗话的马车，令人感到一种莫可名状的愚昧，引起哲学家深思。内中有政府的成分。可以触摸到公职人员和娼妓的亲缘关系。

拼凑的卑劣构成快乐的整体，无耻加上堕落，用来诱惑百姓，给卖淫充当女像柱的侦探既冒犯麇集的人群，又愉悦他们，群众爱看四轮的出租马车上可怕的一堆活人，挂上金箔的破衣烂衫，半污秽半闪光，又吼叫又唱歌，向各种耻辱组成的荣耀鼓掌，如果警察不把有二十只头的欢乐蛇怪带到人群中，他们就认为没有节庆。诚然，这是可悲的。但有什么办法呢？这一车车装饰彩带和鲜花的污秽，受到民众笑声的辱骂和宽恕。大众的笑声是普遍堕落的同谋。有些不健康的节庆败坏民众，使之变成群氓；群氓和暴君一样，都需要小丑。国王有罗克洛尔[1]，民众也有小丑。巴黎每当不再是崇高的大都会时，就成为疯狂的大城市。狂欢节是政治的组成部分。我们要承认，巴黎乐意让无耻表演。如果它有大师，就只向他们要求

---

[1] 罗克洛尔（1543～1625），法国元帅，亨利四世的左右手。

一样东西:"替我给烂泥涂脂抹粉吧。"罗马也有同样的脾性。它喜欢尼禄。尼禄是一个巨人装运工。

正如上文所说,恰巧这样一辆吃力地满载着奇形怪状的假面男女的大马车,停在大马路左侧,而婚礼车队也停在右侧。从马路的这一边到另一边,假面男女的车望得见对面新娘的车。

"瞧!"一个戴假面的人说,"一场婚礼。"

"一场假婚礼,"另一个戴假面的人说,"我们才是真办婚礼。"

由于隔开太远,招呼不了婚礼车队,又生怕警察干预,两个戴假面的人观看别的地方。

过了一会儿,一车戴假面的人乱动起来,民众开始喝倒彩,这是群众对戴假面具的人表示的亲热;刚才说话的两个戴假面具的人,不得不同伙伴们一起对付人群,用了菜市场搜集来的全部弹药,还不足以应付人群嘴巴的猛攻。假面具和人群之间唇枪舌剑,都用暗喻。

同一辆车上的另外两个戴假面具的人,一个是西班牙人,鼻子硕大无朋,有点显老,黑而浓密的髭须,另一个是瘦削的卖鱼妇,非常年轻,戴着狼面具,他们也注意到婚礼,正当他们的同伴和行人互相辱骂时,他们在低声交谈。

他们的窃窃私语淹没在喧嚣中。几场阵雨打湿了敞开的马车;二月的风并不和煦;卖鱼妇袒胸露肩,一面用西班牙语回答,一面瑟瑟发抖,笑着和咳嗽着。

这是他们的对话:

"喂。"

"什么事，'daron'¹?"

"你看到这个老头吗?"

"哪个老头?"

"那边，靠我们一侧，在婚礼的第一辆'roulotte'²里。"

"那个吊着手臂，扎黑领带的?"

"是的。"

"怎么样?"

"我拿得稳认识他。"

"啊!"

"我想，如果我不'colombe'这个'pantinois'，就让人割掉'colabre'，我一辈子没说'vousaille, tonorgue ni mézig'³。"

"今天巴黎就是庞丹。⁴"

"你弯下腰能看到新娘吗?"

"不能。"

"新郎呢?"

"这辆车里没有新郎。"

"哦!"

"除非是另一个老头。"

"你尽量弯下腰看看新娘。"

---

1 父亲。——雨果原注
2 车。——原注
3 我想，如果我不认识这个巴黎人，就让人割掉脖子，我一辈子没说过您、你和我这三个字。——原注
4 庞丹是巴黎东北的市镇。这句话与上文的庞丹人（巴黎人）相应。

"我做不到。"

"没关系,这个缠着手的老头,我拿得准认识他。"

"你认识他管什么用?"

"不知道。也许有用!"

"我呢,我对老家伙不在乎。"

"我认识他!"

"你高兴就认识他吧。"

"见鬼,他怎么会参加婚礼呢?"

"我们也在参加。"

"这婚礼车队从哪儿来的?"

"我怎么知道?"

"听着。"

"什么?"

"你要做一件事。"

"什么事?"

"下车,'filer'[1]这婚礼车。"

"干吗?"

"弄清楚婚礼车到哪儿去,是怎么回事。你赶快下车。快跑,我的仙女[2],你年轻呀。"

"我不想离开车。"

"为什么?"

---

[1] 意为跟随。——雨果原注
[2] 意为女儿。——原注

"我是雇来的。"

"啊,见鬼!"

"我要给市政府干一天卖鱼妇。"

"不错。"

"如果我离开车,第一个看到我的警官就会抓住我。你很清楚。"

"是的,我清楚。"

"今天,我被'Pharos'[1]买下了。"

"不管怎样,这个老头叫我心烦。"

"老人都叫你心烦。你又不是一个姑娘。"

"他在第一辆车里。"

"那又怎样?"

"在新娘的车里。"

"那又怎样?"

"因此他是父亲。"

"这跟我有什么关系?"

"我对你说,他是父亲。"

"又不是只有他一个父亲。"

"听着。"

"什么?"

"我呀,我只能戴着假面具出去。我在这儿是隐藏的,别人不知道我在这儿。但明天就不戴面具了。是行圣灰礼的星期三。我有危

---

1 意为政府。——原注

险倒下[1]。我必须回到我的洞里。你呢,你是自由的。"

"不太自由。"

"总比我自由。"

"那么又怎样?"

"你要设法弄清这辆婚礼车开到哪儿?"

"开到哪儿?"

"是的。"

"我知道了。"

"开到哪儿?"

"开到蓝钟面街。"

"先不到那边。"

"那么,是到酒糟街。"

"或者别的地方。"

"它是自由的。婚礼车是自由的。"

"不是这个意思。我对你说,你必须设法给我弄清楚,这辆婚礼车是怎么回事,这个老头是谁,这对新婚夫妇住在哪儿。"

"决不行!真是怪事。一星期以后,再找到封斋前星期二经过巴黎的婚礼车可不容易。真是在草棚里找'tiquante'[2]!就那么容易吗?"

"不管怎样,要设法才行。你明白吗,阿泽尔玛?"

两列车队又朝相反方向移动,假面人那辆车看不见新娘的彩车了。

---

[1] 倒下意为被捕。——原注
[2] 意为别针。——原注

二、让·瓦尔让总吊着手臂

实现自己的梦想。让谁实现梦想呢？上天必定有所选择；我们不知不觉都是候选人；由天使投票。柯赛特和马里于斯中选了。

在区政府和教堂，柯赛特光彩奕奕，令人怜爱。图散在尼科莱特帮助下，给她穿衣服。

柯赛特在白色塔夫绸的衬裙上面，穿上那件班什产镂空花边裙子，一块英国针法的面纱，一条精美珍珠项链，一顶橘花花冠；都是白色的，她在这白色中光彩照人。美妙的单纯在光彩中扩展和升华。仿佛是一位贞女正在变成女神。

马里于斯漂亮的头发油光可鉴，芬芳扑鼻；在厚发卷下，依稀可以看到一道道白线，那是街垒战留下的伤疤。

外公气宇轩昂，高仰着头，衣着和举止更加汇集了巴拉斯[1]时代的文雅。他挽着柯赛特，代替让·瓦尔让，因为让·瓦尔让吊着手臂，不能搀扶新娘。

一身穿黑的让·瓦尔让跟随在后，微笑着。

"割风先生，"老人对他说，"这是一个大喜的日子。我投票赞成结束难过和忧伤。今后任何方面都不应有伤心事。当真！我宣布快乐！痛苦没有存在的权利。确实还有不幸的人，这对蓝天是耻辱。恶并非来自人，人毕竟是善良的。人类全部苦难的首府和中央政府

---

[1] 巴拉斯（1755～1829），法国政治家，国民公会议员，与山岳派坐在一起，后来把罗伯斯庇尔赶下台，又镇压了保王党叛乱，1795年成为督政。拿破仑迫使他辞职，他曾流亡国外。

是地狱，换句话说是魔鬼的杜伊勒里宫。很好，现在我也讲起蛊惑人心的话来啦！至于我，我再也没有政治见解了；但愿人人富有，就是说快乐，我只有这一点主张了。"

在区长和教士面前说了多少次"是"，在区政府和教堂的登记簿上签过字，互相交换了戒指，在香烟缭绕中罩着白波纹纱巾，并排跪下，所有的仪式都结束，他们手拉手来到众人面前，受到贺喜和赞美，马里于斯穿黑色，她穿白色，前面由佩戴上校肩章的教堂警卫用戟戳着石板开道，穿过两排啧啧称赞的宾客，走出双扇门敞开的教堂大门，准备登上马车，一切停当以后，柯赛特还无法相信这是事实。她望着马里于斯，望着人群，望着天空；仿佛她害怕是南柯一梦。她惊讶和不安的神态，添上难以描述的迷人色彩。回家时，他们双双登上同一辆车，马里于斯坐在柯赛特身旁；吉尔诺曼先生和让·瓦尔让坐在他们对面。吉尔诺曼姨妈则降了一级，坐在第二辆车上。"孩子们，"外公说，"你们现在是男爵先生和男爵夫人了，拥有三万利弗尔年金。"柯赛特偎依着马里于斯，用迷人的声音在他耳畔窃窃私语："这确实是真的。我也叫马里于斯。我是你的夫人。"

这两个人光彩焕发。他们处在一去不复返的难得时刻，处于青春和欢乐耀人眼目的交汇点。他们实现了让·普鲁维尔的诗句；他们俩加起来还不到四十岁。这是得到升华的婚姻，这两个孩子是两朵百合花。他们虽互不注视，却互相瞻仰。柯赛特看到马里于斯在一片光辉里；马里于斯看到柯赛特坐在祭坛上。在祭坛和光辉中，这两尊神不知怎么在内心交融了，柯赛特是在一片云彩后面，马里于斯是在一片光焰中，其中有理想的东西，真实的东西，亲吻和梦幻的约会，新婚的枕席。

他们经历的苦难，回忆起来令他们沉醉。他们觉得，忧虑、失眠、眼泪、不安、惊惧、绝望，变成了抚爱和光芒，使得接近的迷人时刻更加美妙；忧愁就像女仆，给欢乐打扮。经历过痛苦，那是多么美好啊！他们的不幸形成他们的幸福的光环。他们的爱情长久的垂死挣扎，达到了升华状态。

这两颗心灵中，有同样的迷醉，不同的只是马里于斯有一点肉欲，而柯赛特有一点羞赧。他们互相低语："我们要再去看看普吕梅街的小花园。"柯赛特的裙裾搭在马里于斯身上。

这样的日子是梦想和信念难以描述的结合。既拥有，又在猜测。前面还有时间去猜想。这一天，处在中午，却想到午夜，激动是难以形容的。这两颗心的欢乐漫溢到人群身上，给行人以愉快。

在圣安东尼街圣保罗教堂前面，行人驻足透过车窗观看柯赛特头上颤动的橘花。

后来他们回到髑髅地修女街的家里。马里于斯和柯赛特肩并肩，得意洋洋，光彩焕发，登上楼梯，马里于斯正是从这里被人半死不活地抬上去。穷人聚集在门口，分到他们的施舍，祝福他们。到处都有鲜花。楼里同教堂里一样芬芳扑鼻；熏香之后是玫瑰花香。他们似乎听到无限中有声音在唱歌；他们心里想着天主；在他们看来，命运像星空那样展现；他们看到自己的头顶上升起朝霞。钟声突然敲响了。马里于斯看着柯赛特迷人的赤裸手臂和透过她胸衣的花边隐约可见的粉红点，柯赛特看到马里于斯的目光，羞得满脸通红。

吉尔诺曼家的许多旧友受到邀请；大家在柯赛特周围献殷勤，

都称呼她为男爵夫人。

泰奥杜尔·吉尔诺曼如今是上尉,从驻防地沙特尔赶来,参加他表叔蓬梅西的婚礼。柯赛特没有认出他。

他则习惯于被女人说他长得俊,也一样不记得柯赛特。

"我不相信这个枪骑兵的谎话,真是太对了!"吉尔诺曼老人暗地里说。

柯赛特对让·瓦尔让越加温柔。她与吉尔诺曼老人是一致的;在老人把欢乐视为格言、警句的时候,她像芬芳一样散发出爱和善。幸福的人愿人人幸福。

她同让·瓦尔让说话时,恢复了小时候的声调。她用微笑爱抚他。

餐厅摆设了宴会。

亮如白昼的照明,是喜庆必不可少的调料。幸福的人决不接受雾蒙蒙和黑暗。他们不同意黑洞洞的。黑夜可以;黑暗不行。倘若没有太阳,也要造出一个。

餐厅是乐事的火炉。当中,在亮闪闪的白桌子上方,一盏威尼斯的金属衬板的分枝吊灯,上面有各种颜色的鸟,蓝的、紫的、红的、绿的,栖息在蜡烛中央;分枝吊灯四周,墙壁上镶满三折和五折的反光镜;镜子、水晶器皿、玻璃器皿、餐具、陶器、瓷器、上彩釉的陶器、金银器皿,全都闪闪发光,一片喜庆气氛。烛台之间摆满了鲜花,没有烛光的地方,就有花朵。

门厅有三把小提琴和一支笛子,轻轻演奏海顿的四重奏乐曲。

让·瓦尔让坐在客厅门后的一张椅子上,门扇打开,几乎把他遮住了。入席之前，柯赛特好像出于冲动，走过来用双手展开婚裙，行了个大屈膝礼，带着温柔顽皮的目光问他：

"父亲，您高兴吗？"

"是的，"让·瓦尔让说，"我很高兴。"

"那么您笑吧。"

让·瓦尔让笑起来。

过了一会儿，巴斯克通报晚宴准备好了。

吉尔诺曼先生让柯赛特挽着手臂，走在前面，宾客随后走进餐厅，按次序围桌而坐。

新娘左边和右边摆了两张大扶手椅，第一张是给吉尔诺曼先生的，第二张是给让·瓦尔让的。吉尔诺曼先生坐下。另一张椅子空着。

大家用目光寻找"割风先生"。

他不在了。

吉尔诺曼先生叫巴斯克。

"你知道割风先生在哪里吗？"

"先生，"巴斯克回答，"知道。割风先生对我说，告诉先生，他的手痛得有点不舒服，他不能和男爵先生和男爵夫人共进晚餐。他请大家原谅。他明天早上会来。他刚出去了。"

这个空椅子使婚宴的气氛冷了一会儿。但割风先生不在场，吉尔诺曼先生在那里，外公喜气洋洋，一个顶俩。他断言，割风先生不舒服，早点睡觉是对的，这只不过是有点儿"疼"。这样说足够了。再说，一个幽暗的角落淹没在欢乐中，算得了什么？柯赛特和马里于斯处于受到祝福，只想到自身的时刻，官能全用在感受幸福上。另外，吉尔诺曼先生有一个想法。"真是的，这把扶手椅空着。你过来，马里于斯，你的姨妈尽管有权跟你坐在一起，但她会允许你坐过来。这张扶手椅是给你的。既合法，又很好。幸运之神坐在快乐之神身边。"全宴席的人都鼓起掌来，马里于斯便坐到柯赛特身边、让·瓦尔让的位置上；事情安排得好极了，柯赛特本来对让·瓦尔让缺席感到闷闷不乐，最后也高兴起来。既然马里于斯做了替身，就是天主缺席，柯赛特也不会遗憾了。她把穿着白缎鞋的柔软小巧的脚放在马里于斯的脚上。

扶手椅有人坐了，割风先生便被抹去；什么也不缺少。五分钟后，整桌人把他忘了，兴致勃勃，笑声朗朗。

吃饭后点心时，吉尔诺曼先生站了起来，手里拿着一杯香槟酒，由于九十二岁怕手发颤洒掉，只斟了半杯，向新婚夫妇祝酒。

"你们摆脱不了两次训话，"他大声说。"你们上午听过本堂神父的训话，晚上要听外公的训话。听我说；我要给你们一个劝告：要互敬互爱。我不绕弯子了，单刀直入，祝你们幸福。万物中没有比斑鸠更聪明的了。哲学家说：'要节制欢乐。'我呢，我说：'放开束缚，尽情欢乐吧。要像魔鬼那样痴迷。要爱得热狂。哲学家翻来覆去地说。我真想把他们的哲学塞回他们的喉咙里去。生活中芬芳会太多吗，绽开的玫瑰蓓蕾会太多吗，鸣啭的黄莺会太多吗，绿叶会太多吗，黎明会太多吗？互敬互爱会太过分吗？互相取悦会太过分吗？小心，艾丝泰尔，你太漂亮了！小心，奈莫兰，你太俊美了！十足的蠢话！会彼此过分迷恋，过分爱抚，过分入迷吗？会过分活跃吗？会过分幸福吗？节制欢乐。啊，呸！打倒哲学家！智慧就是快活。你们快活吧，我们快活吧。我们是幸福的，因为我们是善良的，或者我们是善良的，因为我们是幸福的？桑西钻石之所以称为桑西钻石，是因为它属于阿尔莱·德·桑西[1]，或者因为它重一百零六克拉？我一无所知：生活中充满了这类问题；重要的是，要拥有桑西钻石，还有幸福。不用争辩，我们是幸福的。盲目地服从太阳吧。太阳是什么？是爱情。提到爱情，就是提到女人。啊！啊！至高无上的权力，就是女人。问问马里于斯这个煽动家吧，他是不是柯赛特这个小暴君的奴隶。而且是心甘情愿的，这个懦夫！女人啊！罗伯斯庇尔站不住，是女人在统治。我仅仅是这个王国的保王党人。亚当是什么？是夏娃的王国。对夏娃来说没有八九年。国王权杖冠以百合花，帝国权杖冠以地球，查理大帝的权杖是铁的，路易大帝的权杖是金的，革命把它们在拇指和食指之间揉弯了，就像揉弯两文钱的麦秸一样；完蛋了，折断了，丢在地上，再没有权杖；可是，给我搞革命，反对这块发出藿香味的小绣花帕吧！我想看看你们有什么能耐。试试看。为什么这样牢固？因为它是块布。啊！你们是十九世纪吗？那么又怎样？我们呢，我们是十八世纪！我们像你们一样蠢。别以为你们大大改变了宇宙，就因为你们把暴发性疾病叫做黑死病霍乱，就因为你们的奥弗涅民间舞叫做西班牙舞。说到底，应该永远爱女人。我不信你们能从中逃脱。这些魔女是天

---

1 桑西（1546～1629），法国政治家。因买到钻石而升任财政总监。1580年，他向葡萄牙国王购买了一颗大钻石，后来它镶在17世纪末到1835年的王冠上。桑西的发音近似106，其实这颗钻石重53克拉。

使。是的,爱情,女人,接吻,这是一个圈子,我不信你们能跑出去;至于我,我愿意回到里面。你们当中谁见过维纳斯星座[1]在苍穹升起,像女人一样俯视波涛,安抚她底下的一切?维纳斯星座是深渊的风流女郎,海洋的塞莉曼娜;海洋则是粗暴的阿尔赛斯特。[2]他低声抱怨也是徒劳,维纳斯一出现,他就得微笑。这只野兽俯首帖耳。我们大家都是这样。愤怒,气冲牛斗,大发雷霆,唾沫四溅。一个女人进场了,一颗星星升起了;匍匐在地!马里于斯半年前去打仗,今天他结婚了。做得好。是的,马里于斯,是的,柯赛特,你们是对的。你们大胆地依赖对方而生存,互相亲亲热热,要气死那些不能这样做的人,相亲相爱吧。衔起人世间所有的幸福小草,筑起生活的巢。当真,爱和得到爱,年轻时这是多么美好的奇迹啊!别以为这是你们创造的。我呀,我也梦想过,思索过,叹息过;我呀,我也有过月光般的心灵。爱情是一个六千岁的孩子。爱情有权长一部白花花的长胡子。在丘比特旁边,玛士撒拉[3]是个顽童。六十个世纪以来,男女相爱才摆脱困境。狡猾的魔鬼憎恨起男人;男人更狡猾,爱起女人。这样,他尝到了甜头,超过魔鬼给他吃的苦头。自从有了人间乐园,就找到这种美妙。朋友们,发明古已有之,但也是常新的。好好利用吧。要做达夫尼斯和克洛埃[4],然后成为菲勒门和波西丝[5]。你们只要相依为命,就什么也不缺了,柯

---

1 维纳斯星座即金星。
2 塞莉曼娜和阿尔赛斯特是莫里哀的喜剧《恨世者》的男女主人公。
3 玛士撒拉,《圣经》中大洪水之前的族长,活了969岁。
4 达夫尼斯和克洛埃,希腊作家朗戈斯同名田园小说的男女主人公。
5 菲勒门和波西丝,希腊神话中的夫妻,因热情款待宙斯而获得长寿,死后化为橡树和菩提树。

赛特要成为马里于斯的太阳,而马里于斯要成为柯赛特的宇宙。柯赛特,你的晴朗天气就是马里于斯的微笑;马里于斯,你的雨天就是你妻子的眼泪。但愿你们的夫妻生活永远不要下雨。你们得到了好彩号,有爱情的婚配;你们中了头彩,要好好保存,锁起来,不要糟蹋,互敬互爱,其余的事不要管。要相信我说的话。这是常识。常识不会骗人。你们要把对方当作宗教。每人都有各自崇拜天主的方式。见鬼!崇拜天主的最好方式,就是爱妻子。我爱你!这就是我的信条。谁在爱,谁就是正统派。亨利四世的这句粗话,将放在盛宴和醉酒之间。神圣的醉肚!我可不相信这句粗话,它忘却了女人。这句粗话来自亨利四世令我惊讶。朋友们,女人万岁!按别人说来,我老了;我感到自己还年轻,这是怪事。我想到树林里听吹风笛。这些孩子做到既漂亮又高兴,这使我沉醉。如果有人愿意,我确实肯结婚。不可能设想天主把我们造出来是为了别的事,而不是为了这件事:热恋、谈情说爱、精心打扮、当鸽子、当公鸡、从早到晚啄食爱情、对娇妻感到满意、趾高气扬、洋洋自得、心满意足;这就是生活的目的。尽管你们不以为然,这就是我们在年轻时的所思所想。啊!寻欢作乐的品行!那个时代有多少迷人的女子,可爱的小脸蛋,年轻的姑娘啊!我让她们神魂颠倒。因此,你们相爱吧。如果人不相爱,我确实不明白春天有什么用;至于我,我祈求天主抓牢向我们显示的所有美好的东西,把鲜花、鸟儿和美女都收回,放回他的匣子里。孩子们,请接受老人的祝福吧。"

晚会热烈、快活、迷人。外公兴致勃勃给整个婚庆定了调子,每个人都以近百岁老人的真诚为榜样。大家跳一会儿舞,充满欢声笑语；这是一场乐融融的婚礼。简直可以邀请"昔日老人"[1]。再说，吉尔诺曼老人身上已有这个角色。

吵吵闹闹之后，沉寂下来。

新婚夫妇消失不见了。

午夜以后，吉尔诺曼家变成了一座神庙。

我们在这里打住一下。有个天使站在婚礼之夜的门口微笑，一只手指按在嘴唇上。

面对这婚庆的殿堂，心灵进入静观状态。

在这类房屋上空，一定有闪光。屋里包容的欢乐要透过墙壁的石头散发出光来，隐约照亮黑暗。这种事关命运的神圣节庆，不会不把美妙的光芒散发到苍穹。爱情，这是男女结合的崇高熔炉；一人之体，三人之体，终极体，人的三位一体从中而出。两颗心灵合一的诞生，应引起黑暗的激动。情人是教士；狂喜的处女又惴惴不安。这种欢乐有种东西通往天主。真正的婚姻，即有爱情的地方，理想渗入其中。婚床在黑暗中是一角曙光。倘若肉眼能看得见上界可怕而又迷人的景象，人就有可能看见黑暗的形态、有翅膀的陌生者、不可见世界的蓝色过客，心满意足，口中祝福，互相指点新娘，有点惊惶，神圣的脸上有着人间幸福的反光，俯身向前，在发光的房屋四周，是一只只黑黝黝的头。在这崇高的时刻，如果新婚夫妇在销魂之际，以为是单独相处，侧耳细听，他们会听到房里有翅膀扇动的隐约响声。十全十美的幸福会有天使的支持。这小小的幽暗

---

[1] 昔日老人，根据法国作家穆尔杰的同名小说改编的喜剧主人公，此剧于1832年在法兰西喜剧院演出。

的放床凹室,以整个天空为天花板。两人的嘴因爱情而变得神圣,为了创造而互相接近,在这难以描绘的接吻之上,布满繁星的神秘天穹不会不颤动一下。

这是真实的幸福。在这种欢乐之外,没有欢乐。爱情,这是唯一能使人心醉神迷的。其余的都是哭泣。

爱或被爱,这就足够了。用不着再要求别的。在生活的黑暗皱褶里,找不到其他珍珠。爱是十全十美的。

三、形影不离

让·瓦尔让究竟怎样了?

他按照柯赛特亲切的吩咐笑过以后,没有人注意他,站了起来,没有让人看见,来到门厅。正是在这个门厅里,八个月前,他进来时一身污泥、血迹和火药痕迹,把外孙给外公送回来。旧护壁板装饰着叶子和花朵;乐师坐在马里于斯以前躺下的那张长沙发上。巴斯克穿着黑外套、短裤、白袜,戴白手套,在要使用的每个盆子摆设玫瑰花环。让·瓦尔让给他看吊着的手臂,吩咐他解释自己缺席的原因,便走掉了。

餐厅的窗户朝向街道。让·瓦尔让在明晃晃的窗户底下的黑暗中站了几分钟,一动不动。他在倾听。宴会模糊的响声传到他耳里。他听到外公威严地大声说话,提琴声,杯盘的磕碰声,笑声,在这快乐的嘈杂声中,他分辨出柯赛特快乐柔和的声音。

他离开髑髅地修女街,回到武人街。

回家时他走圣路易街、圣卡特琳文化街和白披风街;这样走,路最长,但三个月以来,为了避开神庙老街的阻塞和泥泞,他习惯天天走这条路,同珂赛特从武人街走到髑髅地修女街。

珂赛特走过的这条路,使他排除了其他路线。

让·瓦尔让回到家里。他点燃蜡烛上楼。房间空荡荡的。连图散也不在。让·瓦尔让的脚步声在房间里发出比平时更响的声音。所有的大柜都打开了。他走进珂赛特的卧室。床上没有床单。枕头去掉了斜纹布枕套和花边,放在床垫脚下折好的毯子上,能见到床垫的布套,今后没有人睡在上面了。珂赛特看重的所有妇女用品都拿走了;只剩下大件家具和四堵墙壁。图散的床也搬空了。只有一张床是铺好的,仿佛等待某个人;这是让·瓦尔让的床。

让·瓦尔让望着墙壁,关上几扇柜门,在房间里来回踱步。

后来他待在自己房间里,把蜡烛放在一张桌上。

他把手臂从绷带抽出来,用右手做事,好像一点不痛。

他走近自己的床,目光要么是偶然,要么是有意,落在"形影不离"的小箱子上面,珂赛特对此都有点嫉妒。六月四日,来到武人街时,他把小箱子放在床头旁边的一张独脚小圆桌上。他敏捷地走向这张小圆桌,在口袋里取出一把钥匙,打开手提箱。

他从里面慢慢抽出十年前珂赛特离开蒙费梅时所穿的衣服;先是小黑裙,继而是黑头巾,然后是珂赛特几乎还能穿的大尺码童鞋,因为她的脚非常小,还有很厚的毛料内衣,针织裙,带兜的围裙,羊毛袜。袜子还保留小脚的可爱形状,比让·瓦尔让的手掌长不了多少。所有东西都是黑色的。是他替她准备,把这些衣服带到蒙费梅。他一样样取出来，放到床上。他在沉思。他在回忆。这是冬天，一个很冷的十二月，她半裸着，在破衣烂衫中瑟瑟发抖，她可怜的通红的小脚穿着木鞋。他，让·瓦尔让，让她脱下这些破衣烂衫，穿上一身丧服。母亲在坟墓里看到女儿穿上丧服，尤其穿得这样好，这样暖和，一定会满意。他想到这座蒙费梅森林；柯赛特和他，他们一起穿越过去；他想到当时的天气，掉光叶子的树木，没有鸟雀的树林，没有太阳的天空；不管怎样，这是迷人的。他把小衣服在床上摆好，头巾放在短裙旁边，袜子放在鞋子旁边，内衣放在连衣裙旁边，一件件看过来。她才这么高，怀里抱着大布娃娃，罩衣兜里放着金路易，她在笑，他们俩手拉手走路，她在世上只有他一个亲人。

于是他令人肃然起敬的、白发苍苍的头倒在床上，这老人坚忍的心碎了，他的脸可以说埋在柯赛特的衣服里，如果有人这时经过楼梯，会听到可怕的呜咽声。

四、IMMORTALE JECUR[1]

读者已经见过这场持久的、可怕斗争的几个阶段；现在它又开始了。

雅各同天使只搏斗了一夜。唉！我们多少次见过让·瓦尔让在黑暗中同他的良心抱在一起，拼命地搏斗啊！

---

[1] 拉丁文："不死的肝脏"。摘自维吉尔的史诗《伊利亚特》。

闻所未闻的搏斗！有时脚下打滑，有时地面塌陷。这颗良心热衷于善，多少次把他抱紧，向他攻击！无情的真理多少次用膝盖压住他的胸膛！多少次他被光明打翻在地，向它求饶！主教在他身上和内心点燃的、无情的强光，多少次在他想闭目不看时，硬把他照得眼花缭乱！多少次他在搏斗中重又挺起身来，靠在岩石上，依仗诡辩，在尘埃中拖来拖去，有时将良心压在身下，有时被良心掀翻！多少次他含糊其词，在自私的、似是而非的狡辩之后，听到愤怒的良心在他耳边高喊："耍阴谋！无耻之徒！"他倔强的思想多少次在明显的职责压力下，痉挛地挣扎！抗拒天主。渗出冷汗。有多少暗伤，只有他感到流血！他悲惨的一生有多少创伤！多少次他站起来时鲜血淋漓，伤痕累累，精疲力竭，获得启示，心中绝望，心灵平静！他被打败了，却感到是胜利者。他的良心使他分崩离析，折磨他和痛打他，踏在他身上，可怕、发光、平静，对他说："现在你可以问心无愧了！"

唉！经过这样悲苦的搏斗，获得的是多么悲凉的平静啊！

但这一夜，让·瓦尔让感到进行的是最后一场搏斗。

提出了一个令人心碎的问题。

命运不是笔直发展的；它在命定的人面前不像笔直的大路那样伸展；它有许多死胡同、幽暗的拐弯、令人不安的岔道口。让·瓦尔让这时在最危险的岔道口停下来。

他来到善与恶的最后交叉路口。黑暗的交叉路口就在他眼前。就像他已经遇到过的痛苦波折一样，这次仍然有两条路摆在他面前；一条诱惑人，另一条令人惊恐。走哪一条路呢？

令人惊恐的一条，就是每当我们注视黑暗，会看到神秘的手指引的路。

让·瓦尔让又一次要在可怕的港口和微笑的陷阱之间选择。

这是真的吗？心灵可以治疗，命运却不行。真是可怕！无法挽救的命运！

提出的问题是这样的：

让·瓦尔让要以什么方式对待柯赛特和马里于斯的幸福？这幸福，是他所希望的，也是他促成的；他融化到自己的血肉中，眼下，在注视这幸福的时候，他的满意心情，正如制造武器的人从胸口拔出冒着热气的刀，认出有自己铸造的标记。

柯赛特得到马里于斯，马里于斯拥有柯赛特。他们有了一切，甚至财富。而这是他造成的。

但这幸福既然存在，既然在那里，他，让·瓦尔让怎样对待？他要强加给自己吗？他要像属于自身那样对待吗？柯赛特无疑属于另一个人；而他，让·瓦尔让能从柯赛特那里保留他希望保留的一切吗？他仍然是至今那样的父亲，有时见面，但受到尊敬吗？他能安心地来到柯赛特的家中吗？他能只字不提，把自己的过去带给这未来吗？他有权上门，戴着面具坐在这亮堂堂的家中吗？他能对他们微笑，将这两个纯洁的孩子的手捏在自己命运悲惨的双手里吗？他能把身后拖着法律判以恶名的阴影的双脚，搁在吉尔诺曼家客厅安然的柴架上吗？他能同柯赛特和马里于斯共享好运吗？他要加厚额角上的阴影和他们额角上的阴霾吗？他要作为第三者，把自己的灾难掺和到他们两人的幸福中吗？他继续保持沉默吗？一句话，在这两个幸福的人身边,他会是命运不祥的哑角吗?

当某些问题狰狞地赤裸裸出现在我们面前时,必须习惯命运及其遭遇,才敢抬起眼睛。善恶就在这严厉的问号后面。"你会怎么做?"斯芬克司这样问道。

让·瓦尔让习惯这种考验。他注视斯芬克司。

他从各方面考虑这个无情的问题。

柯赛特,这可爱的生命,是这个遇难者的木筏。怎么办?抓住它还是松开它?

如果抓住它,他就摆脱灾难,又见到阳光,让苦水从衣服和头发淌下来,他就得救了,能活下去。

他松开吗?

那就是深渊。

他这样痛苦地思索。说得确切点,他在搏斗;他愤怒地冲进自己的内心,时而反对自己的意愿,时而反对自己的信念。

能够哭泣对让·瓦尔让来说,是一种幸福。这也许会使他清醒一点。但来势汹汹。一场比从前把他推向阿拉斯更猛烈的风暴,在他心中爆发。回眸往昔,面对现在;他做对比,他在呜咽。眼泪的闸门一旦打开,他悲痛欲绝。

他感到自己迈不开步。

唉!在私心与责任的殊死搏斗中,当我们这样一步步在坚定不移的理想面前后退,失去理智,斗争激烈,因退让而恼火,争夺地盘,希望能逃遁,寻找出路,退到墙脚,身后是多少突如其来和不祥的抵抗啊!

感到神圣的黑暗在形成障碍！

看不见的无情物，多么困扰人啊！

人同良心的较量永远完结不了。布鲁图斯，拿定你的主意吧；加通，拿定你的主意吧。良心是天主，是深不可测的。人们把一生的劳作扔进这口井中，把自己的运气、自己的财富、自己的成功、自己的自由或祖国、自己的幸福、自己的休息、自己的欢乐扔进去。还要扔！还要扔！还要扔！把罐子倒空！把壶倾倒！最后要把自己的心也投进去。

在亘古地狱的迷雾中，有个地方有这样一只桶。

最后拒绝是不可原谅的吗？永无尽头难道有一种权利吗？无尽的锁链不是在人的力量之上吗？谁会谴责西绪福斯和让·瓦尔让说："够了！"

物质的顺从要受摩擦的限制；心灵的服从难道没有限制吗？倘若永动是不可能的，能要求永远的忠诚吗？

第一步不算什么；最后一步才是艰难的。尚马蒂厄案件摆在柯赛特的婚姻及其后果旁边，算得了什么？回到苦役监比起回到虚无中，算得了什么？

噢，要走下的第一步台阶，你多么阴森啊！噢，第二步台阶，你多么黑暗啊！

这回，怎能不回过头来呢？

殉难是一种升华，一种物质转化。这是一种使人神圣的折磨。第一个钟头还可以忍受；人坐在烧红的铁宝座上，额头戴上烧红的铁王冠，接受烧红的铁球，拿着烧红的铁权杖，还要穿上火披风，可怜的肉体时刻都要反叛,要取消酷刑!

末了,让·瓦尔让进入意气消沉的平静状态。

他在掂量,思索,考虑光与影的神秘天平的抉择。

把他的苦役强加给这两个光彩夺目的孩子,或者独自无可挽救地消耗殆尽。一边是牺牲柯赛特;另一边是自我牺牲。

他决定采取哪种解决办法呢?他下定什么决心呢?他内心里对命运不可动摇的盘问,做出什么样的最终回答呢?他决定打开哪扇门呢?他决意关闭和封死生活的哪一边呢?在他周围深不可测的悬崖中,他做何选择?他接受哪一种绝境呢?他点头同意哪一个深渊呢?

他通宵胡思乱想。

直至白天来临,他仍然保持同一姿势,曲身弯倒在床上,匍匐在巨大无比的命运之下,唉,也许被压垮了!他紧握拳头,伸直手臂,像从十字架上卸下来,面孔朝地扔在那里。他这样待了十二小时,漫长的冬夜的十二小时,浑身冰凉,头也不抬,话也不说。像死尸一样动也不动,而他的思想有时好似七头蛇一样在地上打滚,有时像老鹰一样飞翔。看到他这样纹丝不动,别人会以为他死了;他突然痉挛地抖动起来,他的嘴贴到柯赛特的衣服上亲吻;于是人们看到他还活着。

是谁看到?有人?既然让·瓦尔让是独自一个,没有人在房里。

这个人是在黑暗中。

第七章
最后一口苦酒

一、第七圈和八重天[1]

　　婚礼的第二天是冷清的。大家尊重幸福的一对静心休息。而且他们也睡得有点晚。来访和祝贺的吵闹声很晚才开始。二月十七日上午，当巴斯克腋下夹着抹布和鸡毛掸子，忙于"打扫门厅"，听到轻轻的敲门声时，已经中午过了一点。没有拉铃，这样的日子这样做很谨慎。巴斯克打开门，看到割风先生，把他领到客厅，那里还乱七八糟，显出是昨夜欢乐的战场。

　　"啊，先生，"巴斯克说，"我们醒得很晚。"

　　"您的主人起床了吗？"让·瓦尔让问。

　　"先生的手臂怎样啦？"巴斯克答非所问。

　　"好多了。您的主人起床了吗？"

---

1 按照托勒密在2世纪提出的地心说，最远的行星在第七圈，第八层是恒星天。

"哪一位？老主人还是新主人？"

"蓬梅西先生。"

"男爵先生吗？"巴斯克挺起腰来说。

仆人尤其看重男爵头衔。有的东西是属于他们的；他们有哲学家所谓的头衔的余泽，这令他们愉快。顺便说说，马里于斯是共和战士，而且他证明了这一点，如今不由自主成了男爵。关于这头衔，家里发生了一场小小的革命；如今是吉尔诺曼先生坚持，而马里于斯倒很超脱。但蓬梅西上校写下了："我的儿子将有我的头衔。"马里于斯顺从了。再说柯赛特身上女人意识开始苏醒，很乐意当男爵夫人。

"男爵先生吗？"巴斯克重复一遍。"我去看看。我会对他说，割风先生来了。"

"不。不要告诉他是我。告诉他，有人想特意同他说话，不要告诉他是谁。"

"啊！"巴斯克说。

"我想让他吃惊。"

"啊！"巴斯克又说，对自己吐出第二个"啊！"，仿佛是对第一个的解释。

他出去了。

让·瓦尔让单独留下。

上文说过，客厅凌乱不堪。仿佛侧耳细听，还能听出婚礼隐约的嘈杂声。地板上有各种各样从花环和头饰上掉下来的花朵。燃尽的蜡烛给水晶吊灯增添了蜡做的钟乳石。没有一件家具在原来位置上。角落里有三四把扶手椅，互相靠近，围成一圈，好像继续在聊天。整体是笑盈盈的。在逝去的节庆中还留有一点雅韵。这里曾经欢庆过。在乱放的椅子上，在枯萎的鲜花中，在熄灭的烛光下，令人想到欢乐的场景。阳光接替了灯光，欢快地进入客厅。

几分钟过去了。让·瓦尔让在巴斯克离开的地方一动不动。他脸色煞白。他的眼睛深陷，由于不眠之夜而眍进眼窝，几乎看不见眼珠。他的黑衣服因穿着过夜而皱巴巴的。手肘处因摩擦床单粘上绒毛而泛白。让·瓦尔让望着脚下阳光投在地板上的窗影。

门发出响声，他抬起目光。

马里于斯走了进来，高昂着头，嘴巴笑吟吟的，脸上泛出难以描摹的光彩，额头喜气洋洋，眼神得意非凡。他也没有睡觉。

"是您，父亲！"他看见让·瓦尔让，大声说，"这个傻瓜巴斯克一副神秘的样子！但您来得太早了，还只有十二点半。柯赛特在睡觉。"

马里于斯对割风先生说出"父亲"这个词，意味着"无比的幸福"。读者知道，他俩之间总是有悬崖、冷淡和拘束，有着要打破或融化的冰层。马里于斯心醉神迷，以至于悬崖降低了，冰层融解了，割风先生对他同对柯赛特一样，是个父亲。

他继续说下去；话语满溢而出，欢乐达到神圣的顶点便会这样：

"看到您我多么高兴啊！您知道昨天您缺席，我们是多么扫兴啊！您好，父亲。您的手怎样了？好多了，是吗？"

他很满意自问自答得好，继续说：

"我们俩谈您谈得很多。柯赛特多么爱您！您别忘了，这儿有您的房间。我们不想再住在武人街。我们根本不想住在那里。您怎么能住在这样一条街上？这条街像得了病，爱发牢骚，丑陋不堪，尽头有栅栏堵住，又冷，不能让马车进去。您到这儿来住吧。从今天起。要么您跟柯赛特说去。她想牵着我们大家的鼻子走，我预先告诉您。您看过您的房间了，就靠着我们的房间，面向花园；锁已经叫人修好了，床也铺好，统统准备妥当，您只要搬来就是了。柯赛特在您的床边放了一把老式大安乐椅，乌得勒支丝绒包面，她对椅子说：'向他伸出手臂吧。'每逢春天，在您窗户对面的槐树丛中，会飞来一只黄莺。过两个月您就看见了。它的巢在您的左边，我们的巢在您的右边。夜晚它会唱歌，白天柯赛特会说话。您的房间朝正南。柯赛特会料理好您的书，柯克船长的游记，另一本是沃库韦的游记，还有您所有的衣物。我想您有一只很看重的小手提箱，我已给它安排了一个特殊的位置。您赢得了我外公的好感，您很合他的意。我们要在一起生活。您会打韦斯脱吗？如果您会，会更令外公满意。我上法院的日子，您就带柯赛特去散步，您让她挽着手臂，您知道，就像从前在卢森堡公园那样。我们下定决心，让生活美满。您要分享我们的幸福，明白吗，父亲？啊，对了，今天您同我们一起吃午饭吧？"

"先生，"让·瓦尔让说，"我有一件事要告诉您。我以前是一个苦役犯。"

尖叫声对头脑和耳朵都可能超过限度。"我从前是一个苦役犯"这句话，从割风先生口里说出来，进入马里于斯的耳朵，尖声就超过了限度。马里于斯听不见。他觉得别人对他刚说过一句话；但他不知说的是什么。他目瞪口呆。

这时他发觉，对他说话的人很可怕。他沉醉在幸福中，至今没有注意到这副脸白得可怕。

让·瓦尔让解开吊着右臂的黑领带，打开包扎手的绷带，露出拇指给马里于斯看。

"我的手一点伤也没有，"他说。

马里于斯看着拇指。

"我一点没有受伤，"让·瓦尔让又说。

确实没有一点伤痕。

让·瓦尔让继续说：

"我不宜参加你们的婚礼。我尽可能回避。我编出手受伤，免得做假，在婚约中掺进无效的东西，避免签字。"

马里于斯期期艾艾地说：

"这是什么意思？"

"这是说，"让·瓦尔让回答，"我在苦役监待过。"

"您让我神经错乱了！"马里于斯惊惶地大声说。

"蓬梅西先生，"让·瓦尔让说，"我在苦役监待了十九年。由于偷窃。后来我被判了无期徒刑。由于偷窃。由于累犯。眼下，我是潜逃犯。"

马里于斯面对现实无法后退，无法拒绝事实、抗拒明显的事，只得投降。他开始明白，而且像类似情况下往往发生的那样，明白过了头。他内心掠过一道丑恶的闪电，抖动了一下；一个想法掠过他脑际，使他颤抖起来。他隐约看见他的未来有种畸形的命运。

"统统说出来,统统说出来,"他叫道。"您是柯赛特的父亲!"

他怀着难以形容的恐惧后退了两步。

让·瓦尔让神态庄严地抬起头,仿佛他长高到天花板。

"先生,这方面您必须相信我;尽管我们这种人的誓言法律上并不承认……"

他沉吟一下,然后,他以威严而阴沉的口吻,加重每个字的分量,慢慢地又说:

"……您要相信我。我在天主面前起誓,柯赛特的父亲不是我。蓬梅西男爵先生,我是法弗罗尔的一个农民。我以修剪树枝为生。我不叫割风,我叫让·瓦尔让。我和柯赛特毫无关系。您放心吧。"

马里于斯嗫嚅着说:

"谁能向我证明?……"

"我。既然我这样说了。"

马里于斯看着这个人。这个人神情黯然而又平静。这样平静,不可能说谎。悲凉的神情是真诚的。在这种坟墓的悲凉中,令人感到真实。

"我相信您,"马里于斯说。

让·瓦尔让点一下头,仿佛注意到了,又继续说:

"我是柯赛特的什么人呢?一个过路人。十年前,我还不知道她存在。我喜爱她,这是真的。自己已经老了,看到一个小孩子,便喜欢上她。人老了,就感到自己是所有小孩的祖父。我觉得,您能设想我具有像爱心的东西。她是孤女。无父无母。她需要我。因此我开始喜爱上她。孩子是这样弱小,随便什么人,甚至像我一样的人,都能成为他们的保护人。我对柯赛特尽了这种职责。我不相信做了这么少的事,真能称作做好事;但是,如果这是好事,那么就算我做了。请记下这个能减轻罪行的情节。今天,柯赛特离开了我的生活;我们分道扬镳了。今后,我同她再没有什么关系了。她是蓬梅西夫人。她的保护人变了。柯赛特在交换中占了便宜。一切都好。至于六十万法郎,您没有提起,但我跑在您思索前面,这是寄存的一笔钱。这笔钱怎么落到我手里?那有什么关系?我交还了这笔钱。对我没有什么可苛求的了。我说出了真名实姓,交还手续便完成了。这是我的事。我执意要让您知道我的名字。"

让·瓦尔让正视马里于斯。

马里于斯的所感所受是乱糟糟的,互不连贯。命运的罡风,在我们的心灵中有时掀起这样的浪涛。

我们都经历过这样的混乱时刻,心中一切支离破碎;我们说出随意想到的话,但往往正是不该说出的话。有些事骤然真相大白,令人无法承受,像烈酒一样令人晕头转向。马里于斯给展示出来的新情况吓呆了,以致对这个人说话时,就好像怪罪他说出真相。

"可是,"他叫道,"为什么您要对我和盘托出?是什么迫使您这样做的?您本来可以保守秘密。您不是没人揭发、追究和围捕吗?您一定有原因,乐意披露出来。说完吧。您这样供认有什么意图?有什么原因?"

"有什么原因?"让·瓦尔让回答,声音低沉,仿佛自言自语,而不是对马里于斯说话。"这个苦役犯跑来说:'我是苦役犯,'"确实,有什么原因呢?是的,原因很古怪,这是出于光明磊落。噢,可悲的是,有一根线在我心里,把我缚住。人老了,这种线尤其结实。周围的生命全都解体,它们还不断。如果我能拉掉这根线,断掉它,解开结,或者割断它,远走高飞,我就得救了,只要一走了之;布洛瓦街有驿车;你们是幸福的,我走开。我尝试过拉断它,我拉这根线,它很结实,没有断,要把心一同拉出来。于是我说:'我不能生活在别的地方。我必须留下来。'是这样的,但您说得对,我是个傻瓜,为什么不干脆留下来呢?您在家里给我一个房间,蓬梅西夫人很爱我,她对这张扶手椅说:'向他张开手臂,'您的外公求之不得,让我留下来,我合他的意,我们住在一起,一块儿吃饭,我让柯赛特挽着手臂……是蓬梅西夫人,对不起,这是习惯,我们在一个屋顶下,围坐一张桌子和炉火旁,冬天守在壁炉边,夏天一起散步,快快乐乐,幸福美满,一切全有了。我们一家子生活在一起。一家子!"

说到这个词,让·瓦尔让变得恶狠狠的。他交抱手臂,注视脚下的地板,仿佛想挖出一个深渊,他的声音突然变得响亮起来:

"一家子!我呀,我根本没有家。我不是你们家的人。我不是人类大家庭的人。在亲密相处的住宅里,我是多余的。家庭有的是,但没有我的份。我是不幸的人;我排除在外。我有父母吗?我很怀疑。我把这个孩子嫁出去那天,事情就结束了,我看到她幸福,她和自己所爱的人在一起,有一个善良的老人,一对天使组成夫妇,这个家里融融乐乐,好得很,我心里想:'你呀,不能进去。'我可以说谎,不错,欺骗你们大家,仍然做割风先生。只要是为了她,我可以说谎;但如今这是为了我自己,我不应这样做。我沉默就足够了,不错,一切继续下去。您问我是什么迫使我说出来?很怪,是我的良心。沉默,这很容易。我整宵想说服自己;您要我坦白出来,我刚才对您所说的话不同寻常,您确实有权这样做;是的,我整宵给自己找理由,我找出很好的理由,我做了我能做的事。但有两样东西我办不到:拉不断拴住我的心的线,我的心已经固定、系牢、浇铸在这里,当我独自一人时,我也不能让对我说话的人沉默。因此,今天上午我来对您说出一切。一切,或者差不多一切。有的东西只关系到我,用不着说;我保留在自己心里。主要的情况您知道了。所以我拿了自己的秘密,给您送来了。我在您眼前剖开我的秘密。这个决心不容易下定。整宵我在挣扎。啊!您以为我没想过,这根本不是尚马蒂厄案件,我隐姓埋名不伤害任何人,割风的名字是割风亲自给我的,为了报答我的恩情,我可以保留秘密,我待在您给我的房间里会幸福的,我不会妨碍人,我就待在自己的小角落里,您拥有柯赛特,我呢,也想到同她待在一座住宅里。各人有自己的一份幸福。继续做割风先生,一切都安排顺当。是的,除了我的灵魂。我身上处处感到快乐,而灵魂深处却是黑洞洞的。幸福还不够,必须对自己满意。照这样我仍旧是割风先生,照这样我隐藏起我的真面目,照这样面对你们的坦诚相待,我却藏着一个谜,面对你们的阳光,我却保留黑暗;照这样我不老老实实地警告一声,却把苦役监引进你们的家,坐在你们的桌边,想到一旦你们知道我是谁,你们会把我赶出去,我让仆人伺候,他们要是知道了,会说:'真讨厌!'我的手肘会碰到您,而您有权不肯这样,我可以骗取您的握手!可敬的白发和玷污的白发,会一起在你们家分享尊敬;在你们最亲密的时刻,人人的心以为彼此彻底敞开,您外公、你们俩和我,我们四个人在一起的时候,却有一个面目不清的人!我会肩并肩地同你们一起生活,唯一要考虑的是,不要动我可怕的井盖。这样,我,一个死人,要把自己强加给你们这些活人。我要强迫她永远跟着我。您、柯赛特和我,我们三个人要戴同一顶绿色囚帽!您不发抖吗?我是最悲苦的人,我可能是最可怕的人。我会每天都犯下这罪行!我会每天说谎!我每天要摆出这黑夜的脸!我每天要把我的耻辱分给你们一部分!每天!分给你们,我亲爱的人,我的孩子们,纯洁的人!闭口不谈不算什么吗?保持沉默很简单吗?不,这不简单。有一种沉默就是说谎。我的谎言,我的弄虚作假,我的卑劣,我的怯懦,我的心怀鬼胎,我的罪行,我一滴滴地喝下去,又吐出来,再喝下去,午夜喝完,中午又重新开始,我的问好是说假话,我的道晚安是说假话,我睡在谎言上面,把这连同面包一起吃下去,我会盯着柯赛特,以罪人的微笑回应天使的微笑,我会是一个可恶透顶的骗子!要干什么?为了幸福。我,为了幸福!我有权得到幸福吗?我被排除在生活之外,先生。"

让·瓦尔让打住了。马里于斯在倾听。这样连续不断的思路和不安不会中止。让·瓦尔让又压低声音,但这不再是低沉的声音,这是悲戚的声音。

"您问为什么我要说出来?您说,我既没有被揭发,被追逐,也没有被围捕。错了!我受到揭发!错了!我受到追逐!错了!我受到围捕!被谁?被我自己。是我挡住自己的路,我拖住自己,我推着自己,我抓住自己,我判决自己,自己抓住自己,那是抓得很牢的。"

他一把抓住自己的礼服，把自己拖向马里于斯：

"您看看这只拳头，"他继续说。"您不觉得把衣领抓得很牢，不会放松吗？啊！这是另一只手腕，良心！如果要幸福，先生，那就永远不要明白责任；因为一旦明白，它是无情的。可以说责任因为您了解它而处罚您；不，它为此报答您；因为它要将您放在地狱中，让人感到天主在自己身边。人一旦撕心裂肺地痛苦，就会平静地对待自己。"

他以令人心碎的声调又说：

"蓬梅西先生，这不合常理，我是一个正直的人。我在您面前贬低自己，就在自己眼里提高自己。这种情况我已经有过一次，但是没有那么痛苦；这不算什么。是的，一个正直的人。如果您继续尊敬我，那是出于我的错，我就不是正直的人了；您蔑视我，我才是正直的人。我有这种命运，我永远不能窃取尊敬，这种尊敬令我觉得耻辱，内心感到痛苦，为了自尊，必须让人蔑视我。我才挺起身来。我是一个听从良心吩咐的苦役犯。我很清楚，这很不相称。但叫我有什么办法呢？事情就是这样。我对自己许下诺言；我要守约。有的机遇将我们捆住，有的偶然性将我们拖向责任。您看到了，蓬梅西先生，我一生中遇到多少事。"

让·瓦尔让又停了一下，使劲咽了一口唾沫，仿佛他的话有苦涩的回味，他又说：

"一个人身上有这样的丑事，就没有权让别人不知不觉地分担，没有权把自己的瘟疫传染给别人，没有权让别人不知不觉地滑入他的深渊,没有权把自己的红囚衣延伸到他们身上,没有权偷偷地以自己的苦难去扰乱别人的幸福。接近圣洁的人,用自己无形的溃疡暗中触及他们,这是卑劣的。割风白白地把他的名字借给我,我没有权利使用它;他可以给我,我可不能采用。一个名字,是一个自我。您看到了,先生,我虽然是个农民,却会点思考,读过一点书;我明白事理。您看,我表达得体。我自学过。是的,窃取一个名字,躲在底下,这是不正直的。字母像钱包或表一样可以骗人。一个活灵活现的假签名,就像一把有生命的假钥匙,就像仿造一把钥匙进入正直人家,再也不敢正视,始终斜视,内心感到自己卑鄙,不!不!不!不!还不如受苦,流血,哭泣,用指甲抠掉自己的皮肉,一夜又一夜在不安中辗转反侧,身心在受折磨。因此我来向您和盘托出。像您所说的心里乐意。"

他艰难地呼吸,吐出最后一句话:

"从前为了生活,我偷过一只面包;今天,为了生活,我不想窃取一个名字。"

"为了生活,"马里于斯打断说。"为了生活,您不需要这个名字吗?"

"啊!我明白自己在说什么,"让·瓦尔让回答,站起来慢慢地连续点了几下头。

静默了一会儿。两个人都沉默无言,陷入思索的深渊。马里于斯坐在一张桌旁,嘴角顶住一根弯曲的手指。让·瓦尔让来回踱步。他在一面镜子前站住,一动不动。然后,仿佛在回答内心的思索,望着镜子却视而不见,说道:

"现在我轻松了！"

他又开始走起来，走到客厅的另一头。他回过身来的时候，看到马里于斯望着他走路。于是他用难以形容的声音说：

"我有点拖着腿走路。现在您明白为什么了。"

接着，他完全转向马里于斯：

"现在，先生，您想象一下：我一点儿不讲，我仍然是割风先生，我在您家里占有位置，我是您家的人，我在自己的房间里，每天上午我趿着拖鞋来吃午餐，晚上我们三个去看戏，我陪蓬梅西夫人到杜依勒里宫和王宫广场，我们在一起生活，您以为我是像您一样的人；一天早上，我在那里，您在那里，我们在聊天，我们在说笑，突然您听到一个声音喊这个名字：'让·瓦尔让！'于是这只可怕的手，就是警察，从黑暗中伸出来，突然摘下我的假面具！"

他又住了口；马里于斯颤抖了一下，站起身来。让·瓦尔让又说：

"您怎么想？"

马里于斯以默不作声来回答。

让·瓦尔让继续说：

"您看到了，我不沉默是对的。噢，但愿你们幸福，待在天堂里，当一个天使的天使，待在阳光下，心满意足，不必担心一个可怜的罪犯以什么方式，敞开自己的胸怀，履行职责；在您面前是一个悲苦的人，先生。"

马里于斯慢慢地穿过客厅，走到让·瓦尔让身旁，向他伸出手去。

但让·瓦尔让不伸出手来，马里于斯只得去捏住这只手，让·瓦尔让任他捏住，马里于斯觉得捏住一只大理石的手。

"我的外公有朋友，"马里于斯说，"我会给您争取赦免。"

"没有用，"让·瓦尔让回答。"当局以为我死了，这就够了。死人不受监视。人家以为在慢慢地腐烂。死亡，同赦免是同一回事。"

他抽回马里于斯捏住的手，以严于责己的尊严补充说：

"况且，履行职责，这就是我要求助的朋友；我只需要一种赦免，就是良心的赦免。"

这当儿，客厅的另一边，门轻轻地打开了一点，柯赛特的脑袋伸了进来。只看到她柔美的脸，没有戴头饰，妙不可言，她睡眼惺忪。她像鸟儿将头探出巢一样，先看看她的丈夫，然后看看让·瓦尔让，笑着对他们嚷嚷，简直像玫瑰花中漾出的微笑。

"咱们打赌，你们在谈论政治！不同我待在一起，真蠢！"

让·瓦尔让不寒而栗。

"柯赛特！……"马里于斯嗫嚅着说。他住了口。就像两个罪人在那里。

柯赛特容光焕发，又轮流瞧他们俩。她的眼里好像有天堂透出来的光芒。

"我当场抓住了你们干坏事，"柯赛特说。"我刚隔着门听到割风父亲说：'良心……履行职责……'这是谈政治。我不要听。不该从第二天开始就谈政治。这不合理。"

"你搞错了，柯赛特，"马里于斯回答。"我们在谈生意。我们在谈你的六十万法郎，投放在哪里最好……"

"不仅是谈这个，"柯赛特打断说。"我来了。这儿要我吗？"

她毅然越过门口，走进客厅。她身穿百褶宽袖的白色宽大晨衣，从脖子一直垂落到脚。在金色的天花板上，就有这种哥特式的绘画，能放进一个天使的美妙赎罪衣。

她在一面大镜子前从头到脚端详自己，然后难以形容地喜上眉梢，大声说：

"从前有一个国王和一个王后。噢！我多么高兴啊！"

说完，她向马里于斯和让·瓦尔让行了一个屈膝礼。

"现在，"她说，"我要坐在你们旁边的扶手椅上，过半小时吃午饭，你们随便说什么都可以，我很清楚要让男人说话，我会知趣。"

马里于斯抓住她的手臂，含情脉脉地对她说：

"我们在谈生意。"

"对了，"柯赛特说，"我开了窗，花园里刚飞进来一群麻雀。鸟儿不戴假面具。今天是开始封斋的星期三；但管不住鸟儿。"

"我对你说我们在谈生意，去吧，我的小柯赛特，让我们单独待一会儿。我们在谈款数。这会令你厌烦。"

"今天早上你戴了一条好看的领带，马里于斯。您很风雅，老爷。不，这不会令我厌烦。"

"我向你担保，这会令你厌烦。"

"不会。因为是你们在谈话。我可能不理解你们的话，但我会听下去。听到所爱的人的声音，不需要理解所说的话。待在一起，这就是我所愿意的。我同你们待在一起！"

"你是我的心上人，柯赛特！不行啊。"

"不行！"

"是的。"

"很好，"她说。"我本来要告诉你们新闻。我要告诉你们，外公还在睡觉，姨妈在望弥撒，我父亲割风的卧室的壁炉冒烟了，尼科莱特叫来了通烟囱工人，图散和尼科莱特已经吵过架，尼科莱特嘲笑图散结巴。而你们什么也不知道。啊！不行吗？我呀，您会看到，先生，也轮到我说：不行。谁会失望？我求你了，我的小马里于斯，让我同你们俩待在一起吧。"

"我向你发誓，我们要单独在一起。"

"那么，我是个外人啰？"

让·瓦尔让一言不发。柯赛特转向他：

"首先，父亲，我要您过来拥抱我。您待在那里不说话，不站在我一边，这是干什么？谁给我这样一个父亲？您看，我在家里很不幸。我的丈夫打我。得了，马上拥抱我吧。"

让·瓦尔让走过来。

柯赛特朝马里于斯转过身去。

"您呀，我对您做个鬼脸。"

然后她将额角伸给让·瓦尔让。

让·瓦尔让朝她迈了一步。

柯赛特却后退。

"父亲，您脸色苍白。您的手臂很痛吗？"

"手臂好了，"让·瓦尔让说。

"您睡得不好吗？"

"不。"

"您心情忧郁?"

"不。"

"抱吻我吧。如果您身体好,如果您睡得好,如果您高兴,那么我就不责备您。"

她又向他伸出额角。

让·瓦尔让在容光焕发的额角上吻了一下。

"笑一笑。"

让·瓦尔让听从了。这是一个幽灵的微笑。

"现在,保护我,反对我的丈夫吧。"

"柯赛特!……"马里于斯说。

"发火吧,父亲。告诉他,我得留下。完全可以当着我的面说话。您感到我很蠢。您说的话非常令人吃惊!谈生意,将钱存入银行,算什么大事。男人一点小事就神秘兮兮的。我要留下。今天上午我很漂亮;你看着我,马里于斯。"

她可爱地耸了耸肩,又难以名状地娇滴滴赌气,望着马里于斯。这两个人之间仿佛有一道闪电。有人在场,没有关系。

"我爱你!"马里于斯说。

"我爱你!"柯赛特说。

他们不可抑制地扑在对方的怀里。

"现在,"柯赛特又说,得意地嘟起了小嘴,理了一下晨衣的皱褶,"我留下。"

"这不行,"马里于斯用恳求的声音回答。"我们有件事要了结!"

"还不行?"

马里于斯用庄重的声调说:

"柯赛特,我向你保证,不行啊。"

"啊!您拿出男人的腔调来了,先生。好吧,我走。您,父亲,您不支持我。我的丈夫先生,我的爸爸先生,你们是暴君。我去告诉外公。如果你们以为我会回来,向你们卑躬屈膝,你们就搞错了。我很高傲。我等着你们求我。你们会看到没有我在场,你们会自寻烦恼。我走了,活该!"

她出去了。

过了两秒钟,门又打开,红扑扑的鲜艳脸蛋又从双扇门中伸进来,她冲他们喊道:

"我非常生气。"

门又关上,恢复黑暗。

无疑,如同迷途的一缕阳光猝然掠过黑夜。

马里于斯证实了,门确实重新关上。

"可怜的柯赛特!"他喃喃地说,"当她知道了……"

听到这句话,让·瓦尔让全身发抖。他用失去理智的眼神看着马里于斯。

"柯赛特!噢,是的,不错,您会对柯赛特说出来。这是正常的。啊,我没有想到这一点。人有勇气做一件事,却没有勇气做另一件事。先生,我恳求您,我请求您,先生,向我发最神圣的誓,不要告诉她。您知道就够了吧?没人强迫,我能主动说出来,我会向全世界,向所有人说出来,这对我无所谓。但她呢,她不知道这是怎么回事，这会使她惊恐不安。一个苦役犯，什么！不得不向她解释，告诉她：这是一个在苦役场服过役的人。她有一天曾看到锁在长链上的一队囚犯经过。噢，我的天！"

他瘫倒在一张扶手椅里，双手掩住脸。别人听不出，但从他的双肩的颤动，可以看出他在哭泣。无声的哭泣，可怕的哭泣。

他呜咽得憋住了。他起了一阵抽搐，朝后仰翻在椅背上，仿佛要吸气，双臂下垂，让马里于斯看到泪水纵横的脸，马里于斯听到他喃喃低语，好像发自无底深渊："噢！我真想死！"

"放心吧，"马里于斯说，"我会保守您的秘密，只有我一个人知道。"

他也许不到应有的怜悯程度，但一个小时以来，不得不习惯这个可怕的意外事件，逐渐看到一个苦役犯在他眼前同割风先生重叠，一步步被这凄惨的现实所打动，顺着局势的自然斜坡，终于看到在这个人和他之间刚产生的距离，马里于斯又说：

"您这样忠实又这样诚实地交出所保存的款子，我不能不向您说一句。这是正直的行为。您得到一笔报酬是合理的。您自己确定数目吧，会如数给您。不必担心定得很高。"

"谢谢您，先生，"让·瓦尔让和气地回答。

他沉吟了一下，下意识地将食指尖擦一下拇指甲，然后提高声音说：

"事情大体办完了。我还有最后一件事……"

"什么事？"

让·瓦尔让似乎犹豫到极点，他嗫嚅着，而不是在说话，声音微弱,几乎不透气。

"既然您知道了,您就是主人,先生,您认为我不应再见到柯赛特了吗?"

"我认为这样更好,"马里于斯冷冷地回答。

"我再也见不到她了,"让·瓦尔让喃喃地说。

他朝门口走去。

他把手按在碰锁上,锁舌让开,门打开一点,让·瓦尔让打开到能让人出去的程度,站住了一会儿,然后又关上门,朝马里于斯转过身去。

他不是苍白,而是刷白。他眼里没有眼泪,而是一种悲哀的火焰。他的声音又变得异常平静。

"噢,先生,"他说,"如果您同意,我会来看她。我确实非常想看见她。如果我不是坚持要看见柯赛特,我就不会向您吐露这件事了,我会一走了之;可是,由于想待在柯赛特所在的地方,继续看到她,我不得不老实地向您和盘托出。您明白我的理由,是吗?这件事好理解。要知道,她在我身边过了九年。我们先住在大马路的破屋里,随后住在修道院,然后住在卢森堡公园附近。正是在那里您第一次见到她。您记得她的蓝色长毛绒帽子吧。我们后来住在残老军人院那一区,那幢住宅有铁栅门和一个花园。普吕梅街。我住在后院的小屋子里,在那里能听到她的钢琴声。这就是我的生活。我们从来没有分离过。这样过了九年多。我就像她的父亲,而她是我的孩子。我不知道您是不是理解我,蓬梅西先生,而现在一走了之,不再见到她,不再同她说话,什么也没了,这很难办到。如果您觉得没有什么不好，我会不时来看看柯赛特。我不会经常来。我不会待很长时间。您可以吩咐人在楼下小厅里接待我。在底楼。我可以从仆人进出的后门进来，但可能会让人惊讶。我想，不如从大家进出的门进来。先生，当真。我很想还能见到柯赛特。就照您的意思办，尽量少见面。设身处地为我想一想，我只有这么一点了。再说，小心为是。如果我根本不来，会有不好的后果，人们会觉得奇怪。比如，我能做的是，等天黑了，晚上来。"

"您天天晚上来吧，"马里于斯说，"柯赛特会等您的。"

"您真好，先生，"让·瓦尔让说。

马里于斯向让·瓦尔让鞠躬，幸福将绝望送到门口，两人分手了。

二、吐露也能包含隐晦

马里于斯心潮翻滚。

他看到柯赛特身边这个人，总有一种疏远，从此得到了解释。这个人身上有不可名状的谜样的东西，他的本能在警告他。这个谜，就是最丑恶的耻辱：苦役。这个割风先生是苦役犯让·瓦尔让。

在幸福中突然找到这样一个秘密，就像在斑鸠窝里发现一只蝎子。

马里于斯和柯赛特的幸福，今后注定要与此为邻？这是既定事实吗？接受这个人，属于完婚的一部分吗？无计可施了吗？

马里于斯同时娶了苦役犯？

白白地戴上了光明和欢乐的冠冕，白白地尝到生活花团锦簇的时刻，即幸福的爱情，这样的震撼，即使狂喜中的大天使，即使获得光荣的半神半人，也禁不住颤栗。

就像通常看到这种事心里要起变化一样，马里于斯心想，是不是要自责呢？他缺乏预见？缺乏谨慎？不由自主地昏头昏脑？也许有一点。他是不是不够小心，不了解清楚周围情况，就坠入情网，导致同柯赛特结婚？他观察到——生活正是这样通过一系列不断的自我观察，逐渐改正自己，——他观察到他的本性好幻想和想入非非的一面，这种内心的云雾状态是许多机体所特有的，在激情和痛苦达到顶点时，会膨胀开来，改变心灵的温度，侵入整个人体，以致变为一种沉浸在雾中的意识。我们不止一次指出过马里于斯个性的这一特质。他记起在普吕梅街沉醉在爱情中，有六七周神魂颠倒，甚至没有对柯赛特提起戈尔博老屋谜一样的惨剧，那个受害者在搏斗中奇怪地打定主意保持沉默，然后逃走了。他怎么会没对柯赛特提起呢？事情离得那样近，又那样可怖！他怎么会连泰纳迪埃的名字都没有向她提起，尤其是在他遇到爱波尼娜那一天？现在他几乎很难解释当时的沉默。不过他考虑过。他记得自己的意夺神摇，对柯赛特的迷醉，吞掉一切的爱情，这种把对方夹持到理想境界中，也许还有像难以觉察的理智成分，混杂到心灵美妙的强烈状态中，一种隐约朦胧的本能，要隐瞒并从记忆中消除这一可怕的遭遇，他害怕触及，不想在其中担当任何角色，只想回避，无论当叙述者还是见证人，都要受到指责。再说，这几个星期就像闪电一样过去了；只来得及相爱。末了，反复衡量、掂量和琢磨过以后，即使他向柯赛特叙述戈尔博老屋的绑架事件,即使他向她说出泰纳迪埃一家的名字,而不顾后果,即使他发现让·瓦尔让是个苦役犯,这会改变他马里于斯什么?这会改变她柯赛特什么?他会退缩吗?他会不那么爱她吗?他会不娶她吗?不会。这会改变发生的事吗?不会。没有什么可后悔的,没有什么可自责的。一切都很好。对这些所谓情人的醉鬼来说,有一尊神。马里于斯两眼一抹黑,走过他眼睛明亮时选择的道路。爱情蒙住了他的眼睛,把他引导到哪里去?引导到天堂去。

但这天堂今后由于接触到地狱而变得复杂。

马里于斯以前疏远这个人,这个变成让·瓦尔让的割风,如今疏远又混入了厌恶。

说实话,在这种厌恶中,有一些怜悯,甚至有一点惊奇。

这个小偷,这个惯犯,归还一笔托管的钱。托管多少钱?六十万法郎。只有他一个人知道托管的秘密。他能保管并归还。

另外,他自己披露他的身份。没有什么迫使他这样做。如果有人知道他是什么人,那也是他透露的。透露出来不仅仅要接受耻辱,还要冒险。对判了刑的罪犯来说,假面具不只是假面具,还是一个庇护所。他放弃了庇护。一个假名有安全因素;他放弃了假名。他是苦役犯,能永远隐藏在一个清白家庭里;他顶住了这种诱惑。出于什么目的?出于良心的顾虑。他以不可抗拒的讲实话的声调现身说法。总之,不管这个让·瓦尔让是什么人,无疑这是一颗觉醒的良心。其中有着难以述说的、刚开始的、神秘的改恶从善;从表面看来,谨言慎行早已主宰了这个人。如此走正道和从善,一般的禀性是不会有的。良心的觉醒,便是灵魂的伟大。

让·瓦尔让是真诚的。这种真诚,看得见,摸得着,毋庸置疑,它表现出来的痛苦便是明证,用不着调查,给这个人所说的话以可信性。对马里于斯来说,分析到这里,情况奇怪地颠倒过来了。他从割风先生身上得出什么?不信任。他从让·瓦尔让身上得出什么?信任。

马里于斯经过思索,给这个神秘的让·瓦尔让做了总结,看到他的正面和负面,力图达到一种平衡。但这一切就像卷在一场风暴里。马里于斯竭力对这个人形成一个明确的看法,可以说追踪到让·瓦尔让的思想深处,在这带来不幸的迷雾中失而复得让·瓦尔让。

托管的钱老老实实地交还,直言不讳地说出自己的身份,这是好的。就像乌云中露出一片晴空,然后乌云又恢复一片幽暗。

不管马里于斯的回忆多么混乱,他还是能恢复一些影像。

荣德雷特陋室那场经历究竟是怎么回事呢?为什么警察到来时,这个人不但不告状,反而逃掉呢?马里于斯现在找到了答案。因为这个人是潜逃的惯犯。

另一个问题:为什么这个人来到街垒?因为现在马里于斯又清晰地看到当时的情景,这种记忆在人激动时,如同隐形墨水靠近火时会重新显现出来。这个人出现在街垒。他不参加战斗。他来干什么?面对这个问题出现了一个幽灵,做出回答。沙威。马里于斯完全记得,当时让·瓦尔让把捆住的沙威拖出街垒那凄惨的景象,他还听到在蒙德图小巷传来可怕的手枪声。在这个密探和这个苦役犯之间确实有仇。一个妨碍另一个。让·瓦尔让到街垒去是为了复仇。他到得很晚。他可能知道沙威当了俘虏。科西嘉式的复仇深入到社会底层，成了法则；这种复仇非常普通，连一半向善的人也不以为奇；这种人的心灵天生要犯罪，即令在悔改之中，对盗窃可能有所顾忌，但对复仇可不是这样。让·瓦尔让杀死了沙威。至少这是显而易见的。

最后一个问题；但这个问题没有答案。这个问题，马里于斯感到它像一把铁钳。让·瓦尔让怎么会同柯赛特生活了这么久？让这个孩子同这个人接触，上天干吗开这个恶劣的玩笑？上天也铸造双人链吗？天主乐意把天使和魔鬼配对吗？罪恶与纯真，也可以同室为友，待在苦难的神秘牢狱中吗？在所谓人类命运的一长列罪犯中，一个天真，另一个狰狞，一个沐浴在清晨神圣的白光中，另一个永远被永恒的闪电照成灰白色，他们的额头能靠得这样近吗？谁能决定这不可解释的成双配对？这卓绝的小姑娘和这个老罪犯之间，以什么方式，又出于什么奇迹，能建立起共同的生活呢？谁能把羔羊和狼拴在一起呢？更不可理解的是，谁能把狼和羔羊捆绑在一起？因为狼爱羔羊，因为凶恶的人爱弱小的人，因为在九年里，天使以魔鬼为支持。柯赛特的童年和青少年，她来到世上，她向着生活和光明纯洁的生长，都在这畸形的忠诚庇护下。至此，问题可以说层层剥落，变成无数的谜，在深渊之底张开深渊，马里于斯俯视让·瓦尔让，不能不产生昏眩。这个深渊似的人是何许人呢？

《创世记》中的古老象征是永恒的；在现存的人类社会，直至有更明亮的光改变它，永远有两种人，他们有天壤之别；一个行善，是亚伯,另一个作恶,是该隐。这个温柔的该隐是何许人呢?这个强盗虔诚地钟爱贞女,监护她,扶养她,守卫她,爱护她的尊严,他是卑污的,却用纯洁把她裹起来,这是何许人?这个烂污货尊重这个纯洁的少女,不让她留下一个污点,他是何许人?这个教育柯赛特的让·瓦尔让是何许人?这个黑暗构成的形象一心一意排除乌云和阴影,让一颗星星升起,他是何许人?

让·瓦尔让的秘密就在这里;天主的秘密也在这里。

面对这双重秘密,马里于斯后退了。可以说一个秘密使他对另一个秘密放了心。在这场奇遇中,天主和让·瓦尔让一样显而易见。天主有自己的工具,他可以随意使用,不必对人负责。我们怎么知道天主的所作所为呢?让·瓦尔让致力于扶养柯赛特,多少塑造了她的心灵。这是毋庸置疑的。那又怎么样?工匠是可怕的;但作品巧夺天工。天主随心所欲地创造奇迹,塑造了这个可爱的柯赛特,又利用了让·瓦尔让。他乐意选择这个奇特的合作者。我们有什么可责问呢?粪肥帮助春天催开玫瑰,难道是第一次吗?

马里于斯自问自答,而且自认为答得好。在上述各个方面,他不敢紧逼让·瓦尔让,内心又不敢这样承认。他爱柯赛特,拥有柯赛特,柯赛特粲若莲花。这对他已经足够了。他需要澄清什么呢?柯赛特是光明。光明需要澄清吗?他有了一切;他还能期待什么呢?一切,难道还不够吗?让·瓦尔让个人的事与他无关。他俯向这个人的不幸阴影,抓住这个命运悲惨的人的庄严声明:"我同柯赛特毫无关系。十年前,我并不知道她存在。"

让·瓦尔让是一个过客。他自己这样说的。那么,他走过去了。

不管他是谁，他的角色演完了。今后由马里于斯在柯赛特身边完成保护人的作用。柯赛特来到蓝天，重新找到她的伴侣，她的情人，她的丈夫，她卓绝的男人。柯赛特长出翅膀，变了样，腾空而起，身后留下丑恶的空蛹壳让·瓦尔让。

马里于斯不管脑子怎样转圈子，总要回到对让·瓦尔让一定程度的厌恶上。也许是神圣的厌恶，因为上文指出过，他在这个人身上感到"quid divinum"[1]。无论他怎样做，无论他怎样寻找减轻犯罪的情节，总要回到这一点上：这是一个苦役犯；就是说，这个人在社会阶梯上甚至没有位置，处在最后一级的下面。苦役犯排在最末一个人后面。可以说，苦役犯不再是活人的同类。法律已尽可能剥夺了他的全部人格。马里于斯尽管是民主主义者，但在犯罪问题上，仍然固守严厉制度，他对法律打击的人，抱有全部法律思想。可以说，他还没有完成发展过程。他还没有分清人的律令和天主的律令，法律和权利。他根本没有审察和衡量过人所支配的不可挽回和不可弥补行为的权利。他没有反对"制裁"这个词。违犯成文法势必受到永恒惩罚，他认为这很普通，他把社会的严厉惩罚看作文明手段。他还停留在这一步，不过以后必然要前进，他的本性是好的，内心潜藏着进步因素。

在这个思想范畴，他觉得让·瓦尔让畸形和令人讨厌。这是排除在社会之外的人，是苦役犯。这个词对他而言是末日审判的喇叭声；他长时间观察过让·瓦尔让以后，最后的动作是别转头去。

---

[1] 拉丁文：某种神圣。

"Vade retro."[1]

必须承认,甚至要强调,在紧紧盘问让·瓦尔让时,他回答:"您要我和盘托出。"这时马里于斯还没有提出那两三个关键问题。并非这些问题没有出现在他的脑子里,而是他怕提出来。荣德雷特的陋室?街垒?沙威?谁知道会透露到哪一步?让·瓦尔让不像是一个会退缩的人,谁知道马里于斯逼他说下去,会不会又想拖住他不说呢?在一些极为重要的场合,我们提过了一个问题以后,不是往往会捂住耳朵不听回答吗?尤其在恋爱时,就会有这种怯懦的表现。特别是在不可避免地牵涉到我们自己的生活难以分离的一面时,过分地追问险恶的境况是不明智的。让·瓦尔让所做的绝望的解释,可能会从中露出一点可怕的亮光,谁知道这可憎的光会不会波及柯赛特?谁知道在这天使的额角上,会不会留下一种地狱之光呢?一道闪电溅出的火星,仍然是闪电。命运有这种关联性,由于会染色的反光的不祥法则,纯真会沾上罪行。最纯洁的人可能永远保留近邻恶人的反光。不管对不对,马里于斯害怕了。他已经知道得太多。他宁可迷迷糊糊,不愿一清二楚。他抱走柯赛特,闭眼不看让·瓦尔让。

这个人属于黑夜,活生生而可怕的黑夜。怎么敢刨根问底呢?盘问黑暗是恐怖的事。谁知道它会怎样回答?黎明可能永远受到玷污。

在这种精神状态中,马里于斯一想到这个人今后可能同柯赛特

---

1 拉丁文:撒旦,离开我吧。引自《圣马可书》,是耶稣对诱惑者的回答。

有接触，就惶惶然不知所措。他面对这些可怕的问题便要退缩，从中可能产生一个无情的、最后的决定，现在他几乎责备自己没有提问题。他感到自己太善良，太温柔，一句话，太软弱。这种软弱把他拖向不谨慎的让步。他让人感动了。他做错了。他本应干脆抛弃让·瓦尔让。让·瓦尔让是应该舍弃的部分，本该这样做，让家里摆脱这个人。他埋怨自己，埋怨这场感情旋风来得太突然，使他耳聋眼瞎，被席卷而去。他对自己不满意。

现在怎么办？让·瓦尔让的来访令他非常反感。这个人何必来他家呢？怎么办？他头脑发昏，不想挖下去，不想深入下去；他不愿自我探索。他答应了，他不由自主答应了；让·瓦尔让得到他的同意；甚至对一个苦役犯，尤其对一个苦役犯，应该信守诺言。然而，他的首要责任是如何对待柯赛特。总之，他的反感起主导作用，激怒了他。

马里于斯的脑子乱糟糟的，各种各样想法搅来搅去，从这一个想法转到另一个想法，弄得心绪不宁。因此烦得要命。不容易向柯赛特隐瞒这种烦躁不安，但爱情是一种才华，马里于斯掌握了。

不管怎样，他表面上漫无目的，向柯赛特提了几个问题，她天真无邪，像鸽子一样纯洁，什么也不怀疑；他向她谈起她的童年和她的青年时代，越来越深信，一个人所能具有的善良、父爱和可敬的品质，这个苦役犯对柯赛特就是这样表现的。马里于斯隐约看到和设想的全都属实。这株可恶的荨麻疼爱和保护了这朵百合花。

第八章
夕阳西下

一、楼下的房间

第二天,黑夜降临时分,让·瓦尔让敲响吉尔诺曼家的大门。是巴斯克接待他。巴斯克正好在院子里,仿佛按吩咐办事。有时主人会对仆人说:"某某先生要来了,你去看看。"

巴斯克不等让·瓦尔让向他走来,便对他说:

"男爵先生吩咐我问先生,你想上楼还是待在楼下?"

"待在楼下,"让·瓦尔让回答。

巴斯克倒是毕恭毕敬,打开了楼下厅堂的门,说道:"我去禀报夫人。"

让·瓦尔让走进的厅堂呈拱顶形,十分潮湿,当时用作食物储藏室,朝向街道,铺的是红砖,一扇铁栅窗取光很暗。

这间屋不是拂尘、掸子和扫帚经常光顾的地方。灰尘安静地躺在那里。没有采取扫除蜘蛛的行动。一张展开的漂亮蜘蛛网,黑乎乎的,点缀着死苍蝇,在一块窗玻璃上形成车轮状。低矮的小厅堂在一个角落里积存了一堆空酒瓶。墙壁粉刷成赭黄色,灰泥大片剥落。尽里有一只漆成黑色的木架壁炉,台面很窄。生起了炉火;这表明主人相信让·瓦尔让会回答:"待在楼下。"

壁炉两边放了两把扶手椅。椅子中间铺了一张旧的床前脚垫,羊毛所剩无几,露出了绳子,用作地毯。

壁炉的火光和窗户射进来的暮色,给房间照明。

让·瓦尔让疲倦了。几天以来,他不吃不睡。他跌坐在椅子里。

巴斯克回来,在壁炉上放上一支点燃的蜡烛,又抽身走了。让·瓦尔让耷拉着头,下巴垂到胸前,既不看巴斯克,也不看蜡烛。

突然,他像吓了一跳,挺起身来。柯赛特站在他身后。

他没有看到她进来,但他感到她进来了。

他回过身来,注视着她。她亭亭玉立。但他深邃的目光所看到的,不是美貌,而是心灵。

"啊,"她大声说,"真想得出来!父亲,我知道您很古怪,但我决没有预料到这个想法。马里于斯对我说是您要我在这里接待您。"

"是的,是我。"

"我料到这样回答。您小心。我预先告诉您,我要对您大闹一场。先从头开始。父亲,抱吻我。"

她把脸颊伸过去。

让·瓦尔让一动不动。

"您没有动。我看出来了。这态度该受责备。不管怎样,我原谅您。耶稣基督说:'伸出另一边脸。'在这儿。"

她伸出另一边脸。

让·瓦尔让没有动。似乎他的脚钉在地上。

"这就严重了,"柯赛特说。"我怎么得罪您啦?我宣布闹翻了。您要同我和解。您同我们一起吃晚饭。"

"我吃过晚饭了。"

"这不是真的。我要让吉尔诺曼先生责备您。祖父生来就是为了训斥父亲。得了。您同我一起上楼到客厅里。马上。"

"不行。"

柯赛特有点失利。她不再下命令,转为提问题。

"怎么回事?您选择了家里最差的房间来看我。这里怪吓人的。"

"你知道……"

让·瓦尔让立刻改口。

"您知道,夫人,我很特别,我有怪念头。"

柯赛特拍起小手。

"夫人!……您知道!……又有新鲜事!这是什么意思?"

让·瓦尔让对她苦笑,他有时求助于这种笑脸。

"您想做夫人嘛,您现在是夫人了。"

"对您不是,父亲。"

"不要再叫我父亲。"

"怎么?"

"叫我让·瓦尔让吧。如果您愿意,就叫让。"

"您不再是我的父亲吗?我不再是柯赛特吗?让先生?这是什么意思?这是闹革命啰!出了什么事?请您正视我。您不愿意同我们待在一起！您不愿意要我给您准备的房间！我得罪了您什么啦？我得罪了您什么啦？究竟出了什么事？"

"没有出什么事。"

"那么怎么回事？"

"一切都跟平时一样。"

"为什么您改名字？"

"您也改了名字。"

他又挤出这样的苦笑，添上说：

"既然您是蓬梅西夫人，我也可以是让先生。"

"我一点儿不明白。这一切蠢透了。我要问我丈夫，是不是同意叫您让先生。我希望他不同意。您使我很难过。您有怪念头，但不要让您的小柯赛特难受。这不好。您没有权利恶狠狠的，您是善良的。"

他不回答。

她猛然抓住他的双手，不可抗拒地一拉，把他的手拉向她的脸，按在她的下巴底下的脖子上，这是一个深沉的温情动作。

"噢！"她对他说，"表现得好一点吧！"

她继续说：

"我所说的表现得好一点是这个意思：和蔼可亲，到这儿来住，恢复我们愉快的散步，这里像普吕梅街一样有鸟儿，同我们一起生活，离开武人街那个洞穴，不要让我们猜字谜，像大家一样，同我们一起进晚餐、进午餐，做我的父亲。"

他挣脱自己的手。

"您不再需要父亲了,您有丈夫。"

柯赛特发了火。

"我不再需要父亲!这种话不讲道理,真是胡说八道!"

"如果图散在这里,"让·瓦尔让就像要寻找权威,抓住救命树枝一样,又说,"她第一个会承认,我确实总有自己的做法。没有什么新情况。我始终喜欢自己的黑暗角落。"

"可是这里很冷。又看不清东西。想做让先生真是糟透了。我不愿意您叫我'您'。"

"刚才来的路上,"让·瓦尔让回答,"我在圣路易街看到一件家具。在木器店里。如果我是个漂亮女人,我就买下这件家具。是非常精致的梳妆台;眼下的款式。我想就是你们所说的香木。镶嵌拼花。镜子很大。有抽屉。很漂亮。"

"呜!坏狗熊!"柯赛特回敬了一句。

她憨态可掬地龇牙咧嘴,向让·瓦尔让吹气。这是美惠女神在模仿一只小猫。

"我真恼火,"她又说。"从昨天起,你们都让我冒火。我非常生气。我不明白。您不保护我去对付马里于斯。马里于斯不支持我对付您。我孤立无援。我好好地布置了一个房间。如果我能把仁慈的天主请进去,我就会让他进去。大家却把房间丢给我。我的房客让我关门。我吩咐尼科莱特做一顿可口的晚餐。'人家不用你的晚餐,夫人。'我的父亲割风要我叫他让先生,还要我在这发霉的、又丑又旧、不堪入目的地窖里接待他,里面墙壁长了胡子,空瓶充当水晶容器,蜘蛛网充当窗帘!您很古怪,我承认,这是您的生活方式,但是对刚结婚的人要休战。您不该马上恢复古怪脾气。您在可恶的武人街自得其乐。我呀,我却感到非常憋气!您干什么跟我过不去?您使我非常难过。呸!"

突然,她严肃起来,盯住让·瓦尔让,又说:

"您怨恨我幸福吗?"

天真有时不知不觉刺得很深。这个问题对柯赛特来说是简单的,而对让·瓦尔让却很深刻。柯赛特本想擦一下表皮,却撕心裂肺。

让·瓦尔让脸色变得苍白。他歇了半晌不吭声,然后用难以形容的声调,自言自语地喃喃说:

"你的幸福,一直是我的生活目的。现在天主可以签字同意我走开。柯赛特,你是幸福的;我的日子结束了。"

"啊!您称我为'你'!"柯赛特叫道。

她扑上去搂住他的脖子。

让·瓦尔让冲动起来,发狂地把她搂在胸前。他几乎觉得重新获得她。

"谢谢,父亲!"柯赛特对她说。

对让·瓦尔让来说,冲动要变成心碎。他慢慢挣脱柯赛特的手臂,拿起帽子。

"怎么啦?"柯赛特问。

让·瓦尔让回答。

"我走了,夫人,他们在等您。"

在门口,他加上一句:

"我刚才称您为你。告诉您的丈夫,下次不会发生了。请原谅我。"

让·瓦尔让出去了,留下柯赛特对这谜一样的告别愣着发呆。

二、再退几步

翌日,同一时刻,让·瓦尔让来了。

柯赛特不向他提问题,不再惊讶,不再叫嚷她感到冷,不再提起客厅;她避开说父亲和让先生。她让人家称她为您。她让人家称她为夫人。不过,她的快乐减少了些。她是忧郁的,如果她还可能忧郁的话。

她大概同马里于斯有过一次谈话,获得爱的丈夫讲了他想讲的话,什么也没有解释,满足了获得爱的妻子。恋人的好奇心不会远远超过他们的爱情。

楼下厅堂打扫了一下。巴斯克搬走了酒瓶,尼科莱特扫掉了蜘蛛网。

此后一天接一天,同一时刻,让·瓦尔让都出现。他天天来,没有勇气违拗马里于斯的话,而是一丝不差地照着办。马里于斯安排妥当,在让·瓦尔让来的时候走开。家里人对割风先生的新举止也习惯了。图散也帮着一再说:"先生总是这样的。"外公做出这个判决:"这是一个怪人。"一语说尽。再说,他九十岁了,再没有什么交往;一切都是独立存在的;一个新来者带来一个不方便。再也没有位置了;各种习惯都已养成。割风先生,切风先生,吉尔诺曼老人能摆脱"这位先生"求之不得。他还说:"这种怪人最普通不过。他们做出各种各样的怪事。原因是没有的。德·卡纳普尔侯爵还要怪。他买了一座宫殿，只住在阁楼里。这种人就有这类怪诞的外表。"

没有人看出可悲的底细。再说，谁能猜得出这样一件事呢？在印度有这类沼泽；水面看来很特别，无法解释，无风会起涟漪，该平静的地方却激荡不已。在水面看到无缘无故的波纹；却看不到潜至水底的七头蛇。

许多人都这样有一个秘密的怪物，他们扶养的一种病患，一头咬噬他们的龙，一种盘踞在他们夜晚的绝望。这种人与其他人一样，来来去去。别人不知道他心中有可怕的痛苦，这是寄生的千齿怪物，生存在这个可怜人身上，致他死命。人们不知道这个人是一个深渊。它是静止的，却非常深。表面不时兴起波澜，令人不解。起了一道神秘的涟漪，随后消失了，继而又出现；一个气泡冒上来，又破灭了。这微不足道，却很可怕。这是不为人知的怪物的呼吸。

有些古怪的习惯，在别人走掉的时候来到，在别人炫耀的时候隐去，在一切场合披上所谓灰色大衣，寻找僻静小径，喜欢空荡无人的街道，决不参与谈话，避开人群和节庆，看似富裕却生活贫苦，不管多么有钱，也要兜里揣着钥匙，蜡烛放在门房那里，从小门进出，走暗梯，所有这些微不足道的怪僻，就像涟漪、气泡、水面转瞬即逝的波纹，往往来自可怕的渊底。

好几星期这样过去了。新生活逐渐占据了柯赛特的心；婚后建立的关系，拜访，操持家务，娱乐，这些都是大事。柯赛特的娱乐并不花钱；只有一样，同马里于斯待在一起。同他一起出去，同他待在一起，这就是她生活中最重要的事务。对他们来说，手挽手出门，迎着太阳，在大街上，不躲着人，面对大家，两人单独相处，总是常新不厌的快乐。柯赛特有一件事不顺心。图散同尼科莱特合不来，两个老姑娘互相无法摸底，图散走了。外公身体很好；马里于斯也有案子辩护；吉尔诺曼姨妈在新婚夫妇身边平静地生活，满足于待在一边。让·瓦尔让天天来。

"你"的称呼消失了，"您""夫人""让先生"，这一切使他在柯赛特眼里成了另一个人。他让她摆脱他的苦心已见成效。她越来越快乐，却越来越减少温柔。然而她始终非常爱他，他感觉得出。有一天，她突然对他说："您曾是我的父亲，现在您不是我的父亲，您曾是我的叔叔，现在您不是我的叔叔，您曾是割风先生，现在您是让。您到底是谁？我不喜欢这样。如果我以前不知道您这样善良，我会怕您的。"

他始终住在武人街，无法决定远离柯赛特所住的街区。

起初，他只待在柯赛特身边几分钟，然后就走了。

他逐渐习惯延长时间。好像他利用白天变长带来的许可；他来得早，走得晚。

一天，柯赛特漏嘴对他说："父亲。"一道快乐的闪电照亮让·瓦尔让阴沉的老脸。他让她改口："叫让吧。""啊！不错。"她哈哈大笑说，"让先生。""很好，"他说。他转过身去，不让她看到他擦眼泪。

三、他们回忆起普吕梅街

这是最后一次。最后这道闪光掠过，就完全熄灭了。再没有亲热，再没有问好和亲吻，永远没有这深情的称呼："父亲！"在他的要求下，经过他自己的促成，他相继排除了自己所有的幸福；一天之内他完全失去了柯赛特，也就面临这场苦难，然后他又要逐渐再失去她。

目光最终会习惯地窖的光线。总之，每天能见到柯赛特，这对他就够了。他的全部生活集中在这一时刻。他坐在她身旁，默默地望着她，或者他对她谈起过去的岁月、她的童年、修道院、她那里的小朋友。

一天下午，——这是四月初的一天，已经有点热，但还凉爽，阳光灿烂，马里于斯和柯赛特的窗户周围，园子传来苏醒的闹声，山楂花含苞欲放，一丛丛紫罗兰铺展在破墙上，粉红的金鱼草在石缝中打呵欠，草丛中小白菊和金毛茛长出可爱的嫩蕊，今年的白蝴蝶刚破蛹而出，风儿这永恒婚礼的提琴手，在树丛中给黎明这巨大的交响乐试音，老诗人称为回春曲，——马里于斯对柯赛特说："我们说过，要回去看看普吕梅街我们的花园。我们去走一趟。不该忘了过去。"他们像两只春燕一样飞走了。普吕梅街的花园给他们黎明的印象。他们身后的生活已经有着爱情的春天一样的东西。普吕梅街的房子租期未满，还属于柯赛特。他们在花园和屋子里走动，旧地重游，流连忘返。晚上，让·瓦尔让按往常的时间来到髑髅地修女街。"夫人和先生一起出去了，还没有回家，"巴斯克对他说。他默默地坐下,等了一小时。柯赛特没有回来。他垂下头走了。

柯赛特在"他们的花园里"沉醉于漫步中,因"整天生活在过去"而非常快乐,第二天不谈别的事。她没有发觉未见到让·瓦尔让。

"你们怎么去的?"让·瓦尔让问她。

"步行去的。"

"你们怎么回来的?"

"坐出租马车。"

曾几何时,让·瓦尔让注意到年轻夫妇过的是拮据的生活。他为之心烦意乱。马里于斯严格节樽,让·瓦尔让觉得有点过头。他大胆提出一个问题:

"为什么你们没有自己的马车?一辆漂亮的双座四轮轿式马车每月只花五百法郎。你们有钱。"

"我不知道,"柯赛特回答。

"还有图散,"让·瓦尔让又说。"她走了。您也不找个人替她。为什么?"

"有尼科莱特足够了。"

"可是,需要一个贴身女仆呀。"

"我不是有马里于斯吗?"

"你们该有一幢自己的房子,自己的仆人,一辆马车,剧院的包厢。对您来说,这丝毫不是过分考究。你们有钱,为什么不享用?财富,这会增加幸福。"

柯赛特没有回答。

让·瓦尔让的拜访时间没有缩短。远非如此。心灵往下滑时,在斜坡上是止不住的。

让·瓦尔让想延长拜访时间，让人忘掉时间，他赞扬马里于斯；他觉得他俊美、高贵、勇敢、机智、雄辩、善良。柯赛特再往上加码。让·瓦尔让重新开始说一遍。说也说不完。马里于斯，这个话题取之不尽；在这几个字母中，有着几卷书的内容。让·瓦尔让用这个方法做到拖长时间不走。看到柯赛特，忘却在她身边，这是多么甜蜜啊！这等于包扎他的伤口。有好几回巴斯克要来说两次："吉尔诺曼先生派我来提醒男爵夫人，晚餐准备好了。"

这些天，让·瓦尔让回到家里时心事重重。

马里于斯脑子里出现过蛹的形象，这个比喻倒很真实吧？让·瓦尔让确实是一只蛹，坚持不懈，要来探望他化出的蝴蝶吗？

一天，他比平常待得时间更长。第二天，他注意到壁炉里没有生火。"啊！"他想。"没有生火。"他给自己做出这个解释："这很简单。现在是四月。寒冷过去了。"

"天哪！这里真冷啊！"柯赛特进来时叫道。

"不冷，"让·瓦尔让说。

"是您吩咐巴斯克不要生火的吗？"

"是的。快到五月了。"

"可是，生火要生到六月。在这个地窖里，必须整年生火。"

"我原来想用不着生火了。"

"又是您出的主意！"柯赛特说。

下一天，生起了火。但是两张扶手椅放在门边的另一端。"这是什么意思？"让·瓦尔让想。

他把椅子搬回到壁炉旁原来的地方。

重新生起炉火给他增添了勇气。他让交谈时间远远超过往常。当他站起来要走时,柯赛特对他说:

"我的丈夫昨天告诉我一件怪事。"

"什么事?"

"他对我说:'柯赛特,我们有三万利弗尔的入息。你有两万七,我的外公给我三千。'我回答他:'一共三万。'他又说:'你有勇气靠三千生活吗?'我回答:'有的,没有钱也行。只要是同你在一起。'然后我问:'你为什么对我说这个?'他回答我:'想知道罢了。'"

让·瓦尔让无言对答。柯赛特也许想从他那里得到解释;他却默然而神情黯淡地听着。他回到武人街;他深深沉浸在思索中,以致走错了门,不是回到自己家里,而是走进邻家。直至几乎上了两层楼,才发觉错误,再重新下楼。

他的脑子在苦苦猜测。显然,马里于斯怀疑这六十万法郎的来历,他生怕来路不正,谁知道呢?甚至他也许发现这笔钱来自让·瓦尔让,在这笔可疑的钱面前犹豫不决,不愿据为己有,他和柯赛特,宁愿清贫,也不愿富得不明不白。

另外,让·瓦尔让模模糊糊地开始感到自己要被拒不接待了。

下一天,他走进楼下厅堂时,心头一惊。扶手椅消失了。甚至连一把椅子也没有。

"啊!"柯赛特进来时叫道,"没有扶手椅!扶手椅摆到哪里去了?"

"搬走了,"让·瓦尔让回答。

"太过分了!"

让·瓦尔让结结巴巴地说:

"是我叫巴斯克搬走的。"

"为什么?"

"今天我只待几分钟。"

"待一会儿,也没有理由站着。"

"我想,巴斯克需要扶手椅摆到客厅。"

"为什么?"

"今晚你们一定有客人。"

"我们没有客人。"

让·瓦尔让说不出话来了。

柯赛特耸耸肩。

"叫人搬走椅子!那天您叫人灭了火。您真古怪!"

"再见,"让·瓦尔让喃喃地说。

他没有说:"再见,柯赛特。"但他没有勇气说:"再见,夫人。"他出去时心情沮丧。

这回他明白了。

第二天他没有来。柯赛特直到晚上才注意到。

"啊,"她说,"让先生今天没有来。"

她的心仿佛轻轻揪紧了一下,但她几乎没有发觉,随即被马里于斯的一吻分了心。

下一天,他没有来。

柯赛特没有留意,度过晚上,睡了一夜,像平时一样,醒来时才想起这件事。她多么幸福!她赶快派尼科莱特到让先生家里,了解他是不是病了，为什么昨晚没有来。尼科莱特带来了让先生的回音。他根本没病。他有事。他不久就会来的。尽可能早。另外，他要短期出门一次。夫人应该记得，不时旅行一次是他的习惯。不要担心。不要惦记着他。

尼科莱特走进让先生的房间后，把女主人的话对他重复了一遍。夫人想知道"为什么让先生昨晚不来"。"我已经有两天没来了，"让·瓦尔让轻描淡写地说。

但他向尼科莱特指出这一点，而她根本没有给柯赛特捎回来。

四、吸引和停息

一八三三年春夏之交，玛雷区疏疏落落的行人、店商、待在门口无所事事的人，注意到一个穿黑衣服，十分整洁的老人，每天在同一时间，夜幕降临时，走出武人街，从布列塔尼圣十字街那边，经过白披风街，来到圣卡特琳文化街，又走到肩带街，往左拐，走进圣路易街。

到了那里，他放慢脚步，脑袋伸向前，什么也不看，什么也不听，目光一成不变地总是盯住同一个地方，对他来说，这一点在闪烁星光，就是髑髅地修女街的拐角。他越走近这个街角，他的目光越明亮；有种快乐使他的眸子像内心的晨曦一样闪闪发光，他有受迷惑和感动的神态，嘴唇在不易觉察地翕动，仿佛他在对看不见的人说话，他隐约在微笑，他走得尽可能慢。好像他既想到达，又害怕接近这一刻到来。当他和似乎吸引他的这条街之间只隔开几幢楼的时候，他的脚步放慢到有时令人以为他不走了。他的头在摇晃，他的目光死盯住一个地方，令人想起指南针在寻找北极。不管他怎样延长到达的时间，他还是要到达了；他走到髑髅地修女街；于是他站定了，瑟瑟发抖，胆怯而凄切地探头越过最后一幢楼的拐角，朝这条街张望，在这凄凉的目光中，有点东西像对可望而不可即的事物着迷了，又像关闭的天堂的反光。然后一滴眼泪渐渐积聚在眼角，大到滚出来，淌下脸颊，有时在嘴角停住。老人感到眼泪的苦涩。他这样待了几分钟，仿佛石头一样；随后他从原路，又迈着同样的步子返回，随着离开，他的目光暗淡了。

这个老人逐渐不再走到髑髅地修女街的拐角；他在半路上的圣路易街便停下；时而走得远一点，时而走得近一点。一天，他待在圣卡特琳文化街的拐角，从老远望着髑髅地修女街。然后他默默地摇摇头，仿佛自我拒绝一样东西，走回头路。

不久，他甚至走不到圣路易街。他在帕维街就停下，摇了摇头，然后返回；后来他不超过三亭街；再后来他不超过白披风街。好像一只不再上发条的挂钟，摇摆幅度缩小，直到停止。

每天他在同一时刻出门，走同一条路线，但不再走完，也许他没有意识到，他在不断缩短路程。他整张脸只表达一个想法：何必呢？目光暗淡了；再没有闪光。眼泪也枯竭了，不再积聚在眼角；这沉思的目光是干枯的。老人的头总是伸向前；下巴不时在抖动；瘦颈的皱褶令人难受。有时，天气不好，他腋下夹着一把雨伞，决不打开。街区的老太婆说："这是个傻乎乎的人。"孩子们跟在他后面哄笑。

第九章
极度的黑暗，极亮的曙光

一、怜悯不幸者，宽恕幸福者

幸福是可怕的事！完全心满意足！知足常乐！拥有幸福这一人生的虚假目的以后，就忘却了责任这一真正目的！

不过，平心而论，指责马里于斯也不对。

我们解释过，马里于斯在结婚前，没有问过割风先生，结婚后又怕问让·瓦尔让。他后悔经不起引诱这样做。他心里想得很多，在对方绝望时做出这种让步是做错了。他只限于逐步把让·瓦尔让从家里赶走，在柯赛特的脑子里尽可能抹去这个人。他可以说总处在柯赛特和让·瓦尔让之间，深信这样做她不会发觉，也根本想不到。不仅是抹去，是隐没。

马里于斯做了他认为必要而正确的事。他认为有读者已经见到的严正理由和读者在下面看得到的其他理由，支开让·瓦尔让，但既不强硬，也不软弱。在一桩他为之辩护的案子中，他偶然遇到一位从前在拉菲特银行做事的雇员,他用不着费心,就了解到一些秘密情况,说实话,他也不可能深究,一来要遵守保密的诺言,二来也要对让·瓦尔让的危险处境小心为是。这时,他认为要履行一项严肃的责任,就是尽可能谨慎地寻找原主,归还六十万法郎。此前,他坚持不动用这笔钱。

至于柯赛特,她一点儿不了解这些秘密;但谴责她也同样太严厉了。

从马里于斯到柯赛特,有一种强大的磁力,使她总是本能地,几乎下意识地按照马里于斯所希望的去做。她感到马里于斯对"让先生"有一种意图;她顺而从之。她的丈夫什么也没有对她说;她感到他不说出来的意图隐约而明晰的压力,便盲目地服从。这里,她的服从就是不去回忆马里于斯置诸脑后的事。她无须努力就做到了。她自己也不知道原因,而且也没有必要去指责他,她的心灵完全变成了丈夫的心灵,以致马里于斯脑子里的重重阴影也使她的脑子变得暗淡。

不过我们不要走得太远;关于让·瓦尔让,这种遗忘和这种消失只是表面的。她与其说是糊里糊涂,而不是健忘。心底里她非常热爱她如此长久地称作父亲的人。但她更爱丈夫。这就使这颗心的天平出错,偏向一边。

有时,柯赛特提起让·瓦尔让,觉得奇怪。于是马里于斯使她平静下来:"我想他外出了。他不是说过要去旅行一次吗?""不错,"柯赛特心想。"他习惯这样失去踪影。可是不会这样久。"她有两三次派尼科莱特到武人街,打听让先生是不是已旅行回来。让·瓦尔让叫人回答没有回来。

柯赛特不再多问,她在世上只有一个需要:马里于斯。

还要说的是,马里于斯和柯赛特也出过门。他们去了维尔农。马里于斯把柯赛特带到他父亲的坟前。

马里于斯逐渐使柯赛特摆脱掉让·瓦尔让。柯赛特任人摆布。

再说,人们苛责的、某些情况下子女的忘恩负义,并非总像人们所想的那样值得责备。这是本性的忘恩负义。我们在别的地方说过,本性"向前看"。本性把人分为到达者和启程者。启程者转向黑暗,到达者转向光明。从而产生差异,在老人一边是不可避免的,在年轻人一边是不由自主的。这种差异先是感觉不出,慢慢扩大,就像树枝一样分开。枝叶不脱离树干,却彼此远离。这不是他们的错。青年趋向快乐、节庆、鲜艳的光彩、爱情。老年趋向终结。并非互不照面,但不再紧抱了。年轻人感到生命的减退,老人感到坟墓的冰冷。我们不要指责这些可怜的孩子。

二、油尽灯灭

一天,让·瓦尔让下楼,在街上走了三四步,坐在一块墙基石上,就是六月五日至六日夜里,加弗罗什看到他沉思默想坐在上面那块墙基石;他待了几分钟,然后上楼。这是挂钟的最后一次摆动。第二天,他出不了家门。第三天,他起不了床。

女看门人给他准备蹩脚的饭餐,一点白菜或几个马铃薯,加点肥肉。她瞧了瞧褐色陶盆,感叹说:

"昨天您可没有吃东西,可怜的好人!"

"吃了,"让·瓦尔让回答。

"盆子满满的。"

"看看水罐吧,是空的。"

"这说明您喝了水;这不说明您吃过东西。"

"那么,"让·瓦尔让说,"如果我只想喝水呢。"

"这叫口渴,不同时吃饭,就叫发烧。"

"我明天吃吧。"

"或者等到圣三节再吃吧。干吗今天不吃呢?说什么:我明天吃!整盆菜留着,碰也不碰!我的嫩土豆好吃极了!"

让·瓦尔让抓起老太婆的手:

"我答应您吃掉,"他用和蔼的声音对她说。

"我对您并不满意,"看门女人回答。

让·瓦尔让除了这个老太婆,看不到其他人。巴黎有些街道没有人经过,有些房子没有人来。他住在这样一条街和这样一幢房子里。

他还能出门的时候,他在一个锅匠那里用几个苏买了一个耶稣受难铜十字架,挂在床对面的一颗钉子上。看到这个十字架令他宽心。

一星期过去了,让·瓦尔让在房里走不了一步。他始终躺着。看门女人告诉她的丈夫:"上面那个老头起不了床,也不吃东西,活不长了。那是伤心。我脑子里总想,他的女儿嫁得不好。"

看门人以丈夫的权威口吻反驳:

"他有钱的话就请医生来。他没钱的话,就没有医生。他没有医生的话,就等死吧。"

"他有医生呢?"

"他也会死。"

看门女人用一把旧刀挖草,草长在她所谓的石子路的缝中,她一面挖草,一面喃喃地说:

"真可惜。一个这样干净的老头!他像小鸡一样白皙。"

她看到一个街区的医生在街道尽头走过;她自作主张请他上楼。

"在第三层,"她对他说。"您进去好了。老头不能下床,钥匙始终插在门上。"

医生看了让·瓦尔让,问过情况。

他下楼时,看门女人截住他:

"怎么样,医生?"

"您的病人病得很重。"

"什么病?"

"什么病都没有。从外表看来,这个人失去了一个亲近的人。这就要他的命了。"

"他对您说了些什么?"

"他告诉我,他身体很好。"

"您还会来吗,医生?"

"是的,"医生回答。"不过要换一个人来。"

三、当年抬得起割风大车,如今却握不住羽毛笔

一天晚上,让·瓦尔让费力地用手肘撑起来;他抓自己的手,

却把不到脉;他的呼吸短促,不时停顿;他发觉比任何时候都虚弱。无疑受到心事重重的压力,他一使劲坐直了穿衣服,挑他喜欢的服装。他穿衣时不得不停下好几次;仅仅穿好外衣袖子,额头上就冒出汗来。

他单独住以后,把床搬到门厅,为的是尽量少占这空荡无人的公寓。

他打开手提箱,取出柯赛特的旧衣。

他把衣服摊在床上。

主教的烛台仍然放在壁炉上。他从抽屉里取出两支蜡烛,插到烛台上。然后,尽管还是大白天,而且是夏天,他还是点燃了蜡烛。在死了人的房间里,有时可以看到大白天点燃了蜡烛。

他从一件家具走到另一件家具,每迈一步都使他疲乏不堪,他不得不坐下来。这根本不是平时的疲劳,消耗体力可以再恢复;这是剩下的还能活动的精力;生命耗尽了,在难以支持的努力中一点点消失,不会重新开始。

他跌坐在一张椅子里,这张椅子放在镜子前;这面镜子对他那么致命,对马里于斯则是绝处逢生,他曾在镜子中看到了吸墨纸印上的柯赛特反体字迹。他在这面镜子中看到了自己,却认不出来了。他有八十岁;在马里于斯结婚之前,别人看他只有五十岁;这一年等于过了三十年。他脑门上不再是上年纪的皱纹,而是死亡神秘的印记。可以感到无情的指甲抠进去的痕迹。他的面颊垂下来;脸皮的颜色令人以为已经入土;两边嘴角往下撇,仿佛古人雕刻在坟墓上的面具;他以责备的神态凝望空中;好像悲剧人物要怨恨一个人。

他处在这种状态中,沮丧到了极点,痛苦不再流露出来;可以说,痛苦凝结了;绝望好似在心灵上凝成了块。

黑夜来临。他好不费力地把一张桌子和壁炉旁边的一张旧扶手椅拖过来,在桌上放上一支羽毛笔、墨水和纸。

做完以后,他一阵昏眩。等他回复过来,他感到口渴。他捧不动水罐,便将嘴巴艰难地凑过去,喝了一口。

然后他转向床那边,始终坐着,因为他站不住,他望着那件小黑裙和所有这些珍爱的物品。

他凝望了几小时,却好像只有几分钟。突然,他颤栗一下,他感到寒冷袭上身来;他用手肘支在主教的烛台照亮的桌子上,握住了笔。

由于他长时间不用笔和墨水,笔尖弯了,墨水干了,他只得站起来,在墨水中加了几滴水,他不得不停下和坐下两三次,只能以笔尖背写字。他不时擦拭额头。

他的手发抖。他慢慢地写出下面这几行字:

"柯赛特,我祝福你。我要向你解释。你的丈夫有理由让我理解,我应该走开;但他有点误会,不过他还是对的。他很不错。我死后你要永远好好爱他。蓬梅西先生,永远爱我宝贝的孩子吧。柯赛特,你会找到这张纸,下面是我要对你说的话。你会看到数字,如果我有力气回忆的话,听我说,这笔钱确实是属于你的。整个事情是这样:白玉来自挪威,墨玉来自英国,黑玻璃工艺品来自德国。玉更轻,更宝贵,价钱更贵。在法国也可以像在德国一样仿造。要准备一只两寸见方的小铁砧,一盏酒精灯用来熔蜡。从前的蜡胶是用树脂和黑烟炱制成的,一斤四法郎。我设想出用虫胶和松脂制造。每斤只要三十苏,质量却好得多。扣子是用这种蜡胶把紫玻璃粘在一只黑铁小框上制成的。铁工艺品要用紫玻璃,金首饰要用黑玻璃。西班牙大量进口。这却是产玉的国家……"

他写到这里停止了,笔从他手上掉下来,他痛不欲生地呜咽,这呜咽不时从他心底冒出来,可怜的人双手捧住头,陷入沉思。

"噢!"他在内心叫道(这哀号唯有天主听得见),"完了。我再也见不到她。这是在我脸上掠过的一丝微笑。我连再见她一面也办不到,就要走进茫茫黑夜了。噢!再过一分钟,再过一会儿,听到她的声音,触到她的裙子,看到她这个天使!然后死掉!死没有什么,看不到她就死去是可怕的。她会对我微笑,她会对我说一句话。这会伤害人吗?不,完了,永远完了。我孑然一身。我的天!我的天!我再也看不到她了。"

这当儿,有人敲他的门。

四、墨水瓶终于还人清白

同一天,说得确切点,同一晚,正当马里于斯离开饭桌,刚刚抽身回到书房,有一份案卷要研究,巴斯克交给他一封信说:"写信人在门厅。"

柯赛特挽上外公的手臂，在花园里转一圈。

一封信像一个人一样，会有恶俗的外表。纸张粗糙，折叠马虎，有些信一看便令人讨厌。巴斯克送来的信属于这一类。

马里于斯拿起信。它发出一股烟草味。没有什么比气味更能勾起回忆了。马里于斯熟悉这烟草味。他看了看信封上的字："波梅西男爵先生收。他的公馆。"闻出烟草味使他认出笔迹。可以说，惊讶有闪光。马里于斯仿佛被这种闪光照亮了。

气味，这神秘的备忘录，刚在他心里复活一个世界。正是这种纸张，这种折叠方式，这种淡白的墨水，这种熟悉的笔迹；尤其是烟草味。荣德雷特陋室出现在他眼前。

真是凑巧得出奇！他千方百计寻找的两条线索之一，最近他还做出了很大努力，以为永远失去踪迹了，如今却自动送上门来。

他急不可耐地拆开信，看到：

"男爵先生：

如果天主给我才能，我本来可以成为可（科）学院院士泰纳男爵[1]，但我不是。我只和他同姓。如果提起他能使我得到您好心照顾，我就十分高兴。您肯给我恩惠，将得到回报。我张（掌）握一个人的秘密。这个人与您有关戏（系）。我要向您提共（供）这个秘密，希望对您大有用出（处）。我会给您一个简单的方法，将这个人从您遵（尊）贵的家中干（赶）走，他没

---

[1] 泰纳男爵（1777～1852），法国化学家，1810年成为科学院院士。

有权呆在您家。男爵夫人出身高贵。道德的殿堂同罪恶长期共出（处），不能不让出位之（置）。

我在门厅等候男爵先生的吩咐。顺致

敬意"

这封信署名"泰纳"。

这个署名不是假的，只不过缩短了。

再说，文字晦涩，别字连篇，露出真相。身份证齐全，用不着怀疑。

马里于斯非常激动。吃惊过后，他喜上心来。但愿现在他能找到他要找的另一个人，就是救了他的人，他就此了结心愿啦。

他打开办公桌抽屉，拿了一些钞票，放进兜里，关上抽屉，拉了拉铃。巴斯克打开一点门。

"请他进来，"马里于斯说。

巴斯克通报：

"泰纳先生。"

一个人走了进来。

马里于斯又吃一惊。进来的人他完全不认识。

这个人年迈不说，还长了个大鼻子，下巴缩在领带里，墨镜之外还加上双层绿色塔夫绸遮光帽檐盖在眼上，头发平滑，盖到眉毛，就像英国上层社会的车夫戴上假发那样。他的头发花白。从头到脚一身黑衣服，已经磨损，但很干净；一条带小饰物的链子从背心口袋露出来，令人想到是只怀表。他手里拿着一顶帽子。走路伛偻，一鞠躬腰弯得更加厉害。

　　首先映入眼帘的是这个人的衣服，尽管仔细扣好纽扣，还是显得太宽大，不像是为他裁剪的。

　　这里有必要讲几句题外话。

　　这个时期，巴黎博特雷依街军火库附近，有一幢名声不好的旧宅，住着一个精明的犹太人，职业是将坏蛋装扮成好人。改变形象时间不太长，否则坏蛋会难受。一看之下是改变了，为时一两天，每天三十苏，方法是穿上一套尽可能像正直人的服装。出租服装的人叫做"乔装人"；巴黎的扒手给他起的这个名字，不知道他的真名实姓。他的衣物相当齐全。给人乔装打扮的旧衣几乎应有尽有。他分职业和等级；他的铺子的每颗钉上挂着一种社会地位的破旧衣服；这里是法官的服装，那里是本堂神父的服装、银行家的服装，一个角落里是退休军人的服装，另一个地方是文人的服装，远一点是政客的服装。这个人是巴黎上演的骗术大型戏剧的服装商。他的破屋是窃贼和骗子出入的后台。一个衣衫褴褛的坏蛋来到这衣帽间，放下三十苏，按照他这一天想扮演的角色，选择适合他的衣服，走下楼梯时，坏蛋成了另一个人。第二天，衣服老老实实地送回来，乔装人信任窃贼，从来不会被窃。这些衣服有一个缺陷，就是"不合身"；由于不是给穿戴的人定做的，有的人穿上太紧，有的人穿上太宽，对谁也不合身。凡是比中等身材矮小或高大的骗子，穿上乔装人的服装都不舒服。不能太胖，也不能太瘦。乔装人只预计一般身材的人。他先随便根据一个既不胖也不瘦、既不高也不矮的乞丐来量体裁衣。因此，要求合身有时很难，乔装人的主顾只能将就了。

例外只能算了！比如，政客的衣服从头到脚都是黑的，所以是合适的，皮特[1]穿上会太肥，卡斯特尔西卡拉[2]穿上会太瘦。政客的衣服在乔装人的目录中有所说明，我们照录如下："黑呢礼服，黑毛皮裤，缎子背心，皮靴和衬衣。"旁边注明："以前的大使"。还有一个注解，我们同样照录："在另一只盒子里，有一顶卷得很好的假发，墨镜，小饰物，两根裹上棉花的一寸长的羽毛管。"这些适合政客、从前的大使。可以说，这套服装穿旧了；线缝发白，一处手肘破了纽扣大小的一个窟窿，隐约可见；另外，礼服胸前缺了一颗纽扣；但这只是一个小地方；政客的手总是贴住衣服，放在心口，作用是掩盖缺掉的纽扣。

倘若马里于斯熟悉巴黎这些秘密团体，他就会马上从巴斯克领进来这个拜访者的身上，认出这是从乔装人的旧衣铺租借来的政客礼服。

马里于斯看到来者不是他期待的人，大失所望，对来人变得冷淡了。就在来人深深鞠躬时，他从头到脚打量这个人，用生硬的口气问他：

"您有什么事？"

那人回答时咧嘴笑一下，这种鳄鱼媚人的微笑令人发怵：

"我觉得敝人已经荣幸地在上流社会见过男爵先生。我相信几年前，尤其在巴格拉雄王妃夫人的府上和法兰西贵族院议员党布雷子爵大人的沙龙里见过您。"

---

[1] 皮特（1708～1778），英国历史最有名的政治家之一。
[2] 卡斯特尔西卡拉，那不勒斯驻巴黎大使。

佯装认出一个根本不认识的人，这始终是高明的骗术。

马里于斯谛听着这个人的说话。他密切注意他的口音和动作，但他越来越失望；这是一种带鼻音的发音，绝对不同于他期待的、尖利的、不柔和的嗓音。他完全摸不着头脑。

"我既不认识巴格拉雄夫人，"他说，"也不认识党布雷先生。我平生没有踏进过他们的家。"

回答粗暴。那一个照旧很优雅，坚持说：

"那么是在夏多布里昂府上，我可能见过先生！我很熟悉夏多布里昂。他非常和蔼。他有时对我说：泰纳，我的朋友……您难道不和我喝杯酒吗？"

马里于斯的脸变得越来越严厉：

"我从来没有荣幸得到夏多布里昂先生的接待。闲话少说。您想干什么？"

那人听到声音变得严厉，躬鞠得更低。

"男爵先生，请听我说。美洲巴拿马旁边的一个国家，有个名叫若阿雅的村子。这个村子只有一座房子。一座四层的方方正正的大房子，用晒干的土坯垒成，每一边长五百尺，每上一层缩进去十二尺，每一层前面有一个平台，绕建筑一圈，正中是一个内院，食物和武器放在那里，没有窗户，只有枪眼，没有大门，只有梯子，梯子用来爬上第一层平台，从第二层再爬到第三层，从第三层再爬到第四层，还有梯子下到内院，没有房门，只有翻板活门。没有通房间的楼梯，只有梯子；晚上，把翻板活门关上，撤走梯子，火枪和马枪都架在枪眼上；没有办法进去；白天是幢房子，夜里是座堡垒，八百个居民,这个村子就是这样。为什么这样防备森严?这是因为这个地方很危险;到处是吃人生番。那么为什么要到那里去?这是因为这个地方是神奇的;那里找得到黄金。"

"您究竟要说什么?"马里于斯打断说,他从失望转到不耐烦。

"要说一件事,男爵先生。我是一个身心疲乏的老外交官。老朽的文明使我精疲力竭了。我想过一下野蛮人的生活。"

"那又怎么样?"

"男爵先生,自私是世界的法则。打短工的无地农民在驿车经过时会回过身来,在自家地里干活的自耕农不回过身来。穷人的狗在富人后面吠叫,富人的狗在穷人后面吠叫。人人为己。利益,这是每个人的目的。黄金,就是磁石。"

"那又怎么样?下结论吧。"

"我想到若阿雅成家。我们一家三口。我有妻子和女儿;一个非常漂亮的女儿。旅途很长,价钱昂贵。我需要一点钱。"

"这同我有什么关系?"马里于斯问。

陌生人将脖子伸出领带,这是秃鹫的动作,他越发堆起微笑,回答道:

"男爵先生不是看过我的信吗?"

事情几乎是不错的。事实是,信的内容被马里于斯忽略了。他更注意笔迹,而没有细细看信。他几乎记不得内容。他注意到这个细节:我的妻子和我的女儿。他向陌生人投以深邃的目光。一个预审法官也不会看得更细。他几乎在审视这个人的动作。他仅仅回答:

"说清楚一点。"

陌生人将双手插入两只背心口袋,抬起头来,但不挺直脊梁骨,一面从墨镜中细察马里于斯。

"好的,男爵先生。我来说清楚。我有一个秘密要卖给您。"

"一个秘密!"

"一个秘密。"

"关系到我吗?"

"有点儿。"

"什么秘密?"

马里于斯一面倾听,一面越来越细察这个人。

"我开始是免费的,"陌生人说。"您会看到我是不是会引起您的兴趣。"

"说吧。"

"男爵先生,您家里有一个贼和一个杀人凶手。"

马里于斯哆嗦了一下。

"在我家里?不会,"他说。

陌生人镇定地用手肘擦一下他的帽子,继续说:

"杀人凶手和贼。请注意,男爵先生,我这里不说以前的,过时的,无效的,因时间过长会被法律取消,或在天主面前忏悔会被抹去的事实。我说的是最近的事实,眼下的事实,目前司法还不知道的事实。我说下去。这个人圆滑得很,得到您的信任,几乎得到您全家的信任,用的是一个假名字。我来把他的真名实姓告诉您。而且告诉您是分文不取。"

"我听着。"

"他叫让·瓦尔让。"

"我知道。"

"我来告诉您。同样分文不取,他是谁。"

"说吧。"

"他以前是苦役犯。"

"我知道。"

"您是因为我有荣幸告诉您才知道的。"

"不是。我以前就知道了。"

马里于斯冷冷的口吻,这两次的"我知道",话语简短,对谈话无动于衷,在陌生人身上激起暗暗的愤怒。他偷偷瞟了马里于斯气恼的一瞥,随即怒火熄灭。这目光不管多么迅速,只要见过一次的人就能认出来;它没有逃过马里于斯的眼睛。有些闪光只能来自某些心灵;眸子这思想的通气窗,会因这闪光而烧红;眼镜也丝毫掩藏不住;等于往地狱放一块玻璃。

陌生人微笑着又说:

"我不敢否认男爵先生的说法。无论如何,您应该看到我是了解内情的。现在我要告诉您的,是只有我一个人知道的事。这关系到男爵夫人的财产。这是一个不同寻常的秘密。是要付钱的。我先卖给您。价钱便宜。两万法郎。"

"我知道这个秘密,就像我知道其他秘密一样,"马里于斯说。

那人感到有必要降低一点价:

"男爵先生,给一万法郎吧,我就说出来。"

"我对您再说一遍,您没有什么可告诉我的。我知道您想告诉我的事。"

那人的目光里又有一道闪光。他大声说：

"今天晚上我总得吃晚饭呀。我对您说，这是一个不同寻常的秘密。男爵先生，我这就说。我说了。给我二十法郎吧。"

马里于斯凝视他：

"我知道您的不同寻常的秘密；就像我知道让·瓦尔让的名字一样，就像我知道您的名字一样。"

"我的名字？"

"是的。"

"这并不难，男爵先生。我已荣幸地给您写信，并告诉了您。泰纳。"

"迪埃。"

"什么？"

"泰纳迪埃。"

"这是谁？"

遇到危险，箭猪会竖起尖刺，金龟子会装死，老看守会严阵以待；这个人笑了起来。

然后，他掸掉袖管上的一粒灰尘。

马里于斯继续说：

"您也是工人荣德雷特，戏剧家法邦图，诗人让弗洛，西班牙人阿尔瓦雷兹，还有巴利扎尔女人。"

"什么女人？"

"您在蒙费梅开过一间小饭店。"

"一间小饭店！绝对没有。"

"我对您说，您是泰纳迪埃。"

"我否认。"

"您是一个无赖。拿着。"

马里于斯从口袋里拿出一张钞票，扔到他的脸上。

"谢谢！对不起！五百法郎！男爵先生！"

那人受宠若惊，鞠了一躬，抓住钞票，看个仔细。

"五百法郎！"他又说，十分惊讶。他小声咕哝："一张真钞票！"

然后他突然大声说：

"那么好吧，咱们就不要拘束了。"

他以猴子的灵活把头发甩到后面，摘下眼镜，从鼻子抽出刚才提到，而且在本书的另一个地方读者见过的两根羽毛管，收了起来，像摘下帽子一样摘下面具。

目光闪烁；露出的额角高低不平、疙里疙瘩、往上走的难看皱纹，鼻子又变成鸟嘴那样尖；重新呈现出恶人凶狠而精明的脸。

"男爵先生没有搞错，"他用清晰的声音说，鼻音完全消失了，"我是泰纳迪埃。"

他挺起伛偻的背。

泰纳迪埃，因为确实是他，异常惊诧；有可能的话，还会惶乱不安。他是来让人吃一惊的，他反而吃了一惊。受到污辱，得到五百法郎，他终究接受了；但他仍然惊异不已。

他第一次看到这个蓬梅西男爵，而且尽管他化了装，这个蓬梅西男爵还是认出了他，还彻底认出了他。这个男爵不仅知道泰纳迪埃,而且好像知道让·瓦尔让。这个几乎没长胡子的年轻人,这样冷静,这样慷慨,知道别人的名字,知道别人所有的名字,给他们打开自己的钱包,像法官一样对待骗子,又像傻瓜一样赏钱给他们,他到底是什么人?

读者记得,泰纳迪埃尽管是马里于斯的邻居,却从来没有见过他,这种情况在巴黎是常见的;以前他隐约听到过两个女儿谈起一个叫马里于斯的很穷的年轻人,住在这幢楼里。他在不认识的情况下,给对方写过一封信,读者都知道了。在他的脑子里,这个马里于斯和蓬梅西男爵怎么样也对不起来。

至于蓬梅西的名字,读者记得,在滑铁卢战场上,他只听到过最后两个音节,他对这简单的一声道谢,[1]始终抱着不无道理的不屑一顾。

此外,二月十六日,他让女儿阿泽尔玛追踪新婚夫妇的踪迹,还有他自己追寻的结果,他终于知道了不少情况,他躲在黑暗的深处,却成功地获得不只一条神秘的线索。他由于机灵而发现,或者至少由于推测,猜到了那天在主管道里遇到的是什么人。他很容易从人想到名字。他知道,蓬梅西男爵夫人就是柯赛特。但在这方面,他打算谨慎从事。柯赛特是什么人?他也拿不准。他隐约看到是个私生女,芳汀的身世他总觉得模糊不清;但何必提起呢?保持沉默是为了回报吗?他要或者以为要获得比卖钱更好的东西。从表面看来,毫无疑问,把这点透露给蓬梅西男爵:"您的妻子是私生女,"

---

[1] 蓬梅西的最后两个音节"梅西",与法语的"谢谢"同音。

这只能招来丈夫对透露者的腰用靴子踢一脚。

照泰纳迪埃想来,同马里于斯谈话还没有开始。他应该退后一步,改变策略,离开阵地,换一条战线;但基本实力未受损伤,他在兜里又有五百法郎。再说,他有关键性的话要说,甚至他感到自己很强大,足以对抗这个消息灵通、武装齐备的蓬梅西男爵。对泰纳迪埃这种类型的人来说,凡是对话都是一场战斗。在即将进行的这场战斗中,他的处境如何呢?他不知道在对谁说话,但他知道要说什么。他迅速在内心检阅了一下自己的力量,说完"我是泰纳迪埃",他在等待。

马里于斯在沉思凝想。他终于抓到了泰纳迪埃。他多么渴望再找到的这个人,就在眼前。他马上可以履行蓬梅西上校的遗嘱了。这个英雄受恩于这个歹徒,而且他父亲从坟墓深处给他开出的汇票至今没有兑现,他感到耻辱。在面对泰纳迪埃,他的脑子所处的复杂处境下,他还觉得,有必要为上校被这样一个坏蛋救活雪耻。无论如何,他很高兴。他终于就要把上校的幽灵从这个卑劣的债权人那里解脱出来,他觉得就要摆脱债务的牢笼,自由怀念父亲了。

除了这个责任,他还有另一个责任,如果可能,弄清柯赛特财产的来源。机会好像来了。泰纳迪埃也许知道一点情况。摸清这个人的底细可能有用。他从这里开始。

泰纳迪埃把"真钞票"藏到背心口袋里,用近乎和蔼可亲的神态瞧着马里于斯。

马里于斯打破沉默。

"泰纳迪埃,我说出了您的名字。现在,您来要告诉我的秘密,您要我给您说出来吗？我呀，我也有情报。您会看到，我知道得比您多。让·瓦尔让，正像您所说的，是一个杀人凶手和贼。一个贼，因为他偷了一个富有的厂主，导致厂主破产，厂主叫马德兰先生。一个杀人凶手，因为他杀死了警察沙威。"

"我不明白，男爵先生，"泰纳迪埃说。

"我来让您明白。听着。大约在一八二二年，加来海峡省的一个地区，有一个人同司法机构有过一些麻烦，他以马德兰先生的名字振作起来，恢复名誉。这个人成为一个完美的义人。他靠一门工业，就是制造黑玻璃，使全城发了财。至于他个人的财产，他自然也发了家，但这是次要的，可以说出于偶然。他是穷人的衣食父母。他设立医院，开办学校，看望病人，给姑娘嫁妆，救济寡妇，收养孤儿；他就像当地的保护人。他拒绝了十字勋章，当局任命他为市长。一个期满释放的苦役犯知道这个人从前服过刑的秘密；他加以揭发，当局逮捕了马德兰先生。苦役犯利用逮捕的机会，来到巴黎，模仿签字，从拉菲特银行取走了属于马德兰先生的五十多万，我是从出纳员那里了解到情况的。这个苦役犯窃取了马德兰先生的钱，他就是让·瓦尔让。至于另一件事，您对我还只字未提。让·瓦尔让杀死了警察沙威；他用手枪打死了沙威。我在对您说话，我当时在场。"

泰纳迪埃瞥了马里于斯威严的一眼，就像一个被打败的人又抓住胜利的机会，在一分钟之内重新夺回失去的地盘。但微笑马上又恢复了；下级对上级，得胜也要客客气气，泰纳迪埃仅仅对马里于斯说：

"男爵先生，咱们搞错啦。"

他意味深长地将饰物链条抡了一圈，用来强调这句话。

"怎么？"马里于斯说，"您不同意？这是事实。"

"这是空中楼阁。男爵先生乐意给我的信任，使我有责任对他这样说。首先要讲真相和公正。我不喜欢不公正地指责别人。男爵先生，让·瓦尔让根本没有窃取马德兰先生，让·瓦尔让根本没有杀死沙威。"

"太过分了！怎么会呢？"

"有两个理由。"

"哪两个？说吧。"

"第一个：他没有窃取马德兰先生，因为让·瓦尔让本人就是马德兰先生。"

"您对我胡说什么？"

"第二个：他没有杀死沙威，因为杀死沙威的人是沙威。"

"您想说什么？"

"沙威是自杀的。"

"拿出证据！拿出证据！"马里于斯怒气冲冲地嚷道。

泰纳迪埃一字一顿地说，就像朗诵亚历山大体的古诗：

"警—察—沙—威—被—发—现—淹—死—在—兑—换—桥—的——一—条—船—下。"

"拿出证据来！"

泰纳迪埃从旁边的口袋里掏出一个灰皮大信封，好像装着一些大小不等的折好的纸张。

"我有自己的卷宗,"他平静地说。

他又补充说:

"男爵先生,为您的利益着想,我深入了解了让·瓦尔让。我说,让·瓦尔让和马德兰是同一个人,我说,杀死沙威的凶手就是沙威,我说话是有根有据的。不要手写的证据,手写的不足信,是用来瞎帮忙的,而要印刷的证据。"

泰纳迪埃一面说,一面从信封里取出两期发黄的、褪色的、发出强烈烟草味的报纸。其中一期折痕处都裂开了,变成方块的一张一张,比另一张旧得多。

"两件事,两个证据,"泰纳迪埃说。他把两张打开的报纸递给马里于斯。

这两张报纸,读者已经知道。更旧的一张是一八二三年七月二十五日的《白旗报》,证实马德兰先生和让·瓦尔让是同一人。另一张是一八三二年六月七日的《通报》,证实沙威的自杀,另外还指出,这是根据沙威写给厅长的一份报告,他在麻厂街当了俘虏,由于一个暴动者的宽容才捡了条命,暴动者有把手枪,没有打碎他的脑袋,而是朝天开枪。

马里于斯看了报。显而易见,有日期,证据确凿,这两张报纸印刷出来,不是专门为了支持泰纳迪埃的说法的;《通报》发表的消息是警察厅正式提供的。马里于斯不容怀疑。出纳员提供的情况是假的,他搞错了。让·瓦尔让突然变得高大,从云端显露出来。马里于斯不由得发出欣喜的喊声:

"那么,这个不幸的人是令人钦佩的!这笔财产确实全都属于他！这是马德兰,一个地方的保护人!这是让·瓦尔让,沙威的救星!这是一个英雄!这是一个圣人!"

"这不是一个圣人,这不是一个英雄,"泰纳迪埃说,"这是一个杀人凶手和窃贼。"

他的语气像开始感到自己有点权威,他又补充说:"咱们冷静一下。"

窃贼,杀人凶手,这些字眼马里于斯以为消失了,却又重新提起,好像冷水淋浴浇在他身上。

"又来了!"他说。

"确实如此,"泰纳迪埃说。"让·瓦尔让没有窃取马德兰,但仍然是个贼。他没有杀死沙威,但仍然是个杀人犯。"

"您想说的是,"马里于斯又说,"四十年前那件可悲的盗窃案,从您的报纸也能看出,他以一生忏悔、牺牲和做好事来赎罪。"

"我说杀人和抢劫,男爵先生。我再说一遍,我说的是最近的事。我要向您透露的绝对没人知道。秘而不宣。您也许会从中找到让·瓦尔让巧妙地赠给男爵夫人那笔财产的来源。我说巧妙,因为通过这类赠予,就能溜进一个体面的家庭,分享舒适,一箭双雕,隐藏了罪行,享受到窃取的钱,隐姓埋名,又给自己建立一个家庭,真是不笨哪。"

"我本来可以在这里打断您,"马里于斯说,"不过讲下去吧。"

"男爵先生,我会全部告诉您,酬劳多少随便您赏赐。这个秘密值一堆黄金。您会对我说:'为什么你不对让·瓦尔让去说呢?'理由非常简单:我知道他放弃了这笔财产,您得益了,我感到这一招很巧妙；他一文不名了，他会对我两手空空，既然我需要一笔钱到若阿雅去，我宁愿找您，您掌握一切，他什么也没有。我有点累了，请允许我坐下。"

马里于斯坐下，示意他也坐下。

泰纳迪埃坐在一张软垫椅上，拿起那两张报纸，装进信封，用指甲敲了几下《白旗报》，咕噜着说："我搞到这份报可费了劲啦。"说完，他架起二郎腿，往椅背上一靠，这种姿势是对自己的话十拿九稳的人所特有的，然后他庄重地进入正题，加重每个字的分量：

"男爵先生，一八三二年六月六日，就是约一年以前，暴动那天，有个人在巴黎的主管道里，就在下水道汇入塞纳河那边，残老军人院桥和耶拿桥之间。"

马里于斯猛地将自己的椅子靠近泰纳迪埃的椅子。泰纳迪埃注意到这个动作，继续慢吞吞地说，像有口才的人抓住听他讲话的人，并感受到对方的激动那样。

"这个人不得不躲藏起来，与政治方面的原因无关，他以下水道为家，有入口的钥匙。我再说一遍，这是在六月六日；大约晚上八点钟。那人听到下水道有响声。他十分吃惊，蹲下来观察。这是脚步声，有人在黑暗中走路，朝他这边走来。怪事，下水道有另一个人。下水道出口的铁栅门在不远处。从那边透进来的一点亮光，使他看出新来的人，这个人背上扛着一样东西。他弯腰走着。这个弯腰走路的人以前是苦役犯，他扛在肩上的是一具尸体。当场抓住犯了杀人罪。至于抢劫，那是当然的；谋钱害命嘛。这个苦役犯要把尸体扔到河里。有一点需要说明，就是到达出口铁栅门之前，这个从老远的下水道走过来的苦役犯必定遇到一个可怕的泥坑,他本来可以把尸体扔在泥坑里;但是,第二天,下水道工在清理泥坑时,会找到这个被谋杀的人,凶手不打算这样做。他宁愿扛着这么重的东西,穿过泥坑,一定费了九牛二虎之力,不可能不拿命豁上去;我不明白他怎么活着出来。"

马里于斯的椅子更靠近了。泰纳迪埃趁机吁了一口长气。他继续说:

"男爵先生,下水道不是演兵场。那里什么都缺,连地方也缺。两个人在那里,就要相遇。事情正是这样。以此为家的人和过路者,不得不互相问好,双方都很不情愿。过路者对以此为家的人说:'你看到我背着什么,我必须出去,你有钥匙,给我吧。'这个苦役犯力气惊人。无法拒绝。但有钥匙的人同他谈判,只是为了争取时间。他观察这个死人,但什么也看不出来,只知道他很年轻,衣着不错,像个有钱人,鲜血使他面目全非。他一面谈话,一面找到办法从后边撕下一块被杀害人的衣襟,不让凶手发觉。您明白,这是物证;用这个办法可以重新抓住线索,证明凶手有罪。他把物证放进口袋里。然后打开铁栅门,让这个家伙扛着重负出去,再关上铁栅门,逃走了,不想进一步牵连到这个案件中,尤其在凶手把死尸扔进河里时不想在场。现在您明白了。扛着死尸的人是让·瓦尔让;有钥匙的人是眼下对您说话的人;那块衣襟……"

泰纳迪埃说完这句话时,从口袋里掏出那块撕下的黑呢,上面斑斑点点,他用双手的拇指和食指夹住,举到眼睛的高度。

马里于斯站了起来,脸色苍白,几乎停止呼吸,目光盯住这块黑呢，一言不发，退到墙壁，右手伸到身后，在墙上摸索靠近壁炉的橱门锁孔上的钥匙。他摸到这把钥匙，打开橱门，把手臂伸进去，也不往里看，惊惶的目光不离开泰纳迪埃抖开的布片。

泰纳迪埃继续说：

"男爵先生，我有充分的理由相信，被害的年轻人是一个外国阔佬，被让·瓦尔让诱进圈套，他身上有一笔巨款。"

"年轻人是我，这是外套！"马里于斯嚷道，他把血迹斑斑的旧衣扔在地上。

然后，他从泰纳迪埃手里夺过布片，蹲下来，将布片凑近撕开的衣襟。裂缝正好吻合，布片拼全了衣服。

泰纳迪埃目瞪口呆。他在想："我成了傻帽。"

马里于斯颤巍巍地站起来，又绝望又喜形于色。

他在口袋里搜索，气呼呼地走向泰纳迪埃，手里攥满五百法郎和一千法郎的钞票，举到泰纳迪埃的脸上，几乎碰上了。

"您是一个无耻的人！您是一个说谎的人，爱诽谤人，坏蛋。您来诬陷这个人，却为他洗刷了；您想陷害他，却使他变得崇高。您才是盗贼！您才是杀人凶手！我在济贫院大街的破屋里见过您，泰纳迪埃·荣德雷特。我摸清您的底细，足够把您送到苦役监，如果我愿意，甚至送到更远的地方。拿着，这是一千法郎，您这恶棍！"

他把一张一千法郎的钞票扔给泰纳迪埃。

"啊！泰纳迪埃·荣德雷特，卑鄙的无赖！出售秘密的旧货商，兜售隐私的商人，发掘黑暗的人，无耻之徒，这回给您用作教训！拿着这一千五百法郎的钞票，从这里滚出去！滑铁卢保护了您。"

"滑铁卢！"泰纳迪埃喃喃地说，将一千五百法郎塞进口袋里。

"是的，杀人凶手！您在那里救了一个上校的命……"

"是一个将军，"泰纳迪埃抬起头来说。

"一个上校！"马里于斯气咻咻地说。"我才不会为一个将军给一分钱呢。您到这里来干伤天害理的事！我对您说，您无恶不作。滚！不要见我！只是希望您幸福，这是我的全部愿望。啊！魔鬼！这里还有三千法郎，拿走吧。明天您就出发，带着您的女儿到美洲去；因为您的妻子已经死了，卑劣的骗子！我会监视您动身，强盗，到那时，我会再给您两万法郎。到别的地方上绞刑吧！"

"男爵先生，"泰纳迪埃回答，一躬到地，"永远感谢。"

泰纳迪埃出去了，什么也不明白，在钱袋舒服的重压和钞票落在头上的响雷打击下，又惊又喜。

他像遭到雷轰，但又很高兴；如果有避雷针防雷轰，他会非常生气。

我们马上把这个家伙的事了结吧。上述事件发生两天后，在马里于斯的安排下，他同女儿阿泽尔玛一起动身到美洲去，用的是假名，揣上到纽约兑现的两万法郎汇票。泰纳迪埃这个破落的市民，精神堕落已无可挽救；他在美洲同在欧洲一样。跟一个恶人接触，有时会办糟一件好事，将好事变成一件坏事。泰纳迪埃用马里于斯的钱去贩卖黑奴。

泰纳迪埃一出去，马里于斯便跑到花园，柯赛特还在那里散步。

"柯赛特！柯赛特！"他叫道。"来呀！快来。我们一起走。巴斯克，叫辆出租马车！柯赛特，来呀。我的天！是他救了我的命！一分钟也不要耽误!戴上你的披巾。"

柯赛特以为他说疯话,但还是听从了。

他喘不过气来,把手按在心房上抑制心跳。他大步来回踱步,拥抱柯赛特,说道:"啊!柯赛特!我是个可耻的人!"

马里于斯发狂了。他开始隐约看出让·瓦尔让是个无比高大的苦难形象。一种闻所未闻的品德出现在他眼前,崇高、和蔼、无可度量而又谦卑。苦役犯升华为耶稣。马里于斯被这奇迹弄得目眩。他不太清楚看见什么,只知伟大。

不一会儿,出租马车来到门前。

马里于斯扶柯赛特上车,自己跳了进去。

"车夫,"他说,"武人街7号。"

出租马车开动了。

"啊!多么高兴啊!"柯赛特说,"武人街7号。我不敢向你提起呢。我们去看让先生。"

"去看你的父亲,柯赛特!比以往更应是你的父亲。柯赛特,我猜到了。你对我说过,你从来没有收到我让加弗罗什送给你的信。信落在他手里。柯赛特,他到街垒来救我。由于他需要成为天使,顺便他救了别人;他救了沙威。他把我从深渊中拖出来,是为了给你。他把我扛在背上,穿过可怕的下水道。啊!我忘恩负义多么可恶。柯赛特,他当了你的保护人以后,又当了我的保护人。你想想,有一个可怕的泥坑,很可能淹死在里面,淹死在烂泥中,柯赛特!他扛着我穿过去。我昏迷不醒,什么也看不见,什么也听不到,无法知道自己的遭遇。我们去把他接回来,同我们住在一起,不管他愿意不愿意，他再也不离开我们。但愿他在家里！但愿我们能找到他！我的余生要尊敬他。是的，应该这样，明白吗，柯赛特？加弗罗什把我的信交给了他。一切得到解释。你明白了。"

柯赛特一句话也不明白。

"你说得对，"她对他说。

出租马车滚动向前。

五、黑夜之后是白昼

听到敲门声，让·瓦尔让回过身来。

"请进，"他有气无力地说。

门打开了。柯赛特和马里于斯出现。

柯赛特冲进房间。

马里于斯站在门口，靠在门框上。

"柯赛特！"让·瓦尔让说，他从椅子里站起来，双臂张开，抖动不已，神色惊慌，脸色苍白，样子凄惨，眼里洋溢着无限的喜悦。

柯赛特激动得透不过气来，扑在让·瓦尔让的胸口上。

"父亲！"她说。

让·瓦尔让惶恐地嗫嚅说：

"柯赛特！是她！是您，夫人！是你！啊，我的天！"

柯赛特搂紧了他，他大声说：

"是你！你来了！你原谅我了！"

马里于斯垂下眼皮，不让眼泪流出来，他走了一步，抽搐的嘴

唇发出喃喃的话语声,要止住呜咽:

"我的父亲!"

"您也一样,您原谅我了!"让·瓦尔让说。

马里于斯说不出话来,让·瓦尔让又说:"谢谢。"

柯赛特拉下披巾,把帽子扔在床上。

"这碍我的事,"她说。

她坐在老人的膝上,虔敬地分开他的白发,吻他的额角。

让·瓦尔让任她摆弄,不知所措。

柯赛特只朦胧地有点明白,她加倍温存,仿佛想偿还马里于斯的债。

让·瓦尔让结结巴巴地说:

"我多蠢呀!我以为再也见不到她了。想想看,蓬梅西先生,正当你们进来的时候,我对自己说:'完了。这是她的小裙子,我是一个不幸的人,我再也见不到柯赛特了。'我这样说的时候,你们正在上楼梯。我多蠢呀!人真是蠢!没有考虑到仁慈的天主。仁慈的天主说:'你以为别人把你抛弃了,傻瓜!不,不,事情不会这样。哦,那儿有个可怜的老人需要一个天使。'于是天使来了;又看到了他的柯赛特,又看到了他的小柯赛特!啊!我以前多么不幸啊!"

他一时说不下去了,然后继续说:

"我确实需要隔点时间看看柯赛特。一颗心,总得给它一点安慰。但我感到我是多余的。我给自己找理由:'他们不需要你,待在你的角落里吧,没有权利赖着不走。'啊!感谢天主,我又看到了她!柯赛特,你知道你的丈夫很俊吗?啊!你有漂亮的绣花领子,好极了。我喜欢这种图案。是你的丈夫选择的,对吗?还有,你需要开司米围巾。蓬梅西先生,让我用'你'称呼她吧。时间不长了。"

柯赛特接口说:

"这样丢下我们,真太狠心啦!您究竟到哪里去了?为什么您走那么久?从前您旅行不超过三四天。我派尼科莱特来。总是回答:'他不在。'您什么时候回来的?为什么不让我们知道?您知道您大变样了吗?啊!不像话的父亲!他病了,我们却不知道!啊,马里于斯,摸摸他的手,手多冷啊!"

"你们终于来了!蓬梅西先生,您原谅我了!"让·瓦尔让又说一遍。

听到让·瓦尔让再说一遍这句话,马里于斯满腹的话找到了一个出口,便爆发出来:

"柯赛特,你听到吗?他到了这种程度!他请求我原谅。你知道他为我做了什么事吗,柯赛特?他救了我的命。他做的事不止于此。他把你给了我。救了我以后,将你给了我以后,柯赛特,他怎样对待自己呢?他自我牺牲。他就是这样的人。而我却忘恩负义,如此健忘,如此无情,是个罪人,他却对我说:'谢谢!'柯赛特,我整个一生匍伏在这个人脚下,也远远不够。这个街垒,这下水道,这熔炉,这污水坑,他为我,为你,全穿越过去,柯赛特!他背着我穿过重重鬼门关,让死神离开我,自己却接受死亡。勇敢、美德、英雄气概、圣洁,他统统具备!柯赛特,这个人是天使!"

"嘘!嘘!"让·瓦尔让低声说。"为什么要说这一大套?"

"您呀！"马里于斯又气恼又尊敬地大声说，"为什么您不说出来？这也是您的错。您救了别人的命，却瞒起来！更有甚者，您借口揭露自己，自我污蔑。真可怕。"

"我讲出真相，"让·瓦尔让回答。

"不，"马里于斯又说，"真相要全部说出来；您却没有说。您是马德兰先生，为什么不说出来？您救了沙威，为什么不说出来？您救了我的命，为什么不说出来？"

"因为我的想法同您一样。我感到您是对的。我必须走开。如果您知道了下水道的事，您就会让我留在你们身边。我应该保持沉默。如果我说出来，对一切都有妨碍。"

"妨碍什么！妨碍谁！"马里于斯反驳说。"难道您还想留在这里吗？我们把您带走。啊！我的天！真想不到，我是偶然知道这一切的！我们把您带走。您属于我们家。您是她的父亲和我的父亲。您在这可怕的屋子里不能再多待一天。不要想您明天还会在这里。"

"明天，"让·瓦尔让说，"我不会在这里，但我也不会在你们家里。"

"您这是什么意思？"马里于斯回答。"啊，我们不答应您再去旅行。您不再离开我们。您属于我们。我们不放您走。"

"这回可是严肃的，"柯赛特添上说。"我们下面有辆车。我把您劫走。如有必要，我会用武力。"

她笑着做了个动作，要把老人抱起来。

"我们家一直给您留着房间，"她继续说。"要是您知道花园这时候多么漂亮就好了！杜鹃喜欢飞来。小径铺上了河沙；有紫色小贝壳。您会吃到我的草莓。是我浇灌培植的。再没有什么夫人,再没有什么让先生,我们是在共和国里,大家都用'你'称呼,是不是,马里于斯?纲领改变了。您要知道,父亲,我有一件伤心事,有一只红喉鸟在一个墙洞里筑巢,一只恶猫把鸟给吃了。我可怜的漂亮小红喉鸟把头搁在它的窗口,望着我!我哭了一场。我会杀死这只猫!但现在再没有人哭了。大家欢笑,大家高兴。您要来同我们一起住。外公会多么高兴!您在花园里会有块地,您种上东西,我们会看到您的草莓像我的一样美。还有,只要您愿意,我什么事都做,还有,您会服从我。"

让·瓦尔让听而不闻。他听到的是美妙的声音,而不是话语的意思;一大滴眼泪,是心灵的暗珠,慢慢在他的眼里形成。他喃喃地说:

"事实证明天主是仁慈的,她来了。"

"我的父亲!"柯赛特说。

让·瓦尔让继续说:

"生活在一起确实非常迷人。树上都是鸟儿。我同柯赛特一起散步。活在世上,互相问好,在花园里互相召唤,多么美妙啊。从早晨起就见面。我们每人种植一小块地。她让我吃她的草莓,我让她采摘我的玫瑰。这会是迷人的。不过……"

他止住话头,轻轻地说:

"很遗憾。"

眼泪没有掉下来,缩回去了,让·瓦尔让以微笑来代替。

柯赛特捧住老人的双手。

"我的天!"她说,"您的手更冷了。您病了吗?您难受吗?"

"我吗?不,"让·瓦尔让回答,"我很好。不过……"

他止住了。

"不过什么?"

"我待会儿就要死了。"

柯赛特和马里于斯不寒而栗。

"死!"马里于斯叫起来。

"是的,但没有什么,"让·瓦尔让说。

他吸了口气,露出微笑,又说:

"柯赛特,你刚才在对我说话,说下去,再说呀,你的红喉鸟死了,说呀,我要听你的声音!"

目瞪口呆的马里于斯望着老人。

柯赛特发出一声令人心碎的叫喊。

"父亲!我的父亲!您要活下去。您会活下去。我要您活着,您明白吗?"

让·瓦尔让慈爱地朝她抬起头。

"噢,好的,别让我死。谁知道呢?我也许会服从。你们来到的时候,我正要死。这止住了我,我觉得活过来了。"

"您充满活力和生机,"马里于斯叫道。"您以为人会这样死吗?您以前很伤心,现在不伤心了。是我要请您原谅,而且要跪下!您会活下去,同我们一起生活,而且活很久。我们接您走。我们俩今后只有一个想法,让您幸福!"

"您看到了,"柯赛特眼泪汪汪地说,"马里于斯说,您不会死。"

让·瓦尔让继续微笑。

"您要把我接回去,蓬梅西先生,难道这能改变我的身份吗?不,天主同您和我一样考虑,不会改变看法;我走掉是必要的。死是一个很好的安排。天主比我们更清楚我们需要什么。但愿你们幸福,蓬梅西先生有了柯赛特,青春娶了早晨,我的孩子们,但愿你们周围有丁香和黄莺,你们的生活是浴满阳光的美丽草坪,上天的一切奇观充满你们的心灵,现在,我没有什么用处了,我要死了,这一切肯定很好。听着,要理智,现在不可挽回了,我充分感到完了。一小时前,我昏厥过一次。还有,昨天夜里,我喝光放在那里的一罐水。你的丈夫很好,柯赛特!你跟着他比跟着我好得多。"

门发出吱呀一声。医生进来了。

"你好,再见,医生,"让·瓦尔让说。"这是我可怜的孩子们。"

马里于斯走近医生。他只问了一句话:"先生?……"但说话的方式包含一个完整的问题。

医生以眼色示意来回答。

"不能因为事情不顺心,"让·瓦尔让说,"就认为天主不公正。"

默然无声。人人的胸膛都感到压抑。

让·瓦尔让转向柯赛特。他开始凝视她,仿佛想把她永远摄走。他已经走下黑暗的深渊中,凝望柯赛特时依然是入迷的。这温柔的脸的反光照亮了他苍白的脸。坟墓也可能目眩。

医生给他把脉。

"啊!他需要的是你们!"他望着柯赛特和马里于斯,喃喃地说。

他俯在马里于斯的耳边,很轻地补上一句:

"太晚了。"

让·瓦尔让几乎不断地望着柯赛特,又平静地注视马里于斯和医生。只听到从他嘴里说出这句勉强听得清的话:

"死不算什么;活不下去才是可怕的。"

突然他站了起来。体力的恢复有时是临终的信号。他以坚定的步子走向墙壁,推开想帮助他的马里于斯和医生,从墙上摘下挂在那里的耶稣受难青铜小十字架,以身体健康、自由灵活的步态走回来坐下,把十字架放在桌上,提高了声音说:

"这是伟大的殉难者。"

然后他的胸脯塌下去,头摇晃一下,仿佛被坟墓的陶醉攫住了他,他的双手放在膝上,用指甲抠进长裤的布里。

柯赛特扶住他的双肩,抽泣着,想对他说话,却办不到。心酸的口沫伴随着眼泪,话语掺杂其中,只听得清这几个字:"父亲!不要离开我们。怎能刚找回您又失去您呢?"

可以说临终像蛇蜿蜒而行。来来去去,朝坟墓前进,又返回生命。在死亡的行动中有摸索。

让·瓦尔让在半昏迷状态后,挺住了,摇晃脑袋,像要摆脱黑暗,又变得几乎完全清醒。他抓住柯赛特的袖口,吻了一下。

"他清醒过来啦!医生,他清醒过来啦!"马里于斯叫道。

"你们俩都很好,"让·瓦尔让说。"我来告诉你们,是什么事使我痛苦。使我痛苦的是,蓬梅西先生,您不肯动用那笔钱。这笔钱确实是属于您妻子的。我给你们解释,孩子们,正因如此,我很高兴看到你们。黑玉产自英国,白玉产自挪威。这一切都写在纸上,你们会看到的。我发明了手镯的金属搭扣,代替焊接的金属扣环。这更美观,质量更好,成本便宜。你们明白这笔钱是怎样赚来的。柯赛特的财产确实是属于她的。我把具体情况告诉你们,让你们放心。"

看门女人上楼透过门缝往里瞧。医生叫她走开,但不能阻挡这个热心的好女人走开之前对垂危的人喊道:

"您要一个教士吗?"

"我已经有了,"让·瓦尔让回答。

他好像用手指往头上指了一下,似乎他看到那里有一个人。

主教很可能看到这临终场面。

柯赛特轻轻地将一只枕头塞到他的腰后。

让·瓦尔让又说:

"蓬梅西先生,不要担心,我恳求您。这六十万法郎确实是属于柯赛特的。如果你们不享用,我这一辈子就白白操劳了!我们终于成功地制造出这种玻璃。我们能跟所谓的柏林首饰相媲美。比如,现在还不能跟德国的黑玻璃相抗衡。一罗有一千二百粒打得很光的珠子,成本只有三法郎。"

我们亲近的人临终的时候,我们就死盯住他,想把他留住。马里于斯握着柯赛特的手,两人难过得哑口无言,不知对死说什么好,绝望得发抖,站在他面前。

让·瓦尔让越来越衰竭。他每况愈下,接近黄泉。他的呼吸变得断断续续;喘气不时切断他的呼吸。他移动前臂很费力,他的脚动弹不了,随着四肢麻木,躯体也越发虚弱,崇高的心灵往上升,扩展到额头上。未知世界之光已在他的眼睛里隐约可见了。

他的脸变得煞白,同时露出笑容。生命已不在那里,有着别的东西。他气息奄奄,瞳孔在放大。这是一具死尸,可以令人感到长出了翅膀。

他示意珂赛特走近,然后让马里于斯过来;显然这是临终的最后一刻,他开始用微弱的声音对他们说话,声音仿佛来自远处,好像从现在起有一堵墙隔在他们和他之间。

"你过来,两个都过来。我非常爱你们。噢!这样死也安心了!你也一样,你也爱我,我的珂赛特。我很清楚,你对我这老人一直是有感情的。你将这靠垫放在我腰后多体贴啊!你会哭悼我,是吗?不要太伤心。我不愿意你真难受。你们要快快乐乐,我的孩子们。我忘记对你们说,不用扣针的搭扣,赚的钱超过其他。一摞十二打,成本降到十法郎,却卖六十法郎。确实是一桩好买卖。因此,对这六十万法郎不要感到奇怪,蓬梅西先生。这是正当赚来的钱。你们可以放心享福。要有一辆车,不时坐在剧院的包厢看戏,舞会穿上漂亮的衣衫,我的珂赛特,还要宴请你们的朋友,快快活活。刚才我给珂赛特写了几句。她会找到我的信。我把放在壁炉上的两只烛台留给她,这是银的;但对我来说,这是金的,是钻石的;蜡烛插上去就变成圣事大蜡烛。我不知道赠送给我的人在天上对我是不是满意。我竭尽所能了。我的孩子们,你们不要忘记我是一个穷人,你们把我埋在随便一个角落里,放一块石板当标志。这是我的遗愿。石板上不要刻名字。如果珂赛特肯不时来一下,我就很高兴了。您也一样,蓬梅西先生,我要向您承认,我没有一直爱您;

我请您原谅。现在,她和您,你们对我来说只是一个人。我非常感谢您。我感到您让柯赛特很幸福。您要知道,蓬梅西先生,她漂亮的粉红脸蛋,就是我的脸颊;我看到它有点苍白,就很忧郁。在五斗柜里有一张五百法郎的钞票。我没有动过。这是给穷人的。柯赛特,你看到放在床上你的小裙子吗?你还认得吗?不过十年之前。时间过得多快!我们曾经多么幸福。完了。孩子们,别哭,我不会走远。我在那边会看到你们。入夜你们只要望过去,就会看到我微笑。柯赛特,你记得蒙费梅吗?你在树林里,非常害怕;你记得我拎起水桶的柄吗?这是第一次我接触到你的小手。手多冷呀!啊!那时你的手通红,小姐,不是现在这样白。还有大布娃娃!你记得吗?你管它叫卡特琳。你后悔没有把它带到修道院!我的温柔天使,多少次你让我笑得多开心!下雨时,你把草茎放到水沟,看着草茎漂走。一天,我给你一个柳条拍子和一只黄蓝绿三色的羽毛球。你呀,你忘记了。你小时候多么顽皮!你玩耍。你把樱桃塞到耳朵里。这是过去的事。我同孩子经过的森林,一起散步的树下,藏身的修道院,游戏,童年的欢笑,都沉入黑暗了。我原以为这一切是属于我的。这就是我的愚蠢所在。泰纳迪埃一家非常阴险。要原谅他们。柯赛特,现在是给你说起你母亲的时候了。她叫芳汀。记住这个名字:芳汀。每次你说起这个名字都要跪下。她吃过很多苦。她非常爱你。你有多么幸福,她就有多么不幸。这是天主的安排。他在天上,看着我们大家,他知道自己在这些大星球上的所作所为。我要走了,孩子们。永远相爱吧。世上只有这个:相爱。你们有时会想到在这儿死去的可怜老人。噢,我的柯赛特!这不是我的错,这些日子看不到你，我的心都要碎了；我走到街角，看到走过我的人，大概我给他们产生怪人的印象，我像发疯一样，有一次出门也不戴帽子。孩子们，现在我看不清东西了，我还有很多事要说，但没关系。惦记着我。你们是受到祝福的人。我不知道我怎么了，我看到一片光明。你们再靠近些。我幸福地死去。亲爱的，将你们的头伸过来些，让我把手放在上面。"

柯赛特和马里于斯跪了下来，万分激动，被眼泪哽咽住，每人都把头放在让·瓦尔让的一只手上。这双令人肃然起敬的手不再动弹了。

他仰翻在椅上，两支烛光照亮了他；他苍白的脸望着天空，他让柯赛特和马里于斯吻遍他的手；他死了。

黑夜没有一点星光，黑沉沉一片。无疑，黑暗中有一个巨大的天使站立着，展开双翼，等待这灵魂。

六、草埋雨洗

在拉雪兹神父公墓的公共墓坑附近，远离这座墓城的豪华区，远离向永恒展示死亡丑恶习尚的千奇百怪的坟墓，在一个偏僻角落，沿着一堵旧墙，在爬满牵牛花的高大紫杉下，有一块石板埋在狗牙根和青苔中间。这块石板也不例外，受到岁月的侵蚀，斑驳陆离，覆盖霉菌、苔藓和鸟粪。雨水使它发绿，空气使它发黑。周围没有路径，人们不爱走到这一边，因为草长得高，要弄湿脚。有点阳光，蜥蜴就来光顾。四周野燕麦沙沙作响。春天，树上有莺在啁啾。

这块石板光秃秃的。当初按照坟墓大小凿成，有意让长和宽仅够盖住一个人。

看不到名字。

不过，已经有年头了，有人用石墨笔写下这四行诗，字迹在雨水和尘土下逐渐漫漶了，或许今日已然消失：

> 他安息。尽管他的命运很离奇，
> 他要活。他死去，只因失去天使；
> 事情自然发生，再也简单不过，
> 就像白天过去，夜幕便要降落。

图书在版编目(CIP)数据

悲惨世界:全三卷/(法)维克多·雨果著;郑克鲁译. —上海:复旦大学出版社,2020.9
(雨果小说全集)
ISBN 978-7-309-15023-0

Ⅰ.①悲… Ⅱ.①维… ②郑… Ⅲ.①长篇小说-法国-近代 Ⅳ.①I565.44

中国版本图书馆 CIP 数据核字(2020)第 172804 号

悲惨世界(全三卷)
(法)维克多·雨果(Victor Hugo) 著 郑克鲁 译
出 品 人/严 峰
责任编辑/谷 雨

复旦大学出版社有限公司出版发行
上海市国权路 579 号 邮编:200433
网址: fupnet@ fudanpress.com http://www.fudanpress.com
门市零售:86-21-65102580 团体订购:86-21-65104505
外埠邮购:86-21-65642846 出版部电话:86-21-65642845
上海盛通时代印刷有限公司

开本 890×1240 1/32 印张 55.125 字数 1177 千
2020 年 9 月第 1 版第 1 次印刷
印数 1—6 100

ISBN 978-7-309-15023-0/I·1225
定价:128.00 元

如有印装质量问题,请向复旦大学出版社有限公司出版部调换。
版权所有 侵权必究